Charlotte Richter

Hidden Lies

Mein Geheimnis kann dich töten

Für meine Familie

Charlotte Richter
begann noch während ihres Studiums zu schreiben und verfasste ihre ersten Texte für den Hörfunk. Seitdem hat sie mehrere Romane für Jugendliche und Erwachsene veröffentlicht. Sie erhielt diverse Literaturstipendien und unter anderem den Förderpreis für Literatur der Stadt Hamburg. Seit vielen Jahren ist sie Mitglied im Hamburger Writers' Room, einer Arbeits- und Bürogemeinschaft für Schriftsteller, auch wenn sie Hamburg inzwischen verlassen hat. Heute lebt und schreibt sie in Kattendorf in Schleswig-Holstein.

Weitere Bücher von Charlotte Richter im Arena Verlag:
Gemma. Sei glücklich oder stirb
Die Muschelsammlerin. Deine Bestimmung wartet

Arena

Charlotte
Richter

HIDDEN LIES

Mein
Geheimnis
kann dich
töten

Dieses Projekt wurde gefördert von NEUSTART KULTUR.

Die Beauftragte der Bundesregierung für Kultur und Medien

NEU START KULTUR

VG WORT

Ein Verlag in der Westermann Gruppe

MIX
Papier aus verantwortungsvollen Quellen
FSC
www.fsc.org
FSC® C110508

1. Auflage 2022

Text: Charlotte Richter
Covergestaltung: Ria Raven unter Verwendung von
Motiven von Shutterstock (© Angelatriks, © Ton Kung,
© Amelia Austin, © Faraz Hyder Jafri)
Lektorat: Frank Griesheimer
Layout: Malte Ritter unter Verwendung eines
Motivs von Shutterstock (© Angelatriks)

Gesamtherstellung: Westermann Druck Zwickau GmbH
Gedruckt in Deutschland

ISBN 978-3-401-60685-9

Besuche uns auf:
www.arena-verlag.de

@arena_verlag
@arena-verlag_kids

1

SCHATTEN

Himmel ohne Sterne. Straßen ohne Licht. Unser Atem geht wie eine Maschine, unsere Schritte hämmern über den Asphalt. Wir sehen wenig, doch wir riechen und hören, wir schmecken das Blut in der Luft wie ein Elixier auf unseren Zungen. Wir vibrieren. Unsere Nasenflügel beben. Es riecht schwefelig. Rußig. Verkohltes Fleisch. In der Stadt brennen die Häuser, Rauchschwaden ziehen vorüber, kleine und große Feuer überall, Schreie, weit weg. Ein Hund trabt vorbei, etwas hängt aus seinem Maul.

Wir schleichen um ein kleines Haus herum in einen Garten. Froststarres Gras knirscht unter unseren Füßen. Hinter einem zugenagelten Fenster im ersten Stock erklingt leise Klaviermusik, die Töne stechen wie Nadeln in unser Trommelfell. Ich kenne das Stück, seinen Namen habe ich vergessen. Die Luft ist eisig. Eine Gestalt kniet im Gras, auf dem Boden vor ihr flackert ein rotes Licht. Als sie den Kopf hebt und ich ihr Profil sehe, schießt etwas Kaltes durch mich hindurch. Von hinten springe ich die Gestalt an, schlinge meine Arme um sie, reiße sie hoch und schleudere sie zu Boden. Knochen splittern wie Glas, Blut rinnt auf gefrorene Erde.

Dann krachen Schüsse.

Wir setzen über den Gartenzaun und rennen in die Dunkelheit davon, jagen Straßen entlang und über einen Parkplatz, auf einen mehrstöckigen Ziegelbau zu. Das Schild über der Eingangstür hängt schief, fahles Mondlicht fällt darauf. *URFA*. Die anderen Buchstaben sind mit Ruß oder Schlamm oder etwas Organischem beschmiert. Wir heben die Tür aus den Angeln, es geht ganz leicht. Die Halle dahinter ist feucht und verwinkelt, wir schwärmen in alle Richtungen aus. Unser Puls hämmert, unser Atem keucht. Ein Weinen in der Dunkelheit, ich springe nach vorn und ziehe hinter einem umgestürzten Getränkeautomaten ein schluchzendes Etwas hervor, jetzt schreit es, ich packe es fester, dann beiße ich zu, reiße es auf, es schreit lauter und ich schreie mit, verwandele mich in ein rotes Kreischen, in ...

»Kara!«

All das Blut um mich herum. Ein ganzes Meer davon. Ich muss das Ufer erreichen, wo die Stimme meinen Namen ruft, stoße gegen einen Körper, eine Hand trudelt vorbei, rechts von mir versinkt ein Bein – ich habe das getan. Ich! Meine Gedanken fliegen auseinander und ich schreie mein Entsetzen heraus –

2

MORBUS SHADE

(2. Juni 2037)

»Kara!«

Verschlungen in mein Laken wie in eine Nabelschnur, kämpfte ich mich aus meinem Traum empor und öffnete die Augen. Enna und Morna schauten besorgt auf mich herunter.

»Kara?« Mornas Hand legte sich sanft auf meine Schulter. »Hörst du mich?«

Ich rollte mich auf die Seite, zog die Knie an und begann zu weinen. Morna strich über mein Haar, Ennas Hände fuhren meinen Rücken hinauf und hinunter, wie so oft in den letzten Wochen. Nie fragten sie: »Hast du von deiner aktiven Phase geträumt?« Keine Worte. Nur Berührungen.

Seit Monaten teilten Enna und Morna dieses Zimmer mit mir. Im Laufe der Zeit waren sie meine Freundinnen und die einzigen Menschen geworden, die wirklich wussten, wie es um mich stand. Sie wussten auch, was half, sie schlugen sich ja mit ähnlichen Erinnerungen herum. Wir sprachen nie über die Bilderfetzen, die in unseren Träumen zu uns kamen. Wir wollten uns nicht an die Menschen erinnern, die wir verletzt hatten. Oder getötet. Das letzte Wort konnte ich kaum denken, auch wenn ich ahnte, dass ich genau das in der einen Nacht getan hatte, von der ich immer wieder träumte.

Als keine Tränen mehr kamen, setzte ich mich zwischen Enna und Morna auf die Bettkante. Enna nahm meine Hand. Ihre Finger spielten mit dem schwarzen Carbid-Reif, der mein Handgelenk umschloss; ich glaube, sie tat es unbewusst. Alle drei trugen wir einen solchen Reif, das Zeichen der Infizierten. Dazu Jogginganzüge aus dem Klinikbestand. »Heißer Shit«, hatte Enna mal gesagt, einen Finger durch das Loch an ihrem Ärmel gesteckt und mir zugewinkt. Sie war zwei und Morna elf Jahre älter als ich, also neunzehn und achtundzwanzig Jahre. Enna: zierlich, quirlig, mit schwarzem, jetzt wieder ordentlich geschnittenem Pagenkopf und Armen, denen man die ehemalige Tattookünstlerin ansah; dass sie außerdem Elektronikerin gewesen war, sah man weniger. Morna war das komplette Gegenteil: ruhig, nachdenklich, süchtig nach Büchern. Keine Romane. Ökologie, naturwissenschaftliches Zeug. Auf ihrem Kopf bauschte sich ein rostroter Lockenwust.

Unser gemeinsames Zimmer auf der Isolierstation war winzig, inklusive Bonsai-Bad. Die Betten hatten Rollen und wurden oft verschoben, um Platz für weitere Infizierte aus den Kellergeschossen zu schaffen. Die Türen ließen sich nur von außen öffnen. Morna, Enna und ich waren fast zur selben Zeit nach hier oben verlegt worden und seither zusammengeblieben. Ob wir die Isolierstation auch gemeinsam verlassen würden, sollte sich heute entscheiden.

»Wie wird es da draußen sein?« Vergeblich versuchte ich, das Zittern in meiner Stimme zu unterdrücken.

Nach einem langen Schweigen sagte Enna: »Es wird okay sein.«

»Und wenn wir wieder ... etwas tun?«

Sie drückte meine Hand. »Gar nichts tun wir. Es ist vorbei.« Sie lehnte sich nach vorn und schaute mir ins Gesicht, als wollte sie sichergehen, dass ihre Worte mich wirklich erreichten. »Wir sind nicht mehr aktiv. Und schon gar nicht sind wir im Modus.«

Der Modus. Diese schlimmsten, brutalsten Stunden während der aktiven Phase unserer Krankheit.

»Ich wünschte nur ...« Ich konnte nicht weitersprechen.

Morna wischte sich eine rote Locke aus der Stirn. »Das wünschen wir uns alle, Kara.« Ihre Stimme begann an den Rändern zu bröckeln. »Dass nichts davon passiert wäre. Oder wir wenigstens irgendwo hingehen könnten, wo niemand ahnt, wer wir sind. Ich will es nicht immer wieder in den Blicken der anderen sehen. Ich weiß selbst, dass ich ein Monster war.«

Was wir nicht wussten: Wie damit leben? Mit der Schuld, der Scham, dem schwarzen Makel an unserem Handgelenk, der allen zeigte, was wir waren, in der Schule, auf der Straße, beim Einkaufen, überall.

Ich stand auf und trat an das Fenster aus dickem Sicherheitsglas. Enna und Morna blieben dicht an meiner Seite. In dem von Trümmern übersäten Innenhof strich der Juniwind durch die Linden. Ein Baum stand schief, als wäre er gestolpert. Hinter ihm erhob sich der orangerote, mehrere Stockwerke hohe Seitenflügel, den wir so ironisch wie bitterernst die Drogenzentrale nannten. Dort arbeitete Team Rainbow – und dieser Name war keineswegs ironisch gemeint, sondern sollte so etwas wie Hoffnung ausdrücken; Hoffnung auf ein Medikament, das das Virus in unserem Blut endgültig abtöten würde, statt es nur einzuschläfern, wie es das Serum tat, das man uns derzeit spritzte.

Von unserem Fenster in der vierten Etage konnten wir weitere Klinikgebäude sehen: viel Glas, viel Stahl, Monumente moderner Architektur, verwaist und verwahrlost. In der Zeit vor Morbus Shade hatte das *Major-Klinikum* zu den größten Kliniken Europas gezählt, fast eine eigene kleine Stadt. Doch die Erste Welle der Krankheit hatte tiefe Spuren hinterlassen.

Genau wie Enna und Morna hatte ich Glück gehabt: Ein Trupp von Jägern hatte mich in der Nähe des *Major-Klinikums* aufgegriffen, zu einer Zeit, als *Komvir 5* – das Serum – gerade die letzte Phase seiner Entwicklung durchlief. Schon zwei Wochen später wurde ich aus meinem Verlies in den Untergeschossen des Klinikums auf die Isolierstation verlegt. Man hatte mich in einen großen Duschraum geführt, in dem sich noch andere Infizierte den Dreck von den Körpern wuschen, doch statt mich einzuseifen, war ich weinend auf dem nassen Kachelboden zusammengesunken. Plötzlich hatte Enna neben mir gesessen. Zögernd hatte sie eine Hand auf meinen Rücken gelegt. Nur das. Ringsum wuschen sich andere Mädchen und Frauen, aber wir saßen einfach da, während lauwarmes Wasser auf unsere nackten Körper rieselte. Als eine Pflegerin uns abholte, hatte Enna mir beim Aufstehen geholfen und mich abgetrocknet. Man hatte uns in dasselbe winzige Zimmer gesteckt und von da an waren wir unzertrennlich gewesen.

Jetzt nickte ich in Richtung der Drogenzentrale. »Es wirkt alles so ruhig. Als würde sich dort überhaupt nichts tun.«

»Frau Thiele meint, Team Rainbow arbeitet Tag und Nacht«, sagte Morna. Ihre Sozialarbeiterin war deutlich mitteilsamer als Mike, der Enna und mich betreute und nur das Nötigste mit uns sprach. Dank Frau Thiele wussten wir auch, dass nach einer letzten Schätzung noch knapp 700 Millionen Menschen auf der Erde lebten. Das Virus war kaum ein halbes Jahr aktiv gewesen; genug Zeit, um eine in weiten Teilen entvölkerte Welt zu hinterlassen. Ganze Staaten hatten sich aufgelöst, an ihrer Stelle bildeten sich nun winzige Republiken, autoritär geführte Stadtstaaten oder autonome Zonen – in Deutschland, Europa, auf der ganzen Welt. Die ersten Regierungen konstituierten sich, mal übernahmen selbst ernannte Diktatorinnen und Monarchen das Kommando, mal mehr oder weniger demokratisch gewählte Komitees wie in unserer Stadt.

Von Frau Thiele wussten wir außerdem, dass man noch immer rätselte, ob es sich bei dem Virus um einen natürlichen Mutationsprozess handelte oder ob ein Labor eine fatale Kombination von Mikroorganismen kreiert, das Tollwutvirus zum Beispiel mit einem anderen Virus gekreuzt und es dabei geschärft hatte. In den ersten Tagen nach Ausbruch der Krankheit hatte man diese Theorie ausgiebig diskutiert. Das war, bevor die Menschen durch die mörderische Aggression der Infizierten, den Zusammenbruch von Zivilisation und Versorgungssystemen und das folgende Chaos zu sterben begannen und keine Zeit mehr für Diskussionen blieb. Seit der Corona-Pandemie vor siebzehn Jahren verfügten fast alle Staaten über ausgeklügelte Seuchenschutzprogramme und versuchten, die Ausbreitung des Virus einzudämmen. Theoretisch hätten die Maßnahmen greifen müssen. Nur scherte sich die Natur nicht um Theorien. Und plötzlich hatten wir feststellen müssen, dass wir nicht mehr auf demselben Planeten lebten wie zuvor.

Im Innenhof bahnte sich ein Mann im schmuddeligen Kittel einen Weg durch die Trümmer. Bei der schiefen Linde blieb er abrupt stehen. Eine Ratte blickte zu ihm auf. Die Vorderpfoten hielt sie erhoben, als würde sie ihn anbeten. Oder ihn abwehren. Ihr Fell schimmerte in der Sonne, ihr Bauch glänzte prall und rund. Langsam bückte sich der Mann und legte seine Hand auf einen Stein, doch als seine Finger den Ziegel fester umschlossen, huschte die Ratte davon. Langsam richtete er sich auf und zog seinen Kittel enger um sich.

»Sonst kriegen die Menschen doch auch alles kaputt.« Die Spitze von Ennas Zeigefinger folgte dem Weg des Mannes, bis er in der Drogenzentrale verschwand. »Warum nicht dieses Scheißvirus? Die Vorstellung, dass es bloß in uns schläft …«

Sie musste nicht weitersprechen. Das Gefühl war ekelhaft. Unwillkürlich legte ich eine Hand auf die Stelle an meinem Oberarm, wo man mir gestern – Montag war mein Spritzentag – die wöchentliche Injektion verpasst hatte. Seit vier Monaten alle sieben Tage die gleiche Prozedur. Wir verabscheuten die Spritze, doch keine Spritze hätten wir noch mehr verabscheut; keine Spritze hätte uns in das zurückverwandelt, was wir gewesen waren. Von außen sah man es uns nicht an, aber in uns schlief ein Monster. Ein Schlaf, der immer sieben Tage währte. Bis zur nächsten Spritze.

Wir durften das Monster nicht wecken.

Morna Hassler

Bis ich im November infiziert wurde, habe ich meine Tage damit zugebracht, Stalltüren, Koppeltore und in der Weststadt die Zoogehege zu öffnen. Was konnten schließlich die Tiere dafür? Sollten sie verhungern, nur weil wir Menschen Scheiße gebaut hatten und sich seit dem Ausbruch von Morbus Shade niemand mehr um sie kümmerte?
Inzwischen hat sich Kara beruhigt. Es tut weh, sie so leiden zu sehen. Jedes Mal, wenn eine von uns zusammenbricht, ist es, als würde man in einen Spiegel blicken. Wir sind in einer Weise miteinander verbunden, wie ich es in meinen gesunden Tagen kaum je erlebt habe, nicht einmal mit engen Freunden. In der ersten Zeit auf der Isolierstation, als ich nichts essen mochte, hat Kara mich jedes Mal an die Hand genommen und zum Fenster geführt, wenn sie auf dem Sims ein Insekt oder im Innenhof einen Vogel entdeckt hatte. Ich glaube, es war ihre Art, mir zu sagen, dass es noch immer Schönes in der Welt gibt. Auch die Ratte vorhin im Innenhof war nicht die erste, die wir gesehen haben. Kaum jemand mag Ratten, aber es weiß ja auch kaum jemand, was für kluge und soziale kleine Wesen das sind. Besser, das Tier kommt der Drogenzentrale nicht zu nahe. Jede Wette, dass sie dort massenweise Laborratten und Versuchskaninchen brauchen.

3

ABSCHLUSSGESPRÄCH

(2. Juni 2037)

Schweigend dirigierte mich der Pfleger mit den Rastazöpfen durch die labyrinthischen Gänge der Isolierstation. Wieder einmal fragte ich mich, ob er und seine Kollegen den Job freiwillig taten oder ob das Komitee – die provisorische Regierung, die sich in den letzten Monaten in unserer Stadt gebildet hatte – sie wegen ihrer Kenntnisse in Krankenpflege zu dieser Arbeit verdonnert hatte. Sie sprachen nie mit uns, es sei denn, sie erteilten uns ihre Anweisungen. Immerhin beschimpften sie uns nicht, womit ich eigentlich gerechnet hatte.

An meinem ersten Tag auf der Isolierstation hatte ich geglaubt, sie würden nur mich mit Samthandschuhen anfassen: Kara Enning, Tochter von Dr. Iris Enning, Ärztin im *Major-Klinikum.* Bis Dr. Mariana Levin, die Chefin von Team Rainbow, auf der Isolierstation aufgekreuzt war, mich beiseitegenommen und mir erklärt hatte, dass niemand von meiner Verwandtschaft mit Dr. Iris Enning wisse und das vorerst so bleiben müsse.

»Warum?«, hatte ich sie gefragt.

»Das erfährst du, wenn du entlassen wirst. Aus demselben Grund wird deine Mutter dich auch nicht besuchen.«

»Und mein Vater? Was ist mit meinem Bruder?«

Sie schüttelte den Kopf. »Du bleibst so lange von allen nicht infizierten Menschen getrennt, bis wir sicher sein können, dass du deine gewalttätigen Impulse überwunden hast und nicht mehr in den Modus gerätst.«

Der Modus. Der Höhepunkt unserer Krankheit. Oder ihr Tiefpunkt. Die schlimmste Zeit. Die grausigsten Stunden.

Während deiner aktiven Phase, in der du wütest und blind zerstörst, ist da diese rote Blase, die überall in dir pocht, bis ein Trigger – etwas, das du hörst, siehst, riechst – die Blase wie eine Nadel durchsticht, sodass ein kaltes Gift herausspritzt und dich für mehrere Stunden in den Modus katapultiert. Im Modus willst du dann nicht mehr einfach nur zerstören, willst andere Menschen nicht einfach nur mit deinem Biss infizieren; im Modus hast du nur noch eins im Sinn: töten. Einige von uns wurden während ihrer aktiven Phase ständig getriggert, befanden sich ständig im tödlichen Modus, manche selten, andere nie. Warum sich die einen so leicht triggern ließen, während andere fast nie in den Modus sprangen, war bis heute unklar und würde es wohl bleiben, wie so vieles, was mit Morbus Shade zusammenhing.

Als wir in den nächsten Gang einbogen, fasste mich der Pfleger am Ellbogen, als müsste er mich stützen. Oder mich festhalten, für den Fall, dass ich etwas Unkontrolliertes tat. Seinen Namen hatte er mir nie verraten; ich hatte ihn nie gefragt. Fragen stellen gehörte nicht zu den Dingen, die man von uns Infizierten erwartete. Stattdessen dankte ich allen auf der Station unablässig für ihre Fürsorge. Das waren klägliche Versuche meinerseits, meine Umgebung milde zu stimmen: Seht her, ich bin nicht gefährlich, jetzt nicht mehr, ich esse mein Gemüse, bettele nicht um Fleisch, arbeite in den Therapien gut mit und putze sogar unser Bonsai-Bad. Wir beklagten uns nie, egal, wie oft sie uns Blut abzapften, Gewebeproben und Knochenmark entnahmen, Hormonproduktion, Gehirnströme und die Leitfähigkeit unserer Nerven maßen. Wir sprachen mit gedämpften Stimmen, als wollten wir beweisen, dass wir nie wieder schreien würden. Unsere Tage des Schreiens waren vorüber und unsere Erinnerungen an die aktive Phase unserer Krankheit löchrig; Tage, in denen wir unendlich stark gewesen waren und kaum jemals stillgehalten hatten. Das hatten wir erst wieder lernen müssen.

Als wir am Stationszimmer vorübergingen, schaute ich automatisch zu dem Porträt an der Wand und dankte Dr. Emily Shade im Stillen für ihre Verdienste. Die Augen der Ärztin waren auf irgendeinen kosmischen Bezugspunkt gerichtet, was wohl ihre Entschlossenheit ausdrücken sollte, dem Virus zu trotzen. Natürlich hatte sie das *Komvir* nicht allein entwickelt, aber ihre Genialität hatte den entscheidenden Durchbruch gebracht. Sie war dann selbst einer Infizierten – einem etwa zwölfjährigen Mädchen – zum Opfer gefallen, doch ihre Arbeit hatte uns gerettet.

Eine Rettung immer für sieben Tage.

Gehorsam bog ich in den nächsten Gang ein, blieb brav vor einer senffarbenen Tür stehen und wartete artig, während der namenlose Pfleger mit den Rastazöpfen klopfte. Von drinnen sagte eine Stimme: »Sie soll reinkommen.«

Der Pfleger schob mich durch die Tür, als wäre ich nicht besonders gut darin, durch Türen zu gehen.

Dann war ich allein mit meinem Sozialarbeiter.

»Du bist also immer noch da«, sagte Mike.

Aber nein, hätte ich fast geantwortet, das ist mein Astralkörper. Doch als gute Infizierte hielt ich den Mund und verlor mich stattdessen in der Betrachtung seiner Füße. Dabei war Mike ziemlich gut aussehend: groß, blond, blauäugig, ungefähr Ende zwanzig, der Typ, der im Film den Elbenkrieger spielt. Doch all dies kam nicht gegen seine Füße an, die mir unverhältnismäßig hässlich vorkamen und die ich von unserer ersten Begegnung an immerzu hatte anstarren müssen. Vorn schoben sich die Zehen aus den hellblauen Sandalen wie Wurzeln. Oder Würstchen. Woher hatte er die Sandalen überhaupt? Er besaß sie in verschiedenen Ausführungen und in unterschiedlichen Blautönen, was den Verdacht nahelegte, dass er sich während der Ersten Welle von Morbus Shade an der einen oder anderen Plünderung beteiligt hatte. Blaue Sandalen. Mal was anderes als Lebensmittel, Medikamente oder Stromgeneratoren.

Okay, ich mochte Mike nicht. Als Monster sollte man sich nicht herausnehmen, andere Menschen nicht zu mögen, aber er ließ mich nie in Ruhe. Während unserer Sitzungen forderte er mich ständig auf, mich meinen Erinnerungen zu stellen und endlich *Verantwortung* zu übernehmen. Sogar mit Hypnose hatte er es versucht, doch selbst wenn ich mich erinnert hätte, ihm hätte ich bestimmt nichts erzählt.

»Dein letzter Scan«, sagte er zu der Mappe auf seinem Schreibtisch und raschelte in den Bildern von meinem Gehirn, sprach von Beta- und Deltawellen und dass man hier, hier und da sehen könne, wie in mir noch immer Impulse aufflammten, die mit der aktiven Phase der Krankheit in Verbindung stünden, zwar nur während der Tiefschlafphasen, und selbst da hätten sich die Peaks abgeflacht, aber trotzdem bedenklich, doch ihn frage ja keiner.

»Du warst fast drei Wochen aktiv. Aus meiner Sicht mehr als genug Zeit, damit sich ein gefährliches Verhaltensmuster etabliert. Die Ärzte sind anderer Meinung.« Jetzt sprach er nicht mehr zu der Mappe, sondern mitten in mein Gesicht. Pupillen wie Stecknadelköpfe. Seine Nasenflügel blähten sich, als würde er etwas Verdorbenes riechen. Ich könnte etwas Nettes sagen, dachte ich. Um die Stimmung aufzulockern. Nur fiel mir in seiner Gegenwart nie etwas Nettes ein.

Zu Beginn unserer Gespräche und aller anderen Behandlungen hatte ich gehofft, es würde sich mit der Zeit eine Art Zauberkraft in mir entfalten, die auf geheimnisvolle Weise bewirkte, dass sich all das Schlimme, was ich getan hatte, in Luft auflöste. Inzwischen wünschte ich mir nur noch, dass man mich in Ruhe ließe. Immerhin, ich war jetzt eine Expertin für Antiaggressionstrainings, kannte hundertundeine Entspannungstechnik und wusste, wie man einen Gummiball quetschte, bis er fast platzte. Auch Magnetstimulation, Yoga und der Verzicht auf Fleisch galten als hilfreich. Keine Beruhigungsmittel. Das hatte etwas mit Kreuzreaktionen auf das Serum zu tun.

Mike klappte die Mappe zu. »Neue gewalttätige Impulse?«

»Nein.«

»Noch immer keine Albträume, an die du dich erinnerst?«

»Nein.« Dass mir die Lüge so glatt von der Zunge ging, ohne ins Stolpern zu geraten, wunderte mich selbst.

Seine Fingerspitzen trommelten auf der Mappe einen flotten Wirbel. »Das ändert sich hoffentlich bald. Die Albträume werden dir bewusst machen, was du getan hast. Albträume bedeuten, dass du noch so etwas wie ein Gewissen hast. Eines Tages wirst du dich erinnern. Danach wird es leichter für dich werden.«

Nachtdunkle Straßen – ein rotes Licht – das gefrorene Gras

eines Gartens – das Geräusch brechender Knochen – Schüsse und Flucht, eine dunkle Halle, meine Zähne in weichem Fleisch –

Orte und Personen, die einmal ganz gewesen waren. Was, bitte, sollte denn leichter werden, wenn man sich in allen blutigen Details an das Schlimme erinnerte, was man anderen Menschen angetan hatte?

Mikes Finger formten ein Dach, über dessen First hinweg er mich beobachtete. Sein Blick wollte mich nicht ein Mal, er wollte mich zwei Mal, drei Mal, hundert Mal töten. Wie sehr er mich hassen musste. Ich wusste nicht, wen er durch Morbus Shade verloren, welche Albträume er durchlitten hatte, aber sicher war es schlimm gewesen. Ich gehörte zu denen, die Menschen wie ihm so furchtbare Schmerzen zugefügt hatten. Bei diesem Gedanken empfand ich wieder das vertraute Gefühl des Entsetzens und der Scham.

»Es tut mir leid«, murmelte ich. »Wirklich. Es tut mir leid.«

»Tatsächlich?« Seine Stimme klang kalt. »Nur hilft das leider niemandem mehr.« Er schob meine Akte so heftig von sich, dass sie über die Tischkante rutschte und zu Boden klatschte. »Du verlässt heute die Klinik. Nicht dass ich es richtig finde, Menschen wie dich in die Freiheit zu entlassen. Aber darüber habe nicht ich zu entscheiden.«

Ich gehe nach Hause.

Ich ließ den Gedanken auf mich einwirken wie die Tasse heißen Kräutertees, die wir morgens bekamen: in kleinen, vorsichtigen Schlucken, mit einem bitteren Nachgeschmack. Meine Eltern und mein kleiner Bruder waren am Leben, das wusste ich von Dr. Levin, doch was war mit meinen Freunden, meiner Clique vom Arcadia-Hof? Den Leuten aus der Schule? Waren sie noch da? Konnte ich jemals wieder zu ihnen gehören? Es gab jetzt eine Zeit davor und es gab eine Zeit danach. Dazwischen lag die Erste Welle unserer Krankheit. Sie trennte beide Zeiten. Und sie trennte die Menschen. Hier die Infizierten, dort die Gesunden.

»Du findest dich jede Woche im Klinikum ein, wo du deine Spritze bekommst. Verspätungen werden nicht toleriert. Und du wirst arbeiten. Nicht arbeiten wird nicht toleriert. Asoziales Verhalten wird nicht toleriert.«

Asoziales Verhalten – jemanden beißen? Morbus Shade übertrug sich durch einen Biss. Jetzt, solange die Spritze in mir wirkte, konnte ich das Virus nicht weitergeben; natürlich wäre es trotzdem nicht in Ordnung, jemanden zu beißen. Was kein Problem war. Der Drang, anderen wehzutun, war aus mir verschwunden.

»Du wirst dir nicht zu fein sein für die Arbeiten, die man dir zuweist. *Oh, das kann ich nicht, das will ich nicht«,* sagte er mit der Stimme einer weinerlichen Comicprinzessin, *»ich könnte mir einen Fingernagel abbrechen.* So was gibt's von jetzt an nicht mehr.«

Das Mitgefühl, das ich noch vor wenigen Minuten für ihn empfunden hatte, war in rapider Auflösung begriffen. Mein Kiefer verspannte, Hitze pulsierte hinter meiner Stirn. Ich atmete langsam ein und noch langsamer aus, wie ich es in den Trainings gelernt hatte, und hoffte, dass er davon nichts mitbekam.

War der Drang, anderen wehzutun, wirklich aus mir verschwunden? Wie zuverlässig wirkte *Komvir 5?* Ich würde es herausfinden müssen. Und das war kein angenehmer Gedanke. Ich holte ein weiteres Mal tief Luft, zählte innerlich bis zehn und lächelte mit zusammengebissenen Zähnen. Als Mike weitersprach, tat er es so langsam und deutlich, als hätte er es mit einer Tauben zu tun, die ihm jedes Wort von den Lippen ablesen musste.

»Grundsätzlich wirst du tun, was man dir sagt. Du wirst dich den Anweisungen nicht widersetzen, es sei denn, du willst die Isolierstation wiedersehen.«

»Verstehe«, sagte ich und lächelte.

»Du und deinesgleichen, ihr schuldet der Gesellschaft eine Menge. Die Produktion eures Serums verschlingt Ressourcen, die wir an anderer Stelle dringend bräuchten.«

»Verstehe«, sagte ich und lächelte.

Als hätten wir Infizierten uns unser Schicksal ausgesucht oder unser Tun irgendwie von langer Hand geplant.

»Du hast großes Glück, dass deine Familie dich wieder aufnimmt.« Er erhob sich, umkurvte mich in einem weiten Bogen und öffnete die Tür.

Als ich hindurchging, waren meine Fäuste so fest geballt, dass meine Fingernägel in die Handflächen schnitten.

»Sei dankbar«, sagte er.

Mike Pollok

Über Morbus Shade kursieren die schrägsten Theorien. Hier die neueste: Während ihrer aktiven Phase hatten manche Infizierte eine Art Schwarm-Wahrnehmung und konnten für Momente durch die Augen anderer Infizierter sehen. Eine gruselige Vorstellung. Aber sicher günstig, wenn sie ihre Beutezüge unternahmen oder den Trupps der Jäger entkommen mussten. Noch gruseliger scheint mir, dass der Bewusstseinsswitch offenbar nur zwischen denen funktionierte, die so etwas wie Zuneigung füreinander empfanden.
Infizierte, die in ihrer aktiven Phase und sogar in den Stunden, die sie im Modus zubrachten, zu Liebe und Freundschaft fähig waren.
Absurd.

4

VERMINDERTE AKTIVITÄT

(2. Juni 2037)

»Und?« Ich setzte mich zu Enna an den spinatfarbenen Kantinentisch. Das Linoleum quietschte, als einer der anderen Infizierten mit seinem Tablett an uns vorüberging. Hier und da wisperten Stimmen, doch die meisten Insassen der Isolierstation löffelten ihr Mittagessen schweigend. Auf unseren Tellern lag, was das Ernährungsprogramm empfahl: erstens vegetarisch, zweitens niemals scharf, drittens nichts, was zum kräftigen Zubeißen animiert. Wir beschwerten uns nie; wir hätten auch Schuhcreme gegessen, hätte man uns welche serviert. Das Gefühl, dass wir nichts Besseres verdienten, hatte sich längst in uns festgesetzt.

»Ich komme raus.« Mit ausdrucksloser Miene salzte Enna nach.

»Ich auch«, erwiderte ich.

Der Gemüsebrei schmeckte weich, das war alles, was sich darüber sagen ließ. Mir war schwindelig, nicht körperlich, aber in meinen Gefühlen. Was erwartete uns dort draußen? Wie stark hatte die Krankheit die Welt verändert? Wie stark hatten *wir* sie verändert?

Begeistert würde man uns wohl kaum empfangen.

»Wir schaffen das schon«, sagte Enna, als hätte sie meine Gedanken gelesen.

Ich nickte, doch ich fühlte mich mies. Okay, wir hatten die Spritze, wir hatten gelernt, unsere Wut zu kontrollieren, auch wenn ich bezweifelte, dass sich ein aktives Virus von Entspannungstechniken und Sportprogrammen beeindrucken ließ. Aber wie sollten wir mit den Menschen umgehen, die so grausam unter uns gelitten hatten?

Morna kam mit ihrem Tablett an unseren Tisch, setzte sich neben Enna und strich ihre roten Locken zurück. Wie so oft fiel mir auf, dass sie winzige Ohren hatte, die fast rechtwinklig zu ihrem Gesicht abstanden. Die Ohren und ihre runden, verschreckten Augen verliehen ihr sekundenlang etwas Kindliches. Plötzlich ahnte ich, was kommen würde. Ich konnte nicht einmal mehr *nein, nein* denken. Alles war wie erstarrt.

»Verminderte Aktivität in dem Gehirnbereich, der für die Impulskontrolle zuständig ist.« Mit ihrem Löffel buddelte Morna ein Loch in ihren Gemüsebrei. »Laut meinem letzten Scan.«

»Das heißt?«, fragte ich mit belegter Stimme.

»Meine aktive Phase ist noch nicht vorbei. Ich muss bleiben.«

Hundert Fragen schossen mir durch den Kopf, jede darauf ausgerichtet zu beweisen, dass ein Irrtum vorliegen musste, aber alles, was ich herausbrachte, war: »Das kann nicht sein. Du benimmst dich doch völlig normal!«

»Sie wollen nur sichergehen. Frau Thiele sagt, sie verlegen mich auf Station K.«

»Station K?«, fragte Enna. »Was soll das sein?«

»Intensivere Betreuung. Individuelleres Training. Oder so ähnlich. Eigentlich finde ich es ganz okay, dass ich bleiben muss«, sagte sie tapfer. »Da draußen wartet sowieso niemand auf mich.«

Ihre Unterlippe zitterte. Sie hatte uns erzählt, dass ihre Frau tot war, genau wie die anderen Leute, mit denen sie auf dem Biohof am nördlichen Stadtrand zusammengelebt hatten. Wein doch, Morna, bitte, dachte ich und griff über den Tisch hinweg nach ihrer Hand, weine um Glenda, um euer Leben auf dem Passage-Hof, von dem du uns so viel erzählt hast, um das Café, das ihr dort gemeinsam hattet, um das alte Schwein, das nur noch ein Ohr hatte und das ihr vor dem Schlachthof gerettet habt, weine um alles, was du verloren hast, bitte.

Sie weinte nicht. Wahrscheinlich wusste sie, dass sie sonst vollends zusammengebrochen wäre.

»Du hast Enna und mich«, sagte ich hilflos. »Wir sind jetzt deine Familie. Wir warten auf dich.«

Enna nickte energisch. »Ja, wenn du aus diesem K-Ding rauskommst, sind wir da. Die quartieren dich bestimmt im selben Wohnheim ein wie mich. Da, wo früher die Medizin-Studis gewohnt haben, hinter dem *Phönix-Center*. Und Kara besucht uns dann.«

Morna und ich ließen gleichzeitig unsere Löffel sinken.

»Du gehst nicht zu deiner Familie?«, fragte ich.

Enna lächelte schmal. »Mein Vater hat die Klinik darüber informiert, dass er mich nie wiedersehen will. Wegen der Dinge, die ich getan habe.« Sie stieß einen Laut aus, der halb Lachen, halb Schluchzen war. »Und ich erinnere mich nicht einmal daran.«

Ich war fassungslos. Verstoßen von der eigenen Familie. Mike hatte angedeutet, dass es so etwas gab, doch bis zu diesem Augenblick hatte ich mir das nicht einmal vorstellen können.

Die Tür zur Kantine öffnete sich. Eine Pflegerin steckte ihren Kopf herein. »Alle, die heute entlassen werden, kommen bitte mit.«

Erschrocken schauten wir einander an. Das war jetzt also unser Abschied. Zu wenig Zeit, dachte ich panisch, viel zu wenig Zeit.

Langsam standen wir auf, standen einige Sekunden wie gelähmt. Dann kippte Enna beinahe auf Morna zu und umarmte sie und auch ich legte meine Arme um sie. Ganz fest. So verharrten wir zu dritt in einem engen Kreis, es hätte kaum noch ein Blatt zwischen uns gepasst. Mornas Stirn lag an meiner Schulter. Ihr Rücken zitterte. »Ich will euch wiedersehen«, flüsterte sie. »Egal, wie schwierig es wird.«

»Ich auch«, murmelte ich.

»Wir müssen uns das versprechen.« In Ennas Stimme lag etwas Verzweifeltes, Drängendes. Und ohne dass wir es so geplant oder uns aufeinander abgestimmt hätten, sagten wir es alle drei, genau im selben Moment:

»Versprochen.«

»Mitkommen, bitte!«, rief die Pflegerin.

Mit einer sachten Bewegung entwand sich Morna unseren Armen. »Ab mit euch.« Ihr Lächeln wirkte mühsam. »Schnell. Sonst fang ich an zu heulen.«

An der Tür wandte ich mich noch einmal um. Mornas Lächeln war zerronnen, doch genau konnte ich es nicht erkennen; die Sonne strahlte sie von hinten an und verwandelte ihr Haar in eine rotgoldene Wolke. Der Rest von ihr verschwamm im Licht. Als wäre sie dabei, sich in Luft aufzulösen.

5

TEAM RAINBOW

(2. Juni 2037)

Seit unserem Abschied von Morna hatten Enna und ich kein einziges Wort gesprochen. Hand in Hand saßen wir nebeneinander in den orangefarbenen Sitzschalen im Foyer der Isolierstation, umgeben von knapp sechzig weiteren Infizierten, die jüngste kaum zwölf Jahre alt, der älteste weit über achtzig. Als die Leute von der Security in ihren blauen Overalls hereinkamen und wir ihre Stiefelabsätze über das Linoleum hämmern hörten, ging ein fast unmerklicher Ruck durch unsere Reihen, eine Art kollektives Zusammenzucken.

In der Welt, wie sie jetzt war, kümmerte sich diese neue … ja, was waren sie eigentlich? Eine Armee? Eine neue Polizeieinheit? Wie auch immer, jedenfalls kümmerten sie sich um die öffentliche Sicherheit. Die Visiere ihrer silberfarbenen Helme waren hochgeklappt, ihre Hände lagen locker an Revolvern und Tasern. Das Knistern ihrer Funkgeräte ließ eine Gänsehaut über meinen Nacken rieseln.

Das mit den Funkgeräten war übrigens auch so etwas, das auf das Konto von Morbus Shade ging. Der Ausbruch der Krankheit und das damit einhergehende Chaos hatte überall auf der Welt die Zivilisation aus den Angeln gehoben, was wiederum weitere globale Katastrophen nach sich gezogen hatte. Kraftwerksexplosionen und radioaktive Verseuchung, Chemieunfälle, Cholera- und Hepatitis-Epidemien, Zusammenbruch der Kommunikationsnetze, digitaler Exitus. Das Internet war tot und mit ihm sämtliche intelligenten Programme, die uns das Leben erleichtert hatten. Inzwischen hatte man einige der analogen Systeme wiederbelebt und in Sachen Computer und Funkgeräte noch die letzten Dinosaurier aus der Mottenkiste geholt, aber das Leben fühlte sich trotzdem verdammt nach Steinzeit an, jedenfalls hier im Klinikum, und das, obwohl man an diesem Ort vermutlich alles an Technik zusammengezogen hatte, was sich noch irgendwo auftreiben ließ. Wie musste es dann erst draußen sein?

Die Pflegerin befahl uns aufzustehen. Wie eine Herde Schafe rückten wir zusammen. Ennas Arm zitterte an meinem. Einer der Securitys las von einer Liste die auf die Carbid-Reife gravierten Nummern derjenigen ab, die ins Wohnheim überstellt wurden.

»Sechs null acht null.«

Ich spürte Enna an meiner Seite zusammenzucken und schloss meine Hand fester um ihre. Einen verrückten Augenblick lang war ich entschlossen, sie nicht loszulassen. Die sollten bloß mal versuchen, uns zu trennen!

»Sechs null acht null!« Diesmal laut. Sehr laut.

Enna entzog mir ihre Hand und umarmte mich. »Egal, wie schwierig es wird«, murmelte sie in mein Ohr.

»Versprochen«, flüsterte ich.

In der Tür drehte sie sich noch einmal um. Ich wollte ihr zurufen, dass sie mich nicht allein lassen sollte, brachte aber nur ein klägliches »Bis bald« heraus. Dann war sie weg.

Ich trat ans Fenster. Ein Grüppchen von jetzt noch acht Infizierten folgte mir.

Fedrige Zirruswolken flirrten über einen kornblumenfarbenen Junihimmel. Flankiert von der Security traten Enna und die anderen in den Innenhof hinaus und steuerten auf einen gelben Bus zu. Enna ging ziemlich weit hinten. Vor ihr machte ein junger Mann halt, um ein Papiertaschentuch aus seiner Hosentasche zu ziehen. Einer der Securitys schubste ihn vorwärts, sodass er stolperte und hinfiel. Als eine andere Infizierte ihm auf die Beine helfen wollte, trat der Securitymann sie gegen den Oberschenkel. Ihr Mund klappte auf, als sie zu Boden ging, doch wegen des dicken Sicherheitsglases hörte ich statt eines Schmerzensschreis nur ein schwaches Miauen. Jetzt fingen alle Securitys an zu rempeln und zu stoßen wie beim Verladen einer Viehherde. Ennas schwarzes Haar leuchtete im Sonnenlicht bläulich auf, als sie sich zu der Frau am Boden hinunterbeugte, um sie auf die Füße zu ziehen. Bevor sie in den Bus stieg, guckte sie zu mir hoch. Wie betäubt winkte ich ihr zu, doch als sie einen Arm hob, um meinen Abschiedsgruß zu erwidern, packte eine Securityfrau sie an der Schulter und stieß sie die Stufen in den Bus hinauf. Sie strauchelte, wurde von einem anderen Infizierten aufgefangen und in das dunkle Innere des Busses gezogen. Auf der Tür, die sich hinter ihr schloss, tanzten Sonnenreflexe.

Geschockt von dem, was gerade im Hof geschehen war, kehrte ich langsam auf meinen Platz zurück. Niemand sprach. Ab und zu kam die Pflegerin herein und rief eine Nummer auf. Wir anderen warteten weiter und die ganze Zeit dachte ich an Enna und wie man sie in den Bus gestoßen hatte.

Der zweite Schock traf mich dann, als nur noch ich im Foyer saß und statt der Pflegerin plötzlich meine Mutter in der Tür stand. Ich erkannte sie kaum wieder. Immer hatte sie auf ihr Äußeres geachtet; nun waren ihre blonden, von ersten grauen Fäden durchzogenen Haare zu einem unordentlichen Vogelnest aufgetürmt und ihr Sweatshirt sah aus, als würde sie es seit Tagen und Nächten tragen. Nicht einmal in den ersten Wochen von Morbus Shade, als ich noch gesund und bei meiner Familie gewesen war und wir längst aufgehört hatten, mehr als zwei Stunden am Stück zu schlafen, war sie mir so blass erschienen; nicht einmal in jener regnerischen Dezembernacht, in der meine Eltern mir erklärt hatten, dass sie mich nun im Keller unseres Reihenhauses unterbringen würden. Zu diesem Zeitpunkt war das Virus seit vierundzwanzig Stunden in meinem Blut gewesen, was bedeutete, dass mir noch zwei Tage blieben, bevor ich mich in eine Bestie aus einem Horrorfilm verwandeln würde. Der überaus schlaue Plan meiner Eltern hatte darin bestanden, mich dort unten einzusperren; als wäre ihnen nicht vollkommen klar gewesen, dass, wenn das Virus erst loslegte, ich zuerst den Keller zerlegen würde wie eine Pappschachtel – und dann voraussichtlich meine eigene Familie. Das war die Nacht gewesen, in der ich abgehauen war.

Das lag nun kaum sechs Monate zurück, doch meine Mutter schien um Jahre gealtert.

Als ich mich von meinem Platz erhob, rührte sie sich nicht von der Stelle. Immer wieder hatte ich mir ausgemalt, wie unsere erste Begegnung verlaufen würde, doch meine Fantasie hatte nicht ausgereicht. Jetzt ging ich einfach zu ihr, berührte ihre Hand und sagte: »Hallo, Mama.«

»Kara. Kind.« Endlich bewegte sie sich – und tat, wonach ich mich so sehr gesehnt, worauf ich aber nicht zu hoffen gewagt hatte: Sie legte die Arme um mich und schloss mich ganz fest in ihre Umarmung ein. In diesem Augenblick wünschte ich mir mehr als alles andere, sie könnte das, was in den letzten sechs Monaten geschehen war, einfach aus mir herauslösen, sodass es verschwand; ich wünschte, es würde ihr irgendwie gelingen, mich in mein altes Ich zurückzuverwandeln: *Was du getan hast, ist nie passiert, Kara.*

Sie trat einen Schritt zurück. »Wie geht es dir, Schatz?«

Ich wollte ihr erzählen, dass ich schreckliche Angst hatte, die schlimmste Angst meines Lebens, schlimmer als im letzten Herbst, als das Virus seinen Siegeszug um die Welt angetreten und wir allmählich den Ernst der Lage begriffen hatten; schlimmer als in jener Dezembernacht drei Monate später, als ich aus dem Goldregengestrüpp zurückgekehrt war, meine Mutter die Wunde an meinem Oberschenkel desinfiziert und wir uns einzureden versucht hatten, dass es nichts war, gar nichts. Auch damals hatte ich mich gefürchtet, doch vor allem war ich verzweifelt gewesen. Hier, im Foyer der Isolierstation, auf der ich so lange von allem abgeschirmt gewesen war, empfand ich blanke Panik bei dem Gedanken, all den Menschen zu begegnen, die unter uns Infizierten gelitten hatten – Nachbarn, Freunde, Mitschüler, Fremde. Ich wollte unsichtbar werden. Niemand sollte wissen, wer ich war oder was ich getan hatte. Ich schaute in das müde Gesicht meiner Mutter und wollte sagen: *Ich kann das nicht, Mama, bitte, es geht nicht, ich schaffe es nicht.* Doch da waren die Linien neben ihren Mundwinkeln, da war ihre Hose, die dort Luft hatte, wo sie mal eng gewesen war, und ich hörte mich sagen: »Gut. Mir geht's gut.«

Sie atmete tief ein. »Da ist noch etwas, das wir regeln müssen, bevor wir nach Hause fahren.«

Vor einer weißen Tür am Ende eines weißen Ganges, irgendwo tief im Herzen der Drogenzentrale, blieb meine Mutter stehen. Auf ihr Klopfen antwortete eine Stimme: »Iris? Seid ihr das? Kommt rein.«

Das Zimmer hinter der Tür war kaum größer als ein Umzugskarton. Über einen zerschrammten Schreibtisch hinweg reichte mir eine Frau mit armdickem blondem Zopf die Hand; dieselbe Frau, die mir nach meiner Ankunft auf der Isolierstation klargemacht hatte, dass niemand von der Verwandtschaft zwischen meiner Mutter und mir erfahren durfte.

»Setz dich, Kara.« Dr. Levins Händedruck war warm und fest, doch ihre Stimme klang angespannt.

Ich nahm auf der Stuhlkante Platz.

»Heute gehst du also nach Hause. Das ist gut. Dort draußen wird es nicht leicht für dich werden, aber du wirst es schon schaffen.« Sie räusperte sich. »Bevor du uns verlässt, muss ich etwas Wichtiges mit dir besprechen.« Sie legte einen Finger an ihre Wange, als überlege sie, was sie mir von jetzt an erzählen durfte und was nicht. »Du weißt, was wir vom Team Rainbow tun?«

Ihre Frage überrumpelte mich etwas. »Sie, äh, suchen ein Medikament, das uns heilt. Für immer, meine ich.«

»Das ist richtig. Das Serum, das wir euch einmal wöchentlich spritzen, versetzt das Virus in einen siebentägigen Ruhezustand. In dieser Zeit ist es nicht übertragbar, außerdem seid ihr vor der aktiven Phase geschützt, was immerhin ein Fortschritt ist. Dadurch haben wir Morbus Shade ganz gut im Griff. Die Erste Welle ist vorbei, die Infizierten sind unter Kontrolle. In Australien und auf dem amerikanischen Kontinent scheint es noch Probleme zu geben, aber das tangiert uns nicht; es hat auch sein Gutes, dass Schiffs- und Flugverkehr während der Ersten Welle zusammengebrochen sind.« Sie rieb sich die

Schläfen, als hätte sie Kopfschmerzen. »Das Problem ist: Ein schlafendes Virus kann aufwachen. Wir brauchen ein Medikament, das das Virus nicht nur sieben Tage lang einschläfert, sondern es endgültig eliminiert. Daran arbeiten wir. Genau wie die anderen beiden Teams, von denen wir wissen und zu denen wir Kontakt haben.«

»Es gibt noch weitere Teams?«, fragte ich schüchtern. Das war ja mal eine gute Nachricht.

Sie nickte. »Team Skylark in der neuen Freizone Nairobi und vor allem das fast fünfzigköpfige Team Butterfly in der Türkei. Ohne Internet ist der Informationsaustausch schwierig, wir haben nur einige Hubschrauber und eine kleine Flotte von Sportflugzeugen. So können wir den Kontakt einigermaßen halten.« Sie straffte sich. »Wir müssen jetzt über deine Mutter reden, Kara. Sie ist eine hervorragende Ärztin und ich will sie unbedingt in mein Team holen.«

Verwirrt schaute ich zu meiner Mutter, die angesichts meiner überraschten Miene belustigt eine Augenbraue hob. Nicht dass ich an ihren Fähigkeiten als Neurologin zweifelte. Für ihr Studium hatte sie ein Stipendium erhalten, sie hatte Artikel in Fachzeitschriften veröffentlicht und auf neurologischen Symposien Vorträge gehalten, doch hier ging es um Virologie. Das war nun wirklich nicht ihr Gebiet.

»Nach einer letzten Schätzung leben kaum noch 700 Millionen Menschen auf der Welt. Die wenigsten von ihnen verfügen über die Kenntnisse, die wir jetzt dringend brauchen. Technik. Landwirtschaft.« Dr. Levin holte tief Luft. »Und Medizin. Wir haben alle Kräfte gebündelt, so gut wir konnten. Die Forscher und Mediziner, die mal an der Spitze standen, sind tot, trotzdem sind wir weit gekommen. Das hätten wir nie zu hoffen gewagt. Was ich jetzt in meinem Team brauche, ist eine Neurologin.«

Ich konnte mir die Frage nicht verkneifen: »Wofür?«

»Das«, Dr. Levin lächelte schwach, »geht nur das Team etwas an. Deine Mutter hat versprochen, uns zu helfen. Unter einer Bedingung. Sie will, dass wir dich löschen.«

Langsam wandte ich mich meiner Mutter zu. Stille, in der das Wort durch meinen Kopf summte wie eine Wespe auf Speed: *Löschen, löschen, löschen.* Steif aufgerichtet saß ich da. Dann erschlaffte alles und ich begann zu zittern.

»Mich … löschen?«, flüsterte ich.

Die Reaktion meiner Mutter kam sofort. Ihre Augen weiteten sich, ihr Mund formte ein erschrockenes O, dann zog sie mich fest in ihre Arme. »Kara, um Himmels willen! Löschen heißt doch nur, dass du offiziell nicht mehr als Infizierte geführt wirst.«

Mit geschlossenen Augen spürte ich dem Druck ihrer Umarmung nach. Als ich die Augen wieder öffnete, beugte sich mir Dr. Levin leicht entgegen. »Ein normales Leben. Oder so normal, wie es in unserer neuen Welt eben möglich ist. Deine Mutter wird dir einmal wöchentlich das Serum injizieren.« Je länger Dr. Levin sprach, desto größer wurde meine Erregung, während der Tonfall ihrer Stimme mich gleichzeitig frösteln ließ. »Sie übernimmt die volle Verantwortung für dich. Sollte jemand dahinterkommen, dass du das Virus in dir trägst, werden deine Mutter und du mit aller Härte bestraft. So sieht es eines der Notgesetze vor, die das Komitee verabschiedet hat. Du darfst deine Krankheit weder anderen gegenüber erwähnen noch dir das Geringste zuschulden kommen lassen. Verstehst du, was ich meine?«

»Ich … ich denke schon.«

»Sobald sich dort draußen jemand auffällig benimmt, führt die Security Bluttests durch. Du hast deine Aggressionen im Griff?«

Ich nickte.

»Dann hör mir genau zu. Dies ist deine Geschichte. Als du deinen Eltern geholfen hast, euer Haus zu sichern, hat dich ein Infizierter angegriffen. Du hast monatelang mit schweren inneren Verletzungen in der Klinik gelegen. Deine Milz musste entfernt werden, deine Lungenkapazität ist noch eingeschränkt«, sagte sie mit einer Stimme, so hell und klar, dass ich ihre Worte wie Glockenschläge im Kopf spürte. »Deine Mutter hat diese Geschichte schon in eurer Nachbarschaft verbreitet, die Wahrheit kennen nur dein Vater und dein Bruder. Mit Enna und Morna müssen wir noch reden, genauso mit den Leuten, zu denen du auf Station mehr als nur flüchtigen Kontakt hattest. Wer war dein Sozialarbeiter?«

»Mike Pollock.«

Sie machte sich eine Notiz, dann legte sie ihre Hände mit nach oben geöffneten Handflächen auf den Tisch; kleine Hände, zart und sensibel. »Enna, Morna und Mike werden den Mund halten. Sie werden das hinkriegen. Genau wie du. Weil ich deine Mutter brauche. Schaffst du das, Kara?«

Ich schluckte. Für die Menschen dort draußen wäre ich keine Infizierte mehr. Keine Kranke, Gestörte, Wahnsinnige. Kein Monster. Für sie wäre ich normal. Genau das hatte ich mir gewünscht.

Die Wahrheit für mich behalten – konnte ich das? Konnte ich vor anderen Menschen verstecken, wer ich wirklich war?

Meine Stimme stemmte sich gegen meine Angst. »Ich schaffe das.«

Dr. Levin erhob sich. »Gut. Dann musst du dir von jetzt an zwei Dinge merken. *Erstens: Du bist infiziert. Zweitens: Du bist nicht infiziert.*«

Mit diesen beiden unvereinbaren Wahrheiten zu leben, würde

Geschick im Denken und Handeln erfordern, doch das würde ich schon hinkriegen. Ich musste.

»Ich schaffe das«, sagte ich noch einmal.

Dr. Levin quetschte sich zu dem Rollschrank neben ihrem Schreibtisch durch und tippte eine Reihe von Zahlen in ein Tastenfeld. Das oberste Fach summte auf. Sie holte etwas heraus, das wie der fleischfarbene Gummihandschuh eines Riesen aussah, und wies mich an, meine rechte Hand hineinzuschieben. Ich zögerte. Als sie ihren Befehl wiederholte, gehorchte ich. Kaum war ich in das Ding hineingeschlüpft, saugte es sich an meinen Fingern und an meinem Handgelenk fest, als würde es ein Eigenleben führen und sich anschicken, mir in Vampir-Manier das Blut auszusaugen. Es fühlte sich feucht und gleichzeitig trocken wie Kreide an, was in seiner Widersprüchlichkeit ziemlich irritierend war. Und eklig. Und außerdem zog sich das Ding immer fester zu. Ich dachte: Gleich macht es *knack-knack-knack!,* gleich ist meine Hand Knochensalat, gleich schreie ich, gleich, gleich …

Ein heftiger Ruck – Dr. Levin zog das Ding von meiner Hand. In seinem Innern blieb der Carbid-Reif zurück.

Meine Mutter strich mit dem Daumen über mein Handgelenk. Dort, wo der Reif es umschlossen hatte, war die Haut gerötet.

»Komm«, sagte sie und rückte ihren Stuhl zurück. »Lass uns nach Hause gehen.«

Mariana Levin

Die gute Nachricht: Iris ist im Team.

Die schlechte: Das Komitee sagt, der Wiederaufbau der chemischen Industrie wird Jahre dauern. Mit anderen Worten: Niemand kann Komvir *nachproduzieren. Nicht dass ich es nicht geahnt habe – sogar Aspirin und Hämorrhoidensalbe laufen auf Reserve –, allerdings habe ich nicht erwartet, dass uns das Serum so schnell ausgeht. Preston, der Arsch – und kann mir mal jemand erklären, was ein Ex-General in unserem Komitee zu suchen hat? –, war so freundlich, mir heute Morgen die neuesten Berechnungen hinzuknallen.*

Produktionsstopp: 10. August.

Keine zwei Monate mehr. Ab da noch ungefähr vierzehn Tage, bis die letzten Dosen aufgebraucht sind.

»Die Chefs von Team Skylark und Team Butterfly sind informiert. Darüber hinaus wird niemand von Tag X erfahren. Absolut niemand. Die Menschen würden in Panik geraten«, sagt er und guckt wie Mr Superhero mit der glitschigen Frisur aus einem drittklassigen Endzeitfilm. Als ich wissen will, ob wir die Infizierten angesichts der Situation überhaupt entlassen sollten, fragt er in einem Ton, als hätte mir jemand das Gehirn rausoperiert, ob mir klar sei, wie absolut kompliziert der Wiederaufbau unserer Zivilisation sei? Ob ich glauben würde, wir könnten auf die Arbeitskraft der Infizierten verzichten? Zum krönenden Abschluss haut er mir dann noch den sehr hilfreichen Ratschlag hin, dass ich meinem Team mal in den Arsch treten soll, das sei absolut höchste Zeit, und wir hätten ja die Infizierten von Station K, da müsse doch in Sachen Virentod absolut was zu machen sein.

Ich habe Herrn Absolut rausgeschmissen und mir eine Equi-

librium reingeklinkt, obwohl auch die langsam knapp werden. Aber ich muss ruhig bleiben. Wir müssen es schaffen. Sonst rollt im August die Zweite Welle los.

6

HEIMWEG

(2. Juni 2037)

Unser Kombi roch noch genauso wie vor Morbus Shade. Bertil hatte mal einen Bananenshake auf der Rückbank verschüttet, der Geruch war nie aus den Polstern gewichen. Vielleicht, dachte ich, ist ja alles gar nicht so schlimm.

Ich dachte es so lange, bis wir das Klinikgelände verließen.

Vrede, die Stadt, in der ich aufgewachsen war, lag unter einem blau-goldenen Himmel. Das Sonnenlicht spielte in menschenleeren Straßen und auf verlassenen Gebäuden. Hinter zerbrochenen Fensterscheiben gähnten dunkle Höhlen. Supermärkte und Geschäfte: geplündert, verwüstet. Zertrümmerte Fahrzeuge blockierten Kreuzungen und Fußwege, meine Mutter musste Schritttempo fahren, um überhaupt durchzukommen. Dazwischen türmten sich Abfallberge, klumpiges Zeug, Müll in allen Variationen, teilweise so verrottet, dass er nicht einmal mehr eklig aussah. Umgestürzte Hydranten, frei liegende und geborstene Rohre, explodierte Gasleitungen, aus demolierten

Verteilerkästen hingen Kabelbündel. Obwohl meine Mutter die Aircondition eingeschaltet hatte, drang ein süßlicher Verwesungsgeruch ins Wageninnere. Die Hände unter die Achselhöhlen geklemmt, saß ich geschockt neben ihr. Bisher hatte ich nur gewusst, wie schlimm es um unsere Welt stand; jetzt erfasste ich zum ersten Mal mit allen Sinnen, dass unser Leben, wie wir es vor Morbus Shade gekannt hatten, nicht mehr existierte.

Am schlimmsten war die Leere in den Straßen. Die Stille. Knapp hundertfünfzigtausend Menschen hatten vor Ausbruch der Krankheit in Vrede gewohnt. Wo waren sie?

»Mama?«, fragte ich bang. »Wo sind denn alle?«

Sie fuhr um einen auf der Seite liegenden Lkw herum.

»700 Millionen«, sagte sie leise. »So viele Menschen haben früher allein in Europa gelebt. Jetzt verteilt sich diese Zahl über alle sieben Kontinente. Es ist schlichtweg kaum noch jemand da, Kara. Unser Land ist leer. Nicht nur unser Land. Europa. Die ganze Welt.«

Ein Mädchen von dreizehn oder vierzehn Jahren nagelte an einer schiefen Hütte herum, das Material hatte sie wohl von einem der verlassenen Häuser abgeschlagen. Ein alter Mann trat aus einem Wellblechschuppen; er hatte sich mit einem Stofflumpen ein Baby vor die Brust gebunden und beschirmte mit einer Hand dessen Augen, als sollte es nicht sehen, in was für ein Leben es hineingeboren war. Eine Frau im blauen Overall der Security sprach in ein Funkgerät; Mobiltelefone, wenigstens so viel wusste ich, eigneten sich nur noch als Taschenlampen.

»Die größte Gruppe von Überlebenden hat sich in Vrede zusammengefunden«, sagte meine Mutter. »Nicht mal Berlin oder Hamburg können da mithalten.«

Ungläubig blickte ich auf die verlassenen, verwahrlosten Gebäude, die rechts und links der Straße an uns vorüberzogen. »Aber warum ausgerechnet *Vrede?«*

»Wahrscheinlich wegen des *Major-Klinikums.* Die Menschen fühlen sich in seiner Nähe sicher. Soweit ich weiß, ist es der einzige Klinikkomplex in Deutschland, der noch weitgehend in Betrieb ist.«

»Wo leben sonst noch Leute? Außer in Berlin und Hamburg?«

Sie zuckte die Schultern. »Wir wissen von Ansiedlungen in Braunschweig und Nürnberg und einigen kleineren Städten. Aber die meisten Orte sind verlassen. In Deutschland, in Europa. Überall.« Ihr Lächeln wirkte müde. »Die Natur holt sich gerade eine Menge zurück. Wenn du Vrede verlässt, findest du da draußen eine Welt, die still geworden ist. Die nächste bewohnte Ortschaft ist Barlow.«

Barlow lag mehr als fünfzig Kilometer von Vrede entfernt. »Und dazwischen lebt *niemand?«,* fragte ich schockiert.

»Das eine oder andere Wolfsrudel, habe ich gehört. Und angeblich gibt es eine Elefantenherde, die aus irgendeinem Wildpark ausgebrochen ist. Mit der Zeit siedeln sich bestimmt auch in ländlichen Gebieten wieder Menschen an, aber im Augenblick fühlen sich alle sicherer, wenn sie in größeren Orten zusammenbleiben.«

Vor uns rumpelte ein voll besetzter, uralter Linienbus durch eine Schmutzwasserlache, eines dieser stinkenden Dieselgefährte, die eigentlich längst ausrangiert gehörten. Der Anblick des Oldtimers wunderte mich – bis mir klar wurde, dass Elektro- und Wasserstoffantrieb eine Infrastruktur voraussetzten, die nicht mehr existierte. Auch die alten Diesel und Benziner würden nur noch so lange laufen, wie unsere Kraftstoffreserven reichten. Nachschub gab es keinen, überall auf der Welt war die Rohstoffförderung zum Erliegen gekommen, es würde Jahre dauern, bis alles wieder aufgebaut war. Und sogar die Normalität eines öffentlichen Nahverkehrs erwies sich als Illusion, als meine Mutter sagte: »In den Bussen bringen sie die Infizierten zu ihren Arbeitseinsätzen und wieder zurück zu den Wohnheimen. Wir sollten sehen, dass wir nach Hause kommen.«

»Warum?«

»Wegen der Demonstranten. Viele Leute sind dagegen, dass die Infizierten aus den Kliniken entlassen und wieder in die Gesellschaft integriert werden. Die Busse sind ein beliebtes Angriffsziel.«

Wir bogen in die nächste Straße ein. Etwa hundert Meter voraus drängte sich tatsächlich ein Pulk von Menschen zusammen, manche trugen Spruchbänder, andere schwenkten Plakate. Meine Mutter bremste scharf und knallte den Rückwärtsgang rein, doch von hinten näherte sich bereits ein zweiter Demonstrationszug. Drei Frauen in der vorderen Reihe hielten ein Transparent. Darauf stand in triefend roter Schrift:

Weg mit den Mördern, weg mit den Monstern!!!

Meine Mutter fluchte und schaltete zurück in den ersten Gang.

»Sind sie das?«, fragte ich nervös. »Die Leute, die keine Infizierten wollen?«

»Und ob«, gab sie knapp zurück und bretterte auf eine Seitenstraße zu, musste aber gleich wieder auf die Bremse steigen, da uns von dort ein weiterer Bus entgegenkam. Kaum war er in unsere Straße eingebogen, schlossen hinter ihm mehrere Demonstranten die Lücke. Woher kamen plötzlich all die Menschen? Es mussten mindestens zweihundert sein, sogar Kinder waren darunter. Der Bus kam zum Stehen. Zwei kleine Mädchen warfen Kieselsteine gegen das Seitenblech. Das Ganze wirkte harmlos, die Kiesel prasselten einfach zu Boden, doch es gefiel mir nicht. Dann flog der erste Ziegelstein.

»Was machen die denn!«, rief ich erschrocken.

Gebrüll stieg aus den Reihen der Demonstranten auf.

»Mörder!« – »Abschaum!« – »Scheißzombies!«

»Zombies?«, flüsterte ich ungläubig.

»So nennen sie die Infizierten.« Das Gesicht meiner Mutter rötete sich.

Einer der Demonstranten trat von hinten an den Bus heran und zerschlitzte mit einem Springmesser den rechten Hinterreifen. Als wäre ein Startschuss gefallen, blitzten weitere Klingen auf.

Meine Mutter legte kurz eine Hand auf mein Knie. »Mach dir keine Sorgen. Die Security wird jeden Moment hier sein.«

Ich saß starr auf meinem Platz und hatte das Gefühl, als hätte man mir ein Paar neue Augen verpasst. Ja, ich hatte vermutet, dass viele Menschen uns verabscheuten, aber ich hatte es nicht *gesehen;* ich hatte nicht gesehen, wie sehr sie uns hassten. Ein Demonstrant mit einem Baseballschläger kämpfte sich zu dem Bus vor. Sein Gesicht wurde hässlich, als er den Griff des Schlägers fester packte, sich beim Schwungholen zurücklehnte und mit aller Kraft zuschlug. Wieder. Wieder. Und wieder. Die schmutzbesprenkelte Windschutzscheibe verwandelte sich in ein Netz aus Rissen und zersplitterte in Tausende winziger Scherben. Zwei Frauen zerschlugen die Vordertür, kletterten in den Bus, zogen einen jungen Infizierten heraus und schlugen auf ihn ein. Meine Mutter fluchte, doch das hörte ich kaum. Ich stieß die Wagentür auf.

»Kara!« Die Stimme meiner Mutter, jetzt schrill und überschlagend. »Bleib sitzen!«

»Aufhören!«, rief ich und rannte los. Abstand halten, niemanden körperlich angreifen, das Programm, das ich in der Klinik gelernt hatte, spulte sich automatisch in mir ab, auch wenn ich nie vermutet hätte, dass ich es in dieser Weise würde anwenden müssen. »Hört auf!«, rief ich, so laut ich konnte. »Die Security kommt gleich!«

Irgendwer schrie mich an: »Verpiss dich!«

Ich versuchte, mich auf das Programm zu konzentrieren, doch meine Füße liefen weiter auf das Getümmel zu. Im nächsten Augenblick steckte ich mittendrin. Jemand schubste mich gegen den Bus. Ein junges Mädchen löste sich aus der Gruppe der Demonstranten, ihre blonden Locken flogen, ihre helle Jacke flatterte. Sie sah aus wie ein Engel.

»Und wenn euer Scheißserum alle ist?«, schrie sie mich an. »Mordet ihr dann einfach weiter?« Sie bückte sich, hob einen Stein auf und schleuderte ihn in meine Richtung. Der Brocken traf mich an der Brust. Es tat nicht besonders weh, trotzdem blieb mir für einen Moment die Luft weg. »Man sollte euch alle erschießen!«, schrie das Mädchen und fing an zu weinen. Ich wischte mir über die Brust. Mit einem Mal tauchten überall blaue Overalls auf, silberne Helme, Schlagstöcke – die Securitys glichen beinahe aufs Haar der Einheit, die Enna weggebracht hatte, bis hin zu den Tasern und Revolvern. Ich dachte: *Jetzt muss es doch aufhören.*

Es hörte nicht auf. Die Security schob sich zwischen die Demonstranten und die Infizierten und rammte letztere grob gegen den Bus. Zu spät begriff ich, dass ich auf der falschen Seite – der Seite der Infizierten – gelandet war und nicht mehr wegkam. Eine Hand packte mich am Kragen und stieß mich auf die Bustür zu. »Nein«, rief ich, »nein! Ich bin nicht infiziert!«

Die Frau im blauen Overall, die mich festhielt, zögerte.

»Ich bin nicht infiziert!«

»Tom«, rief die Frau, »kommst du mal?«

Einer ihrer Kollegen trat vor, packte meinen rechten Arm und schob den Bund meines Jackenärmels zurück. Kein schwarzer Reif. Doch das genügte ihm offenbar nicht. »Blutentnahme«, sagte er.

Shit, dachte ich, Shit, Shit, bitte nicht, und: Was mach ich denn jetzt?

Und dann fällt der Heldin irgendwas ungeheuer Cleveres ein, womit sie ihren Hals aus der Schlinge zieht. Nur war ich keine Heldin. Und einfallen tat mir schon gar nichts.

»Halt!« Meine Mutter hatte sich zu uns durchgeboxt. »Lassen Sie meine Tochter los! Sofort!«

Die Frau gab mich frei, doch der Mann hielt mein Handgelenk weiter fest. »Wir bringen sie zur Blutentnahme«, sagte er unsicher.

»Und Sie bringen sich in Teufels Küche«, gab meine Mutter ruhig zurück. »Ich habe meine Tochter gerade eben aus der Klinik abgeholt.« Ihre Stimme klang so hart und kalt, dass ich sie kaum wiedererkannte. Mit vor der Brust verschränkten Armen baute sie sich vor dem Mann auf. »Sie hat monatelang in der Klinik gelegen. Können Sie sich denken, warum?«

Der Mann senkte den Kopf und gab mein Handgelenk frei.

»Genau«, sagte meine Mutter. »Infizierten-Angriff. Sie hat nur knapp überlebt.«

Die Frau wich zurück, doch der Mann straffte sich in dem Versuch, Boden zurückzugewinnen. »Zeigen Sie mir bitte die Entlassungspapiere.«

»Aber gern«, sagte meine Mutter.

Wir kehrten zu unserem Kombi zurück. Der Mann folgte uns dicht auf. Betont langsam kramte meine Mutter irgendwelche gelben und orangefarbenen Formulare aus dem Handschuhfach und hielt dem Mann außerdem einen Plastikausweis unter die Nase. »Team Rainbow. Sagt Ihnen das was?«

Anscheinend war er im Bilde. Er errötete. »Es ... es tut mir leid. Ich konnte nicht wissen, dass ... Bitte entschuldigen Sie.«

Als wir einstiegen, winkte er uns den Weg frei. Meine Mutter ließ den Motor an, schenkte ihm einen wunderbaren Blick von oben herab und fuhr im Schritttempo an dem Bus vorbei. Die Gruppe der Demonstranten löste sich allmählich auf. Zwei Infizierte halfen dem Mann auf die Beine, den man als Erstes aus dem Bus gezerrt hatte. Seine Stirn und sein Mund bluteten. Einer der Infizierten zog ein Taschentuch hervor und reichte es ihm. Was sollte er damit? Es wäre in einer Sekunde durchgeweicht. Der junge Mann wischte sich mit dem Taschentuch die Augen und erst da bemerkte ich, dass er weinte.

Wir bogen in eine Seitenstraße ein. Der Bus verschwand aus meinem Blickfeld. Meine Mutter hielt am Straßenrand.

Nach einem längeren Schweigen sagte ich: »Es tut mir leid. Ich wollte ...«

»... helfen. Ich weiß.« Die Wangen meiner Mutter waren noch immer gerötet. »Aber das ist nicht dein Job, Kara. Dein Job ist es, dich rauszuhalten. Du siehst ja, wie aufgeheizt die Stimmung ist. Wenn jemand bei dir einen Bluttest vornimmt – und die Security darf das –, sind wir geliefert.«

Geliefert. Das war so ein Wort, das ich eigentlich nur aus Actionthrillern kannte.

»Wirklich, es tut mir leid«, murmelte ich. »Es kommt nicht wieder vor.«

Während der ganzen Aktion mit den beiden Securitys hatte meine Mutter gewusst, wie brenzlig unsere Lage war. Trotzdem war sie absolut ruhig und beherrscht geblieben. Plötzlich fühlte ich mich entsetzlich klein und mickrig; ein Floh war nichts gegen mich. Wenn wir das hier hinkriegen wollten, musste ich mich ins Zeug legen, statt meine Mutter die ganze Last allein tragen zu lassen.

Sie atmete tief durch. »Das, was du gerade erlebt hast, ist inzwischen Alltag. *Komvir* galt als große Hoffnung, wir dachten, damit können die Infizierten in die Gesellschaft zurückkehren, aber stattdessen gehen die Nicht-Infizierten sie immer härter an.«

Und wenn euer Scheißserum alle ist? Mordet ihr dann einfach weiter? Die Worte der jungen Frau mit den blonden Locken gingen mir nicht aus dem Kopf.

»Wie lange reicht es denn noch? Das Serum, meine ich?«, fragte ich.

Meine Mutter lenkte den Wagen zurück auf die Straße. »Lange genug. Und hör bloß nicht auf die Gerüchte, die kursieren.«

Vorhin hatte ihre Stimme wie ein Messer geklungen. Jetzt kamen die Worte so glatt und geschmeidig heraus, als hätte meine Mutter sie eingeölt, damit sie nur ja nicht ins Stottern gerieten.

7

DER PORT

(2. Juni 2037)

Bei der *Bäckerei Kachelya,* in der es in der Zeit davor die weltbesten Pistazien-Macarons gegeben hatte und die jetzt ein Haufen Schutt und ineinander geknäulter Rohre war, bog meine Mutter rechts ab. Auch die *Kulturfabrik* – eine verkohlte Ruine – ließen wir hinter uns; offenbar ging es nicht in den Lindenstieg, wo ich mein Leben lang in einem Reihenhaus mit einem Goldregen im Garten gewohnt hatte.

Zwei Kilometer später fuhren wir bereits durch Kumfeld, das Viertel der Betuchten. Pools in den Gärten und panzerartige SUV in den kiesbestreuten Auffahrten waren hier Standard gewesen. In den letzten Monaten hatte sich auch dieser Stadtteil in eine Landschaft aus verlassenen und teilweise niedergebrannten Gebäuden verwandelt, doch alles sah viel weniger kaputt aus, viel weniger deprimierend als in den Straßen, durch die wir bisher gefahren waren.

Wir bogen in die Cronin-Allee ein. Nach etwa hundert Metern versperrte uns ein Zaun die Weiterfahrt, eine vier Meter hohe Patchwork-Barrikade aus Betonpfeilern, Stahlplatten und Elektrodraht. Über die gesamte Breite der Straße war ein Tor eingelassen. Ein rotes Schild blaffte uns entgegen: *Nur Anwohner!*

»Und was ist *das?«,* fragte ich nervös.

Meine Mutter ließ das Seitenfenster herunter. »Der Eingang zum Port. Deinem neuen Zuhause.«

Eine Securityfrau – blauer Overall, Maschinenpistole, schusssichere Weste – trat aus dem Wohncontainer neben dem Tor. Meine Mutter reichte meine Entlassungspapiere heraus. Die Frau verschwand in dem Container, kehrte mit einer grünen Plastikkarte zurück und schaute mich zum ersten Mal richtig an. »Herzlich willkommen, Kara.«

»Äh, ja, danke«, stotterte ich.

Meine Mutter nahm die Karte entgegen und reichte sie an mich weiter. »Verlier sie nicht.«

Wortlos schob ich das Stück Plastik in meine Hosentasche. Die Frau öffnete das Tor und winkte uns durch.

Auf der anderen Seite wirkten die Straßen sauberer, aufgeräumter. Die Abendsonne hing tief zwischen Eichen und Kiefern. Drei Kinder folgten mit fröhlichen kleinen Hopsern vom Fußweg in den Rinnstein und wieder zurück einem Mann, der ein Hawaiihemd und eine Maschinenpistole trug.

»Das ist Mervin. Er leitet das Waisenhaus.« Meine Mutter winkte; Mervin winkte zurück.

»Mama? Was ist das hier?«

»Eine *Gated Community.* Ein geschlossenes Wohngebiet. Davon gibt es jetzt einige in Vrede.«

»Wegen uns?« Ich setzte mich auf. »Wegen der Infizierten?«

Meine Mutter hielt mitten auf der Straße und wandte mir das

Gesicht zu. Sie hatte wirklich unglaublich abgenommen, ihre Wangenknochen traten scharf hervor. »Du bist offiziell nicht mehr infiziert, Kara. Vergiss das nicht. Und ja, es ist wegen der Infizierten. Viele Menschen haben Angst und wollen sich schützen, falls eine Zweite Welle anrollt. Das ist natürlich Unsinn, es wird keine Zweite Welle geben, aber im Port sind wir trotzdem besser aufgehoben als dort draußen.«

»Warum?«, fragte ich mit einem scheußlichen Druck in der Magengrube.

»Weil sich die Unruhen in Vrede immer weiter zuspitzen. Hier im Port geht es wenigstens friedlich zu.«

Kunststück, dachte ich sarkastisch. Die Bewohner müssen sich mit den Infizierten nicht auseinandersetzen, weil sie sich die Infizierten vom Leib halten.

Und jetzt war eine mitten unter ihnen.

Im Schritttempo tuckerten wir weiter. Die Grundstücke, an denen wir vorbeifuhren, glichen zwar eher Äckern als den Parkanlagen, die sie vor Morbus Shade gewesen sein mochten, doch sie sahen noch immer nach Geld aus. Die Häuser waren von Rhododendren und Azaleen umgeben, mindestens jeder dritte Garten enthielt eine Doppelgarage oder wenigstens eine raumkapselähnliche Barbecue-Outdoor-Grillstation, neben der allerdings schlichtes Brennholz aufgestapelt war. Um die Gas- und Stromversorgung war es offenbar noch immer dürftig bestellt.

»Ist der Port für Reiche? Wir sind nicht reich«, konstatierte ich.

»Es gibt keine Reichen mehr. Geld hat seinen Wert verloren. Der Port ist für Menschen, die als relevant für den Wiederaufbau eingestuft werden. Techniker. Ingenieure. Leute mit landwirtschaftlichen Kenntnissen.«

»Und Ärzte. Wir sind deinetwegen hier, stimmt's?«

»Stimmt«, gab sie kurz zurück. »Du wirst dich schnell eingewöhnen. Der Port ist im Grunde ein Dorf. Wir sind knapp dreihundert Leute und haben inzwischen sogar eine kleine Schule und zwei Lebensmittellager aufgebaut, es gibt eine Ziegenfarm und ...«

Auf dem Gehsteig kam uns ein junger Mann entgegen. Er mochte etwa zwanzig Jahre alt sein, hatte ein schmales Gesicht und dunkles, aus der Stirn gekämmtes Haar.

Ich hatte noch nie viel davon gehalten, Menschen nach dem zu beurteilen, was man in dem Moment denkt, in dem man sie zum ersten Mal sieht, aber wahrscheinlich spielt es bei der Beurteilung eben doch eine Rolle. Also: Ich hatte den Eindruck, dass uns da ein extrem angenehmer, zuverlässiger Mensch entgegenkam, so eine Art Fels in der Brandung, obwohl ich ihn ja gar nicht kannte und nicht wissen konnte, ob er ein Fels war oder eher eine Sandburg. Dann dämmerte mir, dass ich ihn doch kannte oder ihn jedenfalls schon gesehen hatte, und das war ein Gefühl, als würde ich in dieser fremd gewordenen, verwüsteten Welt den Zipfel von etwas Sicherem und Vertrautem zu fassen kriegen. Ich wollte eine Hand heben und ihm zuwinken, als es mich kalt durchfuhr.

Wusste er, dass ich infiziert war?

Ich rutschte in den Bodenraum.

»Was machst du denn da unten?«, fragte meine Mutter irritiert.

»Der Typ da draußen. Ich kenne ihn. Ich meine, ich hab ihn schon gesehen. Der hat bei uns im Waldviertel gewohnt, glaube ich. Weiß er über mich Bescheid?«

»Adrian Kachelya?« Meine Mutter hob grüßend eine Hand. »Nein.«

Ich kam ein winziges Stück hoch. Adrian Kachelya – Pistazien-Macarons, dachte ich, eine Bäckerei, die es nicht mehr gibt – grüßte zurück und lächelte, was ich aus den Tiefen des Fußraums gerade noch erkennen konnte. Es war die Art von Lächeln, die einen unwillkürlich zurücklächeln lässt, was er wohl kaum erkennen konnte. Dann waren wir an ihm vorbei und ich schob mich zurück auf meinen Sitz.

»Er wohnt mit seiner Schwester im Port«, sagte meine Mutter. »Ich habe gehört, dass sein Vater und die übrigen Geschwister bei den Angriffen auf das *Phönix-Center* getötet wurden. Seine Mutter soll umgekommen sein, als sie vom Center zurück ins Waldviertel geflüchtet sind.«

»Wohnt sonst noch jemand von früher hier?«

»Magnus. Nur er. Die anderen Bewohner kommen von überallher. Sogar aus anderen Ländern.« Sie seufzte. »Fast alle Menschen auf der Welt sind jetzt Flüchtlinge. Im Port weiß niemand über dich Bescheid. Die Lage war damals schon viel zu chaotisch, als dass irgendwer mitbekommen hätte, was dir passiert ist. Nicht mal Magnus ahnt etwas.«

Magnus war der Sohn der besten Freundin meiner Mutter und hatte noch vor meiner Infektion seine ganze Familie verloren. Er war drei Jahre älter als ich, und als wir jünger gewesen waren, hatte er mir beigebracht, wie man junge Igel über den Winter bringt und wie die Sterne heißen. Bis zur vierten Klasse war ich unsterblich in ihn verliebt gewesen. Dann hatten meine Eltern mich auf dem Arcadia-Hof angemeldet und von da an hatte ich nur noch Pferde im Sinn gehabt.

»Mama?« Ich räusperte mich. »Hast du irgendwas von Ronja gehört? Von Alissa? Meiner Clique vom Hof?«

Langes Schweigen.

»Sie sind nicht mehr da, Kara. Und ihre Familien auch nicht.«

Rasch setzte sie hinzu: »Wie ich schon sagte, es gab gewaltige Fluchtbewegungen. Es ist gut möglich, dass sie jetzt woanders leben.«

»Aber sie könnten auch tot sein«, sagte ich rau.

»Ja«, antwortete sie schlicht.

Ich sah Alissa vor mir, deren vielfarbiges Haar schwarz, rot und blond in der Sonne leuchtete; Alissa, die für die Stallkatzen ganze Paletten mit Katzenfutter eingekauft hatte. Ronja in ihrem Lieblings-T-Shirt, das sie von einer ihrer zahlreichen Tanten geerbt hatte: *Esst keine Pilze, da wohnen Schlümpfe drin;* Ronja, die uns, wenn wir auf dem Heuboden übernachteten, zum hundertsten Mal *Der rote Tod* von Edgar Allan Poe vorgelesen hatte. Die Grasflächen am Straßenrand waren gelb und verdorrt. Es war ein heißer Frühling gewesen und niemand hatte Zeit gehabt, sich um den Rasen zu kümmern. Die Gartenzäune verschwammen vor meinen Augen. Das weiche Abendlicht wirkte plötzlich grau und trostlos. Alissa, dachte ich. Ronja. Vorbei.

Meine Mutter bog in die Auffahrt eines fremden Hauses ein, zweistöckig, mit einem roten, stark abgeblätterten Holzgiebel, hellgelben Fensterrahmen und einer von einem bemoosten Birnbaum beschatteten Veranda. Als ich meinen Vater und meinen kleinen Bruder aus der Haustür treten sah, wurde mir zum ersten Mal bewusst, dass wir wohl eine der wenigen vollzähligen Familien waren, die es auf der Welt noch gab.

Meine Mutter stellte den Motor ab. Ich öffnete die Tür und setzte einen Fuß auf die Auffahrt. Weiter kam ich nicht, meine Knie zitterten zu stark. Bertil drückte sich an unseren Vater, der beschützend einen Arm um ihn legte. Die Miene meines Bruders sprang zwischen ängstlich, neugierig, glücklich und misstrauisch hin und her wie in einem Tierbuch, in dem die Gefühle von Katzen oder Hunden auf kleinen Bildern dargestellt sind. Ich versuchte zum zweiten Mal auszusteigen und sank in den Sitz zurück. Beim dritten Mal schaffte ich es. Mein Vater rückte näher an meinen Bruder heran, hob den anderen Arm und legte eine Hand auf Bertils Brust, als wollte er eine Barriere zwischen uns errichten. Obwohl er ein großer, kräftiger Mann mit schwieligen Händen und breitem Kreuz war, kam er mir kleiner vor als in meiner Erinnerung. Nur seine Augen, von demselben Blaugrau wie meine, waren unverändert.

Und Bertil? Er versuchte zu lächeln, schaffte es aber nicht besonders gut. Mit seinem feinen blonden Haar hatte er etwas Durchscheinendes, Zerbrechliches an sich. Er wirkte viel jünger als zwölf Jahre und kam mir gleichzeitig wie ein sorgenvoller, kleiner alter Mann vor.

Meine Mutter umrundete die Kühlerhaube, nahm meine Hand und sagte leise: »Wir kriegen das hin.«

Wir kriegen das hin. Vor meiner Infektion, als wir gemeinsam mit ansehen mussten, wie Morbus Shade die Welt und unser gewohntes Dasein aus den Angeln hob, war das ihr Leitspruch gewesen, ein Satz, mit dem sie versucht hatte, Hoffnung in uns hineinzuträufeln wie eine lebensrettende Medizin. *Wir kriegen das hin.* Vertraute Worte.

Was bedeuteten sie?

Adrian Kachelya

Es war der schlimmste Winter meines Lebens. Obwohl er seit sechs Monaten hinter uns liegt, träume ich noch immer jede Nacht davon. Die Erste Welle von Morbus Shade war auf ihrem Höhepunkt, überall auf den Straßen und in den Städten streiften aktive Infizierte umher und plünderten und zerstörten, manche zogen auch durch die ländlichen Gebiete, wegen der Rinder und Schafe, dem Fleisch. Heute, viele Monate später, weiß ich, dass wir das Phönix-Center *niemals hätten verlassen dürfen, egal, wie schutzlos wir uns dort nach dem letzten Angriff fühlten.*

Aber in der Tiefgarage hatte ich diesen Minibus entdeckt, vollgetankt und mit einem Ersatzschlüssel hinter der Sonnenblende, also sagte ich, wir müssten ins Waldviertel zurückkehren. Hätte ich diesen Irrsinn nicht vorgeschlagen, würde meine Mutter noch leben; viele würden noch leben. Doch ich redete Magnus und den anderen ein, im Waldviertel wären wir weniger gefährdet. Vielleicht sind wir so gestrickt: Zu Hause bedeutet Sicherheit. Und so machten wir uns auf den Weg: neunzehn Überlebende, in einen Kleinbus gequetscht wie Vieh auf dem Weg zum Schlachthof.

Das kleine Mädchen stand an der Tankstelle bei der Kläranlage. Eine Überlebende, kaum sechs Jahre alt, mit einem Stoffhasen im Arm. Es war wie in einem Film: Mädchen, Stoffhase, ich meine, wer hätte da weiterfahren können? Sie taumelte auf unseren Bus zu, sie konnte kaum laufen vor Schwäche und ich sah, dass sie hungrig und durstig war, völlig durchgefroren und halb wahnsinnig vor Angst. Magnus wollte weiterfahren, aber Zac und ich sagten, dass wir sie mitnehmen müssten, bevor irgendwelche Infizierten im Modus sie aufspürten und umbrachten. Zac öffnete die Tür, ich ging zu der Kleinen und nahm sie auf

den Arm, sie schmiegte sich an mich und ich spürte, wie sie vor Kälte schlotterte.
Fast hätten wir es zurück zum Bus geschafft. Ich weiß nicht, wo diese Monster auf einmal herkamen. Plötzlich waren sie auf der Böschung, auf der Straße, auf unserem Bus. Alle im Modus. Alle bereit zu töten.
Magnus, Zac und ich taten, was wir konnten, doch als das Rudel abzog, waren elf von uns nicht mehr am Leben. Auch das kleine Mädchen nicht. Lisa war unverletzt, aber meine Mutter hatte eine schlimme Bauchwunde. Als wir die Lärchengasse und unser Haus erreichten, war sie schon beinahe bewusstlos. Sie murmelte, sie werde sterben, und ich sagte, du stirbst nicht, ich bin da, ich passe auf dich auf, doch sie meinte, Lisa sei es, auf die ich jetzt aufpassen müsse. Sie richtete sich etwas auf und lächelte, meine Mutter lächelte mich an und ich konnte sie nicht festhalten, sie war in meinen Armen und ich konnte sie nicht festhalten.
Wir waren eine Familie. Marc und Anna, Lisa, meine Mutter, mein Vater. Jetzt ist nur noch Lisa übrig. Ich werde alles tun, um sie durchzubringen.

8

INFEKTION

(2. Juni 2037)

»Kara. Schatz.« Mein Vater kam auf mich zu. »Da bist du endlich.«

Ich hörte das Zittern in seiner Stimme. Sein Lächeln wirkte wie an Fäden hochgezogen und reichte kaum bis zu seinen Augen; als sei dieses Lächeln zu schwer. Seine Arme zuckten. Vielleicht wollte er sie um mich legen, doch auch ihr Gewicht schien zu groß. Bertil hielt sich dicht an seiner Seite. Sein kleines Gesicht war blass und ernst. »Hallo, Kara«, murmelte er.

Der Drang, meinen Bruder zu berühren, ihn einfach zu umarmen, war unheimlich stark, doch genau wie mein Vater blieb er ganz exakt so weit von mir entfernt stehen, dass ich ihn gerade nicht erreichen konnte. Sein Lächeln zitterte. »Papa und ich haben Brot für dich gebacken.« Seine Stimme klang hilflos.

»Das ist toll, Bertil.« In meinem Hals steckte ein Kloß, groß wie ein Felsbrocken. »Ich habe ewig kein Brot mehr gegessen.«

Wir grillten, ein Ritual aus der Zeit davor, wenn wir aus den Sommerferien heimgekehrt waren und uns mit Würstchen und ausuferndem Gelächter über das Ende einer herrlichen Zeit hinweggetröstet hatten. Lachen. Grillwürstchen. Sommerferien. Tränen stiegen in mir hoch. Ich drängte sie zurück.

Mein Vater bestückte den Rost mit der ersten, spärlichen Ernte aus den Gemüsebeeten, mit denen er unseren neuen Garten zugepflastert hatte: winzige Schrumpelmöhren und Kartoffeln, die kaum Pflaumengröße hatten. Fleisch gab es keines. Entweder, weil es Mangelware ist, oder, weil sie mich nicht in Versuchung führen wollen, dachte ich mit einer Art Galgenhumor, der sich seit Morbus Shade immer häufiger in meine Gedanken schlich. Dafür hatte mein Vater ein Töpfchen von meiner Lieblingssoße zubereitet, Curry und Chili, eine kleine Aufmerksamkeit, die mir die Rückkehr erleichtern sollte und mir schon wieder die Tränen in die Augen trieb.

Als ich zu ihm an den Grill trat und ihn nun doch umarmte, sagte er: »Oh, du musst unbedingt von dem Brot probieren, das haben wir doch extra …«, machte sich hastig von mir los und säbelte eine Scheibe von dem kaum brötchengroßen Laib herunter.

Meine Mutter warf ihm mit gerunzelter Stirn einen Blick zu, formte mit den Lippen lautlos seinen Namen: »Frederic …«

Bertil, sonst beim Essen das weltgrößte Plappermaul, hielt sich die ganze Zeit eng an ihrer Seite und sagte kein Wort.

Wir aßen. Trotz des Kummers, der mit uns am Tisch saß, waren wir hungrig; Hunger war seit Morbus Shade sozusagen die Standardeinstellung. Während der Ersten Welle hatte es überall Plünderungen gegeben, Lagerhallen waren verwüstet, Viehherden von uns Infizierten – aber nicht nur von uns – abgeschlachtet worden. Das Essen an unserem Tisch war rationiert, doch obwohl mein Magen heftig knurrte, schob ich meinen Teller nach ein paar Bissen zu Bertil hinüber. Ich tat das automatisch, ohne groß darüber nachzudenken, und erst, als ich sah, wie er darauf starrte, hätte ich den Teller am liebsten zu mir zurückgezogen. Seine Augen ... Ich habe kein anderes Wort dafür: schreckensweit.

»Du kannst das ruhig essen.« Gelassen klaubte meine Mutter einen Gemüseschnitz von dem Teller und steckte ihn sich in den Mund. Bertil aß dann wirklich ein paar Happen, doch ich sah, wie viel Überwindung es ihn kostete, und verwünschte mich innerlich dafür, dass ich ihn in diese Lage gebracht hatte.

Nach dem Essen sagte mein Vater: »Wir müssen noch etwas mit euch bereden. Das tun wir besser im Haus.«

Bertil und ich folgten ihnen ins Wohnzimmer. Bertil drückte sich in einen Sessel, ich setzte mich auf die Kante des Sofas, auf dem vielleicht noch vor wenigen Monaten eine andere Familie gesessen hatte. Wenn ich mich schon vorher unwohl gefühlt hatte, so wurde es jetzt richtig schlimm. Meine Eltern schlossen Türen und Fenster. In letzter Sekunde witschte Pinky herein, unsere schwarze Katze mit dem rostroten Fleck auf der Brust; dasselbe Rostrot wie Mornas Haar, wie ich in diesem Augenblick bemerkte.

Morna mit den Segelöhrchen. Morna, die auf der Isolierstation zurückgeblieben war.

Zielstrebig steuerte Pinky auf mich zu, sprang auf meinen Schoß und rollte sich zusammen, als wäre ich nie weg gewesen. Wieder begannen meine Augen zu brennen.

Meine Mutter räusperte sich. In den nächsten Minuten schärfte sie allen noch einmal meine Geschichte ein, die ab jetzt offiziell gelten sollte. Es war eine Geschichte, die sich selbst erzählte, einfach und glaubwürdig in dieser Zeit: Ein Infizierter hatte mich schwer verletzt, ich hatte monatelang in der Klinik gelegen, jetzt waren die körperlichen Verletzungen ausgeheilt, von den seelischen Folgen musste ich mich noch erholen.

»An diese Geschichte werden wir uns unter allen Umständen halten«, wiederholte sie.

Bertil nickte mit ernster Miene. Erneut wurde mir bewusst, wie stark Morbus Shade meinen kleinen Bruder verändert hatte. Er hatte sich sogar vor Schmetterlingen gefürchtet und schon bei seiner Geburt seine ganze Kraft eingesetzt, um in meiner Mutter zu bleiben. Mal hatte er sich nicht getraut, am Sportunterricht teilzunehmen, mal hatte er in der Schule wochenlang nicht gesprochen. Doch während der Ersten Welle von Morbus Shade hatte er Ängste kennengelernt und überstanden, die weit über das hinausgingen, was ein Kind seines Alters durchleben sollte. Das hatte ihn viel zu früh in einen Erwachsenen verwandelt.

»Das Serum bringe ich jeden Montag aus der Klinik mit.« Meine Mutter wandte sich nun direkt an mich. »Achtzehn Uhr. Das ist deine Zeit.«

Die Wanduhr meines Großvaters tickte; eines der wenigen Möbelstücke, das meine Eltern mitgenommen hatten. Sie teilte mir meine Zeit zu. Sieben Tage, in denen ich ein normaler Mensch wäre. Wie viele Mahlzeiten, Gespräche, Herzschläge waren das?

»Und wann soll ich wieder zur Schule gehen?«, fragte ich bang.

Meine Mutter lächelte traurig. »Schule gibt es nur noch für die jüngeren Kinder.«

Noch etwas, das wir Infizierten verschuldet hatten. Ich wünschte mir den Gummiball aus der Klinik zurück, um ihn in meiner Faust zu zerquetschen. Pinky sprang von meinem Schoß.

»Ist ja auch eigentlich besser, wenn ich zu Hause bleibe. So merkt wenigstens keiner was«, murmelte ich.

Meine Eltern blickten sich an.

»Darüber haben wir lange gesprochen«, sagte meine Mutter. »Sicherer ist es, aber du darfst auch nicht dadurch auffallen, dass du dich völlig zurückziehst. Das führt nur zu unbequemen Fragen. Wir müssen einfach das richtige Maß finden.«

»Wenn du erst mal zu Hause bleiben möchtest, ist das natürlich in Ordnung«, sagte mein Vater. »Gewöhn dich in Ruhe an den Gedanken, dass du … gesund bist. Dann sehen wir weiter. Genug zu tun gibt es jedenfalls, dir wird bestimmt nicht langweilig. Jemand muss unsere Gemüsebeete in Schuss halten und …« Als er mein überraschtes Gesicht sah, brachte er sogar ein kleines, humorvolles Lächeln zustande. »Tatsächlich: Ich überlasse dir unseren Garten. Die Community hat beschlossen, dass ich die Arbeit auf den gemeinschaftlichen Anbauflächen organisieren soll. Das heißt, ich bin kaum daheim und kann mich nicht selbst um mein Allerheiligstes kümmern.«

Mein Vater, Experte für Biogemüse und alte Obstsorten. Für den Port war er natürlich ein Hauptgewinn.

Bedauerte er, dass er so viel zu tun hatte? Oder erleichterte es ihn, dass er von zu Hause flüchten konnte?

»Die Hühner müssen übrigens auch versorgt werden«, sagte er.

Ich riss die Augen auf. *»Hühner?«*

Mit einem Schulterzucken stand er auf. »Viele Leute halten jetzt Geflügel. Schweine. Schafe. Es gibt sogar drei Kühe im Port. Und natürlich die Ziegenfarm.«

Damit verabschiedete er sich in den Garten; am Schuppen hinter dem Haus musste das Dach geflickt werden. Bertil folgte ihm. Ich presste meine Handflächen so fest gegeneinander, dass es wehtat. War das mit dem Schuppendach wirklich so dringend, wie mein Vater behauptet hatte?

Nachdem sie gegangen waren, legte meine Mutter einen Arm um meine Schultern, zog mich an sich und küsste mich aufs Haar. »Gib ihnen Zeit.« Und, nach einer Pause: »Möchtest du reden?« Sie zögerte. »Über das … was passiert ist?«

Schritte hämmern über den Asphalt. Eine klirrend kalte Nacht. Auf dem Boden ein kleines rotes Licht. Knochen splittern …

»Ich kann mich sowieso nicht erinnern.« Mit einer vorsichtigen Bewegung – ich wollte sie nicht auch noch ängstigen – befreite ich mich aus ihrer Umarmung. »Zeigst du mir mein Zimmer, Mama? Ich glaube, ich möchte schlafen gehen.«

Meine Eltern hatten in unserem alten Haus im Lindenstieg alles für mich zusammengesucht, was ihnen wichtig erschienen war. In dem Zimmer im ersten Stock, das nun meines werden sollte, hatten sie meine Bücher in ein fremdes Regal eingeräumt, meinen bunten Webteppich auf dem Dielenboden ausgerollt, über den bisher jemand anderes gegangen war, und sogar das Foto von der winzigen, gerade mal acht Wochen alten Pinky auf einem Schreibtisch aufgestellt, der jetzt meiner war. Das Bett war mit meiner Lieblingsbettwäsche im Ethno-Stil bezogen. Eines meiner Nachthemden lag bereit; Pinky hatte es sich darauf gemütlich gemacht. Ich hob sie hoch, packte sie auf das Kopfkissen, streifte das Nachthemd über und legte mich hin, ohne mir die Zähne zu putzen. Während ich dem beruhigenden Schnurren meiner Katze lauschte, krochen Ranken aus Erschöpfung meine Beinen hinauf, über die Hüften, Rücken und Schultern bis in meinen Kopf. An Schlaf war trotzdem nicht zu denken. War Enna ohne einen weiteren Zwischenfall in ihrem Wohnheim angekommen? Wie würde es Morna auf dieser ominösen

Station K ergehen, wann durfte sie die Klinik verlassen? Was war dran an den Gerüchten, dass unser Serum knapp wurde?

Tausend Gedanken schwirrten mir durch den Kopf, führten aber nirgendwohin. Draußen wurde es dunkel. Irgendwann hielt ich es nicht mehr aus und schlich durch das schlafstille Haus hinaus auf die Veranda. Über dem Birnbaum schwebte mattgelb der Mond. Ich legte eine Hand auf das rissige Holz des Geländers. Wer waren die Menschen gewesen, die dieses Geländer vor uns berührt hatten? Lebten sie noch? Hatte sich ein Mitglied ihrer Familie infiziert, genau wie ich?

Der Himmel war voller Sterne, von denen man jetzt viel mehr sah als vor Morbus Shade. Weniger künstliche Beleuchtung. Es war wunderschön, doch der Anblick stimmte mich auch traurig. Ich schloss die Augen.

Die Ansage war gewesen: Verbarrikadiert euch. Wenn ihr euer Haus oder eure Wohnung aufgeben müsst, sucht Schutz in der Nähe. Zieht nicht herum.

Während all unsere Nachbarn den Lindenstieg verlassen hatten, um sich anderswo in Sicherheit zu bringen, waren wir in unserem Reihenhaus geblieben. Seit zwei Wochen waren wir nicht mehr hinausgegangen. Pinky nervte uns maßlos mit ihren Kratzorgien an Haus- und Terrassentür und ihrem stundenlangen Gequake; eine Katze, die ihr Leben lang ins Freie gedurft hatte, wann immer sie wollte, war nicht gerade die entspannteste aller Mitbewohnerinnen. Um Weihnachten, nachdem tagelang ein Sturm über Vrede gefegt war und den Regen – *klack-klack-klack!* – auf das Dach hatte trommeln lassen, wollte meine Mutter den Balkon kontrollieren, weiteren Stacheldraht anbringen und die Außentüren verstärken. Mein Vater würde bei Bertil und mir bleiben. Unsere Eltern hatten entschieden, nur noch getrennt ins Freie zu gehen, so wie manche Mütter und Väter in der Zeit davor getrennte Flüge in den Familienurlaub gebucht hatten, damit im Falle eines Absturzes ein Elternteil überlebte.

Als meine Mutter die Balkontür öffnete, schoss Pinky schneller an ihr vorbei, als irgendwer »Stopp!« schreien konnte. Okay, Pinky war nur eine Katze, aber in dieser Zeit gab es kein »nur« mehr. Sie gehörte zur Familie und wir waren ziemlich fertig wegen ihres Abgangs. Da draußen liefen überall ausgehungerte Hunde herum, die ihre Besitzer verloren hatten und wild geworden waren. Von Infizierten ganz zu schweigen.

In der Nacht lag ich wach und lauschte dem Gebell in der Ferne, dem Ruf eines Käuzchens, leise und klagend ...

Das war kein Käuzchen – das war Pinky! Ich sprang aus dem Bett. An der Hintertür zögerte ich. Wie gefährlich war es? Die meisten Infizierten zogen am Tage umher und ließen in diesen hellen Stunden ihrer Zerstörungswut freien Lauf. Oder töteten, falls sie in den Modus gerieten. Nachts schliefen sie, um Kräfte für die nächste Gewaltorgie zu sammeln. Meistens jedenfalls. Und ich würde die Tür ja auch nur kurz öffnen. Wirklich: ganz kurz.

Sie kam nicht. Auch als ich in die Nacht hinaustrat und sie leise rief, miaute sie nur irgendwo in der Nähe des Goldregens weiter. Ich machte mich auf den Weg, was natürlich maßlos dämlich war, doch ich dachte nicht nach oder vielmehr: Ich dachte an Pinky. Daran, dass ich sie in Sicherheit bringen musste.

Keine Katze im winterlich kahlen Goldregen. Aber ein Junge. Ich kannte Tim flüchtig aus der Schule, ein kinnloser Schlacks aus dem Abschlussjahrgang, Kapitän der Basketballmannschaft, jetzt zusammengerollt auf der froststarren Erde schlafend. Ich machte einen Schritt rückwärts und trat, wie der Depp aus einem Horrorfilm, der zu blöd für eine geräuschlose Flucht ist, auf einen dürren Zweig. Tims Augen klappten auf. Sein Blick flog zu mir hoch. Alles ging wahnsinnig schnell. Ich schrie, schlug um mich, riss mich los und rannte auf unsere Terrasse zu. Dort stand bereits mein Vater. Mit einem Gewehr. Mein Vater und ein Gewehr, das an sich war schon absurd. Aber Morbus Shade hatte uns alle verwandelt, nicht nur die Infizierten. Er schoss und er schoss scharf. Doch Tim war weg. Während der ganzen Aktion war wenigstens Pinky ins Haus geschlüpft, und das war das einzig Gute, was sich über diese verhängnisvolle Nacht sagen ließ.

Meine Eltern blieben ruhig. Sie untersuchten mich von Kopf bis Fuß. An meinem Oberschenkel entdeckte mein Vater die rötlich geschwollenen Spuren. »Hat er dich gebissen? Versuch, dich zu erinnern!« Ich konnte mich nicht erinnern. Meine Mutter desinfizierte die Wunde. Am nächsten Morgen hatten sich die Zahnabdrücke violett verfärbt. Da wussten wir es. Während ich weinte, hielt meine Mutter mich im Arm und einen hoffnungsvollen Augenblick lang fühlte ich mich beschützt, bis ich merkte, wie intensiv ich die Seife roch, mit der sie sich gewaschen hatte. Einzelne, deutlich voneinander abgegrenzte Duftfäden.

Das Virus arbeitete bereits in mir.

Meine einzige Chance war eines der provisorischen Gefängnisse, in denen man die Infizierten unterbrachte; diejenigen jedenfalls, die man mithilfe von Fangnetzen erwischte. Der nächste derartige Behelfsknast befand sich in den Untergeschossen des *Major-Klinikums.* Über diese Gefängnisse kursierten heftige Gerüchte, es hieß, dort überlasse man die Infizierten sich selbst, bis sie in ihrem Dreck krepierten oder sich gegenseitig fraßen. Ich wusste, dass meine Eltern mich niemals dorthin bringen würden. Stattdessen machten sie sich daran, unseren Fahrradkeller für mich herzurichten. Obwohl ich erst in der Inkubation war, spürte ich meine Kräfte bereits wachsen; den Keller würde ich zerlegen wie eine Streichholzschachtel. Wenn ich meine Familie schützen wollte, musste ich hier weg.

Ich nahm ein Foto von ihnen mit, verlor es aber während meiner aktiven Phase. Zusammen mit anderen Aufnahmen lag es in einer Pralinenschachtel, doch auf keiner sonst waren Bertil und meine Eltern gemeinsam zu sehen. Am ersten Tag nach meiner Flucht, an dem ich ziellos durch die winterkalten Straßen irrte, holte ich das Foto Dutzende Male hervor und betrachtete es. Ich trauerte um meine Familie und musste mich immer wieder zwingen, nicht umzukehren. Die Infizierten, denen ich zwischen qualmenden Ruinen und geplünderten Läden begegnete, ließen mich in Ruhe; wer das Virus in sich trug, griff andere Virusträger wohl doch nicht an, warum, war bis heute ungeklärt.

Am dritten Tag meiner Inkubation stieß Tim zu mir. Er war mir die ganze Zeit gefolgt; jetzt nahm er mich mit in die verwüstete Sporthalle unserer Schule, wo noch andere Infizierte hausten. Wenige Stunden später begann meine Umwandlung: Ich trat in die aktive Phase meiner Infektion ein. Von da an wollte ich die anderen körperlich spüren, sie nahe bei mir haben. Ihre Anwesenheit war eine Glut, die mich einhüllte und wärmte. Wenn sie sich zu weit entfernten, klumpte sich die Einsamkeit in mir zusammen, als hätte ich etwas verschluckt, das mich langsam erstickte. Auch der Drang, mich zu bewegen, nahm zu, ich konnte stundenlang rennen, meine Hände und Füße brachten mich jede Fassade hinauf, ich war geschickt wie eine Gemse, sprang weiter als jedes Känguru, ohne jemals außer Atem zu geraten, ich konnte mich blitzschnell bewegen und bei vollem Tempo die Richtung wechseln wie eine Fledermaus, und das war so herrlich, dass ich am liebsten niemals still gehalten hätte.

Deutlich im Gedächtnis war mir auch das Gefühl, dass in meinem Innern eine rote Blase im Rhythmus meines Herzschlags pulsierte. Sonst blieben mir nur einzelne Bilder und verschwommene Erinnerungen aus dieser Zeit, wie die Ringe, die an der Decke der Sporthalle hingen und die wir abrissen, einfach, weil wir es konnten, oder Elmo, Leonnie und Tim, die durch eine Seitentür hereinkamen, beladen mit drei toten Schweinen. Unser verwaschenes Spiegelbild auf dem Hartholzboden, während wir die Blutlachen aufleckten. Der Hunger, der ständig in uns wühlte. Waren wir endlich satt, schliefen wir im Geräteraum ein, zusammengedrängt, Körper an Körper, wir brauchten die Nähe zueinander. Unsere wachen Stunden waren mit der Jagd nach Nahrung ausgefüllt – und mit Gewalt.

Überall auf der Welt zogen die Infizierten in kleinen und großen Rudeln umher, und was sie in ihrem Leben als gesunde Menschen nur wütend gemacht hatte, löste jetzt blanke Gewaltorgien aus. Bei jedem war es etwas anderes: fette SUV für die einen, Flüchtlingsheime für die anderen, protzige Villen oder die Unterkünfte von Obdachlosen, Polizeiwachen, militärische Einrichtungen, Gebetshäuser, Kunsthallen, Flugzeuge, Kraftwerke, Regierungsgebäude ...

Je länger das Virus in uns arbeitete, desto brutaler und zielloser wurden unsere Attacken. Wir kannten keine Grenzen, konnten alles tun, uns alles nehmen, wir waren wie finstere Götter, wie Dämonen, randvoll mit Endorphinen und Adrenalin, wir plünderten, legten Feuer, sprengten in die Luft ... Doch wenn uns etwas im Innersten traf, ein Geruch, ein Geräusch oder der Anblick eines bestimmten Gesichts uns triggerte und uns für mehrere Stunden in den Modus katapultierte, schlug die Zerstörungswut in blanke Mordlust um, dann wollten wir hören, wie Menschen schrien und Knochen brachen, wir wollten unsere Hände in Blut tauchen und spüren, wie Fleisch zerriss und –

»Kara?«

Ich fuhr zusammen. Blinzelnd kehrte ich aus meiner Erinnerung in die Gegenwart und auf die Veranda zurück, spürte das raue Holz des Geländers unter meinen Fingern, sah den Mond durch die Zweige des Birnbaums lugen und wandte den Kopf.

Mein Vater stand in der Haustür. »Was machst du hier draußen?« Seine Stimme klang unsicher. »Du solltest wieder ins Bett gehen.«

Nein. Nicht unsicher. Ängstlich.

Ich löste meine Hände vom Geländer. Eine Wolke zog über den Mond und verwandelte ihn in eine schiefe Fratze. Die Sterne blinkten fern und kalt in einem endlosen Nichts.

Bertil Enning

Nachts wache ich jede Stunde auf. Das sehe ich an den Leuchtzeigern meines Weckers. Dann kann ich mir erst nicht vorstellen, dass die Welt jetzt so ist. Wenn früher etwas schlimm war, gab es immer eine Lösung. Sogar bei der Sache im Fuchswald. Da hat sich Kara drum gekümmert. Jetzt ist alles anders. Kara ist heute zurückgekommen. Sie ist meine Schwester und ich habe sie lieb, aber ich habe auch Angst vor ihr. Sie hat mir ihr Gemüse gegeben und Mama hat gesagt, es ist okay. Kara hat so traurig ausgesehen und gleichzeitig hat sie versucht, nicht traurig auszusehen, was irgendwie noch schlimmer war, also hab ich das Gemüse gegessen. Später bin ich aufs Klo und hab mir einen Finger in den Hals gesteckt, wie ich das mal in einem Film gesehen habe. Es hat funktioniert. Ich glaube, es ist alles rausgekommen.

9

FAMILIENLEBEN

(3.–8. Juni 2037)

Ich blieb zu Hause. Lieber kein Risiko. Jeden Tag absolvierte ich dasselbe Programm: Küche aufräumen, Hühnerstall ausmisten, an einem zweiten Hühnerstall herumzimmern, mich um die Gemüsebeete kümmern, Abendessen vorbereiten. Die Zutaten, die ich verwendete, änderten sich, alles andere blieb gleich. Das und das Schweigen im Haus, nur durchbrochen vom Ticken der Uhr im Wohnzimmer. In dieser Stille versteckte sich die Angst. Was würde geschehen, wenn ich die Sicherheit unseres Hauses und eines Tages sogar den Port verließ? Konnte ich vor anderen Menschen wirklich verbergen, was ich war?

Ich war sehr einsam in dieser Zeit. Meine Mutter lebte praktisch nur noch in der Klinik. Insgeheim war ich unheimlich stolz auf sie – sie half, das Medikament zu entwickeln, das uns alle heilen würde –, doch gleichzeitig fehlte sie mir; sie alle fehlten mir wie verrückt. Bertil war den ganzen Tag in der Schule, mein Vater unterstützte die Bewohner des Ports beim Anbau von Bohnen und Rosenkohl und kehrte erst gegen Abend mit Bertil an der Hand nach Hause zurück. Doch fast noch schlimmer als die Einsamkeit war, wie die beiden, wenn sie dann endlich bei mir waren, sofort wieder von mir abrückten, sobald ich ihnen während unserer seltenen gemeinsamen Arbeiten – Brotbacken, Kartoffelernte, Fensterabdichten – zu nahe kam.

Ich hätte mich so gern für das Risiko revanchiert, das meine Familie und besonders meine Mutter auf sich nahmen, wusste aber nicht, wie ich das anstellen sollte. Kochen und Putzen, Garten und Hühner, mehr konnte ich nicht tun. Immer häufiger hörte ich ein zorniges Jammern in mir, als säße dort eine zweite Kara, die sich bitter über ihr neues Leben beklagte. Mit Atemübungen, einem erschöpfenden Sportprogramm und exzessiver Gartenarbeit versuchte ich, gegen das Jammern anzukämpfen. Ich sehnte mich nach Enna und Morna. Sie hätten meinen Kummer verstanden. Doch die Zeiten von Internet und Telefon waren vorbei; auf diese Weise in Verbindung zu bleiben, war unmöglich geworden.

Eines Abends, meine Mutter war für ein paar Stunden aus der Klinik heimgekehrt, kam ich ins Wohnzimmer, als sie gerade zu meinem Vater sagte: »... können wir die Zweite Welle niemals aufhalten. Das Serum ...« Sie sah mich und verstummte.

Wie erstarrt stand ich im Türrahmen. »Dann gibt es doch eine Zweite Welle? Das Serum geht zu Ende? Wann?«

»Das habe ich nicht gesagt.« Das Lächeln meiner Mutter wirkte künstlich. Aufgesetzt.

»Was *hast* du gesagt?«

Sie richtete sich auf. »Hör zu, Kara. Das Serum reicht auf jeden Fall lange genug, bis wir das neue Medikament haben. Unsere Arbeit geht gut voran. Mach dir keine Sorgen.«

Okay. Spätestens, wenn dir jemand erzählt, du sollst dir keine Sorgen machen, musst du anfangen, dir Sorgen zu machen.

Ich knibbelte am Türrahmen. »Ich hab Angst.«

»Und das ist ein weiterer Grund, aus dem du dich nicht so abschotten solltest«, warf mein Vater ein. »Du schmorst hier tagaus, tagein im eigenen Saft. Da würden mir auch alle möglichen Geschichten einfallen.«

»Im Port fragen sie schon nach dir«, sagte meine Mutter. »Sie wollen wissen, warum du dich nirgends blicken lässt.«

»Ein Infizierter hat mich angegriffen. Ich kämpfe noch immer mit den seelischen Folgen. Reicht das nicht als Erklärung dafür, dass ich etwas menschenscheu geworden bin?«, gab ich zurück.

Mein Vater seufzte. »Das Problem mit den seelischen Folgen ist, dass sie uns früher oder später einen Sozialarbeiter ins Haus schicken. Mir wäre es lieber, wir kämen um diese Art von Kontrolle herum. Langsam wird es Zeit, dass du ein normales Leben führst und ...«

»Es ist aber nicht normal.« Ich spürte, wie meine Wangen feucht wurden, und wischte mir ärgerlich übers Gesicht. »*Ich* bin nicht normal. Und ... und seit ich wieder zu Hause bin, hast du mich kaum angeguckt.« Das kam lauter heraus, als ich es wollte.

»Das ist nicht wahr«, sagte er betroffen. Auf seiner Stirn bildete sich ein Netz winziger Schweißperlen. Meine Mutter saß wie festgenäht auf dem Sofa.

»Ach nein?«, presste ich hervor. Meine Hände zitterten. Eine Mischung aus Trauer und Wut steckte mir wie ein Eiszapfen in der Kehle, während ich mich gleichzeitig dafür schämte, dass ich hier so undankbar rüberkam. Schnell wandte ich mich ab und stürmte hinaus in den Garten, griff mir eine Schaufel und rammte sie in das Beet, an dem ich heute den ganzen Tag gearbeitet hatte, pflügte mich durch feucht-schwere Erdklumpen, pfefferte Grassoden in alle Richtungen, während mir die Tränen über die Wangen liefen und ich verzweifelt hoffte, dass meine Eltern mir folgen und mein Vater mich in den Arm nehmen würde. Mein Kopf tat weh. Alles tat mir weh. Ich hielt inne und horchte in mich hinein, versuchte zu erspüren, ob da irgendwo die gefürchtete rote Blase in mir pulsierte.

Nichts. Aber wie sicher konnte ich sein? Wohin würde mein Zorn mich eines Tages führen? Wie zuverlässig wirkte *Komvir 5* wirklich?

Die Haustür klappte auf und wieder zu. Schritte näherten sich. Meine Mutter nahm mir die Schaufel aus der Hand, schloss mich in die Arme und ließ mich weinen, bis keine Tränen mehr kamen, ich eine Wange an ihre Schulter lehnte und erschöpft die Augen schloss.

Enna Weiß

Die Monster, deren Geschichten wir einander in der Zeit davor erzählten (und, ja, auch ich liebte diese Storys), waren entweder:
a) dumm und blutrünstig oder
b) romantisch und blutrünstig.
Version a) war eine sabbernde, taumelnde Meute erschreckend hässlicher Kreaturen, zu dämlich, sich an der Nase zu kratzen, ohne sich mit dem Fingernagel ein Auge auszustechen. Von Version b) ließen wir uns dagegen gern verfolgen. Oder eigentlich verführen. Diese Monster waren ausnahmslos attraktiv, sehnten sich in ihren kalten Herzen nach Liebe und flogen auf schwarzen Schwingen durch die Nacht, um in unsere Zimmer zu schlüpfen und uns mit Küssen der besonderen Art zu beschenken.
Wir, die Infizierten, sind die dritte Version. Wenn wir während unserer aktiven Phase getriggert wurden und in den Modus sprangen, waren wir so blutrünstig wie a) und b). Doch vor allem waren wir immer und jederzeit Teamplayer. Und das unterschied uns von den Nicht-Infizierten. Ich glaube, der Grund, aus dem die Menschen so lange brauchten, um die Erste Welle unter Kontrolle zu bringen, war, dass sie es nicht schafften, ihre Konflikte zu begraben und sich gegen das Virus zu verbünden. Keine unerschrockene, unbeirrbare Weltgemeinschaft. Alle handelten nach dem Motto »Jeder für sich«, während wir Infizierten von Anfang an wussten, dass wir nur gemeinsam stark sein konnten.
Etwas davon ist uns geblieben. Hier im Wohnheim halten alle zusammen. Der Typ, der neben mir wohnt, hat heute für die ganze Etage Waffeln gebacken. Josh. Er ist total pingelig, wiegt alles bis aufs letzte Gramm ab, aber die Waffeln waren gigantisch. Für morgen sind wir verabredet. Tischfußball im Keller. Romantik unter Infizierten.

10

ADRIAN

(9. Juni 2037)

Der nächste Morgen fühlte sich an wie etwas, aus dem ich dringend erwachen musste. Das Problem: Ich war bereits wach.

Als ich mit verquollenen Augen in der Küche auftauchte, saßen mein Vater und Bertil noch am Frühstückstisch.

»Bringst du mich heute zur Schule?« Bertil lächelte mir schüchtern zu.

Unsicher blickte ich zu meinem Vater. Er nickte. »Lass es langsam angehen. Aber lass es angehen.« Er stand auf, gab Bertil einen Kuss und trat nach kurzem Zögern auch zu mir. Der Daumen seiner linken Hand zuckte wie ein Tierchen, das weglaufen will. Er umarmte mich rasch, dann ließ er Bertil und mich allein.

Mein Bruder setzte seinen Kakaobecher an die Lippen, trank jedoch nicht. Er sah blass aus, viel zu abgezehrt für einen zwölfjährigen Jungen.

»Hast du Angst vor mir?«, fragte ich.

Er stellte den Becher ab. »Als du gestern so laut geworden bist, da schon. War das die Krankheit?«

Ich wollte mir einen Löffel Porridge in den Mund schieben und ließ ihn wieder sinken. »Ich glaube, ich war nur normal wütend.«

»Wirst du wieder krank?«

»Ich hoffe nicht.«

Im Wohnzimmer tickte die Uhr unseres Großvaters. Langsam rührte ich in meinem Porridge. »Aber ich habe Angst, dass die Krankheit wiederkommt. Genau wie du. Und ich will alles tun, damit das nicht passiert.«

»Versprichst du es?«

Ich tastete nach seiner Hand. Er zog sie nicht weg. »Ich verspreche es.«

»Bist du froh, dass du wieder bei uns bist?«

»Und wie.«

»Ich auch.«

Ich senkte die Nase in meinen Kaffeebecher und atmete tief ein. Bloß nicht wieder heulen, dachte ich.

Während wir durch die Straßen gingen, deutete Bertil eifrig hierhin und dahin. »Das Wohnmobil gehört Don, der kriegt Autos auch ohne Schlüssel an. In das gelbe Haus kommt das Essen, das wird zweimal die Woche an alle verteilt. Hier wohnt Frau Sorensen, die schlachtet die Hühner, die keine Eier mehr legen, fies, oder?«

So viele Bäume.

Das war es, was mir vor allem auffiel. Es waren nicht mehr Bäume als vor Morbus Shade, aber weniger Menschen, Fahrzeuge und Gebäude; die Bäume fielen jetzt stärker auf.

Ein Sandsteinbungalow in einem von Ginster und Löwenzahn überwucherten Garten kam in Sicht. Am Zaun wurden die Kinder von ihren Müttern und Vätern abgegeben – oder von den Menschen, bei denen sie eine Obhut gefunden hatten. Ein Mann mit umgehängter Gitarre stand am Tor und begrüßte alle, als ginge es zu einem Treffen der Pfadfinder. Bertil zögerte, dann wandte er sich mir zu und umarmte mich. Das Gefühl, ihn beschützen zu wollen, war so stark, dass ich ihn am liebsten die nächsten drei Tage festgehalten hätte, aber er machte sich schon wieder los und lief an dem Gitarrenmann vorbei zum Haus, wo eine Frau jedem Kind ein Buch in die Hand drückte und die Kinder es wie einen Schatz an sich pressten; Mädchen und Jungen zwischen fünf und dreizehn Jahren, siebenunddreißig insgesamt, wie ich später erfuhr, still und ruhig, ganz anders, als sie wohl früher gewesen waren.

Ich winkte Bertil ein letztes Mal zu und machte mich auf den Weg. So unsicher und ungeschützt ich mich auch fühlte, mein Vater hatte recht: Ich musste mein neues Zuhause kennenlernen.

Die Fenster der meisten Häuser ähnelten Schießscharten; bis auf einen Sehschlitz waren sie noch immer verbarrikadiert. In den Gärten beackerten Männer und Frauen, Alte und Junge ihre Gemüsebeete, andere zimmerten an Wasserpumpen und Lagerhäusern herum. Irgendwo dröhnte ein Traktor. Ein Van mit zerbrochenen Scheiben lag am Straßenrand, auch im privilegierten Port hatte man offenbar noch nicht alle Spuren der Verwüstungen beseitigen können. Als ich in die nächste Straße einbog, schaukelte mir mitten auf der Fahrbahn im gemütlichen Trab ein Pferd mit fahlgrauem Fell entgegen. Vor mir blieb es stehen. Automatisch griff ich nach dem Strick, der von seinem Halfter baumelte. Unter einem langen Schopf lugten schwarze Augen hervor; in deren Blick eine selige Ruhe.

»Hallo«, sagte ich.

Zur Antwort pustete mir das Pferd seinen nach Heu duftenden Atem ins Gesicht.

Woher kam das Tier? Gehörte der Arcadia-Hof – mein alter Reitstall – etwa zum Port?

Während ich mich mit dem Pferd an der Hand zu orientieren versuchte – lag der Hof rechts oder links von uns? –, joggte ein junger Mann in einer Art grünem Judoanzug die Straße herauf, oder vielleicht war es auch eine Uniform, so genau ließ sich das nicht sagen. Als er uns sah, winkte er. Beim Näherkommen erkannte ich Adrian Kachelya.

»Wow.« Vor uns blieb er stehen. »Du hast Nurmi eingefangen.«

Wie schon bei meiner Ankunft im Port konnte ich nicht anders, als sein Lächeln zu erwidern. »Es war echt gefährlich, aber ich hab alles gegeben«, sagte ich.

Er brach in Gelächter aus. Es war ein schönes Lachen, das gut zu seiner Stimme passte, voll und tief und aus dem Bauch heraus. Sinn für Humor hatte er. Das gefiel mir; ich lachte gern mit anderen Menschen. Er trug eine dunkelgrüne Jacke, an der ein Knopf fehlte, eine dunkelgrüne Hose und braune, weiche Lederstiefel. Die Jackenärmel waren hochgerollt und seine Unterarme kräftig, auf dem linken hatte er eine lange hellrote Narbe, vermutlich eine Spur der letzten Monate. Den Revolver bemerkte ich erst auf den zweiten Blick. Ich mochte keine Schusswaffen, trotzdem änderte das erst einmal nichts an meinem positiven Eindruck.

»Bist du neu im Port?«, fragte er.

Früher hatten wir beide im Waldviertel gewohnt, ich hatte ihn zwei- oder dreimal auf der Straße gesehen, während er mich offenbar nicht bewusst wahrgenommen hatte. Gut. Brav spulte ich ab, was meine Eltern mir eingeschärft hatten: schwer verletzt, monatelang in der Klinik, das volle Programm. Er reichte mir die Hand. »Dann herzlich willkommen. Ich bin Adrian.«

»Kara.«

Sein Händedruck war weder schlaff noch übertrieben fest, sondern normal, so wie seine Augen weder blau wie Saphire noch grün wie Jade waren und auch nicht schokoladenbraun. Eine gewöhnliche Mischung aus Grau und Blau, für die es eigentlich keinen spektakulären Vergleich gibt. Das Spektakuläre an ihm war seine Stimme; die *war* wie Schokolade. Oder eigentlich wie Kakao, ich meine, so ein richtig guter, mit einem Schuss Sahne und einer Prise Chili – und mit echter Schokolade, mindestens siebzig Prozent. Süß, dunkel und wundervoll warm. Eine Stimme, die einen satt machte.

Er nahm mir das Pferd namens Nurmi ab, und ehe ich mich's versah, gingen wir nebeneinanderher die Straße entlang. Obwohl ich Adrian Kachelya überhaupt nicht kannte, fühlte ich mich an seiner Seite sofort wohl. Sogar meine Angst, unverzüglich als Infizierte enttarnt zu werden, ließ nach. Er fragte mich, wo ich wohnte, und ich beschrieb ihm die hellgelben Fensterrahmen und den Birnbaum. »Das Haus von Iris Enning?«, fragte er. »Die Ärztin vom Team Rainbow?«

»Genau. Ich bin ihre Tochter.«

Nurmis Hufe klapperten über den Asphalt. Das Sonnenlicht, das durch die Baumkronen fiel, sprenkelte sein Fell mit goldenen Münzen. Aus einem Haus drang der warme, satte Duft von frisch gebackenem Brot. Und noch immer passierte nichts; noch immer warf mir Adrian keine argwöhnischen Blicke zu, noch immer rief niemand: »Infiziert, infiziert, die ist infiziert!«

Konnte es wirklich so einfach sein?

Wir bogen in eine Kopfsteinallee ein. Am Ende der mir so

vertrauten Straße ragte die ebenso vertraute Ziegelmauer auf, die den Arcadia-Hof zur Straße hin begrenzte und die jetzt größtenteils geborsten und mit Stacheldraht ausgebessert war. Der Hof gehörte also wirklich zum Port. Ich spürte einen leisen, sehnsüchtigen Stich. Sekundenkurz tauchten die Gesichter von Alissa und Ronja vor mir auf. Unzählige Stunden hatte ich mit meiner kleinen Clique hinter dieser Mauer zugebracht, mal im Sattel, mal ohne Pferd, in einer Welt, in der es Cliquen und Ausritte, Grillpartys und Übernachtungen auf dem Heuboden gegeben hatte. Mein altes Leben fehlte mir. Es fehlte mir so sehr. Ich stützte mich mit einer Hand auf Nurmis Mähnenkamm und schloss kurz die Augen.

»Das«, sagte Adrian, als wir die Toreinfahrt erreichten, »ist unser Trainingscamp. Sozusagen das Herz des Ports. Lust, noch mit reinzukommen?«

Ich blieb stehen. Wollte ich den Hof wirklich wiedersehen – so wie er jetzt war?

»Keine Sorge«, sagte er lächelnd, als er mein Zögern bemerkte, »solange du in meiner Nähe bleibst, ist es okay.« Er legte eine Hand auf meinen Rücken und schob mich sanft, aber nachdrücklich über die Schwelle.

Iris Enning

Endlich gute Nachrichten! Und das gleich im Doppelpack. Nachricht Nummer eins: Unsere dritte Versuchsreihe beginnt vielversprechend. Nachricht Nummer zwei: Gestern ist die Cessna aus Ankara eingetroffen, mit einem Update von Team Butterfly. Dort sind die Experimente mit dem neuen Polymerase-Inhibitor angelaufen, die ersten Ergebnisse klingen hoffnungsvoll. Auf lange Sicht brauchen wir natürlich kein Virostatikum, sondern ein Viruzid. Aber solange wir noch keinen Wirkstoff haben, der das Virus endgültig tötet, wäre es schon ein Riesenfortschritt, wenn wir das Virus nicht mehr wöchentlich, sondern nur noch alle drei oder vier Monate lahmlegen müssten.

11

DAS CAMP

(9. Juni 2037)

Auf dem Parkplatz des Camps standen die Fahrzeuge – teils Landwirtschaft, teils Militär – dicht an dicht. Eine Frau in demselben grünen Aufzug wie Adrian und mit einem umgedrehten Basecap auf dem Kopf schraubte an einem Jeep herum. Als wir an ihr vorbeigingen, machte sie das Victory-Zeichen. Auf dem eingestürzten Dach der Reithalle hantierte ein halbes Dutzend grüner Leute mit Wellblechplatten und Trägerbalken herum. Neben der Halle hatte man in einem Halbkreis fünf orangefarbene Wohncontainer aufgestellt, zwischen denen ein Mann in Grün Wäsche aufhängte. Irgendwo wieherte ein Pferd.

»Ist das hier was Militärisches?«, fragte ich misstrauisch.

»Nicht so richtig. Die Initiative ist eher eine Unterstützung für die Security.«

»Die Initiative? Was soll das sein?«

Angesichts meiner ratlosen Miene lächelte er. »Noch nicht von uns gehört? Wir sind ein Projekt des Komitees. Freiwillige, die für den Ernstfall trainieren. Falls es zur Zweiten Welle kommt, werden wir die Menschen beschützen.«

»Wovor denn?«, fragte ich, obwohl ich es natürlich ahnte.

»Vor den Infizierten, was sonst.«

Unbehaglich schielte ich nach seinem Revolver. Er legte kurz eine Hand an die Waffe. »Die ist nur für den Notfall.« Seine Schokoladenstimme klang tief und beruhigend, trotzdem wurde mir allmählich mulmig. Ehe ich ihn jedoch weiter zu Notfällen und dieser ominösen Initiative befragen konnte, hörte ich jemanden rufen: »Kara, was machst du denn hier?«

Magnus war hinter uns aufgetaucht und starrte mich aus seinen bemerkenswert blauen Augen an, für die einem sofort jede Menge Vergleiche einfielen. »Deine Mutter hat mir erzählt, dass du im Krankenhaus warst. Infizierten-Angriff.«

»Ja, aber mir geht's schon wieder ganz gut«, antwortete ich ruhig, obwohl mein Herz wie wahnsinnig klopfte. Der Glaubwürdigkeit wegen erzählte ich ein bisschen von meinen angeblichen Verletzungen und Operationen, während ich innerlich vor Angst mit den Zähnen klapperte. Doch seine Miene blieb arglos. Als ich ihn das letzte Mal gesehen hatte, noch vor meiner Infektion, waren seine Augen voller Tränen gewesen. Er war wegen seiner älteren Schwester Matilda zu uns in den Lindenstieg gekommen, die Einzige, die ihm aus seiner Familie geblieben war. In einer Art gepanzertem Minibus war er mit quietschenden Reifen in unsere Auffahrt eingebogen und hatte meine Mutter gegen den Willen meines Vaters mitgenommen. Als sie zwei Stunden später zu uns zurückgekehrt war, hatte sie kein Wort gesprochen. »Und?«, hatte mein Vater leise gefragt, doch sie hatte nur den Kopf geschüttelt.

Magnus zwirbelte eine Strähne von Nurmis Mähne zwischen seinen Fingern. »Ich hatte gehofft, der alte Klepper findet endlich jemanden, der ihn durchfüttert«, wandte er sich an Adrian. »Verrat mir doch mal, wozu er eigentlich nütze ist, außer dass er uns die Haare vom Kopf frisst und wir ständig jemanden losschicken müssen, der ihn wieder einsammelt.«

Adrian schob sich zwischen ihn und Nurmi. »Für die Anfänger ist er perfekt. Du hast deine ersten Stunden auch auf ihm abgesessen. Außerdem ist es keine Frage der Nützlichkeit«, sagte er entschieden. »Er ist alt. Wo soll er denn sonst hin?«

Magnus seufzte und wandte sich wieder mir zu. »Ist gut zu hören, dass sich die Ärzte nicht mehr nur um den Abschaum kümmern.«

Wie ein Schlag in die Magengrube.

»Abschaum?«, fragte ich leise.

»Du weißt schon.«

Ich hielt seinem Schweigen stand, ohne zu blinzeln, auch wenn mich das große Mühe kostete. Ihm in die Augen zu schauen, war, wie in eine Schlucht zu blicken, in die man hineinstürzen konnte, wenn man nicht auf seine Schritte achtgab.

»In der Klinik behandeln sie *alle,* die Hilfe brauchen.« Meine Stimme zitterte, was nicht nur an meiner Furcht davor lag, zu viel zu sagen; in mir meldete sich ein leiser oder vielleicht gar nicht so leiser Zorn.

»Wer Hilfe braucht und wer nicht, ist offenbar relativ«, entgegnete Magnus. »Du hast es auf alle Fälle besser getroffen als Matilda. Angegriffen in einer Zeit, in der die Klinik wieder Kapazitäten für *normale* Menschen hatte. Matilda hatte dieses Glück nicht.«

Und das war der Augenblick, in dem sich mein Ärger in Rauch auflöste. Er hatte seine ganze Familie verloren. In ihm musste ein Schmerz sein, den ich mir nicht einmal vorstellen konnte.

»Das mit deiner Schwester und deinen Eltern ... es tut mir unendlich leid, Magnus. Wirklich.«

»Ja. Es ist schlimm. Aber gut, dass du überlebt hast, Kara. Ehrlich.« Er klopfte mir auf den Rücken, nickte Adrian zu, schenkte Nurmi einen letzten, stirnrunzelnden Blick und ging davon. Seine Schultern waren gebeugt, seine Schritte schwer. Von hinten wirkte er dreißig Jahre älter.

Eine Berührung brachte mich zu mir. Nurmi nibbelte an meiner Hand. Seine Lippen fühlten sich weich und unfassbar tröstlich an. Ich streichelte seine Nüstern und holte tief Luft wie eine Taucherin, die zu lange unter Wasser gewesen ist.

»Kann es sein, dass er Hunger hat?«, fragte ich; Nurmis Lippen wurden immer energischer.

Auf dem Weg zu den Stallungen erkundigte sich Adrian, woher ich Magnus kannte, und ich erzählte ihm, dass wir schon in der Sandkiste miteinander gespielt hatten.

»Er hat eine brutale Zeit hinter sich«, sagte er nachdenklich. »Das gilt ja leider für die meisten von uns. Hey!« Sein Gesicht leuchtete plötzlich auf. Er hob einen Arm und winkte.

Im Schatten der ausufernden Kastanie, unter der ich so oft mit Alissa, Ronja und dem Rest der Clique gepicknickt hatte, saß in einem Rollstuhl ein etwa vierzehnjähriges Mädchen. Der Junge, der vor ihr im Gras lümmelte und ein oder zwei Jahre älter sein mochte, klappte das Buch zu, aus dem er ihr vorgelesen hatte. Beide winkten heftig zurück.

Adrian berührte meine Schulter. »Das ist Lisa. Meine Schwester. Tust du mir einen Gefallen? Sprich ihr gegenüber nicht von Morbus Shade oder überhaupt von den letzten Monaten. Ein Infizierter hat sie schwer verletzt. Sie hatte nicht so viel Glück wie du. Sie hat noch immer schwere Panikattacken, man kann sie kaum fünf Minuten allein lassen. Und der Rollstuhl wird ihr wohl immer bleiben. Zac passt auf sie auf, wenn ich trainiere.« Sein Gesicht wurde weich. »Er wohnt bei uns. Hat seine ganze Familie verloren. Ich wüsste echt nicht, wie ich ohne ihn zurechtkommen sollte.«

Die ganze Familie verloren. Auch das kennzeichnete jetzt fast alle Menschen. Wieder einmal wurde mir bewusst, wie unglaublich viel Glück ich gehabt hatte. Bertil, meine Mutter, mein Vater – sie lebten. Sie waren gesund. Und wenn ich heute nach Hause kam, würden wir gemeinsam zu Abend essen.

Zac hatte sich aus dem Gras hochgerappelt und kam strahlend auf uns zu, fast schien er zu hüpfen, es war, als schlüge uns eine Woge purer Lebensfreude entgegen, ein seltener und kostbarer Schatz in dieser Zeit. Er begrüßte mich mit einem High five, sagte an Adrian gewandt: »Los, gib ihn mir, ich bring Ausbrecher-Joe zum Futter«, schnappte sich den Halfterstrick und verschwand mit Nurmi zwischen den Stallgebäuden. Mittlerweile war auch Adrians Schwester herangerollt, ein zartes Mädchen mit dunklem Zopf und riesigen braunen Augen. Ihre Fingernägel waren heruntergekaut, die Nagelhaut ein wundes Gefitzel. Adrian stellte uns vor, doch das hörte ich kaum.

Lisa. Ein hübscher Name. Ich hätte ihr gern einen neuen Namen gegeben. Miststück.

Lisa Kachelya. Bis gerade eben hatte ich nicht gewusst, wie sie hieß – doch ich kannte sie. Und wie ich sie kannte. Als wir einander im letzten Sommer zum ersten und einzigen Mal im Fuchswald begegnet waren, hatte sie noch nicht im Rollstuhl gesessen, waren ihre Beine noch nicht verwinkelt und kaputt gewesen; ihre Beine hatten sehr schnell laufen können. Unwillkürlich wich ich einen Schritt zurück, wollte Abstand zwischen mich und dieses Mädchen bringen. Auch sie hatte mich offensichtlich erkannt. An ihrem Hals breitete sich eine rosa

Wolke aus, kroch auf ihre Wangen zu und zog über ihre Stirn. Sie senkte den Blick und sagte zu ihren Händen: »Können wir bitte nach Hause?«

»Hast du Schmerzen?« Adrian klang besorgt.

»Der Kopf. Und meine Beine.«

Er kniete vor ihr nieder. »Ich hab hier noch zu tun, Lisa. Zac kann dich heimbringen.«

Sie bewegte fast lautlos die Lippen. »Hast du welche gekriegt?«

»Schmerztabletten?« Er schüttelte den Kopf. »Tut mir leid.«

»Keine Tabletten«, murmelte sie so leise, dass ich es fast nicht hörte. »Binden?« Ihr Gesicht färbte sich von Rosa zu Rot.

»Ich hab's versucht. Es gibt keine mehr. Wir müssen auf die nächste Zuteilung warten.«

»Aber diese Stofflappen sind so eklig.« Sie saß da wie eine zusammengesunkene Puppe, in die jemand zwei viel zu große Glasaugen eingesetzt hatte. »Und Brot haben wir auch keins mehr.« Sie ließ ihre Stimme brechen – demonstrativ, so kam es mir vor. Adrian strich ihr über den Kopf.

»Ich weiß. Aber Mehl ist auch alle. Nächste Woche. Versprochen.«

Binden, dachte ich. Und: Mehl. Und: Ist das ein Problem?

Vieles war jetzt ein Problem, das wusste ich natürlich, wegen der Plünderungen, dem Horten von Lebensmitteln und Hygieneartikeln und überhaupt von allem, was sich hatte wegtragen lassen. Während der Ersten Welle waren die globalen Handelswege komplett zusammengebrochen, vieles konnte nicht mehr hergestellt werden, Produktionsstätten mussten erst mühsam wiederaufgebaut werden. Aber Binden? In unserem Badezimmer stapelten sich die Packungen und auch an Mehl hatten wir keinen Mangel.

Weil meine Mutter zum Team Rainbow gehörte?

Irgendwo plärrte eine Sirene los. Ich fuhr zusammen. Eine Sekunde später begannen die Schreie, hoch und schrill. Alles in mir erstarrte.

Es war kein halbes Jahr her, da hatte ich selbst diese Schreie ausgestoßen.

Das kann nicht sein, dachte ich. Das ist völlig unmöglich. Dr. Levin hat gesagt, es gibt keine aktiven Infizierten mehr.

Dann brach das Chaos aus.

Bertil Enning

Ich hab sie gesehen. Hier, im Port. Das Mädchen aus dem Fuchswald. Aber ganz sicher bin ich mir nicht, es war von weit weg. Und sie saß im Rollstuhl. Vielleicht war es doch jemand anderes.

12

ZAC
(9. Juni 2037)

Zwanzig, dreißig Leute kamen von überallher angerannt. »Das Camp abriegeln!«, brüllte jemand. »Alle Gebäude sichern!«

»Magnus«, rief Adrian, »Sara, schafft Lisa hier weg!«

Eine junge Frau mit einem Gesicht voller Sommersprossen packte die Griffe des Rollstuhls und schob los. Magnus lief mit gezogenem Taser neben ihr. »Nein«, kreischte Lisa und warf sich in ihrem Stuhl hin und her, »nein, nein!«

Befehle knallten über den Hof, ein Trupp von grün Gekleideten stürmte in die Richtung, in die Zac und Nurmi verschwunden waren, unter ihnen Adrian. In meinem Kopf ging alles durcheinander. Was war hier los?

Wo sollte ich hin?

Ohne weiter darüber nachzudenken, rannte ich Adrian und den anderen nach und bog in den Bereich des Hofes ein, wo die Stallungen ein Geviert mit einem großen Sandpaddock in der Mitte bildeten. In einer Ecke des Paddocks stand Nurmi, die

Vorderbeine weit gespreizt und am ganzen Leib zitternd. Sein vorhin noch nebelfarbenes Fell war dunkel von Schweiß.

Von Weitem sah Zac aus, als würde er schlafen. Zusammengerollt wie ein Embryo lag er da, den Kopf in seinen Armen geborgen. Unterhalb des Brustkorbs war sein Körper praktisch in zwei Hälften zerrissen. Der Sand um ihn war rot und glitschig und der Himmel über ihm endlos blau. Vögel zwitscherten. Sonnenlicht ergoss sich golden über den toten Jungen. Das Blau, die Vögel, das Licht, das Blut, das aufgerissene Fleisch – dass es all das gleichzeitig gab und es nicht schlagartig Nacht und still wurde, machte den Anblick noch unerträglicher.

Adrian löste sich aus der Truppe, schwang sich über den Zaun und rannte zu Zac. Neben ihm kniete er nieder. Wieder und wieder strich er dem ermordeten Jungen über die Stirn und legte schließlich eine Hand an seine Wange. In dieser Haltung verharrte er, dann zog er seine Jacke aus und breitete sie über Zac. Alles war total still oder jedenfalls kam es mir so vor, obwohl die Spatzen in den Dachrinnen wie verrückt lärmten, Stiefelabsätze über das Pflaster hämmerten, Stimmen hin und her flogen.

»Adrian«, brüllte jemand, »auf deinen Posten!«

Adrian richtete sich auf. Seine Unterlippe zitterte. Der Rest seines Gesichts war aus Stein. Mit gesenktem Kopf kehrte er zu seiner Truppe zurück. Eine Frau von vielleicht fünfzig Jahren – dichtes silbergraues Haar, straffe Haltung, das Wort *Silberlöwin* schoss mir unwillkürlich durch den Kopf – schritt zügig mitten zwischen den Leuten hindurch und dirigierte sie mit knappen Befehlen in verschiedene Ecken des Hofes, ohne auch nur eine Sekunde zu zögern. Höchste Zeit, dass ich mich irgendwo in Sicherheit brachte. Doch etwas, das wie ein Knistern in meinem Innern war, nagelte mich an Ort und Stelle fest. Ich wusste nicht, was dieses Gefühl bedeutete, ich wusste nur, dass mein Platz hier war, im Camp, in unmittelbarer Nähe des Geschehens. Rasch zog ich mich hinter einen Pick-up zurück, der neben einem der Stallgebäude parkte. Im nächsten Augenblick drang aus dem Stall, der meinem Beobachtungsposten gegenüberlag, ein schrilles Wiehern. Für Sekunden erstarrte alles wie in eisiger Kälte, dann wieherten mehrere Pferde gleichzeitig in einer anschwellenden Welle der Angst. Huftritte donnerten gegen Boxenwände.

»Wir gehen von zwei Seiten rein!«, rief die Silberlöwin. Ihr Gesicht bestand nur noch aus Kanten und Winkeln. Adrian und drei weitere Leute sicherten den Hof, alle übrigen verschwanden im Stall, angeführt von der Silberlöwin. Das Knistern in meinem Innern verstärkte sich, als würde etwas in mir die richtige Frequenz suchen. Wie eine Antenne, die unsichtbare Schwingungen aus der Luft empfing, schob ich mich an der Kühlerhaube des Pick-ups vorbei. Etwas zog an mir. Ich hob den Kopf – und das Entsetzen flog in mir auf wie ein panischer Vogel. Ein Mädchen von vielleicht fünfzehn Jahren hangelte sich am Stalldach entlang. Ihr Gesicht war glücklich, fast ekstatisch, ihre Hände und Arme bis zu den Ellenbogen mit Blut beschmiert. Sie war aktiv. Mehr als das. Ein Trigger – Geruch, Geräusch, irgendwas – hatte sie in den Modus katapultiert. Ich sah es an ihren Augen, deren Weißes sich mit einem roten Schleier überzogen hatte. Sie wollte nicht mehr bloß beißen, nicht bloß zerstören. Sie wollte töten.

Menschen töten. Und Adrian war direkt unter ihr.

Er sah sie nicht.

»Achtung!«, schrie ich. Im selben Augenblick ließ sie sich wie ein Stein auf ihn fallen, schlug seine Waffe weg, riss ihn zu Boden und begrub ihn unter sich.

Nur ein Mädchen. Aber stark wie ein Stier.

»Nein«, brüllte ich und sprang hinter dem Pick-up hervor, »nein!«

Sie wandte den Kopf. Ihre Augen waren schmale Schlitze, das Weiße darin leuchtend rot. Die aufgeworfenen Lippen entblößten blutbefleckte Zähne. Und dann – gurrte sie. Ganz hinten in der Kehle. Ich zuckte zusammen, als hätte mir jemand eine Packung Eiswürfel in den Kragen gesteckt. Diesen sanft rollenden Laut, der fast ein Schnurren war, hatte ich in meiner aktiven Phase selbst oft genug ausgestoßen. Mit diesem Gurren hatten wir in unserem Rudel die Neuankömmlinge begrüßt.

Offenbar erkannte sie in mir eine der Ihren. Sogar im Modus, dem Tötungsrausch, hatten wir Infizierten immer gespürt, wer von gleicher Art war wie wir und das Virus in sich trug. Auch dieses Mädchen spürte es, und das, obwohl das Virus in mir nicht einmal aktiv war, sondern schlief.

Infizierte rotten sich zusammen, suchen instinktiv die Kraft einer Gruppe. Wenn ich sie von Adrian weglocken konnte, indem ich sie aufforderte, zu mir zu kommen, musste ich das tun, egal, ob ich mich damit als Infizierte outete. Langsam machte ich einen Schritt auf sie zu. Noch einen. Und noch einen. Aus den Augenwinkeln sah ich einen Schatten aus dem Stallgebäude schlüpfen, doch das nahm ich nur am Rande wahr, all meine Sinne waren auf das Mädchen ausgerichtet. Ich hatte sie jetzt fast erreicht. Sie löste sich von Adrian und schlich mir geduckt entgegen, gleitend, elegant, auf beunruhigende Weise schön wie eine Gepardin.

Plötzlich war der Schatten neben mir. Die Silberlöwin packte meinen Arm, schleuderte mich zur Seite und zielte mit ihrem Revolver auf die Brust des Mädchens. »Hände über den Kopf. Knie dich hin«, sagte sie ruhig.

Das Mädchen stieß einen Wutschrei aus und sprang ihre Beute mit dieser beängstigenden Geschwindigkeit an, die nur aktiven Infizierten eigen ist. Buchstäblich in letzter Sekunde drückte die Silberlöwin den Abzug. Der Schuss krachte. Das Mädchen wurde zurückgeschleudert. Hinter ihr spritzte ein Fächer von Blut durch die Luft. Sie stürzte zu Boden und lag still.

Menschen kamen von überallher angerannt und kreisten uns ein. Ich schob einen Mann beiseite und lief zu Adrian, der sich bereits aufgerappelt hatte und mir entgegenkam. »Bist du okay?«, rief ich.

Vor mir blieb er stehen, fuhr sich mit einer Hand über die schweißnasse Stirn und brüllte unvermittelt los: »Bist du wahnsinnig? Sie war im Modus, Herrgott! Eine Infizierte im Modus! Da kannst du nicht einfach dazwischengehen und –« Er packte mich bei den Schultern und schüttelte mich so heftig, dass meine Zähne aufeinanderschlugen.

»Ich wollte ... wollte ...«, stotterte ich.

»... helfen?« Mit einem Ruck zog er mich in seine Arme. Ich roch den grünen Duft seiner Seife, vermischt mit dem schwachen Geruch nach Pferden an seinen Kleidern. Sein Atem strich über meinen Hals. »Sie hätte dich fast umgebracht!«

Nein, dachte ich, hätte sie nicht. Sie hat gespürt, dass ich zu ihr gehöre. Das Virus schläft in mir, es ist nicht aktiv – und trotzdem hat sie es gespürt. Sie hätte mir niemals etwas angetan.

Aber dich – dich hätte sie getötet.

Er trat einen Schritt zurück und hielt mich an ausgestreckten Armen von sich weg. »Das war eine völlig irrsinnige Aktion.«

»Irrsinnig. Und sehr mutig.« Die Silberlöwin war herangekommen und legte mir überraschend sanft eine Hand auf die Schulter. »Hallo. Ich bin Leonarda.«

Sprechender Name, dachte ich, antwortete knapp »Kara«, und wandte mich wieder Adrian zu. »Das mit Zac …« Die Worte stolperten stockend aus meinem Mund. Wie gern hätte ich etwas Kluges, Tröstliches gesagt, das ihn erreichen konnte, doch alles, was ich herausbrachte, war ein klägliches »Es tut mir so leid«.

Das Geschrei der Spatzen war schrill und nervenzerreißend, als krakeelten sie mitten in meinem Kopf. Die Sonne brannte auf uns herunter. In der heißen, flirrenden Luft lag der metallische Geruch von Blut. Adrians Gesicht wirkte so nah, als könnte ich es berühren, einfach, indem ich tief einatmete. In diesem Augenblick schienen wir die einzigen Menschen auf dem Hof zu sein. Niemand sonst um uns herum. Keine Toten. Dann räusperte sich Leonarda und der Bann war gebrochen. Adrian drückte meinen Arm, nickte mir zu, wandte sich ab und kehrte zu dem Paddock zurück, wo seine Leute Zacs zerrissenen Körper bereits auf eine Trage betteten.

»Es tut mir leid, dass du das mit ansehen musstest«, sagte Leonarda leise neben mir und blickte von Zac zu dem toten Mädchen. »Das, was gerade geschehen ist … es hätte nie passieren dürfen. Die Infizierten haben genug Menschen umgebracht.« Sie seufzte. »Möchtest du, dass dich jemand von meinen Leuten nach Hause begleitet?«

»Nicht nötig, das schaffe ich schon.«

Sie nickte, berührte kurz meine Schulter, wandte sich ab und ging zu dem Paddock hinüber. Wie betäubt steuerte ich auf den Durchgang zwischen den Stallungen zu, sah dahinter den Parkplatz, die Toreinfahrt, sah Menschen, die auf der Straße hin und her rannten und sich irgendwo in Sicherheit zu bringen versuchten, Menschen, die noch nicht wussten, dass die Gefahr schon ausgeschaltet war.

Nicht *ausgeschaltet.* Getötet.

Bevor ich in den Durchgang schlüpfte, schaute ich ein letztes Mal zurück. Mehrere Leute umringten den Leichnam des Mädchens. Eine junge Frau trat vor. Es war die mit den Sommersprossen, die Lisa weggebracht hatte. Sara. Mit ihren weichen Lederstiefeln versetzte sie der Toten einen so harten Tritt in die Seite, dass sie über das Pflaster schlidderte.

Sara Hennig

In den ersten Tagen ging es mir wie wahrscheinlich den meisten Menschen. Ich sah die Monster im Fernsehen und im Internet und dachte: Die Virologen und Politiker und Militärs, die kriegen das hin. Okay, Angst hatte ich schon: Meine Eltern tourten mal wieder durch Brasilien und retteten den Regenwald und ich saß allein zu Hause, doch ich sagte mir, dass wir im Zeitalter der Hochtechnologie lebten und schon viele Seuchen in den Griff bekommen hatten. Ich versuchte, meine Eltern zu erreichen, aber die Handynetze waren zusammengebrochen. Dann machten Afrika und Amerika die Flughäfen dicht. Und dann rief Europa den Notstand aus. Plötzlich waren die Monster überall. Niemand ging mehr zur Arbeit. Ich dachte: Jetzt sollten sie aber wirklich mal was tun. Dann fiel das Internet aus. Der Strom. Heizung, Toilettenspülung – alles.

Ich glaube, ich überlebte, weil unser Haus so weit ab vom Schuss lag. Ich verbarrikadierte mich im Keller und da blieb ich. Manchmal hörte ich Schreie. Viele Wochen ging das so. Dann wurde es still. Ich holte unseren Pick-up aus der Garage und fuhr los. Die Stadt roch ich schon von Weitem; ich roch die Toten. Da fühlte ich mich zum ersten Mal schuldig, weil ich überlebt hatte.

13

BLUT

(9. Juni 2037)

Mein Vater hatte denselben Gedanken gehabt wie ich: Bertil sofort aus der Schule abholen. Ich traf ihn nur eine Querstraße vom Camp entfernt, und während wir unseren Weg gemeinsam fortsetzten, erzählte ich ihm, was sich dort zugetragen hatte.

Ich erzählte ihm alles.

Fast. Meine Einmischung ins Geschehen behielt ich für mich.

Die Kinder hatten natürlich mitbekommen, dass im Port eine aktive Infizierte unterwegs gewesen war, schlimmer noch: eine Aktive im Modus. Die Security hatte die Schule bereits informiert, dass keine Gefahr mehr bestand, trotzdem hatte der Gitarrenmann die Beruhigungsmittel rausholen müssen. Jetzt schlief Bertil in den Armen meines Vaters. Überall marschierte die Security umher und trieb die Menschen in ihre Häuser. Ausgangssperre, der Port musste gecheckt werden: Hatte das Mädchen jemanden infiziert?

Was dann wohl so viel bedeutete wie: Bluttest für alle Bewohner. Und damit wäre meine Familie geliefert. Mir wurde ganz kalt bei dem Gedanken. Mit gesenktem Kopf und einem faustgroßen Klumpen Angst im Magen trottete ich neben meinem Vater her und kämpfte gegen den Wunsch an, auch mich möge jemand auf den Arm nehmen und mir zuflüstern, dass alles gut werden würde.

Zu Hause brachte mein Vater Bertil ins Bett, während ich Tee kochte und verzweifelt überlegte, was ich tun sollte.

Einfache Antwort: Ich hatte keine Ahnung.

Wenig später kehrte meine Mutter aus der Klinik zurück und servierte uns am Küchentisch die neuesten Nachrichten.

»Diese aktive Infizierte, das war die Tochter der Dwingers.«

»Das Paar, das letzten Monat im Port eingezogen ist?«, fragte mein Vater. »In das Haus gleich neben dem Camp?«

Meine Mutter nickte; mein Vater schüttelte den Kopf. »Die haben keine Tochter«, sagte er.

»Doch, Frederic. Hatten sie. Und sie müssen unglaublich viele Leute bestochen haben, um Tayna in den Port zu schmuggeln.« Meine Mutter gab sich Mühe, mich bei diesen letzten Worten nicht anzuschauen, schaffte es aber nicht ganz. »Vermutlich waren Medikamente im Spiel, vielleicht auch Alkohol oder Drogen. Wertvolle Tauschgüter jedenfalls. Als sie Tayna drinhatten, müssen sie das Serum sofort abgesetzt haben. Wenn ich es richtig verstanden habe, hatte das religiöse Gründe. Sie haben Tayna in ihrem Keller untergebracht. Die Security hat dort eine Art Selfmade-Bunker entdeckt. Das Mädchen hat ihn zerlegt wie eine Obstkiste. Nur noch Trümmer.«

Mein Vater stellte seinen Teebecher ab; etwas Tee schwappte auf die Tischplatte. »Wie viele?«

Was für eine schwachsinnige Frage, dachte ich. Wen interessiert, wie viele Trümmer diese Tayna hinterlassen hat? Dann wurde mir klar, dass er nach den Toten fragte.

»Taynas Mutter und dieser Junge im Camp. Sonst niemand. Der Vater ist schon in Haft«, sagte meine Mutter rau.

Einen Knast gab es also bereits wieder. Interessant, wo die Prioritäten lagen, wenn eine Gesellschaft die Zivilisation neu aufbaute. Und damit war klar, wo meine Mutter und sicher auch mein Vater landen würden, wenn meine Identität aufflog.

»Die Security überprüft alle Bewohner des Ports. Bluttest. Mit freundlicher Unterstützung der Initiative.« Als meine Mutter ihren Becher zum Mund führte, verschüttete sie etwas Tee. Er mischte sich mit der Lache, die mein Vater produziert hatte.

Mir war schlecht. Meine Mutter langte über den Tisch und nahm meine Hand. »Ich habe aus der Klinik eine saubere Probe mitgebracht.« Der Versuch, ihrer Stimme einen festen Klang zu geben, misslang gründlich. »Sobald sie dir Blut abgenommen haben, vertausche ich irgendwie die Proben.«

Irgendwie, dachte ich verzweifelt. Na dann.

»Klingt nicht gerade nach einem ausgeklügelten Plan«, sagte mein Vater dumpf.

»Bessere Vorschläge werden gern entgegengenommen«, gab meine Mutter zurück.

Es klopfte. Wir starrten einander in die blassen Gesichter. Wieder das Klopfen, *bam-bam-bam!*. So schnell ging das also. Meine Mutter stand auf.

Cool bleiben, dachte ich. Wie deine Mutter. Mach es wie sie. Doch mein Blut – mein infiziertes Blut – schien in meine Füße zu sacken, ich hatte das Gefühl, jeden Moment ohnmächtig zu werden. Vielleicht hab ich ja Glück, dachte ich hysterisch. Falls sie das Blut nicht in meinem großen Zeh suchen, werden sie gar keins in mir finden, haha …

Meine Mutter kehrte in die Küche zurück, gefolgt von einer Frau in dem mir inzwischen so vertrauten blauen Overall der Security; die Mitglieder dieser Einheit mischten in Vrede wirklich überall mit. Der Blauen wiederum folgte ein junger Mann in Grün. Meine Kehle wurde trocken wie eine Wüste.

»Hallo, Adrian«, krächzte ich.

»Kara.« Mit einem erschöpften Lächeln nickte er mir zu.

Die Blaue stellte ihr Blutabzapf-Köfferchen zwischen unsere Teebecher. Meine Mutter war die Erste. Während die Blaue ihre Ellbogenbeuge desinfizierte, nahm Adrian unsere Daten auf. In eleganten Schwüngen bewegte sich seine Hand über das Papier. Seine Schrift war so fein und makellos, dass man hätte meinen können, er sei ein japanischer Kalligrafiemeister. Ich dachte: Ich sollte es ihm sagen, statt darauf zu warten, dass mein Blut es ihm sagt. Doch ich brachte keinen Ton heraus.

Die Blaue versenkte das Reagenzglas mit dem Blut meiner Mutter unverzüglich in den Tiefen einer Kühltasche. Wie um Himmels willen, wollte meine Mutter da irgendwas vertauschen?

Mein Vater war der Nächste. Die Nadel durchstach seine Haut und stieß in die bläuliche Vene darunter. Als er seinen Ärmel wieder herunterrollte und nach oben ging, wusste ich, dass er die Küche nicht nur verließ, um Bertil zu holen, sondern auch, weil er um seine Selbstbeherrschung fürchtete. Adrian lehnte an der Spüle und beobachtete die Szene mit vor der Brust verschränkten Armen. Das heißt, eigentlich beobachtete er seine Stiefelspitzen. Die Blaue forderte mich auf, meinen Arm frei zu machen. Äußerlich hatte ich bisher wohl ziemlich ruhig gewirkt, doch jetzt begannen meine Hände, so stark zu zittern, dass ich mich nicht traute, nach meinem Ärmel zu fassen.

»Den Arm frei machen«, wiederholte die Blaue.

Ich konnte nicht. Ihre Augenbrauen zogen sich zusammen. »Adrian? Kommst du mal?«

Er stieß sich von der Spüle ab, trat neben mich und legte eine Hand auf meine Schulter. Als ich spürte, wie seine Fingerspitzen die bloße Haut meines Nackens streiften, hätte ich am liebsten geweint. Zu allem Überfluss kehrte jetzt auch noch mein Vater mit dem benommenen Bertil an der Hand in die Küche zurück und machte ein Gesicht, als würde er sich gleich auf die Küchenfliesen übergeben.

»Karas Blut brauchen wir nicht«, sagte Adrian zu der Blauen. »Sie war die ganze Zeit mit mir zusammen. Kara Enning. Du weißt schon.«

»Oh! *Die* Kara!« Das Gesicht der Blauen veränderte sich völlig. Sie strahlte mich an. »Hab schon von dir gehört. Tollkühne Aktion! Komplett bescheuert, aber: wow! Weiß nicht, ob ich den Mumm gehabt hätte. Hey! Bewirb dich bei der Security. Oder bei der Initiative. Du bist die richtige Frau dafür.«

»Ich denk darüber nach«, sagte ich. Und lächelte. Meine Innereien fühlten sich an, als hätten sie sich in einen heißen Brei verwandelt.

Die Blaue nahm meinem Bruder Blut ab, packte ihre Sachen zusammen und wünschte uns einen schönen Abend. In der Tür drehte sich Adrian noch einmal um.

»Für morgen hat Leonarda mir freigegeben. Wäre schön, wenn du vorbeikommst. Das gelbe Haus in der Halostraße.« Er lächelte ein bisschen. »Lisa nennt es das *Eigelbhaus.*«

Als sie weg waren, begann ich, wie verrückt zu bibbern und zu schlottern. Mein Vater brachte Bertil zum zweiten Mal ins Bett, kehrte zu uns zurück und goss frischen Tee ein. Ich schlang meine Finger um den heißen Becher. *Plink-plink!,* machte der Wasserhahn über der Spüle, »Mau-mau«, machte Pinky, die von irgendwoher aufgetaucht war, auf meinen Schoß sprang und ihre Krallen in meine Hosenbeine bohrte. Allmählich ließ das Zittern nach. Bis auf Pinky, die wie verrückt schnurrte, schwiegen wir, als wären wir bei einem Wettbewerb: Wer hält am längsten durch? Meine Mutter verlor.

»Was denn für eine tollkühne Aktion?«

Ich erzählte es ihnen.

»Kara ...«, begann meine Mutter.

»Stopp«, sagte mein Vater. »Wenn sie es nicht getan hätte, würden wir jetzt bis zum Hals in der Scheiße stecken.« Er stand auf, kam zu mir und legte die Arme um mich. Ich hoffte so sehr, dass sich zwischen uns etwas geändert hätte, doch die Umarmung fühlte sich nach Pflicht an, nach falscher Zärtlichkeit. Ich machte mich los, hob Pinky hoch, setzte sie meiner Mutter auf den Schoß und ging auf mein Zimmer.

Lisa Kachelya

Kara. So heißt sie also.
Sie sieht noch genauso aus wie letzten Sommer, vor Morbus Shade, als wir uns im Fuchswald begegnet sind. Auf diesem beschissenen Spielplatz. Als hätten ihr die letzten Monate null ausgemacht. Voll fit. Außer im Gesicht. Da ist sie eher bleich. Eine bleiche Marathonläuferin. Und ihre Hände. Richtige Pranken. Die sind mir schon damals aufgefallen; so Hände, die zuschlagen können.
Als sie in die Hütte kam, hatte ich gleich ein mieses Gefühl, schon bevor ich an ihren Augen sah, dass sie die Schwester von dem Bonsai war. Der kleine Scheißer hatte gepetzt. Noah versuchte, zu pfeifen und einen auf cool zu machen, aber er hörte gleich wieder auf. Die anderen hielten auch die Klappe. Sie baute sich vor mir auf und sagte: »Du gehst mit deinen Leuten also gern auf die Jagd.« Ihre Augen waren kalt und ganz hell. »Ich habe auch meine Leute. Sie sind ziemlich kräftig, wegen der Arbeit mit den Pferden. Reiten, Ställe ausmisten und so. Wenn ihr euch meinem Bruder noch ein Mal nähert, hole ich sie. Und dann jagen wir euch. Wir jagen euch, bis wir euch haben. Du«, sagte sie zu mir, »stehst ganz oben auf meiner Liste.«
Zu Hause übte ich manchmal vor dem Spiegel, wie ich gut rüberkam, sagte Sachen wie »Hol dir fünf drauf runter« und so, aber jetzt klappte das nicht.
»Her mit der Hose«, verlangte sie.
Von den anderen rührte sich keiner. Das machte mich total wütend, aber es war auch unheimlich.
»Hose«, sagte sie.
Also holte ich die Hose. Denn: Was blieb mir anderes übrig?

14

TABLETTEN
(10. Juni 2037)

Am nächsten Tag stopfte ich Binden und Tampons in meinen Rucksack, Knäckebrot, Mehl und je eine Packung von den Vorräten, von denen wir am meisten hatten: Reis, Waschpulver, Haferflocken.

»Findest du, es ist eine gute Idee, ihn zu besuchen?« Die Stimme meines Vaters klang so vorsichtig, als könnte ich bei der leisesten Andeutung eines kritischen Untertons hochgehen wie Dynamit. »Er gehört zur Initiative. Sie lernen dort, wie man Menschen tötet. Sie haben das Mädchen erschossen, Kara.«

»Ich weiß«, erwiderte ich ruhig. »Sie war aktiv, Papa. Mehr als das. Sie war im Modus. Sie hat Adrian angegriffen und …« *Und ich weiß, wie es ist, wenn du im Modus bist. Da bremst dich nur dein eigener Tod.* »Sie hatten gar keine Wahl. Er hat mich doch nur gefragt, ob ich vorbeikomme. Und ihr sagt selbst, dass ich mich nicht abschotten soll.«

Aber mein Vater hatte einen Nerv getroffen. Warum ging ich

dieses Risiko ein? Ja, ich fand Adrian sympathisch, doch dass er bei der Initiative mitmischte, sprach nicht gerade zu seinen Gunsten.

Mein Vater rieb sich müde die Augen. »Ich würde dir den Kontakt trotzdem gern verbieten.«

Aber du tust es nicht, dachte ich traurig, als ich meinen Rucksack schulterte und das Haus verließ. Du tust es nicht. Du hast Angst vor mir.

Das Haus war wirklich fast so klein wie ein Eigelb, aber eher vanille- als dotterfarben. Niemand reagierte auf mein Klopfen. Als ich um das Haus herum in den Hintergarten ging, hörte ich schon von Weitem das stoßweise Keuchen.

Die Sonne knallte auf Lisa herunter wie ein Spotlight. Ihr Gesicht war von Schweiß bedeckt, ihre Hände hielten die Armlehnen ihres Rollstuhls umklammert. Sie hyperventilierte in einem Tempo, dass mir angst und bange wurde. Ich rannte zu ihr, auch wenn ich keine Ahnung hatte, was man bei Panikattacken tut, außer in Plastiktüten atmen, und eine Plastiktüte hatte ich nicht dabei. In diesem Augenblick kam Adrian aus dem Haus gesprintet, schob mich energisch beiseite und …

… setzte Lisa einen Plüschhund auf den Schoß.

Es war ein braun-weißer, offensichtlich von der Kuscheltier-Räude befallener Spaniel. Behutsam löste er die Hände seiner Schwester von den Armlehnen, legte sie um den Bauch des Hundes und drückte ihn an ihre Brust. Es sah aus, als würde sie beten. Oder einen Spaniel aus Plüsch zerquetschen. Ihr Atem beruhigte sich. Ein wenig.

»Zac«, flüsterte sie. »Mama.«

»Ich weiß, Liebes.« Adrian kramte einen Tablettenblister aus der Hosentasche und drückte eine winzige blaue Pille heraus.

Lisa schluckte sie trocken. Er kniete sich neben sie und streichelte ihre Wange, bis ihre Lider zu flattern begannen, zufielen und ihr Kopf zur Seite sackte. Eine Minute später war sie eingeschlafen.

»Das war aber keine Kopfschmerztablette«, sagte ich.

»Equilibrium. Ein starkes Beruhigungsmittel. Hilft gegen Panikattacken. Leider unsere Letzte.« Er zerknüllte den Blister und richtete sich langsam auf. »Zacs Tod hat alles wieder hochgeholt. Brösel beruhigt sie ein wenig, aber eigentlich braucht sie das Equi.« Er schüttelte den Kopf. »Tja. Pech gehabt. Die Kliniken horten alles, was an Reserven da ist. Für den Notfall.« Er schnaubte. »Mit anderen Worten: für die Infizierten. Da können alle anderen sehen, wo sie bleiben.« Er rieb sich mit dem Handballen über die Stirn. »Keine Ahnung, wie es weitergehen soll. Ich kann Lisa nicht allein zu Hause lassen – und sie ins Camp mitnehmen geht ohne Zac auch nicht, wer sollte sich dort um sie kümmern?« Seine Augen waren rot und geschwollen, als hätte er zu wenig Schlaf abbekommen. Oder geweint. »Und das war's dann für uns mit dem Port.«

»Wieso denn das?«

»Wer in der Initiative mitmacht, darf so lange im Port wohnen, wie er in der Initiative mitmacht«, gab er zurück.

»Und wenn ich auf Lisa aufpasse?«, hörte ich mich sagen.

Was redete ich denn da? Hatte ich komplett den Verstand verloren? Doch die Worte waren heraus, ehe ich sie zurücknehmen konnte. Und ich wollte es auch gar nicht.

Seine Augenfarbe: nach wie vor völlig unspektakulär. Doch jetzt leuchtete etwas in diesen Augen auf. »Das würdest du tun?«

»Zumindest kann ich's versuchen.« Ich pellte den Rucksack von meinen Schultern und öffnete ihn. »Hier. Für euch.« Ich legte die verschiedenen Päckchen ins Gras.

Ganz still stand er da. Dann trat er auf mich zu und legte die Arme um mich. Einfach so. Er konnte das gut, das mit dem Umarmen, fest und entschieden, sodass man sich sofort aufgehoben und in Sicherheit fühlte. Kurz überlegte ich, ihm zu gestehen, wer ich war. *Was* ich war. Doch eine solche Berührung war es dann doch nicht, ein Ort der Wärme und Vertrautheit, wo sich die Mauern auflösen und man einander auch die dunkelsten Wahrheiten gestehen kann. Dies hier war nur ein Anfang, ein allererster, freundschaftlicher Kontakt. Wenn ich ihm beichtete, wer ich wirklich war, würde er mich wegstoßen – und meine Familie würde mit mir fallen.

Mariana Levin

Trotz der unermüdlichen Arbeit der Virologen und Epidemiologen, der Militärs und der zusammenbrechenden Regierungen starben während der Ersten Welle Milliarden von Menschen. Es ist paradox: Unser Planet ist jetzt wie leer gefegt, die Natur kann sich erholen, sämtliche Umweltaktivisten – so sie überlebt haben – müssten vor Freude singen und doch fehlt es an allem. Nahrung. Sauberes Wasser. Medikamente. Strom und Gas. Rohstoffe.
Auch für das Serum.
Der 10. August.
Kein Fortschritt, weder bei uns noch bei Team Skylark oder Team Butterfly.
Auf Station K bleibt es still.

15

SPRITZENTAG

(11.–15. Juni 2037)

»Ich sehe, was ich tun kann«, sagte meine Mutter, als ich sie um das Equilibrium bat. Ob sie sich mehr ins Zeug gelegt hätte, wenn Adrian kein Mitglied der Initiative gewesen wäre? Doch ich beklagte mich nicht; stattdessen umarmte ich sie, wie ich das jetzt häufig tat, aus Dankbarkeit und weil es so schön war, dass sie meine Umarmungen ohne Vorbehalt erwiderte.

Jeden Abend freute ich mich darauf, Adrian am nächsten Tag wiederzusehen. Ich merkte, wie ich unsere Gespräche immer wieder so steuerte, dass ich seinen Namen laut aussprechen konnte. Dabei war es keineswegs so, dass ich alles an ihm mochte. Er war mir zu ordentlich, zu pedantisch. Er kontrollierte ständig, ob seine Kleidung richtig saß, und räumte alles sofort weg, was er in die Hand nahm. Manches an ihm verstand ich nicht und manches gefiel mir nicht, zum Beispiel, dass er die Infizierten am liebsten für immer weggesperrt hätte, aktiv oder nicht, was ich ziemlich problematisch fand, die Haltung dahinter. Gleichzeitig war er gut zu allen anderen Menschen, reparierte für seine Nachbarn Funkgeräte und Autos, klebte für die Kinder Spielzeuge zusammen, pumpte Keller leer und hatte ein offenes Ohr für den jungen Mann von gegenüber, der sich schrecklich um sein trächtiges Kaninchen sorgte. Er war wie jemand, der zwei Adrians in sich trug, einen hellen und einen dunklen, und ich hätte gern nur mit dem hellen Adrian zu tun gehabt.

Während seiner Schichten bei der Initiative blieb ich bei seiner Schwester. Wenn er nach mehreren Stunden heimkehrte, tranken wir zusammen einen Eistee, bevor ich nach Hause ging. Okay, *Eistee* traf es nicht ganz, es gab weder Kühlschrank noch Eiswürfel, aber der Tee schmeckte wunderbar süß und beschwor Bilder von faulen Nachmittagen im Stadtparkbad herauf, gemeinsam mit Ronja und Alissa, die ihr kunstvoll schwarz-rot-blond gesträhntes Haar unter einer Retro-Blümchenbadekappe versteckte, von Ausritten mit unserer Clique und Picknicks auf umgestürzten Baumstämmen.

Lisa fand den Tee abscheulich und legte lieber weiter ihre Puzzles, was neben Plüsch-Brösel ihr zweites Beruhigungsmittel war. Ich fand das gut; solange sie puzzelte, mussten wir uns nicht miteinander unterhalten. Nach wie vor stand die Sache mit Bertil groß und hässlich zwischen uns, während ich gleichzeitig eine Art inneren Zwang verspürte, mich um sie zu kümmern. Als könnte ich auf diese Weise ungeschehen machen, was ich anderen Menschen in meiner aktiven Phase angetan hatte.

Ich bemühte mich, Adrians Schwester Gutes zu tun, brachte ihr sogar einmal einen kostbaren Schokoladenriegel mit, den sie beiseitelegte wie ein Stück Holz, sich aber hastig in den Mund schob, als sie sich von mir unbeobachtet glaubte. An einem anderen Tag schleppte ich ein Dutzend Bücher an, dicke Wälzer aus meiner Fantasyphase, bei deren Anblick sie sichtlich Mühe hatte, sich ein Lächeln zu verkneifen. Während sie dann im Schatten las, legte ich in einer Ecke des Gartens einen kleinen Kartoffelacker an, eine Arbeit, für die Adrian bisher keine Zeit gefunden hatte. Als ich irgendwann von meiner Buddelei aufblickte, beobachtete er mich von der Veranda aus. Ich hatte gar nicht gemerkt, dass er nach Hause gekommen war, und fragte mich unwillkürlich, wie lange er schon dort stand. Ein Lächeln spielte um seine Lippen. In diesem Augenblick fühlte ich mich beinahe glücklich, während ich mich gleichzeitig dafür schämte, dass ich all dies nicht etwa deswegen tat, weil ich so ein hilfsbereiter und guter Mensch war, sondern weil ich eine Schuld abzutragen hatte.

Wie jeden Montag würde meine Mutter heute Abend aus der Klinik das Serum mitbringen und es mir injizieren; wie jeden Montag fiel es mir noch schwerer als sonst, so zu tun, als wäre alles in Ordnung. Doch inzwischen hatte sich eine gewisse Routine entwickelt, und solange ich an dieser Routine festhielt, gelang es mir meistens, von der Kara wegzudenken, die ich jetzt war: ein Mensch, der getötet hatte.

Montags, so kam es mir vor, war mein Vater noch lieber im Port unterwegs; er schien zu fürchten, die ersten Symptome könnten aus mir hervorbrechen, bevor meine Mutter mir die nächste Dosis verpasste. Nur hatte er ausgerechnet heute seinen freien Tag. Pech für ihn. Er hatte länger geschlafen und kam herunter, als Bertil und ich noch in der Küche saßen. Bertil verließ die Küche dann bald, um seine Schulsachen zu packen, und wahrscheinlich hätte mein Vater es gern gesehen, wenn auch ich mich verzogen hätte.

Nein, dachte ich in einer Art kindlichem Trotz, ich denke

nicht daran, das Feld zu räumen, damit du entspannt deinen Kaffee trinken kannst. Entschlossen nahm ich mir eine zweite Scheibe Brot. Aus dem Augenwinkel sah ich, dass er seinen Becher abstellte, nach der Margarine griff und sie mir herüberreichte. Für den Bruchteil einer Sekunde berührten sich unsere Fingerspitzen. Seine Fingernägel waren eingerissen, die Finger schwielig, an den Knöcheln hatte er Wunden von der harten Arbeit auf den Gemüsefeldern des Ports. Ich nahm die Margarine und murmelte: »Danke.« Im Wohnzimmer hörte ich das schlecht geölte Herz unserer Standuhr schlagen. Sag was, dachte ich, nur eine kleine, banale Sache.

In diesem Augenblick fragte mein Vater: »Und was hast du heute vor?«

Seine Worte klangen weich und etwas vernuschelt und auf einmal schämte ich mich für meine kindischen Gedanken von vorhin.

»Ich gehe …«, begann ich, da hämmerte es gegen unsere Tür. »Frederic?«, rief jemand von draußen. »Wir brauchen dich im Lager! Die haben was von dem Kunstdünger geliefert, lauter verschiedene Sorten, und wir wissen nicht, welches die richtige ist!«

Und das war's. Mein Vater stand auf, kippte hastig seinen Kaffee hinunter und verabschiedete sich für einen weiteren Arbeitstag.

Nachdem ich Bertil zur Schule begleitet und in Garten und Hühnerstall klar Schiff gemacht hatte, ging ich in die Halostraße. Adrian hatte Spätschicht und war noch zu Hause.

»Heute kommt ihr mit ins Camp«, teilte er mir zur Begrüßung mit. Er strahlte, als würde er mir gerade meinen sehnlichsten Wunsch erfüllen.

»Ist das echt nötig?« Auf das Camp hatte ich nun wirklich keine Lust.

Falls das überhaupt möglich war, strahlte er noch breiter. »Auf jeden Fall. Dort wartet eine Überraschung auf dich.«

Ich wollte nicht ins Camp. Was für eine Überraschung konnte das schon sein? Ein Kurs im Waffenreinigen? Die goldene Mitgliedskarte? Ein silbernes Fangnetz, mit dem ich ein paar Infizierte zur Strecke bringen konnte? Doch ich wollte Adrian nicht enttäuschen, also willigte ich ein und sagte mir, dass es immerhin eine Gelegenheit war, mehr über die Pläne der Initiative herauszufinden.

Während wir mit Lisa die Straße hinunterschoben, leitete ich meine Nachforschungen mit der wahnsinnig originellen Frage ein: »Was macht ihr denn eigentlich den ganzen Tag im Camp?«

Er zuckte die Schultern. »Fitness, Reiten, Umgang mit den Fangnetzen. Schießen. Nahkampf.«

Ich konnte mir ein Lächeln nicht verkneifen. »Ihr wollt einen aktiven Infizierten im Nahkampf besiegen?«

»Das geht nicht mit Kraft, schon klar«, entgegnete er ruhig. »Aber Geschicklichkeit und schnelle Bewegungsraster können helfen, wenn dir ein Infizierter ans Leder will.«

Ich runzelte die Stirn. »Und Schießen?« Nur zu gut erinnerte ich mich, wie schnell wir uns bewegt hatten und noch bei höchster Geschwindigkeit blitzartig die Richtung wechseln konnten, wie man es eigentlich nur von Fledermäusen kennt. Die Wahrscheinlichkeit, von einer Kugel getroffen zu werden, sank damit erheblich.

»Auf allerkürzeste Distanz klappt das schon«, sagte Adrian. »Siehe Leonarda.«

»Da muss man aber ziemlich cool sein.«

»Genau das lernen wir.«

»Cool sein?«

Er lachte. »Hast du das noch nicht gemerkt?«

Jetzt musste ich auch lachen, ein wenig jedenfalls, wurde aber gleich wieder ernst. »Und Reiten? Wozu das?«

»Mit Pferden ist man beweglicher. Im Wald und so«, warf Lisa ein.

»Mal sehen, ob ich alles verstanden habe. Falls die Zweite Welle anrollt, schickt ihr die Kavallerie los und mäht die Infizierten auf kurze Distanz nieder, so ungefähr?«, versuchte ich zu scherzen.

»Nein«, erwiderte Adrian ernst. »Der Plan ist, sie in die Sammellager zu schaffen, die wir gerade aufbauen. Und zwar, *bevor* sie wieder aktiv werden. Da warten wir noch auf die Anweisungen des Komitees. Die werden uns rechtzeitig informieren, sobald es Engpässe mit dem Serum gibt.«

»Ihr wollt sie in *Lagern* einsperren?«

Meine Stimme klang wohl ziemlich entsetzt, denn er sagte rasch: »Keine Sorge, die bringen sich da nicht gegenseitig um, wenn sie aktiv werden. Nicht mal, wenn sie in den Modus springen.«

»Ihren Artgenossen tun sie nämlich nichts«, vermeldete Lisa.

Artgenossen.

»Es sind Menschen«, gab ich mit einem Anflug von Ärger zurück.

»Finde ich nicht«, sagte sie.

Stille, in der nur das Geräusch ihres quietschenden Rollstuhls zu hören war. Adrians Hand streifte meine Schulter. »Hab nicht zu viel Verständnis für die Infizierten, Kara. Sie haben uns eine Menge angetan. Und wenn die Zweite Welle losrollt, müssen wir vorbereitet sein.«

»Wieso glaubt ihr eigentlich alle, dass es eine Zweite Welle geben wird?«, fragte ich aufgebracht. »Wir haben doch das Serum!«

»Und für das Serum brauchen wir Rohstoffe, die wir nicht nachproduzieren können. Bis die Industrie wieder anläuft, werden Monate vergehen. Oder wohl eher Jahre. Sobald die Reserven aufgebraucht sind, kriegen wir ein fettes Problem. Leonarda meint, dass es schon Anfang nächsten Jahres so weit sein könnte, und sie neigt nicht zur Panikmache. Ehrlich gesagt, kenne ich niemanden, der so cool ist wie sie.«

Aus seiner Stimme sprach Bewunderung, doch mich überlief es eiskalt bei seinen Worten. *Anfang nächsten Jahres?* Ich riss mich zusammen. Mit aller Zuversicht, die ich aufbringen konnte, sagte ich: »Bis dahin haben wir längst ein neues Medikament. Team Rainbow arbeitet Tag und Nacht. Meine Mutter ist kaum noch zu Hause.«

»Und? Hast du den Eindruck, sie kommen voran?«

Ich dachte an das müde Gesicht meiner Mutter, den leeren Ausdruck in ihren Augen – und schwieg.

Als wir im Camp eintrafen, schärfte Adrian mir ein, dass wir uns nur in den Ställen und auf den Koppeln aufhalten dürften und niemandem in die Quere kommen sollten. Er erinnerte mich noch einmal an die Überraschung, die nach seinem Training auf mich wartete, dann verschwand er in Richtung Reithalle, aus der das gedämpfte Knallen von Schüssen drang.

Langsam schob ich mit Lisa in Richtung Stallungen los. Sie saß zusammengesunken in ihrem Rollstuhl und schwieg. Das verstand ich; ich hatte ihr auch nichts zu sagen.

Wir besuchten die wenigen Pferde, die gerade dienstfrei hatten, und Lisa verfütterte alles, was Adrian uns an Proviant eingepackt hatte. Als ich einwandte, Rosinenbrötchen und Aprikosenmarmelade wären nicht die gesündeste Speisung für die Tiere, entgegnete sie kühl: »Du magst mich nicht.«

Ich überlegte. »Ich mag nicht, wie du meinen Bruder behandelt hast.«

Sie wischte sich die klebrigen Hände an ihren Hosenbeinen ab. Ich wartete, ob noch mehr kam, doch ihre einzige Meldung lautete, dass sie nun Hunger hätte, also zerknüllte ich die leere Brötchentüte, parkte sie im Schatten der Kastanie, unter der ich so oft mit meiner Clique zusammengesessen hatte, und fragte mich zur Kantine durch. Sie entpuppte sich als das ehemalige Café des Arcadia-Hofs. Unzählige Male hatten wir uns hier nach dem Reiten auf eine Cola getroffen; jetzt waren die einst mit Fotos von Rallyes und Wanderritten tapezierten Wände vom Ruß eines Brandes geschwärzt und die Fotos verschwunden. Die knuddeligen Sessel hatte man durch Campingstühle ersetzt. Hinter dem Tresen schrubbte ein stämmiger junger Mann mit strohblondem Haar an einem Suppentopf herum, der die Ausmaße einer Badewanne hatte.

»Neu hier?« Er trocknete sich die Hände ab. »Ich bin Nathan.«

Ich erwiderte seinen Händedruck, verzichtete darauf, ihn über meinen Status im Camp – nur zu Besuch – aufzuklären, und bat um einen Imbiss für Adrians Schwester. Das war offenbar ein Türöffner. Er straffte sich, während er gleichzeitig strahlte, als hätte ich ihm einen lange ersehnten Befehl erteilt. Fehlte nur noch, dass er salutierte und mir ein zackiges »Jawohl, Sir!« entgegenschmetterte. Er verschwand in die Küche. Während er dort herumpolterte, begrübelte ich einen überdimensionalen Stadtplan an der Wand und sann über die Frage nach, warum manche Menschen so viel Freude daran hatten, Soldat zu spielen.

Mit einer prall gefüllten Papiertüte kehrte Nathan aus der Küche zurück. »Ah! Du studierst den Schlachtplan.«

Schlachtplan. Na wunderbar.

Ich deutete auf die roten, gelben und grünen Felder, die Vrede in eine Art Pizza verwandelten. »Was bedeuten die Farben?«

»Also …«, er wölbte seine Brust vor. »Rot, das sind die Gebiete, in die wir zuerst reingehen, wenn Operation Dreamland anläuft.«

»Dreamland?« Das klang wie aus einem schlechten Katastrophenfilm.

»Die Internierung der Infis.«

»Infis«, wiederholte ich.

»Infizierte. Hey, wo hast du die letzten Wochen gesteckt, in einer Konservendose?« Er lachte. »Also. Die Infis werden interniert, sobald das *Komvir* knapp wird.« Aufgeregt knibbelte er an dem kleinen Muttermal unter seinem rechten Auge. »Rot bedeutet höchste Dichte an Infis, um die Bezirke kümmern wir uns zuerst, da gehen wir sofort mit der ganzen Power rein. Danach kommt Gelb. Grün hat die niedrigste Prio. Merk dir die Gebiete, das müssen wir draufhaben.«

Die Zone um Ennas Wohnheim war so rot wie die anderen Gegenden, in denen sich weitere Wohnheime befanden. Drum herum wechselten sich gelbe und grüne Flächen ab. Erst am nordöstlichen Stadtrand, dort, wo der Luunsee lag und wo Morna irgendwo mit ihrer Frau Glenda auf dem Passage-Hof gelebt hatte, wurde es durchgehend grün.

Der Port war weiß. Was dann wohl so viel bedeutete wie: keine Infizierten.

Und das, dachte ich, ist falsch.

Nathan deutete auf zwei schwarz schraffierte Flächen außerhalb des Stadtgebiets. »Stadion. Schlachthof. Da kommen sie rein. Noch bevor die Zweite Welle anrollt, ist Vrede clean.«

Das Wort *clean* ließ mich innerlich erschauern; äußerlich lächelte ich zustimmend.

»Ist alles top organisiert«, fuhr er begeistert fort. »Kein Chaos wie bei der Ersten Welle. Dafür sorgen wir. Na ja«, er grinste, »die Security mischt auch ein bisschen mit. Die Infis machen uns das Leben nicht noch mal zur Hölle. Sag mal«, seine Stimme wurde plötzlich zögernder. Weicher. »Hast du deine Leute auch verloren?«

Ich schüttelte den Kopf. »Niemanden.« Es war absurd, aber ich schämte mich für meine Antwort. In dieser neuen Zeit hatte eine vollzählige Familie etwas geradezu Anstößiges. Als hätten die eigenen Leute nur überlebt, weil andere für sie gestorben waren.

»Und wie ist es bei dir?«, fragte ich.

»Mein Dad. Meine Mutter ...« Er blinzelte und sein Lächeln bekam etwas Trauriges. »Sie ist schon lange vor Morbus Shade gestorben. Brustkrebs.«

»Das tut mir leid«, sagte ich unbeholfen.

Er zuckte die Schultern und reichte mir die Papiertüte. »Ich hab eine neue Familie gefunden, weißt du? Die Initiative.«

Und das war der Augenblick, in dem ich zum ersten Mal nachempfinden konnte, warum sich jemand der Initiative anschloss. Hätte ich es auch getan, wäre ich in einer ähnlichen Situation wie Nathan gewesen? Oder wie Adrian?

Ich hatte keine Antwort darauf.

»Und das?« Ich deutete auf ein blaues X. Davon gab es einige auf dem Plan, alle an der Stadtgrenze. »Was ist das?«

»Die Zugänge nach Vrede. Die Checkpoints. Sobald irgendwo in Europa eine Zweite Welle losrollt, werden die Schotten dichtgemacht. Dann kommt keiner mehr rein, der nicht reinkommen soll. Unser Port-Modell, auf die ganze Stadt ausgeweitet.

Wir sind schon seit Monaten dabei, überall Sperranlagen und Elektrozäune aufzubauen. Auch so ein Grund, aus dem wir die Infis im Moment noch brauchen. Arbeitskraft.«

»Ihr lasst sie die ganze Stadt einzäunen?« Meine Stimme klang betont ruhig; innerlich bebte ich vor Zorn über diese Ungerechtigkeit. »Das ist doch kaum machbar.«

»Ist eher ein langfristiges Projekt. Das Gute ist, dass Vrede im Süden und Osten von der Tunsdaal und einem Seitenarm des Dunwait begrenzt wird. Eine Art natürlicher Schutzwall und ... äh, weißt du wenigstens, dass die Infis nur in äußerster Not ins Wasser gehen?«

Ich nickte. Um es präzise auszudrücken: In unserer aktiven Phase hatten wir Wasser verabscheut, so wie wir das Feuer geliebt hatten. Zumindest in der Theorie deutete diese Abneigung darauf hin, dass es sich bei Morbus Shade tatsächlich um eine Variante der Tollwut handelte, zu deren Symptomen die Hydrophobie zählte, die Furcht vor Wasser.

»Dass Vrede so stark gesichert wird, hat logisch auch mit dem *Major-Klinikum* zu tun«, sagte Nathan. »Aber wenn die vom Team Rainbow einen guten Job machen, muss das Komitee nie den Befehl rausgeben, dass irgendwas abgeriegelt wird oder wir mit Operation Dreamland loslegen sollen.«

Ich lächelte und stieß ein tiefes Seufzen aus, als würden mir seine abschließenden Worte eine Riesenlast von den Schultern nehmen.

Der Nachmittag neigte sich schon seinem Ende zu, als Adrian endlich wieder auftauchte. An einer Hand führte er den nebelgrauen Nurmi, an der anderen eine Stute mit kupferfarbenem Fell. Beide Pferde waren gesattelt und getrenst. Die junge Frau mit den Sommersprossen – Sara – begleitete das Trio.

»Überraschung!« Adrian strahlte. »Lust auf einen kleinen Ausritt?«

Ungläubig starrte ich ihn an. »Echt?«

»Garantiert echt! Sara bleibt bei dir«, sagte er zu Lisa. »In einer Stunde sind wir wieder da.«

Er reichte mir Nurmis Zügel und schwang sich auf die Fuchsstute. Ich kraulte Nurmis Mähnenkamm, worauf er mich kurz in die Seite knuffte. Dann war ich im Sattel und schmiegte meine Schenkel behutsam gegen seinen warmen Bauch. Mit einem zufriedenen Schnauben zuckelte er los.

Fünf Minuten später verließen wir den Port durch das Nordtor, dessen Gebrauch vor allem den Mitgliedern der Initiative vorbehalten war, und bogen auf einen breiten Sandweg ein. Er führte an einem abgeernteten Erdbeerfeld vorbei und in eine von alten Buchen bestandene Allee hinein. Schweigend ritten wir abwechselnd unter Bäumen und in Sonnenlicht getauchten Wolken dahin. An diesem warmen Juninachmittag durch die Natur zu reiten, mit all den satten grünen Düften und dem flirrenden Leuchten um uns herum, war ein fast schon unwirkliches Gefühl aus einer Zeit, in der meine größte Sorge darin bestanden hatte, ob der Pickel an meinem Kinn bis zur Party am Wochenende verschwunden sein würde oder ob Ronja, Alissa und ich bei der Herbstrallye des Arcadia-Hofs demselben Team zugelost wurden.

Die Kara von damals war mir sehr fremd geworden.

Die Bäume lichteten sich. Der Sandweg führte uns jetzt oberhalb der alten Kiesgrube entlang, auf deren Grund in einem Dschungel aus wilden Brombeeren und Rainfarn seit Jahren ein rostiger Kran und ein Container voller Bauschutt vor sich hin rotteten; derselbe Container, aus dem Alissa und ich vor langer Zeit eine kaum fingergroße und noch blinde Pinky gerettet hatten, die dort neben ihren drei toten Geschwistern gelegen und deren winzige Hilferufe wir nur gehört hatten, weil Alissas Ohren so sehr auf die Wehlaute in Not geratener Katzen geeicht waren. Aus dem Dach eines vergessenen Bauwagens wuchs eine Birke. Der Weg schlängelte sich in einem Bogen von der Grube weg und war weiter vorn nur noch ein Zickzack-Schatten, bevor er völlig zwischen blühenden Gräsern und Pusteblumen verschwand. Adrian deutete zum anderen Ende der Wiese, wo mehrere Bäume eine bucklige Linie bildeten.

»Bis da vorn?«, fragte er.

Ich nickte, lockerte die Zügel und sah uns bereits in wildem Galopp dahinbrausen – flatternde Mähnen, trommelnde Hufe und so weiter –, doch die behäbige Gangart, in der Nurmi losstampfte, hatte eher etwas von einem schwer beladenen, alten Dampfschiff. Während wir der Baumreihe entgegenschaukelten, musste Adrian seine Stute immer wieder zügeln, um uns nicht zu überholen. Das Verrückte war, dass ich bei diesem Galopp in Zeitlupe eine größere Freiheit empfand als bei jedem Rennen, das es in meiner Vergangenheit gegeben hatte. Alles wurde leicht; ich wurde leicht. Es fühlte sich an wie in diesen Träumen, in denen du fliegen kannst.

Am Ende der Wiese blieb Nurmi so abrupt stehen, dass ich nach vorn kippte, auf seinem Hals landete und vor Lachen fast aus dem Sattel rutschte. Adrian trieb seine Stute näher an uns heran. Sein Knie streifte meines. Seine Augen funkelten. Er nahm eine Hand vom Zügel und legte sie über meine Hand. In meinem Bauch spürte ich ein leises Kribbeln.

»Und?« Er lächelte, sodass mir jetzt auch noch schwummerig wurde.

Hör auf, Kara. Sofort! Fang gar nicht erst an, hier irgendwelche schrägen Gefühle zu entwickeln, das kommt auf keinen Fall in-

frage, vergiss es! Du bist infiziert und er ist bei der Initiative. Bei der Initiative, Herrgott!

Behutsam zog ich meine Hand weg und räusperte mich. Mein Lächeln fühlte sich plötzlich verkrampft und hölzern an, das aufgemalte Grinsen einer Marionette. »Das war super. Das Beste, was mir seit Monaten passiert ist. Der Ritt, meine ich«, quetschte ich hervor und wurde feuerrot. »Danke, Adrian. Danke.«

Er öffnete den Mund, als wollte er etwas sagen, schloss ihn wieder, nickte langsam, blickte auf meine Hand, die ich weggezogen hatte, und wendete seine Stute. In langsamem Schritt ritten wir über die Wiese zurück. Obwohl wir uns nicht mehr berührten, konnte ich Adrian mit jedem Zentimeter meines Körpers spüren, als besäße ich plötzlich Millionen unsichtbarer Fühler, die sich in seine Richtung ausstreckten.

Wir waren kaum auf den Weg oberhalb der Kiesgrube eingebogen, da sagte Adrian plötzlich: »Warte mal«, und zügelte seine Stute. Nun sah ich es auch: Von rechts näherte sich über ein Feld ein berittener Trupp der Initiative. Sie hielten direkt auf uns zu. Magnus, der in der vorderen Reihe war, scherte aus und kam im zügigen Trab auf uns zu. Vor Adrian brachte er seinen Rappen zum Stehen.

»Jemand hat um Hilfe gebeten.« Magnus' Stimme klang angespannt. »Ein Typ, der vor ein paar Tagen seinen Neffen bei sich aufgenommen hat. Seinen *infizierten* Neffen. Der Junge ist abgehauen. Der Typ sagt, er hätte ihn zuletzt in der Nähe der Kiesgrube gesehen. Er hat Schiss, dass sich der Junge das Leben nimmt.«

Auch die übrigen Reiter hatten sich genähert. Eine junge Frau knurrte: »Soll er doch. Ein Zombie weniger, wo ist das Problem?«

»Halt den Mund, Patrizia«, sagte Adrian scharf.

»Der Junge ist unbewaffnet. Er muss aufgespürt werden.« Magnus straffte sich. »Ob er sich was antut, juckt mich nicht, aber er braucht in fünf Stunden seine Spritze. Wenn wir ihn nicht erwischen und er das mit seinem Suizid nicht hinkriegt, wird er wieder aktiv, und ganz ehrlich, die Scheiße mit dieser Tayna Dwinger hat mir gereicht.«

Adrian drehte sich zu mir um. »Reitest du allein nach Hause?«

»Klar.«

Doch als Adrian mit seiner Truppe auf einem breiten Fahrweg in die Kiesgrube hinunterritt und auf der anderen Seite der Grube ein zweiter Trupp auf seinen Pferden den Hang hinabgeschliddert kam und dabei kleine Lawinen aus Kies und Geröll lostrat, blieb ich mit Nurmi, wo ich war. Meine Hände am Zügel waren glitschig von Schweiß. Ich stieg ab und führte Nurmi näher an den Grubenrand, bis ich alles überblicken konnte.

Die Reiter – es waren ungefähr zwanzig – hatten die Talsohle erreicht und schwärmten nun in alle Richtungen aus. Knappe Befehle hallten zu mir herauf, die Reiter galoppierten am äußersten Rand des Tales entlang und begannen, das Gelände von allen Seiten einzuzingeln. Mein Puls beschleunigte sich, es war wie eine Show – und gleichzeitig bitterer Ernst. Mit zitternden Fingern strich ich über Nurmis Nase. Er drückte seine Nüstern in meine Hand. Wind war aufgekommen und hatte sich in den Streben des alten Krans dort unten verfangen, es klang, als würde jemand leise schreien. In einem Brombeerstrauch in der Nähe des Bauwagens entstand eine Bewegung, Zweige zitterten, dann wieder Stille. Hinter dem Wagen war etwas. Von meinem Platz hoch oben am Rand der Grube konnte ich erkennen, wie sich ein Schatten an der Bretterwand des Wagens entlangschob und sich in eine fest umrissene Gestalt verwandelte.

Das blonde Haar des Jungen leuchtete im Sonnenlicht. Unvermittelt richtete er sich auf und rannte los. Eine der Reiterinnen stieß einen kurzen Ruf aus, wendete ihr Pferd und galoppierte ihm nach. Von der anderen Seite kamen Magnus und Adrian heran. Sie ließen es ruhig angehen, als wollten sie den Jungen nicht in Panik versetzen; als würden sie nur einen gemütlichen kleinen Galopp einlegen, alles entspannt und im grünen Bereich. Bis der Junge auszuscheren begann und auf den Ausgang der Kiesgrube zuhielt. Die drei legten nun rasant an Tempo zu, auf eine Art wie Feuerwerksraketen. Sand spritzte unter den Hufen ihrer Pferde auf. Der Junge schlug einen Haken und bog in die Zufahrtsstraße ein, wo die Reiter den Kreis noch nicht geschlossen hatten. Magnus und Adrian nahmen den Jungen jetzt in die Zange und jagten von rechts und links heran. Das Abendlicht warf lange Schatten von ihren Pferden auf den Boden und verwandelte sie in Pfeile, die den Schatten des Jungen einholten, kurz mit ihm verschmolzen und an ihm vorüberflogen, viel schneller, als er jemals hätte laufen können. Magnus schwenkte leicht zur Seite und schnitt ihm den Weg ab. Der Junge strauchelte und wollte erneut einen Haken schlagen, doch Adrian war schon aus dem Sattel gesprungen und warf ihn in einer einzigen, fließenden Bewegung auf den Boden, leicht und geschmeidig, wie ein Löwe eine Gazelle reißt.

Beinahe so, wie wir es getan haben, wenn wir im Modus waren; wenn wir nur noch töten wollten, schoss es mir durch den Kopf. Für einen Sekundenbruchteil sah ich mich mit meinem Rudel durch eine nachtdunkle Straße rennen, dann holte mich der Schrei des Jungen in die Wirklichkeit zurück, ein hoher, wimmernder Ton. Er wehrte sich, trat um sich. Adrian hatte ihn vom Boden hochgezogen und hielt ihn fest umfangen. Von hier oben sah es fast sanft aus. Wieder schrie der Junge. Adrian hielt ihn. Langsam wurde er ruhiger und hing zuletzt reglos in Adrians Armen, und erst jetzt hörte ich das Auto, das sich hinter mir näherte. Ich drehte mich um. Ein Kombi – kanariengelb dort, wo er nicht mit Dreck bespritzt war – kam über das Feld herangehoppelt. Keine fünf Schritte von Nurmi und mir entfernt blieb er stehen. Die Fahrertür wurde aufgestoßen und ein Mann von Mitte oder Ende zwanzig sprang heraus. Ich blinzelte. Dachte:

Das darf doch nicht wahr sein. Das gibt's doch nicht.

Noch vor kaum zwei Wochen hatte ich ihm in einem Zimmer auf der Isolierstation gegenübergesessen, sein Schreibtisch zwischen uns wie eine mit Stacheldraht bewehrte Grenzmauer. Mein Puls hämmerte in meiner Kehle, meinen Schläfen, sogar in meinen Haarwurzeln, während alle anderen Geräusche zu verschwinden schienen. Die Luft um mich herum war noch warm, aber mir war schrecklich kalt.

Mike. Mein Sozialarbeiter.

Er starrte mich an. Hinter ihm glühte der Himmel im Westen in einem tiefen Orange. Völlig reglos stand er da und ich musste auch reglos stehen bleiben, das war der Trick, dann würde sich zeigen, dass nichts hiervon wirklich passierte; Mike war überhaupt nicht da.

»Hallo, Kara.« Seine Stimme klang fremd. Mir ging auf, dass ich nie zuvor gehört hatte, wie diese Stimme meinen Namen aussprach. Er machte einen halben Schritt auf mich zu und wie bei einem Tanz wich ich einen halben Schritt zurück. Er blieb sofort stehen. Sein Blick streifte mein Handgelenk. Er lächelte müde. »Keine Sorge. Dr. Levin hat mir deutlich zu verstehen gegeben, was passiert, wenn ich dich auffliegen lasse. Ist ja nicht so, dass nur Infizierte eingebuchtet werden.«

Die Geräusche kehrten zurück und flossen in Wellen über

mich hin, das exaltierte Lied einer Amsel, die frühabendlichen Grillen, das Hufgetrappel, die gedämpften Rufe. Vorsichtig trat Mike an den Rand der Kiesgrube. Er trug keine blauen Sandalen mehr, sondern abgewetzte Sneaker.

Stumm schauten wir zu, wie Adrian dort unten den Jungen zu Magnus hinüberführte.

»Ich dachte, alle aus meiner Familie wären tot.« Es klang, als spräche Mike zu sich selbst. »Vor drei Tagen hab ich erfahren, dass mein Neffe überlebt hat. Tony war in der *Shellarc-Klinik,* unten im Süden.« Er blickte mich an. »Er ist infiziert.«

»Tut mir leid.« Ich hörte selbst, wie unbeholfen das klang.

Er senkte den Kopf. Im Nacken spürte ich Nurmis warmen Atem.

»Ich kenne Tony seit seiner Geburt. Er ist ... war ...« Er verstummte. Ich roch sonnenwarme Erde und seinen Schweiß. Der Wind verwirbelte seine blonden Locken. »Er war so winzig. Wie ein Vogelküken.«

Ich sah, wie er anfing zu weinen. Hören konnte ich es nicht. Er weinte ganz still.

»Er war der liebste Junge, den man sich vorstellen kann.« Mit einem Finger wischte er sich unter der Nase.

»Es hat nichts damit zu tun, wer man vorher war«, sagte ich leise. »Wenn man aktiv ist, spielt das Davor keine Rolle.«

»Es *muss* aber eine Rolle spielen.« Er sah wütend aus. »Tony ist kein Mörder.«

»Dem Virus ist das scheißegal.«

Die Reiter näherten sich den Fahrweg herauf. Das Licht der Abendsonne malte einen feurigen Pfad vor die Hufe ihrer Pferde. Der Junge – Tony – ging zwischen Magnus und der Frau, die bei der Verfolgung dabei gewesen war. Die Hände hatte man ihm locker vor dem Körper zusammengebunden, keine Fessel, eher eine lose Schlinge. Mit gesenktem Kopf stolperte er dahin, ein gewöhnlicher Junge von höchstens vierzehn Jahren, mit einer hellblauen Windjacke und fleckigen Jeans.

Als uns die Gruppe fast erreicht hatte, drehte sich Mike von mir weg. Auch ich sah zu, dass ich Abstand zwischen uns brachte. Die Reiter bogen auf den Sandweg ein. Tony schien so weit okay zu sein. Seine Haut war extrem hell, sodass sich der schwarze Armreif deutlich von seinem Handgelenk abhob. Mike machte einen Schritt auf ihn zu. Einer der Reiter schob sich zwischen ihn und Tony. Mike verzog gequält das Gesicht, sagte jedoch nichts.

Über das Feld näherten sich jetzt zwei limousinenartige Gefährte und bremsten in der Nähe des Reitertrupps. Drei Securitys kletterten aus dem ersten Wagen, Leonarda stieg aus dem zweiten.

Von allen Frauen jenseits der fünfzig, die ich je kennengelernt hatte, sah sie mit Abstand am besten aus. Sie war groß, mindestens eins achtzig, und weil sie sich so gerade hielt, wirkte sie sogar noch größer. Ihre hohen Wangenknochen und die vollen Lippen ließen ihr Gesicht straff und jugendlich erscheinen. Reglos stand sie da und beobachtete die Szene. Die Abendsonne ließ feurige Lichter in ihrem Silberhaar spielen.

Der kleinste und muskulöseste der Securitys legte Tony Handschellen an und schob ihn zum Wagenfond, drückte ihm eine Hand auf den Kopf und bugsierte ihn auf die Rückbank. Den beiden anderen bedeutete Mike, ihnen in seinem Kombi zu folgen. Mike stieg ein und rumpelte hinter ihnen über das Feld davon.

Leonarda trat vor. Die Reiterinnen und Reiter gruppierten sich um sie. Neben mir tauchte Adrian auf seiner Fuchsstute auf. »Du bist ja noch da«, stellte er das Offensichtliche fest und nahm mir Nurmis Zügel aus der Hand. Da wusste ich, dass es mir nicht erlaubt war, auf Nurmi zu reiten; ich war kein Mitglied der Initiative, Adrian hatte eigenmächtig entschieden, mir eines der Pferde zu überlassen, ohne seine Vorgesetzte um Erlaubnis zu bitten. Ich warf ihm einen raschen Blick zu. Als er mir kurz zunickte, wurde mir außerdem klar, dass er keinen Ärger für sich selbst fürchtete, sondern für mich. Ich richtete den Blick auf meine Füße, als könnte Leonarda mich dann weniger sehen, froh, dass ich so weit hinten stand und all die grün gekleideten Leute mich fast vollständig verdeckten. Eine junge Frau drehte sich zu mir um – argwöhnisch? –, schaute aber gleich wieder nach vorn. Verhalte dich ganz normal, dachte ich, lass dir nicht anmerken, dass du nicht dazugehörst. Mein Herz pochte und mit ihm eine Ader an meinem Hals.

»Gut gemacht. Ich bin stolz auf euch.« Anders als an dem Tag, als ich sie im Camp erlebt hatte, klang Leonardas Stimme heute dunkel und ruhig; so eine Stimme, von der man sich gern alles Mögliche erzählen lässt. Einen Moment lang wollte auch ich mich ihren warmen und einfühlsamen Worten hingeben; als würde sich die Hand meiner Mutter beschützend auf meine Stirn legen, wenn ich als Kind Fieber gehabt hatte; ich wollte mich dieser Stimme überlassen und sie durch meine Ohren in meinen Kopf und in meine Gedanken einrieseln lassen.

Doch es war eine Stimme, die nicht zu mir sprach. Ich war nicht gemeint. Langsam trat ich einen Schritt zurück.

»Wenn wir es wollen – wenn wir es alle zusammen mit all unserer Kraft wollen –, können wir unsere Welt in eine Welt verwandeln, in der jeder Mensch wieder sicher und angstfrei leben kann. Alle gemeinsam können wir das schaffen.« Leonardas Worte hallten über das Feld. Sie streckte ihren Leuten beide Hände entgegen, Handflächen nach oben, als hielte sie eine Schale. So stand sie mehrere Sekunden, bevor sie ihre Augen schloss wie eine Fernsehpredigerin, die per Willenskraft ein Krebsgeschwür aus dem Körper eines ihrer Jünger zaubert.

Sie schließt ihre Augen, dachte ich, wie eine Frau sie schließt, bevor sie mit etwas Entscheidendem herausrückt, mit einem »Ich liebe euch«, oder kurz nachdem sie ein »Wir lieben dich auch« zu hören bekommen hat, oder wie man die Augen schließt, wenn man gleich etwas ausspricht, das alle Probleme dieser Welt lösen wird.

Eigentlich hätte ich lachen wollen über so viel Pathos, doch mir war nicht im Geringsten nach Lachen zumute, ich fühlte mich entsetzlich allein, während ich gleichzeitig eine überwältigende Sehnsucht spürte. Diese Menschen gehörten zusammen, sie teilten eine gemeinsame Hoffnung, einen Wunsch, ein Ziel. In diesem Augenblick empfand ich das so deutlich, dass mir fast schlecht wurde von meiner eigenen Leere.

Dann legte die Amsel wieder los und zwitscherte und krakeelte in das andächtige Schweigen hinein, das rings um Leonarda herrschte. Ihre Augen klappten auf. Einen Moment lang wirkte sie verwirrt, dann rief sie in das Amselgeschrei hinein: »Leben! Dafür stehen wir von der Initiative!« Ihre Stimme klang noch immer entschieden, hatte sich aber eine Nuance heller gefärbt. »Wenn wir die Infizierten nicht unter Kontrolle bringen, werden sie uns zerstören. Wollen wir das zulassen?«

»Nein!«, rief es von allen Seiten. Adrians Stute legte erschrocken die Ohren an und drängte sich gegen Nurmi.

»Wollen wir uns wehren?«

»Ja!«

»Wollen wir unsere Freiheit zurück?«

»Ja!«

Sie machte das gut. Es war eine Rede von der Sorte, bei der

alles, was sie fragte, mit einer einzigen, rausgebrüllten Antwort quittiert werden konnte; so eine Rede, die nicht zu lang ist, voll auf die Gefühle geht und am Schluss mit donnerndem Jubel belohnt wird, und ich glaube, wenn ich ein Mitglied der Initiative gewesen wäre, hätte ich das nicht mal gemerkt. Nur war ich kein Mitglied. Das hier erinnerte seltsam an ein Rockkonzert, das Alissa und ich mal in der *Kulturfabrik* besucht hatten. Alissa hatte den gerammelt vollen Saal noch vor der Pause verlassen, und als ich sie später gefragt hatte, warum sie hinausgegangen sei, hatte ihre schlichte Antwort gelautet: »Wie alle plötzlich genau das getan haben, was der Typ da vorn auf der Bühne wollte – das hat mir Angst gemacht.«

Damals hatte ich sie nicht verstanden. Ich hatte es genossen, mich gemeinsam mit den anderen der Musik hinzugeben, und es hatte mir überhaupt nichts ausgemacht, dass der Leadsänger uns voll im Griff gehabt und uns dirigiert hatte wie Instrumente, im Gegenteil. Jetzt, hier auf dieser Wiese, dämmerte mir, was Alissa gemeint hatte.

»Eure Ausbildung im Camp bereitet euch darauf vor, die Menschen zu schützen.« Leonardas Stimme hatte zu ihrem dunklen, sicheren Ton zurückgefunden. »Wir wollen alle in unser altes Leben zurückkehren. Das ist unser Ziel: die Rückkehr in unser altes Leben! Die Initiative fordert von euch Hingabe und harte Arbeit. Bei uns gibt es kein Nein. Bei uns gibt es nur ein Ja. Uneingeschränkt. Ja zum Leben. Ja zu unserer Zukunft. Wir wollen wieder leben!«

Die Leute jubelten. Auch Adrian. Auch Magnus. »Wir wollen wieder leben!«, nahmen sie Leonardas Ruf auf. »Leben! Leben!«

Finden sie denn, dass wir jetzt gerade nicht leben?, dachte ich. Finden sie, wir sind tot?

Leonarda stieg in ihren Wagen und fuhr davon. Ich atmete

auf, hatte aber das Gefühl, nicht genug Luft in meine Lungen zu bekommen. Sand wirbelte hinter ihrem Wagen auf und stieg in den Himmel. Aus der staubigen Wolke taumelten zwei winzige Zitronenfalter hervor. Mein Blick folgt ihnen, als sie zwischen den Grünen hindurch und hinab in die rainfarngelbe Grube schwirrten, zu einem hellen, torkelnden Fleck verschmolzen und verschwanden. Ich holte tief Luft.

»Können wir jetzt nach Hause reiten?«, fragte ich.

Adrian wandte sich zu mir um, seine Wangen waren gerötet. »Ja klar.« Er reichte mir Nurmis Zügel.

»Was passiert denn jetzt mit ihm?«, wollte ich wissen, als wir dicht nebeneinander den Sandweg entlangritten.

Verdutzt neigte er den Kopf. »Mit wem?«

»Mit dem Jungen, den ihr ... eingefangen habt.«

»Ach, der.« Er seufzte. »Von seinem Onkel muss er weg, der ist mit der Aufsichtspflicht ja offenbar überfordert. Er wird in das Wohnheim beim *Phönix-Center* überstellt, da haben sie noch Plätze frei. Falls er dort auch abhaut ...« Bedauernd zuckte er die Schultern. »... zurück ins Major-Klinikum.«

Sara und Lisa erwarteten uns an der Toreinfahrt des Camps.

»Wo seid ihr denn so lange gewesen!«, rief Adrians Schwester; ihre Stimme klang empört.

»Habt ihr mitgekriegt, dass in der Kiesgrube ...«, begann Sara, als gegenüber der Toreinfahrt ein Kombi am Straßenrand bremste.

Als würde mir jemand die Beine wegziehen. Doch ich blieb stehen.

Die Fahrertür klappte auf und wurde wieder zugeschlagen. Schnurgerade hielt meine Mutter auf mich zu. Montag. Spritzentag. Achtzehn Uhr. Rasch warf ich einen Blick auf meine

Armbanduhr: zwanzig nach sieben. Scheiße. Meine Spritze, seit fast neunzig Minuten überfällig.

Mit jedem Schritt, den sie sich näherte, pochte mein Herz schneller. Sie nickte Adrian, Sara und Lisa zu, dann traf mich ihr Blick wie ein Geschoss. Ich schaffte es nur kurz, ihr in die Augen zu blicken, schaute links an ihr vorbei, zu unserer Familienkutsche. Auf der Rückbank saß Bertil, das Gesicht weiß wie Milch. Blinzelnd starrte er von mir zu Lisa und wieder zurück. Seine Augen schienen mich anzuschreien.

Mit der *gibst du dich ab? Weißt du nicht mehr …*

Bertil Enning

Sie ist wirklich hier. Und Kara trifft sich mit ihr.

Alles fühlt sich wieder an wie im letzten Sommer. Vor der Krankheit. Auf dem Spielplatz im Fuchswald. Für den Spielplatz war ich eigentlich zu alt, aber man konnte dort super Hütten bauen. Das Mädchen war eines Tages einfach da. Saß mit zwei anderen Mädchen und zwei Jungs auf dem Klettergerüst. Alle nicht aus meiner Schule. Es gibt so Jungs und Mädchen, da spürt man gleich, dass man aufpassen muss, ich weiß nicht, ob es an den Klamotten liegt oder daran, wie sie reden, oder an dem Alkohol, den sie dabeihaben, oder an ihren Zigaretten, die so riechen, als hätte sich wer in die Hose gepinkelt. Ich hab gehofft, dass irgendwas an ihnen vorbeiführt. Oder um sie herum. Vor allem um das Mädchen. Erst mal tat ich so, als hätte sich nichts geändert, ich fuhr weiter jeden Tag zu meiner Hütte. Ich wollte nicht kneifen. Also bin ich wohl irgendwie selbst schuld, dass es passierte.

Es war der Tag, an dem ich das Safe-the-planet-Zeichen an meine Hütte malte. Ich sah das Mädchen und die anderen kommen und dachte: Jetzt. Jetzt ist es so weit.

»Coole Hütte«, sagte das Mädchen. Die anderen grinsten, dabei gab es nichts zu grinsen. außer man gehört zu den Leuten, die immer was zum Grinsen finden.

»Die nehmen wir«, sagte sie.

Ich sagte nichts, malte einfach weiter.

»Verpiss dich, Zwerg.«

Am liebsten wäre ich weg, aber ich malte weiter. Da beugte sie sich vor und kreischte mir ins Ohr. Es war nur ein Geräusch und es wäre bestimmt nicht so schlimm geworden, wenn ich nicht losgerannt wäre.

Keine Ahnung, wie lange sie hinter mir her waren. Die ganze

Zeit hörte ich sie brüllen. Dann stolperte ich über eine Wurzel, und das war's. Das Mädchen setzte sich auf meinen Bauch und grinste und sagte: »Wir brauchen noch eine Flagge für unser Schloss.«

Sie zogen mir die Hose aus. Das Mädchen spuckte mir ins Gesicht. Ich weiß nicht, aus welchem Grund. Vielleicht brauchte sie keinen Grund.

Auf dem Heimweg versuchte ich jedes Mal, mich zu verstecken, wenn mir jemand entgegenkam. Einmal war ich zu langsam, aber der Mann sagte nichts. Ich überlegte, was ich tun sollte, aber meine Gedanken knallten ständig irgendwo gegen. Mama und Papa durfte ich auf keinen Fall was erzählen, sie würden Riesenstress machen, die Eltern von dem Mädchen finden und mit ihnen reden und so, und dann wäre ich am nächsten Tag im Krankenhaus. Gut war, dass sie noch bei der Arbeit waren.

Ich wollte ganz leise in mein Zimmer, aber da kam Kara aus der Küche und fragte: »Wo ist deine Hose?« Ich fing an zu heulen. Dann erzählte ich ihr, was passiert war, aber ich konnte es nicht richtig erklären, ich verstand es ja selbst nicht.

»Und jetzt?«, fragte sie.

»Weiß nicht.« Ich wusste es wirklich nicht. Kara war wütend, das wusste ich.

»Wir fahren dahin«, sagte sie.

Manchmal hat Kara so eine Art, da kommt man nicht gegen an. Ich zog mir eine neue Hose an und dann saßen wir in Papas Auto, weil er mal wieder seine »Ab heute fahre ich mit dem Fahrrad zur Arbeit«-Phase hatte, und Kara war ohne Führerschein, aber das war ihr egal. Und mir inzwischen auch. Wir fuhren zum Fuchswald und ich zeigte ihr die Hütte. Meine Hose war am Dach festgeknotet. Nach einer Minute oder so kam das Mädchen aus der Hütte, telefonierte und ging wieder rein.

»Die?«, fragte Kara.

Ich nickte.

Sie stieg aus und ging in die Hütte. Dann kamen alle raus. Das Mädchen kletterte aufs Dach, holte meine Hose runter, gab sie Kara, ohne sie anzusehen, und zog mit ihren Leuten ab.

Als Kara einstieg, sagte sie: »Die kommen nicht wieder.«

Ich konnte trotzdem nicht glauben, dass ich morgen wieder zu meiner Hütte wollen würde. Oder übermorgen oder … Aber dann kam sowieso die Krankheit.

16

KONTAKT

(15. Juni 2037)

Die Heimfahrt hatte höchstens zehn Minuten gedauert; ebenso gut hätten es zehn Stunden sein können. Niemand hatte gesprochen, und als wir endlich zu Hause angekommen waren, hatte sich Bertil sofort auf sein Zimmer verzogen.

Mit hochgekrempeltem Ärmel saß ich vor dem Schreibtisch meiner Mutter, Unterarm auf der Tischplatte, Handfläche nach oben. Schweigend desinfizierte sie die Hautpartie, wo sie gleich hineinstechen würde. In dem Augenblick, als sie mit dem Wattepad über das blassgrüne Muster meiner Venen strich, passierte es. Von einer Sekunde zur anderen verschwand das Zimmer und …

… ich liege auf dem Rücken in einem hell erleuchteten Raum, im Augenwinkel glänzt strahlend silbern medizinisches Gerät, um mich herum stehen Leute, das glaube ich jedenfalls, ich erkenne nur Schatten. Die Schatten beobachten mich. Sie reden, aber ich kann nicht verstehen, was sie sagen, es ist, als sprächen sie unter Wasser, oder vielleicht bin auch ich unter Wasser, ich liege ganz ruhig unter den Blicken der Schattengesichter …

Das Zimmer und meine Mutter kehrten zurück. In meinen Schläfen pochte es.

Das war keine Erinnerung gewesen. Das war etwas, das ich auch während meiner aktiven Phase erlebt hatte: dieses blitzartige Eintauchen in die Wahrnehmung eines anderen Rudelmitglieds.

Für ein paar Sekunden hatte ich durch die Augen eines anderen Infizierten geblickt.

Morna.

Meine Mutter schnippte mit dem Zeigefinger die Luft aus der Spritze, führte behutsam die Nadel ein und injizierte das Serum.

»Seit Morbus Shade gibt es im Klinikum kaum noch Personal.« Sie zog die Nadel heraus und reichte mir einen Wattetampon, den ich gegen die Einstichstelle drückte. »Wir arbeiten rund um die Uhr und schaffen das Pensum trotzdem nicht. Ich brauche meine Pausen. Ich habe keine Lust, sie mit der Suche nach dir zu verplempern. Okay?«

Die Haut unter ihren Augen war nicht mehr bläulich, sondern fast schwarz und so geschwollen, als hätte sie sich dort kleine Kissen implantiert.

»Es tut mir leid, Mama. Ehrlich.«

Das war nicht nur so dahingesagt. Ich schämte mich wirklich. Meine Mutter und das gesamte Team Rainbow gaben alles, um die Sache mit dem Virus in den Griff zu bekommen, und ich kriegte es nicht einmal hin, pünktlich zu Hause zu sein.

Sie nahm meine Hand. »Ich weiß, dass es schwer für dich ist. Und ich weiß, dass deine Besuche bei Adrian dir guttun, aber …« Ihr Daumen strich über meinen Handrücken. Lag es an ihren Worten? An der Berührung? Ich begann zu weinen.

»Bitte, Mama, lass mich weiter zu ihm gehen, bitte«, schluchzte ich.

»Er gehört zur Initiative.«

»Ich bin vorsichtig, ich schwör's. Und so was wie heute, das kommt nie wieder vor. Nie wieder! Versprochen.«

Unten im Haus schlug die Uhr meines Großvaters acht Mal. Ganz still saßen wir beieinander. Meine Hand lag noch immer in der meiner Mutter. Es war ein friedlicher, inniger Moment. Dann tauchte langsam das Bild von dem hell erleuchteten Raum in mir empor; von den Schatten, die auf mich herunterblickten.

Nein. Nicht auf mich.

»Mama? Die Frau, mit der ich im selben Zimmer war … Morna Hassler heißt sie … Weißt du, wie es ihr geht? Hast du irgendwas gehört?«

»Morna Hassler.« Sie runzelte die Stirn. Überlegte. Seufzte leise. »Ihr Zustand ist unverändert. Tut mir leid.«

»Es wird nicht besser mit ihren Scans?«

»Nein.«

»Aber auch nicht schlimmer.«

Sie lächelte schwach. Drückte meine Hand. »Auch nicht schlimmer. So weit geht es ihr gut.«

»Ich könnte in der Klinik aushelfen. Wenn ich ab und zu nach Morna sehe, würde ihr das vielleicht …«

Sie ließ meine Hand los. »Tut mir leid, Kara. Infizierte dürfen keine …« Ein sekundenkurzes Zögern. Dann sagte sie es: »Infizierte dürfen keine verantwortlichen Arbeiten übernehmen.«

»Ich soll doch so tun, als wäre ich nicht infiziert.«

»Aber du bist es. Wenn du es nicht wärest, würden wir dieses Gespräch gar nicht führen.«

Etwas schnürte meine Brust zusammen wie ein kalter Reif. Meine Finger schlossen sich zu Fäusten. »Dann sollen Infizierte nur den Müll wegräumen?« In meinem Bauch ballte sich ein harter Klumpen. »Infizierte sind für den Dreck zuständig, weil sie selber Dreck sind? Ist es das?« Meine Stimme bebte vor unterdrückter Wut.

»Sag so was nicht. Ihr seid kein Dreck. Aber wir wissen so wenig über das Virus. Dass wir euch manche Arbeiten vorenthalten, ist eine reine Vorsichtsmaßnahme.«

Ich atmete tief ein. Sie hatte ja recht. Es war eine Scheißsituation. Für meine Mutter, meine Familie, für alle. Doch die Wut brodelte weiter in mir.

Meine Mutter stand auf und schob Spritze, Kanüle, Wattepad und die zerbrochene Ampulle in einen Plastikbeutel. »Ich muss los. In der Klinik warten sie bestimmt schon.« Sie legte kurz eine Hand auf meine Schulter. »Ich habe ein Auge auf Morna. Versprochen.«

Nachdem sie gegangen war, packte ich ein Kissen, presste mein Gesicht hinein und schrie. Ich schrie, bis meine Kehle wund war, schmiss das Kissen auf den Boden, hob es auf und schmiss es noch einmal. Danach war die Wut weg, dafür hatte ich Halsschmerzen. Und Angst. Meine Gedanken liefen quälend im Kreis. War mein Zorn noch normal oder der Vorbote von etwas Schlimmerem? Auch Morna ging mir nicht aus dem Kopf. Die Frage, ob mit ihr alles in Ordnung war und man sich in der Klinik gut um sie kümmerte, beschäftigte mich ebenso wie der merkwürdige Switch in ihr Inneres. Kündigte er an, dass ich wieder aktiv wurde? Wie geschützt waren wir? Machten andere Infizierte ähnliche Erfahrungen wie ich, waren manche von uns trotz Serum schon wieder rückfällig geworden?

Zum ersten Mal wurde mir voll und ganz bewusst, dass ich

im Port in einem Kokon lebte. Ich wusste nichts über die anderen Infizierten, hatte niemanden, mit dem ich offen sprechen konnte. Aber sprechen musste ich. Nach dem heutigen Erlebnis mit Morna dringender denn je.

Enna. Sie war in einem Wohnheim untergebracht, zusammen mit zahllosen anderen Infizierten. Dort wusste man bestimmt mehr über die Wirksamkeit des Serums. Über Rückfälle. Ich musste zu ihr. Sie fragen, ob sie auch schon einen Switch erlebt oder von Infizierten gehört hatte, denen so etwas passiert war.

Ich musste sie sehen.

Sofort.

Morna Hassler

Alle glaubten, aktive Infizierte empfänden nichts als Wut, doch in den ersten Tagen, nachdem mich ein Trupp von Jägern geschnappt hatte – es muss irgendwann Mitte Januar gewesen sein –, kannte ich nur Angst. Diese grauenvolle Furcht, wenn jemand meine Zelle betrat und mir eine weitere Spritze in den Arm rammte. Sprechen konnte ich, doch die Gesunden verstanden vieles nicht, was ich sagte. Sie beobachteten mich, auf der Suche nach Veränderungen, und ich flehte sie an, mir nicht noch mehr Schmerzen zuzufügen. Als sie mich endlich auf die Isolierstation verlegten, war es wie eine Erlösung. Ich erinnere mich an meinen ersten Morgen dort, ich war gerade wach geworden. Die Jalousie war heruntergezogen, aber durch einen Spalt flutete schwaches Sonnenlicht herein. In den Betten neben mir hörte ich Enna und Kara atmen. Kara wimmerte im Schlaf, es klang, als würde ein Kätzchen nach seiner Mutter rufen, dann wurde sie wieder still. Die Dämmerung im Zimmer bestand aus lauter regenbogenfarbenen Punkten und mir kam es vor, als hätte mein Körper die gleiche Konsistenz wie das Licht, ich war ein Lichtpunkt zwischen anderen Lichtpunkten, und bevor ich ganz erwachte, spürte ich den Wunsch, es möge immer so bleiben. Stillstand. Mich nie wieder erinnern, wer ich war.

Auf Station K ist es wieder so. Ich bin nicht glücklich und nicht unglücklich. Ich bin – still.

17

DAS WOHNHEIM

(15. Juni 2037)

Okay. Meine Eltern hatten mir nicht verboten, den Port zu verlassen, doch das Wohnheim stand vermutlich ziemlich weit unten auf der Liste der Orte, deren Besuch sie mir empfohlen hätten.

Ich erzählte meinem Vater, mir wäre übel von der Spritze, worauf er mir einen Fencheltee kochte, die Vorhänge zuzog und mich allein ließ. Fünf Minuten später schlich ich auf Zehenspitzen aus meinem Zimmer. An Bertils Tür zögerte ich. Anklopfen, mich mit ihm aussprechen? Das wäre vermutlich klüger, als mich auf den Weg zu Enna zu machen. Die Sonne ging in zwei Stunden unter; falls ich mich nicht im Dunkeln außerhalb des Ports herumtreiben wollte, war die Zeit für einen Besuch knapp bemessen. Dann fielen mir die Fahrräder in der Garage ein. Damit konnte ich es schaffen, vorausgesetzt, sie waren nicht alle unbrauchbar.

Ich pirschte an Bertils Tür vorbei, Stufe um Stufe die Treppe hinunter. Schuhe an, Jacke an, raus aus dem Haus und durch den Garten. Pinky kam herbeigehuscht, strich um meine Beine und bat mit leisem Miau um Aufmerksamkeit. Ich fuhr ihr kurz übers Fell und dachte, wie viel leichter das Leben für uns Infizierte wäre, würden sich alle Menschen wie Tiere verhalten; den Tieren war es egal, ob wir das Virus in uns trugen.

Vier Fahrräder. Ich wählte dasjenige, das so aussah, als würde es noch ein paar Kilometer durchhalten, und entschied mich für das näher gelegene Nordtor, ohne Plan, was ich der Security erzählen sollte. Mussten wir begründen, warum wir den Port verließen, und wenn ja, was sollte ich sagen? Doch der Mann am Tor, wie praktisch, erkannte in mir sofort das Mädchen, das vor einigen Stunden mit Adrian Kachelya ausgeritten war, und winkte mich freundlich lächelnd durch.

Zehn Minuten später und nach einigen gelungenen Abkürzungen, radelte ich bereits durch mein altes Viertel. Ich konnte kaum glauben, was ich sah. *Hier* hatten wir gewohnt? Zu beiden Seiten der Straße ragten schwarze und rauchgraue Mauern in den Himmel; offenbar hatten die Infizierten fast alle Häuser in Brand gesteckt. Nirgends war ein Mensch zu sehen. Der Kiosk und die Pommesbude beim Stadtparkbad waren verkohlte Gerippe, die Schwimmbassins bis zum Rand mit Unrat gefüllt. Unter Ackerwinde und Autoreifen lag ein umgestürzter Funkmast begraben.

Mit einem hohlen Gefühl in der Brust überquerte ich die vierspurige, von stehen gelassenen Autos verstopfte Hauptstraße, die am *Phönix-Center* vorbeiführte, einer riesigen Einkaufsmall, die aussah wie das uneheliche Kind eines Walt-Disney-Märchenschlosses und einer Plattenbausiedlung. Flugblätter klebten an totenstillen Supermärkten, an Ladentüren und Bushaltestellen.

Räumt auf mit den Zombies!

Erschießt das Pack!

Grube ausheben und rein damit!

Solche Plakate hatte es früher auch gegeben. Sie hatten sich mal gegen diese, mal gegen jene Gruppe gerichtet; nie war ich selbst betroffen gewesen. Mit einer Mischung aus Ekel und Furcht fuhr ich schnell weiter und fühlte mich schutzloser denn je.

Die frühere Wohnanlage für die Studenten der medizinischen Fakultät war jetzt von einem Sicherheitszaun umgeben. Am Tor tastete mich eine Securityfrau ab und händigte mir einen Besucherausweis aus. Ich überquerte den Platz vor dem quittengelben Hauptgebäude, wo mehrere Leute auf Klappstühlen saßen und den warmen Sommerabend genossen. Zwei Frauen spielten Schach, andere lasen oder unterhielten sich leise. Ein Mann putzte seine Schuhe. Obwohl nicht ein Fitzelchen Müll herumlag, wirkte alles schmuddelig und heruntergekommen. Dagegen war unser Port ein Fünf-Sterne-Luxus-Ressort.

Mein Fahrrad ließ sich nirgends anschließen, also nahm ich es mit in die Eingangshalle. Es roch nach Dosenerbsen und einem Putzmittel, das wahrscheinlich »Ocean blue« hieß. Ein junger Mann mit rundem Gesicht und stoppelkurzem Haar saß auf einem geblümten Sofa und kritzelte in einem Notizheft herum.

»Darf ich das hier anschließen?«, fragte ich.

Er hob den Kopf. »Dein Fahrrad? Klar. Neu hier?« Sein Blick streifte mein Handgelenk. Er runzelte die Stirn und lächelte schief. »Oha. Eine Zombiefreundin. Zu wem willst du?«

»Enna. Enna Weiß.«

Sein Lächeln wurde zu einem Strahlen, das sein Gesicht in eine Sonne mit blitzblauen Augen verwandelte. »Ist gerade von der Deponie zurück. Ich bring dich zu ihr. Ich heiße übrigens Josh.« Er kam zu mir herüber und streckte mir eine Hand entgegen.

»Kara.«

Josh führte mich über die schlecht beleuchteten Stufen hinauf in einen noch schlechter beleuchteten ersten Stock. Am Ende eines engen Flurs klopfte er an eine Tür. Schritte von drinnen, die Tür öffnete sich.

Da stand sie.

»Kara.« Sie starrte mich an. »Mensch, Kara. Da bist du endlich.«

Adrian Kachelya

Ich würde Kara gern nach ihrer Geschichte fragen, möchte aber nicht in offenen Wunden stochern. Eines Tages wird sie mir erzählen, was dieser Infizierte ihr angetan hat. Oder war es eine Frau? Ein Kind? Warum gehe ich automatisch davon aus, dass es ein Mann gewesen sein muss? Morbus Shade macht da keinen Unterschied.

Ich wünschte, das Komitee würde uns erlauben, die Infizierten schon jetzt zu internieren. Es darf nicht so laufen wie während der Ersten Welle, als ich mit ansehen musste, wie sie meinen Vater zerrissen, den besten, liebevollsten Mann, den ich je gekannt habe. Sie töteten Anna und Marc und meine Mutter und Imogen, mit der ich schon über eine gemeinsame Zukunft gesprochen hatte. Nichts davon konnte ich verhindern. Ich habe so viele Nächte geschrien und geweint. Manchmal glaube ich, es wäre besser, wir würden die Infizierten endgültig …

Nein. Nein! So etwas will ich nicht denken.

Aber ich denke es. Das ist das Schlimme. Morbus Shade verändert uns alle.

18

ENNA
(15. Juni 2037)

Ich umarmte Enna und sie boxte mich, ich schlug ihr auf den Rücken und sie boxte mich wieder.

»Und woher kennt ihr euch?«, fragte Josh.

Das weckte mich aus meinem Freudentaumel. »Projekttag in Ennas Betrieb«, sagte ich schnell.

Sie nickte sofort. »Danach waren wir ein paarmal zusammen im Kino. Ich kenne sonst niemanden, der auch mal Bock hat, sich was anderes anzugucken als diese Storys, wo das Mauerblümchen gegen alle Widerstände den rebellischen Jungen erobert und er ihr am Schluss nur die Brille abnehmen und ihr Haar lösen muss, damit sie sich in eine strahlende Schönheit verwandelt und ...«

»Jaja, schon kapiert. Ihr steht wahrscheinlich auf diesen Superhero-rettet-die-Welt-im-Alleingang-Trash, stimmt's? Oder französisches Existenzialisten-Zeug, das kein Mensch versteht.« Er lächelte mir zu. »Man sieht sich.« Damit verschwand er in den Tiefen des Flurs. Enna zog mich in ihr Zimmer und schloss die Tür.

»Keine Sorge. Bei mir ist dein Geheimnis sicher«, raunte sie. »Dr. Levin hat mich gleich an meinem ersten Tag hier besucht. Hat mich ins Gebet genommen, was zwar komplett unnötig war, aber sie hatte wohl das Gefühl, dass sie mir ein bisschen drohen muss.« Sie drückte mich auf ihr schmales Bett und setzte sich neben mich. »Also. Wie geht's dir?«

In knappen Worten erzählte ich ihr von meinem Leben im Port.

»Eine Gated Community.« Ihr Blick wanderte zum Fenster, hinter dem man die Rückwand eines weiteren quittengelben Gebäudes sah. »Von denen habe ich schon gehört. Ihr habt Schwein, deine Familie und du.«

»Ich hätte es nicht gemacht, wenn ...«

Sie umfasste mein Handgelenk. »Ist doch in Ordnung, Kara. Hauptsache, du bist wieder mit deiner Familie zusammen.« Ihre Augen röteten sich leicht.

»Hast du irgendwas gehört?«, fragte ich leise.

Sie schüttelte den Kopf. »Null Kontakt.« Unvermittelt sprang sie auf, breitete die Arme aus und rief: »So lebe ich jetzt, ist das nicht toll?«

In der Tat. Ihr Zimmer war eine leberwurstfarbene Höhle von höchstens zehn Quadratmetern. Ein Waschbecken, ein Stuhl, ein winziger Schreibtisch, darauf eine Lampe. Ein Schrank – oder eher ein Spind –, schlammfarbene Bettwäsche. Es roch muffig, nach feuchten Wänden.

»Morgens gibt es Hagebuttentee statt Kaffee, ist das zu fassen? Und du musst in einem Gemeinschaftsbad voller Schamhaare duschen.« Sie schüttelte sich. »Aber wenigstens sind wir sicher vor den Leuten, die bei diesen Hasskampagnen gegen die Infizierten mitmischen und keinen Durchblick mehr haben und die sich wie Arschlöcher benehmen, weil sie uns für Monster halten, während sie selbst natürlich die reinsten Engel sind, Schokolade kacken und Ohrschmalz aus Vanillepudding haben.«

Es war kein bisschen komisch, trotzdem musste ich kichern.

»Zombiefreunde sind bei denen übrigens auch nicht gerade beliebt.« Sie setzte sich wieder. »Sei bloß vorsichtig.«

»Bin ich. Hör mal, Enna, heute ist was Komisches passiert. Darüber wollte ich mit dir reden.«

Ich erzählte ihr von dem Licht und den medizinischen Geräten, die ich gesehen hatte, davon, dass ich für einen kurzen Augenblick Mornas Bewusstsein geteilt hatte.

»Ich dachte immer, dass nur aktive Infizierte diese Switches haben«, schloss ich. »Meinst du, das Serum wirkt nicht mehr richtig? Hast du da irgendwas gehört? Hat hier mal jemand was Ähnliches erlebt?«

»Nicht dass ich wüsste.« Sie runzelte die Stirn. »Hast du denn die volle Dosis gekriegt?«

»Hab ich.«

Nachdenklich tippte sie mit einem Finger gegen ihre Nase. »Und pünktlich war das auch?«

Jetzt war es an mir, die Stirn zu runzeln. »Nicht ganz. Ungefähr neunzig Minuten zu spät. Aber eigentlich merkt man doch erst nach zwölf Stunden was, oder? Wie bei der Inkubation.«

Enna nickte, zählte langsam an den Fingern auf. »Geruchs- und Gehörsinn schärfen sich. Adrenalin geht hoch. Temperatur und Blutdruck auch. Und am Ende des dritten Tages: Sense in dem Gehirnbereich, der die Aggressionen kontrolliert.« Sie hielt inne. »Das sind alles körperliche Symptome.«

Ich spürte, dass wir auf eine Wahrheit zutrieben.

»Ein geteiltes Bewusstsein ist was Seelisches.« Sie hob die Augenbrauen. »Könnte es sein, dass so was schneller geht?«

»Vielleicht«, sagte ich und schwor mir einmal mehr, dass ich mich an meinem Spritzentag nie wieder verspäten würde.

»Und wie geht es Morna, was war dein Eindruck?«, fragte Enna vorsichtig.

Ich überlegte lange, bevor ich antwortete. »Es hat sich … friedlich angefühlt. Ruhig. Keine Schmerzen. Glaubst du, das ist ein gutes Zeichen?«

»Bestimmt.« Ihre Stimme klang entschiedener, als sie sich wahrscheinlich fühlte. »Sie wird es schaffen. Morna ist zäh. Sie kommt garantiert bald raus. Allerspätestens, wenn sie das neue Medikament haben und das Scheißvirus endlich alle viere in die Luft streckt. Hat deine Mutter irgendwas gesagt?«

Ich schüttelte den Kopf. »Sie spricht nicht über ihre Arbeit.«

»Das mit dem neuen Serum scheint ja ein Riesengeheimnis zu sein«, seufzte Enna. »Jedes Mal, wenn ich die Leute frage, die uns hier spritzen, kriege ich denselben Spruch zu hören: *Wenn kein neuer Stoff in Aussicht wäre, hätte man euch gar nicht erst aus der Klinik entlassen.*« Sie rubbelte sich mit dem Handballen über die Stirn. »Aber weißt du, was komisch ist? Hier verschwinden Ampullen. Irgendwer bringt was von dem Serum auf die Seite. Legt sich einen Vorrat an. Falls es nicht klappt mit der tollen neuen Medizin.« Ihre Fäuste ballten sich. »Und das ist der mieseste Egotrip, den ich mir vorstellen kann. Sachen hamstern, die andere brauchen.«

»Während der Corona-Pandemie soll das mit Klopapier so gewesen sein. Und mit Nudeln und Rotwein und Kondomen. Hatten wir in Geschichte.« Ich schüttelte den Kopf. »Kannst du dir *das* vorstellen?«

Sie schlug mit der Faust auf ihren Oberschenkel. »Inzwischen kann ich mir *alles* vorstellen.«

»Enna?«, fragte ich nach einer Pause. »Bist du manchmal auch so wütend?«

Ich erzählte ihr von dem Zorn, der mich heute so heftig überfallen hatte, doch sie zuckte nur die Schultern.

»Wie sollen wir denn nicht wütend werden bei all dem Scheiß? Ich hab jedenfalls eine Stinkwut im Bauch. Vor Morbus Shade sah alles so gut aus. Der Betrieb, in dem ich gelernt hab, wollte mich übernehmen, nach Feierabend hab ich an meiner Elektronikkunst rumgelötet, hatte schon Kontakt mit einer Galerie ... und jetzt schau dich um, was aus mir geworden ist. Ich hab ein Zimmer, in dem man sich wie im Innern einer Leberwurst fühlt, knechte auf einer Deponie, baue Ersatzteile aus geschrotteten SUV aus, Lichtmaschinen wegen der Stromgewinnung und so, davon hab ich immer geträumt, echt. Und womit verbringst du deine Tage?«

»Suppe kochen. Hühner füttern. Auf ein Mädchen mit Panikattacken aufpassen.«

»Auch eine Karriere.« Abwesend griff sie nach einem Papiertaschentuch, das auf ihrem Schreibtisch lag, verdrehte es, würgte es, knüllte es zu einer Kugel zusammen. Nach einer Weile fragte sie leise: »Erinnerst du dich an irgendwas?«

Ich konnte fühlen, wie sich die Sprungfedern der dünnen Matratze in meine Oberschenkel bohrten.

»Es ... es ist nachts passiert«, sagte ich stockend. »Ich war in einem Garten. Da war ein rotes Licht. Ich packe jemanden und schmeiße ihn auf den Boden. Wie ein wütendes Kind, das ein Spielzeug zerbricht. Und da ist noch mehr. Ein großes Gebäude. Eine Fabrik vielleicht. Leute, die sich dort versteckt haben und ... und ich glaube, ich habe jemanden getötet, Enna.«

Ihre Kiefermuskeln spannten sich, sodass sie hervortraten wie kleine Kugeln. »Ich glaub das bei mir auch. Ich hab immer denselben Traum. Ich renne durch ein Treppenhaus. Alles ist dunkel, ich kann überhaupt nichts sehen, aber ich weiß, dass es mein Zuhause ist, wegen dem muffeligen Holzgeruch. Wie nasser Staub. Dann sehe ich doch etwas. Die Tür zu unserer Wohnung. Dahinter … ist was Schlimmes.« Sie verbarg ihr Gesicht in den Händen. »Ich will gar nicht wissen, was.« Als sie ihre Hände wieder wegnahm, erwartete ich Tränen in ihren Augen, aber da war nichts. »Und gleichzeitig will ich es doch wissen. Das ist echt krank.« Sie quetschte und drückte das Taschentuch. »Ich dachte immer, ich komme aus jedem Scheiß raus. Aber so langsam passiert was in meinem Kopf. Ich werde … hoffnungslos. Frage mich Sachen, die ich mich früher nie gefragt habe. Warum die Leute weiter Kinder in die Welt setzen, wenn so schreckliche Dinge passieren.« Sie schleuderte die Taschentuchkugel gegen die leberwurstfarbene Wand, sodass sie abprallte und zu Boden fiel. »Ohne Josh hätte ich schon längst eine Bauchlandung hingelegt.«

Behutsam stupste ich sie in die Seite. »Ist da was zwischen euch?«

Sie lächelte ein bisschen. »Na ja. Wir sind seit letzter Woche zusammen.«

»Das ist gut.«

»Und du?«

Ich spürte, wie ich errötete.

»Alles klar.« Ihr Lächeln wurde eine Spur breiter. »Wie heißt er?«

»Nein. So ist es nicht. Ich bin nicht verliebt.«

»Sagst du mir trotzdem, wie er heißt?«

Ich zögerte. »Adrian.«

»Infiziert?«

»Im Port wohnen keine Infizierten.«

»Weiß er über dich Bescheid?«

»Nein, natürlich nicht.«

»Und wenn er was wüsste?«

Die entsetzliche Wahrheit? »Er würde die Security einschalten«, murmelte ich.

»Und dann?«

»Enna, ist das hier ein Verhör?«

»Und dann, Kara? Das ist wichtig.«

»Meine Eltern würden in den Knast wandern, Bertil käme in eines der Waisenhäuser und ich ...«

»Isolierstation«, sagte sie. »Nicht gut.«

»Nein. Und eigentlich ist es noch schlimmer.« Ich holte tief Luft. »Hast du schon mal von der Initiative gehört?«

»Diesem Klub von Infiziertenhassern?«

»Adrian ist dabei.«

Sie fasste mich so hart am Arm, dass mir ein »Aua« entfuhr.

»Kara! Spinnst du? Mit so einem hast du Kontakt? Diese Leute wollen uns killen!«

Ich starrte auf ihre Fingernägel. »Du tust mir weh.«

»Entschuldige.« Sie ließ mich los. »Hör mal. Du musst von dem Typen wegbleiben. Bitte! Verlieb dich, keine Ahnung, in Prinz Grusel aus dem Horrorschloss, aber nicht in einen Kerl aus der Initiative. Das ist ein No-Go!«

»Ich bin nicht ver...«

Aus der Ferne drang Lärm in das Zimmer. Irgendwo außerhalb des Gebäudes stimmten Menschen eine Art Sprechgesang an. Enna setzte sich auf.

»Was ist das?«, fragte ich.

Sie packte meine Hand, zog mich vom Bett hoch und schob

mich eilig zur Tür hinaus. Ich stolperte in den Flur, wo sich schon andere Bewohner versammelt hatten und einander ängstliche Blicke zuwarfen. Wir liefen durch den engen Gang in eine Art Gemeinschaftsküche, in der es entsetzlich nach Bratfett stank. Auf einem Campingtisch stapelten sich Konserven und Fruchtsaftkartons. Mehrere Leute drängten sich vor dem Fenster, das in den Hof und zum Tor hinausging; was dort los war, konnte ich von meinem Platz in der hinteren Reihe aus nicht erkennen. Die Frau neben mir hielt einen höchstens zehnjährigen Jungen an sich gedrückt, der seine Arme um ihren Bauch geschlungen hatte. Er hatte die Augen geschlossen; sein linker Mundwinkel zuckte so heftig, dass ich am liebsten mit einem Finger darübergestrichen hätte, um ihn zur Ruhe zu bringen. Jemand rief: »Die sind schon vor dem Tor!«

»Du musst jetzt gehen«, sagte Enna zu mir.

»Was ist denn eigentlich los?«

»Das ist wieder so eine Demo von diesen Infiziertenhassern. Keine Sorge«, sie tätschelte meine Schulter und ich versuchte, mir nicht anmerken zu lassen, wie wenig ich ihr dieses Schultertätscheln glaubte, »die Security passt auf. Die mögen uns nicht, aber Zoff im Karton mögen sie noch weniger.« Mit einem Blick auf mein Handgelenk setzte sie hinzu: »Die Arschlöcher da draußen stehen auch nicht gerade auf Zombiefreunde. Du nimmst besser den Notausgang. Komm, ich bring dich hin.«

Wir liefen die Treppe hinunter. Ich schloss mein Fahrrad los, dann ging es weiter in ein labyrinthisches Kellergeschoss. Das Licht kam von funzeligen Leuchtstoffröhren. Während mich Enna mitsamt meinem Fahrrad durch die Gänge lotste, deutete sie mal da-, mal dorthin, als wären wir bei einer Sightseeingtour. »Josh sagt, hier unten hat früher lauter Zeug aus der medizinischen Fakultät gelagert, sogar noch Sachen von vor hundert

Jahren, das hat nie jemand weggeworfen. Während der Ersten Welle ist das alles verschwunden. Plünderer. Die haben auch die Präparate aus der Anatomie mitgenommen, abartig, oder? Kurse für die Studis gab's hier unten auch, muss gemütlich gewesen sein, also nicht Anatomie, aber Chemie und Physik. Josh hat mal einen Kurs geleitet, *Chemie für Mediziner,* er sagt, das war wie Pinguinen Ballett beibringen. Irgendwo sind hier noch zwei oder drei Laboratorien, aber das meiste ist verschüttet oder da ist Wasser rein, ich weiß nicht mehr …« Sie redete wie eine Verrückte, wahrscheinlich, um uns von dem abzulenken, was draußen auf der Straße vor sich ging, als plötzlich aus einem der Gänge Josh auftauchte wie ein blasses Meeresgeschöpf aus der Tiefe eines Ozeans.

»Huch.« Er machte einen kleinen Luftsprung. »Was habt ihr denn hier verloren?«

»Kara soll durch den Notausgang. Am Tor ist wieder Demo.« Enna bog in den nächsten tunnelartigen Gang ein. Josh folgte uns.

»Wo musst du denn hin?«, fragte er mich.

»Kumfeld.«

»Ihre Ma ist beim Team Rainbow«, sagte Enna über die Schulter.

»Echt?« Er musterte mich mit neu erwachtem Interesse. »Irgendwelche Nachrichten von da?«

»Meine Mutter spricht nicht so über ihre Arbeit. Aber … nein.« Ich schüttelte den Kopf. »Nichts, was ich wüsste.«

Der Gang endete abrupt vor einer roten Feuerschutztür. »Dahinter gleich links. Packst du das?«, fragte Enna.

»Nach links gehen? Ich denke schon.«

Sie grinste. Ich grinste zurück, was sich zuversichtlicher anfühlte, als mir zumute war.

»Hey.« Josh berührte meinen Arm. »Wenn du mal wieder vorbeischaust, bringst du uns ein paar Sachen mit?«

Enna bat um Schokocookies und Remoulade (wirklich: Remoulade), Joshs Wünsche waren eher praktischer Natur: Salz, Zucker, destilliertes Wasser. Aspirin, überhaupt jedes Medikament, an das ich herankommen konnte, außerdem »dieses Zeug, das sie sich früher in den Fitnessstudios reingekippt haben«. Er zwinkerte. »Für meine Zaubermedizin. Abwehrkräfte gegen das Virus aufbauen.«

»Jaja«, sagte Enna. »Du Held.«

»So was kannst du?«, fragte ich beeindruckt.

Er zuckte die Schultern. »Ich hab am pharmazeutischen Institut gearbeitet.«

»Und ich darf Versuchskaninchen spielen«, sagte Enna fröhlich und stieß die rote Tür auf. Frische Luft schwappte herein. Ich spähte eine Treppe hinauf, die ins Freie führte.

»Da rauf, dann links, da gibt's nie Probleme.« Enna umarmte mich. Josh folgte ihrem Beispiel und mir wurde ganz warm ums Herz. Am liebsten hätte ich die beiden auf meinen Gepäckträger geklemmt und sie von diesem Ort weggebracht. Abhauen, dachte ich, das wär's. Aber Abhauen war keine Option. Nicht für uns Infizierte. Wir brauchten das Serum, also mussten wir dort bleiben, wo wir das Serum bekamen.

Ich trat ins Freie, winkte ein letztes Mal und trug mein Fahrrad die Kellertreppe hoch. Vor mir führte eine Gasse zwischen zwei quittenfarbenen Gebäuden hindurch und auf ein Tor zu, eine Art Lieferanteneingang. Links standen mehrere Autos, von denen gerade eines rückwärts aus einer Parklücke stieß. Ein Kombi, kanariengelb mit Dreckspritzern. Die Bremslichter leuchteten auf, die Fahrertür öffnete sich. Ein Mann stieg aus.

Zum zweiten Mal an diesem Tag kam mir mein ehemaliger Sozialarbeiter entgegen.

»Kara. Was machst du denn hier?«

»Ich ... eine Freundin von mir wohnt hier. Enna Weiß. Und Sie?«

»Ich hab Tony begleitet. Hab ihm geholfen, sich ein bisschen einzurichten. Wenigstens das haben sie mir erlaubt.« Seine Mundwinkel zuckten. Er deutete auf mein Fahrrad. »Das kann hinten rein. Ich bring dich nach Hause.«

»Nicht nötig«, wehrte ich ab.

»Nötig nicht, aber sicherer«, sagte er mit dem Anflug eines Lächelns. »Am Haupteingang ist ziemlich was los.« Er hatte die Klappe des Kofferraums schon geöffnet. Mein Fahrrad passte gerade so hinein.

Ich stieg vorne ein. Mike klemmte sich hinters Steuer. Während er auf das Tor zuhielt, sagte er im Plauderton: »Ich hör auf in der Klinik und lass mich hierher versetzen.«

»Sie wollen hier arbeiten? Wegen Tony?«

»Ja. Sagen wir du zueinander?«

»Okay«, erwiderte ich steif.

Wie Enna prophezeit hatte: keine Probleme am Nebenausgang. Nach einer kurzen Kontrolle winkte uns die Security durch. Mike bog links ab, hielt am Straßenrand und wandte sich mir zu.

»Welchen Eindruck macht das Heim auf dich? Ganz ehrlich.«

Ich zögerte. »Es ist nicht gerade gemütlich oder so. Aber man ist mit Leuten zusammen, die was Ähnliches erlebt haben. Ich glaube, das hilft.«

»Vielleicht.« Seine Finger trommelten auf dem Lenkrad herum. »Ich hoffe, Tony findet dort Anschluss. Er kommt nicht gut mit der Situation zurecht.« Er räusperte sich. »In der

Straße, in der ich wohne, ist niemand infiziert. Die Nachbarn haben ekelhaftes Zeug an unsere Tür geschmiert. *Monster. Mörder. Missgeburt.* Haben die Fensterscheibe von Tonys Zimmer eingeschlagen. Rote Farbe vor unserer Wohnung ausgekippt. Solche Sachen.«

Ich starrte auf meine ineinandergekrampften Hände. »Als er abgehauen ist ... wohin wollte er?«

»Das wusste er wohl selbst nicht.« Er lächelte traurig. »Es gibt ja keine Straßen, die uns in unser altes Leben zurückführen.«

»Nein«, murmelte ich. »Eher nicht.«

»Bei meiner Arbeit auf der Isolierstation ... Während der Ersten Welle habe ich so viel verloren.«

Draußen vor der Windschutzscheibe war ein warmer Juniabend, hier und da blinkten die ersten Sterne zwischen taubengrauen Wolken mit goldfarbenen Rändern. Obwohl das Wageninnere noch von der Hitze des Tages vollgetankt war, fror ich.

»Meine Freundin ... meine Eltern ... ich wollte euch das heimzahlen. Ich habe nicht begriffen, dass wir alle Verlierer sind. Auch ihr. Es tut mir leid.«

Ich hob den Blick von meinen Händen. »Danke«, sagte ich.

»Tony meint, es fühlt sich an, als würden all die Toten auf ihm sitzen. Als würden sie ihn langsam zerquetschen.« Er seufzte lange und tief. Dann fuhr er wieder los.

Eigentlich hätten wir in die nächste Nebenstraße abbiegen müssen, es wäre der kürzeste Weg zum Port gewesen, doch als das Haupttor der Wohnanlage in Sicht kam, blieben wir noch einmal stehen.

Es waren ungefähr fünfzig. Sie hatten sich vom Tor weg auf die andere Straßenseite zurückgezogen. Sie hielten Plakate und Pappschilder hoch, auf denen überlebensgroße Fotos klebten,

Gesichter von Männern, Frauen und Kindern. Hin und wieder rief eine Stimme einen Namen, doch eher leise und erschöpft als laut. Sonst nichts. Nur diese Namen. Es dauerte mehrere Sekunden, ehe ich begriff, dass es die Namen und Fotos von Menschen waren, die nicht mehr lebten. Ermordet von uns Infizierten. Einige Leute weinten, aber ruhig, und das war schlimmer, als wenn sie heftig geschluchzt, sich die Haare gerauft, ihren Schmerz herausgeschrien hätten. Jemand verteilte ein Getränk aus einer Thermoskanne.

Lange saßen wir so und schauten zu ihnen hinüber, quer über die Straße, die mir kilometerbreit erschien.

»Ich frage mich, wie die Menschen jemals wieder zueinanderfinden sollen«, sagte Mike leise.

Josh Rößner

Was ich vermisse? Meine Bücher. Die Arbeit im Labor. Essigchips.
Team Rainbow? Vergiss es. Keine Ahnung, was die im Klinikum treiben, aber wenn ich diese Kara richtig verstehe, ist dabei bisher null Komma null rausgekommen. Keine Überraschung. Die Leute, die wirklich was draufhatten, sind tot wie Emily Shade. Oder infiziert wie ich. Josh Rößner darf jetzt den Dreck wegschippen. Interessiert keine Sau, dass ich der Champ im Fachbereich war. Okay, hat auch vor Morbus-Scheiße keinen gejuckt. Forschungsgelder und Stipendien, immer schön an die, die den Profs und den Pharmafuzzis in den Arsch gekrochen sind. Ohne mich, Leute.
Auch heute keine Probleme mit meinem Tauchgang in den Keller. Die Sozialarbeiter backen sich ein Obst drauf, was wir nach Feierabend machen, Hauptsache, wir halten die Füße still. In den letzten Wochen hab ich in den alten Labs ein paar Zutaten ausgegraben, teilweise sogar noch brauchbar. Der Arbeitseinsatz im Chemiewerk Hellborn – was davon übrig ist – war ebenfalls hilfreich. Die filzen uns nicht mal, wenn wir ins Wohnheim zurückkehren. Falls mir diese Kara jetzt noch ein, zwei Basics besorgt … Sie scheint in Ordnung zu sein. Hat keine Fragen gestellt. Und Enna vertraut mir sowieso. Sie weiß, dass ich im Keller ein bisschen experimentiere, aber sie hält den Mund.
Bauchschmerzen bereitet mir die Sache mit dem Komvir. *Okay, ich brauche das Zeug für die Versuche. Trotzdem nicht korrekt, es auf die Seite zu bringen. Ich schätze, wir laufen sowieso längst auf Reserve. Sagt natürlich keiner, aber wie, nur mal als Frage, soll der Nachschub produziert werden, wo doch die Infrastruktur während der Ersten Welle abgekackt ist?*

19

DIE CLIQUE

(16.–24. Juni 2037)

Sonnige Tage reihten sich aneinander und überboten sich an Farben und Licht, das sich über die Bäume breitete und auf das Gras legte und einen roten und violetten Glanz auf Johannisbeeren und Kirschen setzte. Es waren Tage, in denen ich keine Gelegenheit fand, Enna und Josh mit Schokocookies, Remoulade und Iso-Drinks zu versorgen. Immerhin konnte ich Adrian und Lisa das Equilibrium vorbeibringen. Lisa sagte »Danke« und schaute drei Zentimeter an meinem linken Ohr vorbei, doch Adrian umarmte mich. Kein zimperliches Oh-nein-ich-trau-mich-nicht-dich-anzufassen-Getue, sondern eine Berührung, von der ich mir wünschte, sie möge stundenlang andauern. Nur schoss bereits nach wenigen Sekunden Ennas Gesicht aus einer Ecke meines Kopfes hervor wie ein Kastenteufel und zischte: *Finger weg von dem Typ!*

Behutsam löste ich mich von Adrian. Sie hatte ja recht. Er gehörte zur Initiative, schlimmer noch, Leonarda hielt offenbar große Stücke auf ihn und ließ Magnus und ihn in der obersten Riege mitmischen, das hatte ich jedenfalls kürzlich bei einem Besuch im Lebensmittellager gehört. Und darum, Kara, langsam und zum Mitschreiben: Adrian Kachelya verabscheut Menschen wie dich. Du und er, das ist ein Projekt ohne Zukunft. Gravier dir das in Leuchtbuchstaben in dein Gehirn.

Jeden Tag nahm ich mir aufs Neue vor, dem Eigelbhaus in der Halostraße fernzubleiben.

Jeden Tag schaffte ich es nicht.

Seit fünf Minuten rührte mein Bruder in der Kiste mit den Schrauben und Muttern und ich musste mich sehr bremsen, um diese eigenwillige Form der Meditation nicht zu unterbrechen. Ich hatte vorgeschlagen, den Abend mit den vier Fahrrädern in der Garage zu verbringen und zu reparieren, was sich noch reparieren ließ, doch leider hatte sich das bisher nicht nennenswert auf das Schweigen ausgewirkt, das neuerdings zwischen uns herrschte.

Ich räusperte mich mehrmals, und während ich noch grübelte, wie ich ein Gespräch in Gang bringen könnte, fragte Bertil plötzlich in das Klackern und Scheppern der Schrauben hinein: »Gehst du morgen wieder hin?«

Das andere sagte er nicht. *Sie hat mich durch den halben Fuchswald gehetzt. Mir die Hose ausgezogen. Mir ins Gesicht gespuckt. Wie kannst du nur?*

Ich schraubte die Kappe des Ölfläschchens ab. »Wahrscheinlich schon. Ich hab's ihnen versprochen.«

Schweigen.

Ich wischte mir die Finger an einem Lappen ab. »Weißt du ... ich mach das wegen der Dinge, die ich getan habe«, versuchte ich, es ihm zum tausendsten Mal zu erklären.

Mit einem Ruck zog er seine Hände aus den Schrauben. »Sie sitzt nicht wegen dir im Rollstuhl.« Seine Stimme war ein Schwanken zwischen Flehen und Zorn. »Das war irgendein anderer, der infiziert war, und du kannst dich ja auch um wen anderes kümmern.«

»Das könnte ich, aber …«

Das Geräusch von Schritten, die sich von draußen näherten, ließ mich schlagartig verstummen. Ich wandte den Kopf. In der offenen Garagentür stand Adrian. Meine Knie wurden weich und ich musste mich an der Lenkstange des Fahrrads abstützen, aber nicht, weil er so schöne Augen hatte. Hatte ich irgendetwas Verfängliches gesagt? Über Infizierte? Über mich? Was hatte er gehört?

»Na, ihr zwei?« Adrian lächelte zu Bertil hinüber, trat neben mich und strich über die Lenkstange. Ich sah alles total deutlich, wahrscheinlich durch das Adrenalin: den winzigen Leberfleck an seinem Kinn, den Strahlenkranz aus dunklem Grau in seinen Pupillen. Er ließ seine Hand am linken Griff des Fahrrads liegen, keinen halben Zentimeter von meinen Fingerspitzen entfernt.

Okay. Gehört hatte er offenbar nichts. So richtig entspannen konnte ich mich trotzdem nicht; nicht mit diesem Nichts von zwei Millimetern Luft zwischen uns.

»Ich treff mich heute mit ein paar Leuten. Bin gerade auf dem Weg zu ihnen.« Seine gar nicht spektakulären Augen schillerten. »Lisa ist bei einer Nachbarin, wir haben also jede Menge Zeit, um …« Er errötete. Der Rest des Satzes verlor sich irgendwo in der Garage. In meinem Bauch hüpfte etwas los wie ein beschwipster kleiner Frosch.

»Nur ein bisschen zusammensitzen. Reden, was trinken. Wäre echt schön, wenn du mitkommst«, sagte er leicht verlegen.

Der Frosch mit Schwips verwandelte sich in ein Känguru auf Drogen. »Klar! Klar komm ich mit!«

»Super.« Er klang erleichtert. »Hey, tut mir leid, dass ich Kara entführe. Schau doch morgen mal bei uns vorbei«, wandte er sich an Bertil. »Meine Schwester freut sich bestimmt über deinen Besuch.«

Bertil wurde kreideweiß. Reglos stand er ein paar Sekunden da, schüttelte plötzlich heftig den Kopf, drängelte sich an Adrian vorbei und flitzte davon.

Adrian rieb sich den Nacken. »Hab ich was Falsches gesagt?«

»Äh«, machte ich und zupfte an einem Nagelhäutchen.

»Kann ich irgendwas tun? Soll ich hinterher? Ihm sagen, dass es mir leidtut?«, fragte er besorgt. »Ich hab zwar keine Ahnung, was gerade schiefgelaufen ist, aber ...«

»Adrian.« Behutsam legte ich eine Hand auf seinen Arm. »Lass uns morgen darüber reden. Dann erklär ich dir alles. Heute will ich einfach mit dir zu deinen Leuten gehen.«

Das Tor zu dem verwucherten Garten quietschte rostig in seinen Angeln, als Adrian es öffnete. Zwischen Bäumen und verfilzten Sträuchern kam ein Sandsteinhaus in Sicht – und Magnus, der uns mit ausgebreiteten Armen entgegensegelte. Hinter ihm saßen auf bunten, über das Gras gebreiteten Decken drei Leute, die sich nun ebenfalls erhoben.

Sara mit dem süßen, von Sommersprossen bestreuselten Gesicht und dem breiten Lächeln, die tote Infizierte in die Seite trat, umarmte mich und drückte mir sofort ein Glas in die Hand. Ungläubig starrte ich darauf. Roch daran. »Ist das ...«

»Pina Colada!«, jubelte sie. »Na ja, so in der Art.« Sie strahlte. »Mit echtem Alkohol! Als Adrian gesagt hat, dass du vielleicht dabei bist, hab ich meine Schwarzmarktkontakte spielen lassen.«

Küchen-Nathan klatschte mir auf den Rücken. »Die einzigen Kontakte, die Sara hat, sind die zum Gemüsemarkt. Die Limone kommt aus 'ner Plastikflasche. Aber Alkohol ist wirklich drin.«

Er machte eine Pantomime, wie er schwer betrunken über die Wiese torkelte. Wir lachten. Vielleicht, dachte ich, kann ich ja doch mit ihnen befreundet sein. Wenn wir uns entspannen und uns darauf einigen, dass wir über die Initiative verschiedener Meinung sind und das auch so sein darf.

Jasemin, die Dritte im Bunde, kannte ich noch nicht. Sie wirkte cool und selbstsicher wie die Heldin in einem Abenteuerfilm, die Lederbikinis trägt und mit ihren Karatesprüngen, die sämtlichen Gesetzen der Schwerkraft widersprechen, die Männer im Dutzend durch die Landschaft kegelt. Sogar eine kleine Narbe hatte sie an ihrer Wange. Doch als sie mir die Hand reichte – so langsam, als hätten wir alle Zeit der Welt –, hatte ich das Gefühl, ein zartes, zerbrechliches Vögelchen zwischen den Fingern zu halten.

Wir setzten uns auf die Decken im Gras. Adrian streckte sich neben mir aus, während sich die anderen locker um uns herumgruppierten. Es duftete nach Geißblatt. Eine Brise fächelte mein Gesicht. Ich nippte an meinem Cocktail und dachte: Das ist nicht echt. Das hier gibt's doch nicht.

Aber es war echt und in der nächsten, ganz und gar echten halben Stunde erfuhr ich, dass sich Magnus und Jasemin, Sara und Nathan im Camp kennengelernt hatten und seither als WG das Sandsteinhaus bewohnten. Hätte mich Enna nach meiner Meinung zu ihnen befragt, hätte ich wohl instinktiv von ihrer miesen Einstellung den Infizierten gegenüber angefangen, aber mein Mund hätte da auf Autopilot geschaltet. Wenn ich ehrlich war, *wirklich* ehrlich, musste ich zugeben, dass mir die vier sympathisch waren. Ihr lockeres Geplauder, ihr Gelächter – sie wirkten so … normal.

Nathan versuchte, auf dem Dachboden des Sandsteinhauses Haschisch anzupflanzen, Sara wollte für die Kinder des Ports einen Reitkurs organisieren, Jasemin hatte ihre Mitbewohner letzte Nacht im Poker abgezockt. Ihre Gedanken kreisten um normale Dinge, und während ich zwischen ihnen saß, ihnen zuhörte und ab und zu auch selbst etwas beitrug, rückte der Gedanke an Morbus Shade in eine wunderbare Ferne. Wir lachten über Jasemin, die offenbar der Clown der Gruppe war und gekonnt Leonardas verzweifelte bis resignierte Gesichtsausdrücke imitierte, wenn diese ihren am wenigsten begabten Rekruten Unterricht im Schießen gab. Es war verrückt. Obwohl ich wusste, dass sie alle zur Initiative gehörten, fühlte ich mich in ihrer Mitte … ja, was?

Geborgen. Das war es. Ich fühlte mich absolut wohl unter ihnen. Als würde ich in einer warmen Badewanne liegen.

Irgendwann stand Sara auf und bestückte den mehr schlecht als recht zusammengezimmerten Grill, in dem bescheiden ein paar Kohlebröckchen vor sich hin glühten, mit Kartoffeln und Würsten. Sie winkte uns mit der Grillzange und alle winkten zurück. Nur meine Arme waren plötzlich steif wie Stöcke.

Es war der Geruch. Rußig, fleischig. Organisches, das langsam verkohlt. Feuer in der Stadt. Die brennenden Häuser. Eine eisige Nacht, ein fremder Garten, ein Schatten kniet vor einem rot flackernden Licht auf dem Boden. Die verirrten Klänge eines Klaviers. Schüsse knallen, eine Kugel zischt an meinem linken Ohr vorbei –

»Kara?« Adrians dunkle Schokoladenstimme drang aus weiter Ferne zu mir. »Alles in Ordnung mit dir?«

Blinzelnd kehrte ich in die Gegenwart zurück und holte von

irgendwoher ein Lächeln auf mein Gesicht. »Doch, klar. Alles okay.«

»Sicher? Du bist ganz blass. Sara?« Er stand auf. »Kara braucht was zwischen die Zähne. Der Alkohol war vielleicht ein bisschen viel. Was macht das Fleisch?«

»Nein! Bitte kein Fleisch!«, entfuhr es mir.

Stille. Und in der Stille ein Geheimnis, das aufzubrechen drohte. Kara will kein Fleisch. Darf kein Fleisch. Jetzt würden sie verstehen. Ich wagte nicht, irgendwen anzuschauen, während ich spüren konnte, wie sich ihre Blicke an mir festsaugten.

»Ach du Scheiße«, hörte ich Sara sagen. »Noch eine Tierschützerin.«

Ich hob den Kopf. Sie drückte Adrian einen Teller in die Hand und meinte in Nathans Richtung: »Du kannst mit Kara einen Klub gründen. Rettet die Schweine.«

»Wie witzig«, knurrte Nathan. »Willst du wirklich diese fette Wurst essen, die ich da, wie ich leider sagen muss, auf deinem Teller liegen sehe? Die killt dich. Da gibt's angenehmere Wege. Oder hast du eine Magenschleimhautentzündung?«

»Bitte?«

»In der Massentierhaltung werden Antibiotika ins Futter gemischt. Hilft gegen Entzündungen.«

Sie lächelte zuckersüß. »Wir haben keine Massentierhaltung mehr.«

Nathan lächelte zurück. »Aber das Futter. *Das* haben wir noch. Und glaub mir, es kommt in die Tröge.«

Adrian reichte mir meinen Teller. Gemüse, eine angekohlte Kartoffel, ein Stück Brot.

»Danke«, murmelte ich.

Er setzte sich wieder neben mich und beobachtete aufmerksam, wie ich von meinem Brot abbiss. »Hier.« Er hielt mir ein Glas mit Orangensaft hin. »Das ist besser als das Colada-Zeug.«

Ich leerte das Glas auf einen Zug.

»Na«, sagte Nathan. »Immer runter mit dem guten Stoff.«

»Geht's wieder?«, fragte Adrian.

Ich nickte.

Wie er so neben mir saß, einfach neben mir saß, wie unsere Schultern sich berührten, während er sich weiter mit Jasemin und Magnus, Nathan und Sara unterhielt, wie ich dazugehörte, zu ihnen und vor allem zu Adrian – es machte mich glücklich. Und es machte mich traurig. Der kurze Zwischenfall hatte mich in die Wirklichkeit zurückgeholt. Das hier war eine geliehene Zugehörigkeit, die Nähe zu Adrian war nicht echt, sie galt nur für wenige Stunden. Danach würden wir in unsere jeweiligen Leben zurückkehren, ich würde weiter mit einer Lüge leben und vor allen Menschen verstecken, wer ich wirklich war, während er und seine Leute von der Initiative sich weiter auf die Zweite Welle vorbereiten würden.

Die Initiative. Während des Essens kehrten die Gespräche immer wieder zu ihr zurück. Das Gemeinschaftsgefühl, die Freundschaften, all das schilderte mir Adrians Clique in leuchtenden Farben und in mir war eine solche Sehnsucht, dass es körperlich wehtat. Ich wollte zu Adrian gehören, wollte zu dieser Gruppe gehören, wie ich zu meiner Clique vom Arcadia-Hof gehört hatte, zu Alissa und Ronja. Die fünf lachten, in unterschiedlicher Höhe und Tiefe und doch perfekt aufeinander abgestimmt wie Instrumente, deren jeweilige Töne in einem Konzert zu einer harmonischen Melodie verschmelzen, ich wollte ein Teil dieser Melodie werden und …

»Und?« Adrian legte einen Arm um mich. »Wann steigst du bei uns ein?«

Als hätte er meine Gedanken gelesen.

»Ja, du würdest unserer Frauenquote echt auf die Sprünge helfen.« Jasemin säbelte eine weitere Scheibe Brot ab, rupfte sie in zwei Hälften und reichte mir die größere. Das rötliche Braun ihrer Iris sah frisch und klar aus und doch war es mir unangenehm, wie ihr Blick sich fast schmerzhaft in mich hineinbohrte. Schwer zu glauben, dass dieser Blick nicht früher oder später den Funken einer Wahrheit über mich aufspüren würde.

»Kann ich noch von dem Saft?«, wandte ich mich rasch an Sara.

Sie schenkte mir nach. »Jasemin hat recht, du passt perfekt zu uns. Du bist mutig und du fackelst nicht lange. Keine Ahnung, wo Adrian jetzt wäre, wenn du diese verseuchte Bestie nicht von ihm weggeholt hättest.«

Verseuchte Bestie. Die Worte waren wie rostige Haken, die mich von ihnen wegzogen. Ich bewegte leicht die Schultern, sodass Adrians Arm von mir abglitt. »Die Initiative ist nichts für mich«, sagte ich steif. »Ich steh nicht so aufs Töten.«

»Wir töten nicht.« Nathan zupfte eine Handvoll Grashalme ab und warf sie, spielerisch empört, in meine Richtung. »Oder nur im äußersten Notfall. Wir sind schließlich keine Infizierten. Du kannst auch erst mal bei mir in der Funkzentrale anfangen. Oder in der Küche. Wenn du nicht kämpfen magst.«

»Komm, gib dir ’n Ruck«, sagte Magnus. »Die Initiative braucht dich.«

Und da kapierte ich es. Ich drehte mich zu Adrian und musterte ihn mit höchster Konzentration. »Hast du mich darum eingeladen? Ist das hier eine Anwerbe-Aktion?« Ich legte das Brot, von dem Jasemin mir die größere Hälfte abgegeben und von dem ich gerade hatte abbeißen wollen, zurück auf meinen Teller. »Dann möchte ich jetzt lieber gehen.« Ich erhob mich.

Adrian fasste nach meinem Handgelenk und zog mich sanft zurück auf die Decke.

»So war das nicht gemeint. Ich dachte nur ... Überleg mal, Kara. Wir könnten gemeinsam trainieren, uns häufiger sehen, wir ...« Er verstummte und eine leichte Röte stieg in seine Wangen. Magnus verdrehte die Augen, während ich gegen meinen Willen ein warmes, nicht unangenehmes Prickeln im Bauch spürte. Auch wenn ich mit der Initiative nichts zu tun haben wollte – mit Adrian wollte ich das durchaus.

Dem hellen Adrian.

»Es geht nicht darum, dass du Kara öfter sehen kannst.« Magnus klang genervt. »Es geht darum, dass wir mehr Leute brauchen. Und zwar schnell. Falls es euch interessiert, ich hatte heute eine ziemlich heftige Diskussion mit Leonarda. Sie macht nach wie vor auf ›Alles cool!‹, aber ich garantiere euch, dass es nicht mehr lange dauert bis zur Zweiten Welle. Das Komitee verheimlicht uns nämlich ein paar krasse Wahrheiten«, wandte er sich an mich.

»Was denn für Wahrheiten?«, fragte ich wachsam.

»Zum Beispiel, wie lange das *Komvir* noch reichen wird.« Adrian löste seine Finger langsam von meinem Handgelenk. »Mal sagen sie, bis nächstes Frühjahr, dann: bis Ende diesen Jahres, das Komitee springt von einer Deadline zur anderen. Was vermutlich so viel heißt wie: Die Zweite Welle wird schneller anrollen, als uns lieb ist.«

»Und darum sollten wir die Infizierten lieber heute als morgen internieren. Aus den Heimen können sie jederzeit abhauen und die, die bei ihren Angehörigen untergekommen sind, können sich sowieso ohne Probleme vom Acker machen«, sagte Magnus.

Ich schüttelte den Kopf. »Das würden sie nicht tun.«

»Ach nein? Weil sie so nette Menschen sind, auf die man sich total gut verlassen kann?« Seine Worte fielen wie Eiswürfel zwischen uns.

»Weil sie niemals freiwillig auf ihre Spritze verzichten würden.«

»Kara hat recht«, sagte Jasemin langsam und pflügte mit den Fingern durch ihr Haar, als müsste sie diesen Gedanken erst in ihren Kopf einarbeiten. »Die wissen genauso gut wie wir, was passiert, wenn sie ihr Serum nicht mehr bekommen.«

»Außerdem wäre es echt bescheuert, sie schon jetzt zu internieren«, sagte Sara. »Wir brauchen ihre Arbeitskraft. Wie sollen sie den Scheiß denn wiedergutmachen, den sie angerichtet haben, wenn wir sie wegsperren?«

»Arbeitskraft fürn Arsch.« Während Magnus sprach, verwandelte sich sein Gesicht in eine abschätzige Grimasse, bevor es einen Ausdruck tiefster Verachtung annahm. »Die Infizierten gehören weg. Punkt.«

Nathan applaudierte langsam. Sara zögerte, fiel dann aber mit ein. Es war gespenstisch. Ich sagte mir, dass sie alle, wie sie da saßen, schreckliche Dinge durchgemacht hatten. Dass sie mit angesehen hatten, wie Menschen umgebracht wurden und das Blut ihrer Freunde und Familien in der Gegend herumgespritzt war. Doch der Hass in ihren Gesichtern machte mir Angst.

»Vor ein paar Wochen haben sie meine Cousine aus dem Klinikum entlassen«, fuhr Magnus fort, nachdem der Beifall verklungen war. »Letzten Sonntag hat sie sich erhängt. Wegen der Dinge, die sie getan hat. Finde ich korrekt. Die sollten sich alle aufhängen. Meine Meinung.«

Nathan und Sara murmelten zustimmend. Jasemins Gesicht war so blass, dass die winzige Narbe an ihrer Wange herauszuspringen schien.

Und Adrian?

Beide hatten wir die Knie angezogen; unsere Beine standen so nah beieinander, dass sie sich berührten. Sein Oberschenkel fühlte sich warm und fest an, doch in seinem Gesicht entdeckte ich nur Kühle, und als ich sein Schweigen hörte, merkte ich, dass ich etwas von ihm wollte. Ich wollte sein »Nein« zu dem, was Magnus gesagt hatte. Er gab es mir nicht. Meine Enttäuschung war so abgrundtief, als hätte jemand die hübsche bunte Decke, auf der wir saßen, unter mir weggezogen und sich darunter ein schwarzes Loch im Boden geöffnet.

»Die Infizierten haben sich ihr Schicksal nicht ausgesucht«, sagte ich sehr langsam, sehr leise.

Adrian hob den Kopf. »Nein. Haben sie nicht.« Um seinen Mund zuckte es. »Aber wir wollen sie trotzdem nicht in unserer Nähe haben.« Sein Bein verschob sich leicht. Oder hatte ich mich bewegt? Jetzt passte fast eine Hand zwischen uns.

»Die Infizierten sind krank. Total krank. Da oben, meine ich.« Nathan klopfte mit den Fingerknöcheln gegen seine Stirn. »Zermatschtes Gehirn. Hackfleisch in der Birne. Solche Leute kannst du nicht frei rumlaufen lassen.«

Ruhig bleiben, dachte ich. Bis zehn zählen. Eins, zwei ...

»Das sind keine Menschen mehr.« Die Stimme von Magnus. »Das sind Monster. Zombies. Ekelhafte, abartige ...«

»Hör auf, sie so zu nennen!«, brüllte ich.

Ein Murmeln stieg von der Gruppe auf, während meine Stimme in der Abendluft widerhallte. Saras hellblaue Augen ruhten unverwandt auf mir, während sie langsam den Kopf schüttelte, als wären meine Worte mehr, als ein vernünftig denkender Mensch verkraften könnte. Nathan guckte mich an wie etwas, das ein ungezogener Hund in einer Ecke hinterlassen hatte. Sogar Jasemin starrte mich an, als hätte ich den

Verstand verloren, obwohl sie es auf eine sanfte, fast liebevolle Weise tat.

»Echt jetzt?« Magnus' Stimme klang wie ein Fingernagel, der über eine Schiefertafel kratzt. »Hätte nicht gedacht, dass ausgerechnet du eine Zombiefreundin bist. Nach allem, was du selbst durchgemacht hast.«

»Lass mich raten. Du glaubst, diese Monster brauchen nur Liebe und Mitgefühl, um wieder gesund zu werden, stimmt's?«, fragte Nathan.

»Hört auf«, sagte Adrian.

»Und wenn Liebe und Mitgefühl die Lösung wären?«, fragte ich zurück, ohne Adrian zu beachten. »Würdest du etwas zur Lösung beitragen? Oder verstehst du nur was von Hackfleisch?«

»Kara.« Adrian streckte eine Hand nach mir aus, als wollte er mich berühren, doch kurz bevor seine Fingerspitzen meinen Arm streiften, hielt seine Hand inne. »Die Infizierten brauchen keine Liebe. Ich weiß nicht, was sie brauchen. Aber Liebe ist es nicht.«

Das war der Augenblick, in dem etwas riss. Mein Herz hämmerte in meinen Schläfen und pochte hinter meinen Augen. Wie hatte sich alles so schnell in eine so verkehrte Richtung entwickeln können? Ich stand auf. Adrian erhob sich ebenfalls. Ich blickte in sein Gesicht, das ich so viele Male heimlich oder offen betrachtet hatte und das jetzt reglos und undurchdringlich wirkte. Seine Augen waren unverwandt auf mich gerichtet, hypnotisch, hell, von einem Graublau, das wie ein Spiegel seine Umgebung reflektierte, schattenhaft und mit einem Anflug von Silber. »Setz dich wieder hin, Kara. Bitte.«

»Nein.« Schnell wandte ich mich ab. Bloß nicht vor ihnen losheulen. Alles, nur das nicht. Ich ging quer über die Wiese auf das Gartentor zu, trat hindurch und ließ es offen stehen. Dann war ich in der warmen Abendluft und auf der Straße, atmete tief ein und lief los. »Idioten«, rief ich wütend, »ihr Scheißidioten!« Ich stolperte die Straße hinunter, hörte in der Ferne ihre Stimmen, ihre Worte, die durch die Dunkelheit flogen wie Gespenster, bis da nur noch das Geräusch meiner eigenen Schritte war.

Die Straßen entlanglaufen war wie ein Weg durch eisigen Regen, ohne warme Kleider, es schien ewig zu dauern. Jemand hatte die Blüten von einem Malvenstrauch abgerissen, dessen Zweige sich gegen den tintenfarbenen Himmel abzeichneten, die Blüten lagen auf dem Fußweg verstreut, und als ich darauftrat, war es mir egal. Endlich kam unser Haus in Sicht. Von hinten näherte sich ein Auto und rollte langsam neben mir her. Adrian, dachte ich und hasste mich gleichzeitig für diesen Gedanken, Adrian ist mir nach, er will …

Das Fenster auf der Fahrerseite summte nach unten.

»Kara?«

Hastig fuhr ich mir mit dem Ärmel übers Gesicht und blieb stehen. Auch der Kombi hielt. Kanariengelb, zerschrammt und dreckig.

»Was tun Sie denn hier?«, entfuhr es mir. »Ich meine, äh, du? Was tust du hier?«

Mike lächelte schwach und nickte in die ungefähre Richtung des Camps. »Ich hab die Initiative besucht.«

Bitte nicht, dachte ich, nicht auch noch er. »Du machst bei denen mit?«

Er lachte. Es klang hart, dieses Lachen, aber es hob meine Stimmung. Um ungefähr einen halben Millimeter. »Bestimmt nicht. Ich wollte wegen der Demos mit ihnen reden, diesen Sit-ins vor dem Wohnheim. Da mischen seit Neuestem auch Leute von der Initiative mit. Ich hab mit der Chefin von dem Klub gesprochen, dieser Leonarda. Hab sie gebeten, dass sie ihrem Verein mal eine Ansage macht. Ich finde es wenig zielführend, wenn sich die Initiative an diesen Zusammenkünften beteiligt. Das verschärft die Lage eher, statt sie zu entspannen.«

»Vielleicht sind sie gar nicht daran interessiert, irgendwas zu entspannen«, murmelte ich. Laut fragte ich: »Und? Was hat Leonarda gesagt?«

»Sie hat mir erklärt, dass ihre Leute nur ihre Trauer öffentlich zeigen, dass sie jedes Recht dazu haben, wir nicht in einer Meinungsdiktatur leben und dass sie den Teufel tun wird, irgendwem den Mund oder das Denken zu verbieten.«

Ich nickte. Keine große Überraschung.

»Es war ein Versuch«, sagte er müde.

Ich guckte die Straße hinunter. »Und wohin willst du jetzt?«

»Nach Hause.«

»Hier geht's nicht zum Ausgang.«

»Ich weiß.« Er lächelte, als wäre ihm nicht ganz wohl in seiner Haut oder als hätte er plötzlich ein schlechtes Gewissen. »Ich hatte das Gefühl, dass ich noch mal bei dir vorbeifahren sollte. Einfach gucken.«

»Gucken?«, fragte ich.

»Keine Sorge«, sagte er hastig, als er meinen Gesichtsausdruck sah, »ich bin kein Stalker oder so.« Er senkte die Stimme zu einem Flüstern. »Aber das ist eine brandgefährliche Sache, Kara. Dass du so nah an diesem Klub wohnst. Wenn von denen jemand was wittert, kannst du einpacken. Und deine Familie auch.«

»Und da wolltest du nachsehen, ob in unserem Vorgarten ein paar böse Männer rumschleichen.« Irgendwie rührte mich das.

»Oder Frauen.« Er zuckte die Schultern. »Man muss in alle Richtungen denken.«

Wohl wahr.

Nach einem kurzen Schweigen fragte ich: »Wie kommt denn Tony im Wohnheim zurecht?«

Er machte mit der Hand eine wippende Bewegung. »Immerhin fühlt er sich sicherer als in meiner Wohnung. Was schon mal ein Anfang ist. Es hilft ihm, dass er mit Leuten reden kann, die etwas Ähnliches erlebt haben. Ich bin jetzt seit ein paar Tagen dort, arbeitsmäßig, meine ich, und ich habe den Eindruck, die unterstützen sich alle gegenseitig ganz gut. Na ja. Manche mehr, manche weniger. Einige sind nicht daran gewöhnt, anderen zu helfen. Oder sich helfen zu lassen. Speziell die, die vorher ... sagen wir mal, keine Sorgen hatten. Also, finanziell. Da ist eine Anwältin, die hatte früher drei Häuser und fünf Wohnungen, so was in der Richtung, für die sind zehn Quadratmeter ungewohnt, um es mal vorsichtig zu formulieren. Und auf Tonys Etage ist ein Fußballprofi, der ... egal. Jedenfalls ist Tony in gewisser Weise im Vorteil. Meine Schwester und mein Schwager hatten nie besonders viel. Er ist von klein auf daran gewöhnt, zu teilen und vieles gar nicht erst zu haben.«

»Ich würde auch lieber dort wohnen«, platzte ich heraus.

»Das«, Mike senkte warnend die Stimme, »solltest du erstens nicht so laut herausposaunen und zweitens glaube ich nicht, dass du weißt, wovon du sprichst. Außerdem«, er winkte mich näher zu sich heran und fuhr im Flüsterton fort, »ist es dafür zu spät. Du darfst dich nie, nie, nie als Infizierte outen, das ist dir doch klar?« Er sah mir gerade ins Gesicht, beobachtete meine Gefühle, wartete auf eine Reaktion. Seine knallblauen Elbenkrieger-Augen entließen mich keine Sekunde aus ihrem Blick. Ich senkte den Kopf. Er musste mir die Antwort nicht aus den Rippen leiern.

»Außerdem willst du das nicht wirklich.« Er streckte einen Arm aus dem Fenster und umschloss meine Hand. Überrascht von der Vertraulichkeit der Geste, fuhr ich leicht zusammen und er ließ mich sofort wieder los. »Du hast hier zwar die Initiative praktisch vor der Nase, aber der Port bietet wenigstens einen gewissen Schutz vor dem, was da draußen vor sich geht. Die Demos, die Leute, die keine Infizierten in ihrer Nachbarschaft wollen oder überhaupt irgendwo – es wird immer schlimmer. Die Stimmung heizt sich von Tag zu Tag mehr auf.«

»Ich würde nur gern irgendwo dazugehören«, murmelte ich.

Nachdenklich rieb sich Mike über das Kinn, was sich anhörte, als würde seine Hand über Schmirgelpapier streichen. Seine Finger zitterten; kaum ein Beben, ich sah es trotzdem. »Du gehörst zu deiner Familie.« Seine Augen schimmerten, als stünden plötzlich Tränen darin. Mit einem Mal kam ich mir schrecklich undankbar vor. Und das war ich wohl auch. Ich hatte so irrsinnig viel Glück – mehr Glück, als sich die meisten Menschen, die die Erste Welle überlebt hatten, auch nur erträumen konnten.

Diesmal war ich diejenige, die nach seiner Hand griff. Anders als ich zuckte er nicht zurück, im Gegenteil, er lächelte mir zu. »Wenn du mal rausmusst, Kara – besuch mich, wann immer du willst. Shannon-Allee 17. Das ist …«

»… beim *Phönix-Center,* ich weiß. Ich kenne die Straße.«

In der Shannon-Allee gab es mal einen fantastischen Vietnamesen: ein winziges Lokal mit einer scheußlich orangefarbenen Neonreklame über der Tür, wo wir früher oft gegessen hatten, und auf jeden Fall an Bertils Geburtstag. Jetzt lag das kleine Lokal vermutlich in Trümmern. Ansonsten bestand die Shannon-Allee vor allem aus heruntergekommenen Altbauten.

»Ich komme gern mal vorbei«, sagte ich.

Unser Kombi stand nicht in der Einfahrt, meine Mutter war wohl noch in der Klinik. Ich atmete auf; gerade wollte ich ihr lieber nicht unter die Augen treten. Wieder einmal hatte ich das Gefühl, dass ich versagt hatte. Sie machte sich krumm und bucklig für mich und sorgte dafür, dass ich mit meiner Familie zusammen sein konnte – und mir fiel nichts Besseres ein, als mit Adrian und seiner Clique einen handfesten Streit anzuzetteln und mich bei Mike über mein ach so hartes Los zu beklagen.

Echt gut gemacht, Kara.

Ich ging in die Küche, um mich mit einem Kakao wieder in die Spur zu bringen, das funktionierte meistens. Zu spät bemerkte ich, dass mein Vater am Küchentisch saß und irgendwelches Saatgut sortierte. Als er mein Gesicht sah, runzelte er die Stirn, erhob sich von seinem Stuhl und kam auf mich zu. »Was ist los?«

Auch für mich selbst völlig überraschend, brach ich in Tränen aus. Das Nächste, was ich spürte, waren seine Arme, die sich um mich legten.

Bretthart angespannte Muskeln. Ich spürte sein Herz an meiner Brust, es klang orientierungslos, raste, stockte, sauste wieder los. Als könnte ich jeden Augenblick zu einem Monster mutieren. Mein Magen krampfte sich zusammen.

Die Infizierten brauchen keine Liebe. Ich weiß nicht, was sie brauchen. Aber Liebe ist es nicht.

Adrians Stimme in meinem Kopf. Mit einem Ruck befreite ich mich aus den Armen meines Vaters und eilte aus der Küche, die Treppe hinauf.

Magnus Grey

Alles kommt zurück. Alle Erinnerungen an den Winter. Erinnerungen an Matilda, meine Schwester, die Letzte aus meiner Familie, die noch da war. Die Fahrt mit dem Bus vom Phönix-Center *zurück ins Waldviertel, die Rückkehr in unser Haus. Schwindende Vorräte. Ständige Angst. Die eisige Nacht, in der Matilda und ich den letzten Müsliriegel aßen, die letzte Flasche Wasser miteinander teilten.*

»Lass uns in den Nachbarhäusern nachgucken«, sagte sie.

Von den Hunden wussten wir nichts; in all den Wochen hatte ich überhaupt nur zwei oder drei Hunde gesehen. Wir hatten keine Ahnung, dass sie sich zu Rudeln zusammengeschlossen hatten, genau wie die Infizierten.

Wir gingen Hand in Hand, von Haus zu Haus, und es war seit Jahren das erste Mal, dass ich die Hand meiner Schwester in meiner spürte. Ich hatte es nie gemocht, wenn sie mich als Kind wie ein Hündchen herumgeführt hatte, aber jetzt störte es mich überhaupt nicht.

In den Nachbarhäusern wurden wir tatsächlich fündig. Cornflakes und Corned Beef, Marmelade, Dosenmais, Wasser. Wir packten alles in unsere Rucksäcke und waren bereits wieder auf dem Heimweg, als sie kamen. Sie knurrten nicht, bellten nicht, sie griffen sofort an. Völlig lautlos.

Drei Tage später meine Fahrt zu den Ennings. Karas Mutter, die ich um die einzige Hilfe bat, die es für Matilda noch gab.

Als es vorbei war, riet sie mir, nicht zu lange mit der Beerdigung zu warten. Sie hielt mich im Arm, während ich weinte, und da sehnte ich mich zum ersten Mal nach meiner eigenen Mutter. Ich fühlte mich so unwirklich, als wäre von mir nur noch ein Schatten übrig.

Meine Schwester wurde nicht von den Infizierten getötet, aber zwischen ihnen und den wilden Hunden gibt es keinen Unterschied. Das ist es, was diese beschissen toleranten, selbstgefälligen Zombiefreunde nicht checken, dieser Verein von Schwachköpfen und Mörder-Verstehern, die ihre Freizeit damit zubringen, um die Zombies herumzuschwänzeln und sich um sie zu kümmern, weil sie es während der Ersten Welle nicht geschafft haben, sich von ihnen zerfleischen zu lassen. Nie, nie hätte ich gedacht, dass Kara dazugehört. »Du bringst sie nicht mehr ins Camp mit. Sonst schalte ich Leonarda ein«, habe ich zu Adrian gesagt. »Und wenn ich dir einen guten Rat geben darf: Du solltest auch von ihr wegbleiben.«
Die anderen haben genickt. Und Adrian? Hat gesagt, ich soll mir mit meinen Ratschlägen den Hintern abwischen, und ist gegangen.
Ich meine, hat dieser Freak noch alle Eier im Karton?

20

WAS DAMALS GESCHAH

(25. Juni 2037)

Den ganzen nächsten Tag schuftete ich wie eine Irre in den Bohnen- und Kartoffelbeeten, schrubbte den Hühnerstall, holte ein Brot nach dem anderen aus dem Ofen und half Bertil bei den Hausaufgaben, bis er mich genervt aus seinem Zimmer schickte. Es war warm, doch mein Inneres hatte sich mit einer Frostschicht überzogen. Es fühlte sich entsetzlich an, so erstarrt zu sein.

Die Wahrheit war: Ich wollte Adrian wiedersehen. Den hellen Adrian. Aber es gab auch den dunklen Adrian, den Infiziertenhasser, den ich gestern kennengelernt hatte. Auf ihn musste ich mich konzentrieren, wenn ich das hier schaffen wollte: Ich musste Adrian aus meinem Leben herausoperieren wie einen faulen Zahn. Ich musste ihn gehen lassen.

Gegen Abend hörte ich Schritte die Verandastufen heraufkommen. Ich erkannte sie sofort. Noch bevor er klopfte, öffnete ich ihm.

Da stand er. Ein paar Sekunden lang bekam ich die Situation nicht in den Griff und starrte ihn nur an.

»Hallo, Kara.« Er wies zu unserem Gartenzaun, wo er Nurmi und seine kupferfarbene Stute Kalimera angebunden hatte. »Reitest du mit mir aus?«

Ich wollte sagen, dass ich das auf keinen Fall tun würde, doch ich konnte meinen Mund nicht öffnen. Mein Gesicht fühlte sich an wie Beton.

»Bitte, Kara. Was gestern passiert ist ... es tut mir unendlich leid. Und ich will mit dir reden. Danach kannst du mich meinetwegen in die Wüste schicken.«

Ich dachte: fauler Zahn.

Ich dachte: Lass ihn gehen.

Und gab auf.

Etwa eine Viertelstunde nachdem wir den Port durch das Nordtor verlassen hatten, bogen wir auf eine kleine Lichtung mit einem Felsplateau ein, das einen Weiher überblickte und von einem Dickicht aus Weiden und wilden Himbeeren abgeschirmt war. Rings um das Plateau waren ein paar Meter Wiese. Die Pferde begannen sofort zu grasen, während Adrian und ich uns auf den Fels setzten, der noch von der Wärme des Tages aufgeladen war. Hellgrünes Laub flirrte in der Sonne. Die Luft leuchtete, und je länger ich auf diesen Ort blickte, desto stärker verschwammen seine Ränder, als würde er nur in einem Traum existieren.

»Wir waren oft zum Picknicken hier«, sagte Adrian unvermittelt. »Mein Vater hat auf die Schnelle Pizza gemacht, den Teig hatten wir immer im Kühlschrank. Wir mussten richtig Gas geben, damit die Pizza unterwegs nicht kalt wird. Lisa wollte am liebsten Ananas und meine Mutter den Rand. Ich war immer scharf auf Kapern und Oliven.« Er sah mich an. »Ich hatte Angst, hierher zurückzukehren. Und ich wollte es auf keinen Fall allein tun.« Ein kupferfarbenes Mähnenhaar hatte sich an seinem Kragen verfangen. Ich musste mich zwingen, nicht die Hand auszustrecken, um es beiseitezustreichen.

»Jetzt fühlt es sich gar nicht so schlimm an«, sagte er nachdenklich.

Nurmi schnaubte. In einem Himbeerstrauch zeterte ein Spatz.

»Ich habe Lisa nach Bertil gefragt.« Er griff nach einer Himbeerranke und nahm ein Blatt zwischen Daumen und Zeigefinger. »Nach dem, was gestern in eurer Garage war, hatte ich so ein komisches Gefühl.« Er zupfte das Blatt ab. »Du hast es gewusst und uns trotzdem geholfen. Warum?«

Mein Nacken verspannte sich. »Ihr habt Hilfe gebraucht, darum«, sagte ich steif.

»Sonst nichts?«

Mein Gesicht fühlte sich heiß und zugleich eiskalt an. Nein, Adrian, überhaupt gar nicht *sonst nichts.* Es ist wegen meines schlechten Gewissens und ich glaube, es ist auch deinetwegen, aber da ist noch etwas, das ich nicht verstehe und nicht zu fassen kriege und ...

»Sonst nichts«, gab ich zurück.

Mit einem Finger strich er über das Himbeerblatt. »Lisa und ich hatten eine Schwester«, sagte er rau. »Anna. Sie war zwei Jahre älter als Lisa. Bei ihrer Geburt gab es Komplikationen. Ihre Entwicklung war verzögert und ... Um es kurz zu machen: Anna hat meine Eltern stark gebraucht. Für Lisa blieb da oft wenig Zeit. Sie war die Tochter, die immer wieder hinten runterfiel. Aber sie hat nie Zirkus gemacht. Pflegeleicht, so nennt man solche Kinder wohl. Als sie zwölf war, hat sich das geändert.« Er rieb sich mit der Faust über die Stirn. »Auf eine behinderte Schwester darfst du nicht wütend sein. Also hat Lisa …«

»… sich andere Kinder vorgenommen.« Meine Stimme zitterte. »Sie haben Bertil durch den Wald gejagt. Lisa hat ihm die Hose ausgezogen. Sie hat ihm ins Gesicht gespuckt. Hat sie dir das auch erzählt?«

Seine Brust hob sich, als er tief einatmete. »Ich werde meine Schwester nicht verteidigen. Sie hat Scheiße gebaut. Was sie mit deinem Bruder getan hat, ist widerlich. Ich habe ihr gesagt, dass sie mit Bertil reden muss. Ihn um Entschuldigung bitten muss. Was kann ich sonst tun?«

»Das weiß ich nicht. Vielleicht gar nichts. Du hast mit ihr gesprochen, jetzt ist sie an der Reihe.« Meine Stimme wankte, ich fühlte mich nur noch erschöpft. Und ich wollte nach Hause. Als ich aufstand, griff er nach meinem Arm.

»Kara, bitte.« Er war nun ebenfalls auf den Beinen. »Ich muss dir noch was erzählen. Weil … Ich möchte, dass du verstehst, warum ich mich der Initiative angeschlossen habe.«

»Du musst mir nichts erklären, Adrian. Du denkst, die Initiative ist eine gute Sache. Ich denke das nicht. So ist das nun mal.«

Seine Hand lag dort, wo meine Mutter mir Woche um Woche das Serum injizierte. Behutsam machte ich mich los und tastete mit zitternden Fingern nach der Stelle. Mir war jetzt wirklich entsetzlich kalt.

»Lass es mich einfach erzählen, ja?«, bat er.

Ich stand da, als wäre ich auf dem Felsplateau festgefroren. Aber ich sagte nicht »Nein«.

»Erinnerst du dich, dass viele Leute aus dem Waldviertel während der Ersten Welle ins *Phönix-Center* geflüchtet sind, um sich dort zu verbarrikadieren?«

Ich nickte. Wie in diesem Uralt-Zombiefilm, dessen Name mir nicht einfallen wollte.

»Ein Einkaufszentrum ohne Strom ist der unsicherste Ort, den du dir vorstellen kannst. Aber das haben wir erst kapiert, als schon so viele von uns tot waren, dass wir die Eingänge nicht mehr sichern konnten.«

Dawn of the dead. So hatte der Film geheißen.

Eines Morgens, erzählte Adrian, kam es zu der Attacke, bei der sein Vater, sein Bruder Marc und seine Schwester Anna starben. Die wenigen, die den Angriff überlebten, darunter Zac und Magnus, seine Mutter und Lisa, fuhren in einem Kleinbus los, zurück Richtung Waldviertel. Vielleicht wäre auch alles gut gegangen, hätte nicht das kleine Mädchen mit dem Stoffhasen am Straßenrand gestanden.

»Sie konnte sich vor Angst nicht rühren, nicht einmal, als ich ausgestiegen bin und sie auf den Arm genommen habe. Sie war so leicht wie eine Puppe. Und sie hat sich genauso wenig bewegt. Als wäre sie gar nicht mehr am Leben.«

Adrian und das Mädchen hatten es schon fast zurück zum Bus geschafft, als die Infizierten auftauchten, ein ganzes Rudel davon. Alle im Modus. Was immer sie getriggert hatte, jetzt wollten sie töten.

»Meine Mutter ist noch in derselben Nacht an ihren Verletzungen gestorben.« Er zerrieb das Himbeerblatt zwischen seinen Fingern zu winzigen Krümeln. »Ich habe sie in unserem Garten begraben. Sie war die Einzige in unserer Familie, die ich beerdigen konnte.«

In dem Moment, als er zu weinen begann, dämmerte mir, dass ich Adrian Kachelya nicht entkommen konnte, ganz gleich, ob er bei der Initiative mitmachte oder nicht, ob er die Infizierten hasste oder seine Schwester meinen Bruder durch den Fuchswald gejagt hatte. Ich machte einen Schritt auf ihn zu und zog ihn in meine Arme.

»Hört das denn nie auf, das mit der Schuld?«, flüsterte er an meiner Schulter.

Ich hielt ihn, so fest ich konnte. Nein, dachte ich und strich ihm über den Kopf, es hört nicht auf. Sein Haar war unerwartet weich, wie das Fell eines Kätzchens. Seine Tränen durchnässten meine Bluse und trafen meine Haut.

»Es ist so schwer«, sagte er mit erstickter Stimme, »dass ich nichts davon rückgängig machen kann.«

Seine Rückenmuskeln zitterten unter meinen Händen. Und während ich Adrian weiter hielt, dachte ich: Das hier wird mir ewig im Gedächtnis bleiben, egal, was noch kommt, das ist einer dieser Augenblicke, die ich nicht vergesse. Nie war mir so deutlich bewusst geworden, dass nicht nur wir Infizierten mit Schuld und Scham zu kämpfen hatten. So viele Menschen mussten damit zurechtkommen, dass sie nicht hatten helfen, ihre Liebsten nicht hatten beschützen können, während sie selbst überlebt hatten.

Als seine Schluchzer abebbten und zuletzt verstummten, wurde es vollkommen still auf der Lichtung, abgesehen davon, dass er von Zeit zu Zeit tief ausatmete und Nurmi und Kalimera weiter ihr Gras abrupften und friedlich vor sich hin malmten. Selbst die Spatzen in den Hecken waren verstummt. Dann rückte Adrian ein Stück von mir ab. Die Abendsonne schimmerte auf seinem nassen Gesicht. Unwillkürlich folgte ich seiner Bewegung, sodass unsere Gesichter wieder nah beieinander waren, getrennt nur durch wenige Zentimeter Luft. Für einen Moment verschwamm alles. Dann ließ mich eine Stimme zusammenfahren.

»Hey! Adrian!«

Die Temperatur in meinem Körper sank schlagartig um zwanzig Grad. Ich machte mich von Adrian los und wich von ihm zurück. Mit langen Schritten kam Magnus über die Lichtung auf uns zu. Er war uns gefolgt – er hatte uns nachspioniert! Ich atmete tief ein, um mir Luft zu machen und ihm irgendwas Heftiges, Empörtes an den Kopf zu werfen, doch Adrian legte mir beschwichtigend eine Hand auf die Schulter. Als Magnus uns erreichte, glaubte ich einen Augenblick lang, er würde nach mir schlagen, wie man eine Mücke wegschlägt, doch er beließ es dabei, mich verächtlich von Kopf bis Fuß zu mustern, ehe er sich Adrian zuwandte.

»Ich will dir ja nicht vorschreiben, mit wem du dich triffst …«

»Dann lass es«, sagte Adrian.

»Ich muss dich trotzdem an etwas erinnern.« Magnus' Worte knallten wie Schüsse durch die Luft. »Wir nutzen die Pferde nur für das Training und die Einsätze, nicht für unser Privatvergnügen. Und schon gar nicht lassen wir Zombiefreunde auf ihnen reiten. Das ist echt das Letzte, Adrian. Du bringst Nurmi und Kalimera sofort zurück ins Camp, sonst werde ich mit Leonarda sprechen. Und, nein, ich hab kein Problem damit, dich zu melden.«

Adrian stand mit verschränkten Armen vor ihm, ohne sich zu rühren. Ich hielt es nicht mehr aus und ging zu den Pferden. Nach ein paar Sekunden folgte er mir. Ich zitterte so stark, dass es eine Weile dauerte, ehe ich mich in den Sattel hochziehen konnte. Nachdem auch Adrian aufgestiegen war, wendeten wir die Pferde und ritten davon. Die innige Stimmung von vorhin blieb in tausend Scherben hinter uns auf der Lichtung zurück.

Während des gesamten Heimwegs sprachen wir kein Wort. An der Auffahrt zu unserem Haus saß ich ab und wollte Adrian Nurmis Zügel reichen, doch er war ebenfalls aus dem Sattel gesprungen. Die Sonne war zwischen die Bäume gesunken, über uns leuchtete das Laub golden und rot. Es sah wunderschön aus, doch mir kam es so vor, als wäre eine Dämmerung noch nie so schwer auf mich herabgefallen.

»Ich verstehe, wie schlimm es für dich war«, sagte ich unbeholfen. »Oder nein. Wahrscheinlich kann ich das gar nicht verstehen. Meine Familie lebt. Aber ich hoffe, dass ich mir zumindest trotzdem vorstellen kann, wie du dich fühlst. Was ich *nicht* verstehe, ist, warum du dich mit Leuten wie Magnus zusammentust.«

»Weil ich Lisa beschützen muss und keinen anderen Weg sehe, wie ich das tun kann.«

Und ehe ich ihn stoppen konnte, sprach er von dieser einen Nacht im Januar, viele Tage nach seiner Rückkehr aus dem *Phönix-Center,* als er in seinem Elternhaus gesessen und die Stille in den Zimmern wie einen körperlichen Schmerz gespürt hatte. Wieder und wieder hatte er sich auf einem altmodischen, mit Batterien betriebenen Gerät eines seiner Lieblingsstücke angehört, die *Mondscheinsonate,* um die Stille zu füllen, leise, weil er seine Schwester und Zac nicht wecken wollte. Doch Lisa, halb wahnsinnig vor Kummer um ihre Eltern und Geschwister, hatte sich, wie schon viele Nächte zuvor, heimlich in den Garten und zum Grab ihrer Mutter geschlichen, auf dem jetzt immer ein rotes Grablicht flackerte. Mitten im ersten Satz der Sonate hatte Adrian die Schreie gehört. Er war aufgesprungen, hatte sich sein Gewehr gegriffen und war nach unten gerannt, wo er beinahe mit Zac zusammenstieß, den die Schreie ebenfalls aufgeschreckt hatten, weiter, in den Garten. Dort sah er die schemenhaften Gestalten in der Dunkelheit und seine Schwester auf dem Boden. Wie ein zerbrochenes Spielzeug. An viele Ereignisse dieser Nacht konnte er sich später nur bruchstückhaft erinnern, doch dieses Bild blieb: zerbrochenes Spielzeug. Ein dunkler Schatten beugte sich zu ihr herunter, als wollte er sie fressen. Oder sie noch einmal zu Boden schleudern. Adrian schoss, drückte wieder und wieder den Abzug, wagte aber nicht, die über seiner Schwester kauernde Gestalt ins Visier zu nehmen, aus Angst, Lisa zu treffen.

»Ich hab das Rudel in die Flucht geschlagen und trotzdem war ich zu spät«, hörte ich ihn aus weiter Ferne sagen. Irgendwo krächzte ein Schwarm Krähen. Ich schloss die Augen. Klaviermusik. Rotes Licht. Schüsse. Festbetoniert in meiner Erinnerung.

»Von der Taille abwärts war alles kaputt.« Seine Stimme, noch immer weit weg. »Wahrscheinlich könnte sie heute trotzdem laufen, wenn man sie sofort versorgt hätte. Aber ich hab's nicht bis ins *Major-Klinikum* geschafft. Sie hatten alles abgeriegelt, haben auf jeden geschossen, der sich den Klinikgebäuden näherte. Warum manche Leute behandelt wurden und andere nicht, kann mir bis heute niemand erklären.«

Auf der Straße radelte ein zusammengewürfelter Haufen vorbei, vorneweg eine alte Frau, dann in abnehmender Größe drei Kinder, zuletzt ein junger Mann mit Ziegenbärtchen, alle mit vollgepackten Satteltaschen, auf dem Heimweg vom Lebensmittellager. Zurückgebliebene, die sich zu einer neuen Familie zusammengefunden hatten.

»Entschuldigt eine Krankheit das, was diese ... diese Menschen getan haben?« Er wartete auf eine Antwort, die ich ihm nicht geben konnte. Mir war so übel, dass ich meine ganze Kraft brauchte, um mich nicht vor seinen Augen auf den Fußweg zu übergeben.

»Ich habe mich immer für einen einigermaßen toleranten Menschen gehalten«, sagte er. »Ich hatte nie Probleme mit

Leuten, die, keine Ahnung, fünfmal täglich gen Mekka beten, Chanukka feiern oder das Fliegende Spaghettimonster anbeten, gleichzeitig Mann und Frau sind oder gar nichts von beidem oder sonst wie komplett anders ticken als ich. Aber ich wurde ja auch nie auf die Probe gestellt. Die meisten Menschen checken wohl erst, dass sie weniger tolerant sind, als sie dachten, wenn eine Katastrophe eintritt.« Er schüttelte den Kopf. »Das Komitee behauptet, *Komvir* reicht noch für Monate. Und was machen wir, wenn diese Monate um sind? Wir brauchen eine Armee gegen die Infizierten. Die bilden wir in den Camps aus. Die Initiative wird verhindern, dass es noch einmal so läuft wie während der Ersten Welle. Darum mache ich dort mit, Kara. Ich muss Lisa durchbringen. Das ist das Einzige, was für mich zählt.«

Die Erinnerung rückte unerbittlich näher. Ich musste weg von ihm. Sofort.

»Das verstehe ich. Glaub mir, Adrian, das verstehe ich«, murmelte ich, wandte mich ab und lief unsere Auffahrt hinauf.

Frederic Enning

Meine Tochter ist verliebt und ich kann nicht einmal sagen, dass dieser Adrian ein Arschloch wäre. Trotzdem bin ich unsäglich erleichtert, als ich ihn in der Dämmerung davonreiten sehe. Was für ein Bild. Der einsame Cowboy reitet in den Sonnenuntergang. Und dann: Film vorbei, Klappe, Abspann.

Wenn du ein Happy End willst, musst du dafür sorgen, dass die Leinwand im richtigen Moment dunkel wird. Das Problem ist, dass wir nicht aus diesem Film rauskommen. Wir stecken alle mit drin. Und er läuft weiter und weiter.

Ich frage mich, ob Adrian und all die anderen eifrigen Leute von der Initiative wissen, wie es sich anfühlt, infizierte Menschen zu jagen. Wer von ihnen hat während der Ersten Welle an den Jagden teilgenommen, hat Fangnetze über die Infizierten geworfen und sie in einen Transporter geschleift? Dieser Adrian bestimmt nicht. Er scheint nicht der Typ dafür zu sein. Ich würde ihm gern erzählen, wie grauenvoll es war, aber dann müsste ich ihm erklären, warum ich an den Jagden teilgenommen habe, und das kann ich unmöglich tun.

Der Grund war natürlich Kara. Wäre sie nicht erkrankt, hätte ich mich den Jägern niemals angeschlossen. Aber wie sonst hätte ich verhindern sollen, dass sie getötet wird? Nicht alle Jäger betrachteten es als ihren Job, die Infizierten lebend einzufangen. Meine Hoffnung war, dass, falls Kara mir ins Netz ginge, ich wenigstens dafür sorgen könnte, dass sie nicht abgeschlachtet, sondern ins Klinikum gebracht würde. Aber geschnappt wurde sie dann von einer anderen Gruppe; eine Gruppe zum Glück, die Infizierte ablieferte, statt sie mit Säure zu übergießen, ihre Kehlen durchzuschneiden oder sie anzuzünden.

Ich hasste die Jagd. Bis heute schäme ich mich dafür, dass ich daran teilgenommen habe. Jedes Mal hatte ich schreckliche Angst, dass ich versehentlich jemanden töte. Oder selbst getötet werde. Aber noch weniger wollte ich, dass Kara draufgeht, also habe ich mich jeden Tag aufs Neue aufgerafft und bin mit den anderen losgezogen. Am übelsten war es mit dem Rudel, das wir im Stadtparkbad einkesselten. Alles Frauen und Kinder. In einem Fangnetz, das für einen Tyrannosaurus ausgereicht hätte, schleiften wir sie in unseren Viehtransporter, um sie ins Major-Klinikum *zu schaffen. Diesmal entpuppte sich der Transporter als schlechte Wahl. Die Straßen, durch die wir mussten, waren von stehen gelassenen und ineinander verkeilten Fahrzeugen blockiert, Überreste aus der Anfangszeit der Ersten Welle, und wir mussten den Umweg über die Tunsdal-Brücke nehmen. Im Laderaum tobten die Infizierten, sodass der Transporter immer wieder aus der Spur geriet. Auf dem letzten Drittel der Brücke begann er, so stark zu schlingern, dass Gianna, unsere Fahrerin, die Kontrolle verlor. Der Wagen durchbrach die Brüstung und stürzte in den Fluss. Wir kamen noch raus, aber den Laderaum hatten wir so gut gesichert, dass wir ihn nur mit einem Bolzenschneider aufbekommen hätten.*

Der Transporter sank nicht schnell. Ihre Schreie waren hoch, schrill und durchdringend, steigend und fallend von einem panischen Kreischen bis zu einem tiefen, verzweifelten Heulen, die Tonleiter rauf und runter, bizarr und so verkehrt an diesem sonnigen, vollkommen klaren Wintermorgen.

21

NACHT
(25. Juni 2037)

Nachdem es im Haus still geworden war, schlich ich mich ins Wohnzimmer und schnappte mir den vorsintflutlichen Mini-Player, den wir schon Jahre vor Morbus Shade ausrangiert hatten und den mein sammelwütiger Vater trotzdem aufbewahrt und in unser neues Zuhause im Port mitgenommen hatte. Mit einem Satz Knopfzellen hatte er ihn wiederbelebt, sodass Bertil seine Science-Fiction-Hörspiele und meine Mutter ihren Indie-Rock hören konnte; jetzt trug ich das Ding in mein Zimmer, setzte mich mit überkreuzten Beinen auf mein Bett und checkte den Speicher. Mein Vater war kein großer Klassikfan, aber ein paar Aufnahmen gab es, so eine Art »Best-of«: *Die vier Jahreszeiten* von Vivaldi, *Carmina Burana* von Carl Orff – und die *Mondscheinsonate* von Beethoven.

So lange hatte mein Denken vergeblich um diese eine Winternacht gekreist. Die Erinnerung daran steckte in einer Kammer ohne Fenster. Die Kammer hatte eine verschlossene Tür.

Jetzt hatte mir Adrian den Schlüssel zu der Tür in die Hand gedrückt.

Ich tippte auf *Play*.

Die gebrochenen Dreiklänge des Klaviers öffneten einen Raum, der mit jedem Takt größer wurde und in dem die Töne ineinanderflossen wie die Farben eines Aquarells. Ich schloss die Augen und versuchte, hinter meinen Lidern etwas zu erkennen, sah zitternde, schwarz-rote Muster, während die Musik tiefer und tiefer in mich eindrang, lauter wurde, ein anschwellendes Crescendo –

Der Schlüssel drehte sich im Schloss. Die Tür der Kammer sprang auf. *Klack!* Der Wind einer eisigen Winternacht fegte heraus und ...

... wir bewegen uns wie ein einziger Körper. Es ist kalt, und weil wir schnell nach Hause wollen, nehmen wir die Abkürzung durch die Lärchengasse. Wie Schatten huschen wir durch die Gärten, springen über Zäune, schieben uns an Carports vorbei, wittern in alle Richtungen. Die Jäger mit ihren Tasern, Gewehren und Netzen sind meist bei Tageslicht unterwegs, trotzdem müssen wir vorsichtig sein. Angst haben wir keine, unsere Kraft ist unendlich. Wolken treiben über uns, ab und zu erhellt das Mondlicht die Dunkelheit. Der nächste Garten. Ein kleines Haus, zwei Stockwerke hoch. In der Ferne bellt ein Hund, für unsere Ohren klingt es donnernd laut. Aus einem zugenagelten Fenster im ersten Stock dringt Klaviermusik. Vier Bäume, winterlich kahl. Unter dem krummsten kniet eine Gestalt auf dem Boden. Auf einem flachen Erdhügel flackert ein rotes Licht.

Wir sind aktiv, doch keiner von uns ist im Modus, niemand spürt den Drang zu töten, wir wollen nur zurück in die Sporthalle, wollen in den Abfallkörben ein wärmendes Feuer entzünden. In diesem Moment geben die Wolken den Mond frei. Mein Blickfeld verengt sich. Ich sehe nur ihr Profil, doch fürs Erkennen genügt es. Ein borkenbrauner Zopf. Der Mund hochgebogen, darüber eine spitze Stupsnase.

Die rote Blase, die in den letzten Tagen in mir angeschwollen und dabei so groß geworden ist, dass sie jeden noch so verborgenen Winkel meines Körpers ausfüllt, platzt. Kaltes Gift spritzt heraus und schießt durch mein Blut. Noch nie habe ich das Lodern meiner Wut so stark gespürt, Wut und den Wunsch, mir ein Leben zu nehmen, dieses Leben, es in Stücke zu reißen, ein letzter Gedanke geht kreischend in mir unter: *Ich bin Kara.* Dann wird alles Kälte und schreiendes Rot. Ich stürze mich auf das Ding, reiße es hoch, schleudere es auf das froststarre Grab. Höre etwas brechen. Das Ding schreit nicht, es liegt einfach reglos zu meinen Füßen, sein Gesicht ist ein in seine Ellenbogenbeuge gebettetes blasses Oval, die Augen geschlossen, die Finger bewegen sich, als würden sie auf einer unsichtbaren Tastatur ein geheimes Klavierstück in die Luft spielen. Ich beuge mich zu dem Ding hinunter, will es ein zweites Mal packen und hochreißen und zu Boden schleudern, als der erste Schuss durch die Dunkelheit kracht.

Wir müssen weg.

Wie ein dunkles Tier und ein einziger Körper jagen wir los, springen über den Zaun, zwei Zäune, die Straße entlang, bis uns die Dunkelheit verschluckt. Das rote Wüten erfasst nun auch andere aus meinem Rudel, vielleicht waren es die Schüsse, vielleicht hat etwas anderes die Blase in ihrem Innern zum Platzen gebracht, es rast und tobt in uns, wir brüllen, schreien, rennen über einen Parkplatz, wittern die Angst, die uns aus einem dunklen Gebäude entgegenschlägt, sie riecht sauer, ranzig, macht uns nur noch wütender. Vor uns liegt ein Backsteinbau, kein Haus, eine kleine Fabrik, eine vage Erinnerung, Kinoabende, gesalzenes Popcorn und Tacos mit Käsedip, Konzerte, eine Halloween-Party gemeinsam mit … mit … ihre Namen sind ein blasses Flattern in meinem Geist … Ronja … Alissa … ein anderes Leben, alles fliegt auseinander, in mir ist nur noch Toben, Schreien, Wut. Wir reißen das Tor aus den Angeln, schleudern es beiseite, ergießen uns in die Halle wie eine Flut. Ein umgeworfener Getränkeautomat, ein zerbrochener Tresen, von den Wänden abgerissene Filmplakate. Unser Atem keucht. Menschen verstecken sich in den Schatten, wir zerren sie hervor. Irgendjemand steckt irgendetwas in Brand. Rote Zungen lecken über die Wände. Wir sehen.

Vor mir kniet jemand auf dem Boden, die Hände wie zum Gebet vor den Mund gepresst, mit geschlossenen Augen, als könnte sich diese armselige Gestalt, indem sie ihre Augen verschließt, in Luft auflösen.

In ihren Träumen.

Sie ist dünn, mager geradezu, das sehe ich trotz ihrer Winterkleidung. Ihre pinkfarbenen Thermohosen sind fleckig, scharfsüßer Uringeruch steigt mir in die Nase, sie hat sich eingenässt. Ihre Wollmütze hat Streifen und ihr Schal auch, aber in die andere Richtung. Sogar ihr langes Haar, das wirr unter der Mütze hervorschaut und bis über ihre Schultern fällt, sieht gestreift aus, schwarz, rot, blond …

Ich schmecke ihre Angst. In der Halle brennen die Feuer. Kalte Flammen lodern in mir. Ich werfe meinen Kopf in den Nacken und stoße ein hohes Kreischen aus. Das Geschöpf reißt die Augen auf und beginnt zu schreien. »Kara«, schreit es, »Kara, ich bin es, Kara, bitte …«

Wie lange saß ich bereits mit angezogenen Beinen auf meinem Bett, die Arme um meine Unterschenkel geschlungen, die Stirn auf meine Knie gebettet? Die *Mondscheinsonate* war längst verklungen. Um mich war es still. Äußerlich bewegte ich mich nicht; in mir tobte ein zitterndes Entsetzen. Es gab kein Entkommen vor den Bildern.

Wenn ich es schaffte, mir einzureden, dass alles ein Traum gewesen war – wenn es mir irgendwie gelang, daran zu glauben –, hatte ich eine Chance. Dann würde ich nicht verrückt werden. Dann konnte ich weiterleben. Doch es war kein Traum gewesen, da brauchte ich mir nichts vorzumachen. Es war eine Erinnerung. Meine Erinnerung. Ich hatte das getan.

Ich. Kara.

Aber das war nicht ich!, rief es in mir. *Wer da getötet hat, ich weiß nicht, wer das war, aber ich war es nicht.*

Nur war ich es eben doch gewesen. Die, die ich damals gewesen war, hatte sich gezeigt. Von nun an würde ich mit ihrer Anwesenheit leben müssen. Sie war ein Teil von mir geworden. Ich würde sie sehen, wenn ich beim Zähneputzen in den Spiegel schaute oder wenn mein Gesicht zufällig von einer Fensterscheibe reflektiert wurde.

Ich hob den Kopf. Mein Blick fiel auf das Foto, das meine Eltern aus meinem alten Zimmer mitgenommen und im Regal meines neuen Zimmers aufgestellt hatten. Ronja, Alissa und ich saßen auf drei Pferden des Arcadia-Hofs, die Tiere standen so dicht nebeneinander, dass unsere Knie sich berührten. Ronja, die auf einem kugeligen Falben thronte, hatten wir in die Mitte genommen. Alissa auf dem Rappen mit dem weißen Flöckchen auf der Stirn hatte sich im Sattel vorgebeugt, schaute um Ronja herum und lachte zu mir herüber.

Zu ihrer Mörderin.

Oh Gott, dachte ich. Oh Gott.

Erst Adrians Schwester. Dann Alissa. Ich hatte meine Freundin getötet, Alissa mit dem bunten Haar, die sich für alle Hofkatzen und sämtliche vernachlässigten Tiere der Welt verantwortlich gefühlt hatte. Alissa, die Tierärztin hatte werden wollen und sich drei Kinder gewünscht hatte, mindestens. Alissa, die verkohlte Marshmallows und salzige Erdnussbutter mochte.

Eine Träne tropfte auf mein Knie. Eis essen im Stadtparkbad, mit Freunden tanzen gehen, studieren, ein Kind in den Armen halten, für sie hatte all das aufgehört. Weil ich es so entschieden hatte. Ich war krank gewesen, doch tot blieb tot. Ich wollte die Erinnerung für immer zurück in die Dunkelheit verbannen, aber Alissa stand mir in allen Einzelheiten vor Augen. Ihr vielfarbiges Haar, das in schmutzigen Strähnen um ihr eingefallenes Gesicht gehangen hatte. Ihr Mund, der sich zu einem Schrei geöffnet hatte. Der beizende Geruch ihrer Angst.

Waren noch mehr Leute aus meiner Clique in der Fabrik gewesen? Ronja? Alissas Familie? Hatte ich ...

Innerlich schrak ich zurück vor dem Gedanken, hätte mich am liebsten von ihm weggedreht und die Fabrik schnell verlassen.

Hatte ich noch mehr Menschen umgebracht?

Nein. Ich spürte dieses Nein eher, als dass ich es dachte. Spätestens jetzt hätte ich mich an irgendetwas erinnern müssen, einen flüchtigen Geruch, einen Schrei, doch da war nur Alissa.

Alissa.

Hatten die anderen fliehen können? Falls es ihnen gelungen war, wo waren sie jetzt? Falls es ihnen nicht gelungen war, wer aus meinem Rudel hatte sie getötet? War es schnell gegangen? Ich konnte es nur hoffen; wissen würde ich es wohl nie.

Auch Adrians Schwester geisterte durch meinen Kopf. Sie war mein Trigger gewesen. Der Anblick ihres Gesichts hatte genügt, damit die Blase in mir platzen, ich mich in eine Tötungsmaschine verwandeln und das Unheil seinen Lauf nehmen konnte, und mein einziger Trost in all dem Scheußlichen war, dass ich sie nicht auch noch ermordet hatte.

Ich wischte mir übers Gesicht. Da hatte ich ihn, den Grund, aus dem ich die Nähe zu Adrians Schwester gesucht hatte, obwohl sie mir kein bisschen sympathisch gewesen war und sie Bertil all diese schlimmen Dinge angetan hatte. Tief in mir drin musste ich geahnt haben, dass ich ihr etwas zugefügt hatte, das viel, viel schlimmer war, und das hatte zu meinen kümmerlichen Versuchen geführt, eine Schuld zu begleichen, die ich niemals abtragen konnte.

Und auch an Adrian dachte ich. An meine Hand in seinem Haar. Ich setzte mich auf, drückte meine überkreuzten Arme gegen die Brust und versuchte, mein Zittern zu unterdrücken. Wenn er über seine Schwester und mich Bescheid wüsste – meine Hand würde sein Haar nie wieder berühren dürfen. Nie. Stattdessen würde *seine* Hand mich packen und irgendwo hinschleifen, wo man mich für alle Zeiten wegsperren konnte.

Enna Weiß

Als es im letzten Herbst losging mit Morbus Shade und ich und die anderen vom Kreativ-Kollektiv noch nicht ahnten, wie schlimm alles werden würde, genossen wir es. Ehrlich wahr. Wir fühlten uns frei und die Monster schienen immer woanders zu sein. Niemand ging noch zur Schule oder zur Arbeit. Auch mein Betrieb hatte dichtgemacht. Wir deckten uns mit Vorräten ein, mit Campingzeug und Propangas und einem Stromgenerator, verbarrikadierten uns in dem Atelierhaus, in dem wir sonst in unserer Freizeit Kunst zusammenschweißten, Tattoos entwarfen, Ytong-Blöcke bearbeiteten, und feierten Tag und Nacht. Zombiepartys, so nannten wir das. Wir fanden uns wahnsinnig ironisch und cool und zweifelten keine Sekunde an unserer Unsterblichkeit. Manchmal gingen wir raus, die Lage checken; manchmal schaute ich bei meiner Familie vorbei. Mein Vater flehte mich an, dass ich bei ihnen bleiben sollte, draußen sei es zu gefährlich, blablabla, ich lachte ihn aus. Einmal brachte ich ihnen einen abgepackten Karottenkuchen mit Marzipanmöhren mit, den ich in einer verlassenen Tankstelle gefunden hatte, Jonathan und Roy strahlten und stopften sich den Kuchen mit beiden Händen in ihre kleinen Münder und Gisela weinte und bettelte, ich solle bald wiederkommen.
Wie gesagt: Wir gingen alle hinaus. Auch Danny. Das Problem war: Er verschwieg uns, was ihm dort draußen passierte. Die Bisswunde versteckte er unter einem Pulswärmer. Nachträglich kann ich kaum glauben, dass uns nichts auffiel. Wir dachten, er sei zugekokst.
Tja.
In der Nacht, in der es passierte, lief es erst mal wie immer, Party, krachende Bässe, Samiras Space-Cookies, die dein Gehirn zum

Jodeln bringen. Die Musik war laut, immer war sie laut, wir hörten nicht, wie Danny im Stockwerk über uns wütete. Er war in seine aktive Phase eingetreten und nahm gerade ein paar Kunstwerke auseinander, die wir aus Stahl und Eisen zusammengeschweißt hatten.

Und dann dieser eine Song.

Jeder aktive Infizierte hat einen anderen Trigger, der ihn in den Modus katapultiert; irgendwas, das dafür sorgt, dass du ein paar Stunden lang nicht mehr nur zerstören, sondern töten willst. Bei Danny war es diese Stimme. Counter-Tenor, so nennt man das, glaube ich. Eine Stimme wie eine Nadel. Bohrt sich mitten ins Trommelfell. Beim ersten Triller kam Danny die Treppe runtergeschossen und legte los.

Es schien, als könnte er ewig weitertöten.

Als noch vier von uns übrig waren, verließ er den Modus. Wir hatten Glück. Er brachte uns nicht um. Er biss uns nur. Infizierte uns.

Wir wurden sein Rudel.

22

ENNA

(26. Juni 2037)

Den Rest der Nacht lag ich wach. Sobald ich die Augen schloss, jagten die Bilder durch meinen Kopf: Alissas weit aufgerissener Mund, Adrians Schwester, zusammengekrümmt auf der froststarren Erde. Ich öffnete die Augen wieder, doch jetzt waren ihre Gesichter direkt vor mir, scharf umrissen in der Dunkelheit, ich *sah* sie wirklich, als wären sie aus meinem Kopf heraus in die Luft gekrochen, und als ich die Arme ausstreckte, um sie abzuwehren, entwickelten meine Hände ein Eigenleben und schlossen sich um Alissas Hals, ihr Puls pochte unter meinen Fingern, ihr Kehlkopf ruckte auf und ab …

Ich kniff die Augen zu, ließ die Arme sinken und strich über die kühle Baumwolle meiner Bettdecke. Ich liege in meinem Bett, Alissa ist nicht da, sie ist nicht …

Ich öffnete die Augen. Die Dunkelheit um mich flimmerte, sie fühlte sich substanziell an, lebendig, erneut schien Alissas Kopf aus ihr herauszuwachsen und mich anzustarren, ihr Mund weitete sich, bis ihr Gesicht ein einziger Schrei war und ihre Stimme durch meinen Kopf toste: »Kara!«

Aus der Ferne hörte ich ein Wimmern und merkte, dass ich selbst es war, die wimmerte. Ich dachte: Ich halte es nicht aus. Ich kann das nicht in mir drinbehalten, ich muss mit jemandem reden. Wenn ich nicht rede, drehe ich durch.

Enna. Wieder einmal. Ich brauchte sie. Enna wusste, wie es war, sie hatte Ähnliches erlebt. Ich klammerte mich an ihren Namen, hangelte mich an ihm durch die Nacht wie an einem Rettungsseil. Enna. Enna.

Gegen Morgen musste ich eingeschlafen sein. Die Stimme meines Vaters, die von der Veranda durch das offene Fenster drang, weckte mich. Sie klang zornig.

»Zum hundertsten Mal, Gianna: Nein! Ich jage keine Infizierten mehr. Nie wieder! Und bei eurer Initiative werde ich auch nicht mitmachen!«

Unsere Haustür wurde zugeschlagen. Ich tappte über die Holzdielen und öffnete vorsichtig die Vorhänge. Eine etwa dreißigjährige Frau im grünen Dress der Initiative trat unter unserem Verandadach hervor, ging die Auffahrt hinauf und verschwand im Schatten der Bäume. Eine Windbö fegte heran, riss ein Blatt von unserem Birnbaum ab und klatschte es gegen die Scheibe. Langsam wich ich vom Fenster zurück.

Ich jage keine Infizierten mehr.

Mein Vater. War er dabei gewesen? Hatte er an den Jagden auf die Infizierten teilgenommen? Ich musste mich am Sims abstützen. Alles drehte sich.

Während der Ersten Welle hatten sich überall kleine und große Gruppen von Jägern zusammengefunden. Viele dieser Gruppen hatten sich nicht damit begnügt, die Infizierten nur einzufangen. Hatte mein Vater sich diesen Menschen wirklich angeschlossen?

Mir war schlecht.

Während ich mich anzog, versuchte ich, meine Gedanken von meinem Vater wegzuzwingen. Doch das führte nur dazu, dass sie bei Alissa landeten. Ich sank auf die Bettkante und starrte auf den Strauß aus Rosen und Phlox, den ich letzte Woche in unserem Garten gepflückt und in einer angeschlagenen Vase auf das Fenstersims gestellt hatte und der nun allmählich verwelkte. Alissa war immer gern mit Menschen zusammen gewesen, während ich manchmal tagelang niemanden hatte sehen wollen und mich ganz in mich selbst zurückgezogen hatte. Dagegen schien sie mit der ganzen Welt in einem unablässigen Austausch zu stehen, mit Gleichaltrigen wie mit kleinen Kindern oder Erwachsenen, mit der alten, obdachlosen Frau aus der Fußgängerzone ebenso wie mit dem jungen Mann, der auf dem Wochenmarkt Bio-Knäckebrot und selbst gestrickte Wollmützen verkauft hatte. Mit allen Menschen – den netten und den nicht so netten – hatte sie umgehen können. Und dann war Morbus Shade gekommen. Waren wir gekommen. Ich fragte mich, wie viele Wochen sie sich in der *Kulturfabrik* versteckt hatte. Ob ihre Eltern bei ihr gewesen oder ob sie schon tot gewesen waren. Ob sie ihre beiden Schildkröten mitgenommen hatte.

Bestimmt hatte sie Piggy und Kermit bis zum Schluss zu beschützen versucht.

Mein Vater saß noch am Frühstückstisch, als ich herunterkam.

Ich jage keine Infizierten mehr.

Der Satz winselte in mir in einem hohen Ton. Ich fror. Wollte ich denn wirklich im selben Raum mit ihm sein, mir ein Marmeladenbrot schmieren und so tun, als wäre nichts geschehen?

Ich setzte mich. Er goss Kaffee in meinen Becher. Er hatte sich bekleckert, vorn auf seinem Hemd klebte ein Fleck. Eigentlich waren mir solche Dinge völlig gleichgültig, doch plötzlich erfüllte mich diese kleine, fettige Spur mit Zorn, ja, es war dieser im Grunde völlig unwichtige Fleck, der mich fragen ließ: »Hast du an den Jagden teilgenommen?«

Die Worte schwebten zwischen uns zu Boden wie Ascheflöckchen.

Ein paar Sekunden lang waren wir, die Küche, die Welt wie eingefroren. Dann schob sich mein Vater unvermittelt fast sein ganzes Brot auf einmal in den Mund. Er kaute, schluckte, wischte sich mit der Serviette ein paar Krümel aus den Mundwinkeln.

»Ich habe nicht mitgemacht, weil ich Infizierte töten wollte, Kara.«

»Warum sonst?« Ich starrte in meinen Kaffeebecher. Mir war übel, aus verschiedenen Gründen. »Warum sonst nimmt man an so etwas teil?«

»Kannst du dir das nicht denken?«

Ich riskierte einen kurzen Blick. Das Gesicht meines Vaters wirkte ruhig und gefasst und sehr klar.

»Ich habe dich gesucht. Ich wollte dich in Sicherheit bringen.« Abwesend wischte er über den Fleck auf seinem Hemd. »Und ich war bestimmt nicht der Einzige, der aus Sorge um einen Angehörigen dabei gewesen ist. Kara, mein Gott, ich würde dich niemals … weghaben wollen.«

Das glaubte ich ihm sogar. Doch was ich außerdem glaubte: Er hätte einiges darum gegeben, seine alte Kara zurückzubekommen. Und das konnte ich ihm nicht einmal verdenken.

Ich wünschte es mir ja auch.

Ich nahm einen kleinen Bissen von meinem Brot, glaubte

plötzlich, Salz und Eisen auf meiner Zunge zu spüren, den Geschmack von Blut.

»Kara? Geht es dir gut? Du bist ganz grün um die Nase.«

»Schlecht geschlafen.« Mein Gesicht war eine starre Maske. Für einen Augenblick rutschte ich zurück in die schummrige dunkelrote Erinnerung, sah ein groteskes Gewirr aus Körpern und Blut und zerrissenen Gliedmaßen und mittendrin, wie in einem grauenvollen Albtraum, Alissas Gesicht, umrahmt von filzigem, gestreiftem Haar. Es stank ekelhaft nach Fleisch, das Ganze war wie ein Horrortrip auf Drogen oder jedenfalls stellte ich mir einen Drogentrip so vor. Aber es war kein Trip. Es war Wirklichkeit. Meine Wirklichkeit. Ich konnte mein Stöhnen gerade noch zurückhalten. Ich zitterte vor Entsetzen und Ekel; Ekel vor mir selbst, davor, dass solche Dinge geschehen konnten, dass es möglich, ich dazu fähig gewesen war.

»Sicher, dass es dir gut geht?« Die Stimme meines Vaters klang weit weg.

»Nur etwas Bauchweh«, log ich.

»Ich bringe Bertil zur Schule. Ruh dich ein bisschen aus.«

Ich konnte ihn nicht davon abhalten, mir auch noch einen Kamillentee zu kochen. Als er die Küche verließ, strich er mir im Vorbeigehen leicht über den Arm. An jedem anderen Morgen hätte mich diese kleine Geste wahnsinnig gefreut; jetzt empfand ich nichts.

Ich wartete, bis mein Vater und Bertil das Haus verlassen hatten – meine Mutter war gar nicht erst aus der Klinik heimgekehrt –, dann schnappte ich mir mein Fahrrad, sauste zum Nordtor, ließ mich von der Security durchwinken und strampelte weiter, als wäre eine Horde tollwütiger Hunde hinter mir her.

Schon von Weitem sah ich, dass der Zaun rund um das Wohnheim mit Transparenten vollgehängt war.

Töte, was dich tötet!

Egal, wie lange Komvir *reicht – uns reicht es* jetzt!

Zombies raus aus Vrede!

Einen Abschnitt des Zauns hatten die Demonstranten frei gelassen. Dort lagen Blumen über Blumen neben Bergen von Stofftieren. Ein brauner Dackel mit rosa Schleife lehnte an einem Elefanten mit orangenem Käppi. Grablichter. Fotos. So viele Fotos. Ein winziges Mädchen mit Zahnlücke und breitem Grinsen. Zwei junge Männer schnitten mit übereinandergelegten Händen eine regenbogenfarbene Hochzeitstorte an.

Mit gesenktem Kopf schob ich mein Fahrrad an den Fotos vorbei, weiter, zum Tor, wo nicht mehr zwei, sondern sechs Securitys Wache hielten. In ihren blauen Uniformen und mit den Schlagstöcken und Tasern an der Seite kamen sie mir wie Prototypen von Infiziertenhassern vor. Während ich meinen Ausweis hervorkramte, wappnete ich mich innerlich gegen die Blicke, mit denen sie mich gleich bedenken würden und die mir zeigen sollten, dass Zombiefreunde auf der Hitliste der Widerlichkeiten noch weit vor öffentlichen Toiletten rangierten.

Einer der Männer prüfte meinen Ausweis und den Inhalt meines Rucksacks, gab mir beides zurück und sagte: »Schön, dass wenigstens noch ab und zu jemand an die Leute dadrinnen denkt.« Überhaupt nicht unfreundlich oder ironisch. Ich war total überrascht – und erschrocken darüber, wie schnell mein Kopf begonnen hatte, Menschen in Schubladen zu stecken.

Der Eingangsbereich des Wohnheims war menschenleer. Es roch nach Hagebuttentee und Dosenerbsen. Ich stieg die Treppe hinauf und klopfte bei Enna, lauschte in die wie zurücklauschende Stille hinter der Tür hinein. Niemand öffnete, bestimmt war sie bei einem Arbeitseinsatz. Dann ging nebenan die Tür auf und Josh streckte seinen runden Kopf heraus.

»Kara! Schön, dich zu sehen!«

»Hallo, Josh. Enna ist auf Arbeit?«

»Nachtschicht. Müsste jeden Augenblick zurück sein. Du kannst hier auf sie warten, wenn du willst«, sagte er und öffnete seine Tür sperrangelweit.

Joshs Zimmer war bis oben hin mit allem möglichen Kram vollgestopft. Auf dem Fußboden stapelten sich zerlesene Taschenbücher und schwere Schinken zu schiefen Türmen, die Wände waren tapeziert mit Zeichnungen von ineinander verschachtelten chemischen Formeln, die wie die Stammbäume englischer Adeliger in alle Richtungen wuchsen und die Josh mit Kuli auf vergilbtes Papier geschrieben und mit Reißzwecken an die Wand gepinnt hatte. Aus Blechdosen wucherten Kräuter und pilzartige Gewächse. Ein scharf-modriger, nicht unangenehmer Geruch hing im Raum.

Ich schob die Träger des Rucksacks von meinen Schultern und packte aus. Josh strahlte, als ich ihm die Iso-Drinks reichte. Beide Dosen fest an die Brust gedrückt, plumpste er auf sein Bett, ich durfte mich auf den einzigen Stuhl setzen.

»Wie läuft's im Port?«, fragte er, während er die Dosen liebevoll wiegte.

»Ganz okay«, sagte ich möglichst neutral und deutete auf das Molekülwirrwarr an der Wand. »Das nächste Serum?« Nicht besonders lustig, aber mir fiel nichts Besseres ein.

Er zuckte leicht zusammen. Behutsam stellte er die Dosen auf dem Fußboden ab. Als er sich aufrichtete, lächelte er. »Wäre vielleicht 'ne gute Idee. Nichts gegen deine Mutter und ihr Team, aber die lassen sich verdammt viel Zeit.«

Ebenso ratlos wie fasziniert, starrte ich auf das Dickicht aus Kohlenstoffringen und Schwefelverbindungen. »Was hast du eigentlich vor Morbus Shade gemacht? Beruflich, meine ich.«

»Am Pharmazeutischen Institut gearbeitet, hatte ich das nicht erzählt?«

»Nein, ich meine: Was genau?«

»Ach, zuletzt waren wir an einem Impfstoff gegen Depressionen dran. Und ich hab in einem Projekt mitgearbeitet, das Medikamente für Dritte-Welt-Länder entwickelt.« Er massierte sich die Schläfen. »Weißt du, was komisch ist? Seit Morbus Shade hab ich das Gefühl, dass ich das mit der Dritten Welt erwähnen muss, wenn ich jemand Neues kennenlerne. Als ob ich beweisen will, dass mit meiner Moral alles in Ordnung war, so im Groben. Dass ich nicht nur der Josh bin, der das Scheißvirus in sich trägt.« Er schaute mir mit weit geöffneten Augen ins Gesicht. »Ich hab einen Mann umgebracht. Einen alten Mann. Er war mindestens achtzig. Er hatte nicht mal eine Waffe. Saß in einem Hinterhof auf einem Campingstuhl und hat eine Dose Katzenfutter gelöffelt. Ich wollte das Zeug, aber er hat die Dose weggezogen. Zwei Frauen haben versucht, ihm zu helfen, die hab ich auch mitgenommen. Nachträglich ist es hart zu kapieren, wie leicht es mir gefallen ist. Dass ich keine Sekunde gezögert habe.«

Wie ich Adrians Schwester packe. Sie hochreiße. Zu Boden schleudere.

Und Alissa. Meine Freundin mit dem bunten Haar. Die ich so sehr vermisste. Die Art, wie wir nach dem Reiten gemeinsam auf einem Strohballen gesessen hatten, die kleinen Gesten, mit denen wir uns verständigten, sogar, wie wir uns einmal um den Brotaufstrich gestritten hatten, als wir für ein gemeinsames Frühstück einkauften. Jetzt war da nur noch das Tosen einer nicht enden wollenden Schuld. Wir würden nie wieder in das Café gehen, in dem wir so gern einen Mocca Chai getrunken und uns eine Zimtschnecke geteilt hatten. Nie wieder würden wir auf Alissas knautschigem Sofa und mit den Händen in der Chipstüte einen Serien-Marathon absolvieren, nie wieder bei Sturm in einem Strandkorb sitzen und stundenlang darüber spekulieren, wie er wohl sein würde: unser erster Freund. Ich sah hinter dem Fenster von Joshs Zimmer ein winziges Stück Himmel und dachte: Ich schaffe es nicht. Ich kann nicht einen einzigen Tag mit dem Wissen überleben, dass ich sie getötet habe. Es geht nicht. Ich kann das einfach nicht.

»Anfangs dachte ich, mein Gewissen frisst mich auf«, sagte er leise. »Aber die Leute hier … Wir haben alle was Ähnliches erlebt. Und wir helfen einander, uns nicht auf den Müll zu werfen.« Dann, mit weicherer, viel sanfterer Stimme: »Für dich wäre bestimmt auch manches leichter, wenn du hier wohnen würdest.«

Mein Kopf flog hoch. Ich öffnete den Mund, schloss ihn wieder und spürte, wie mir am ganzen Körper der Schweiß ausbrach.

»Keine Sorge«, sagte er schnell, »ich hab niemandem erzählt, dass du infiziert bist. Ich bin ja nicht bekloppt. Wo soll ich sonst meine Iso-Drinks herkriegen?« Er lächelte schief. »Weiß Enna Bescheid?«

Ich nickte, komplett verstört. »Wie … wie hast du es gemerkt? Hast du was gespürt? Wir hatten im Port eine aktive Infizierte, die hat sofort mitgekriegt, dass ich …«

Er winkte ab. »Keine Sorge. Diese Art von Antennen fährst du wohl erst wieder aus, wenn das Virus in dir aufwacht.«

Ich dachte an meine verspätete Spritze; daran, dass ich für wenige Sekunden Mornas Bewusstsein geteilt hatte. Ich war nicht aktiv gewesen, aber vielleicht hatte sich, weil sich meine Spritze verzögert hatte, das Virus kurz in meinem Blut geregt? Die Vorstellung gruselte mich, schien aber plausibel.

Okay. Josh wusste Bescheid. Ich versuchte, mich zu entspannen, sagte mir, dass Josh auf meiner Seite war – bei Bedarf auf Return tippen: Josh ist auf deiner Seite, Josh ist auf deiner Seite –, aber mir war noch immer mulmig.

»Wie hast du es dann gemerkt?«, fragte ich vorsichtig.

Er grinste. »Kleiner Tipp: Fummel nicht ständig an deinem Handgelenk herum. Und die Stelle an deinem Arm, da, wo du gespritzt wirst, die solltest du auch nicht dauernd anfassen.«

»Oh Gott.« Unwillkürlich verschränkte ich meine Hände auf dem Rücken.

»Kein Stress. Ist sonst wahrscheinlich niemandem aufgefallen«, sagte er in einem Ton, als müsse er ein scheuendes Pferd beruhigen. »Ich war in der Forschung. Beobachten, Schlüsse ziehen, das war mein Job.«

Die Tür ging auf. In einem schmutzigen Overall kam Enna mit hängenden Schultern ins Zimmer geschlurft. Sie sah erschöpft aus, blass wie dünne Milch, mit dunklen Ringen unter den Augen und tiefen Linien neben den Mundwinkeln. Doch als sie mich bemerkte, ging ein Leuchten über ihr Gesicht.

»Enna ...« Ich stand auf, ging zu ihr und drückte sie an mich. Von einer Sekunde zur anderen begann ich zu weinen, ich konnte einfach nichts dagegen tun.

»Was denn«, sie streichelte mein Haar und tätschelte meinen Rücken, »was ist denn?«

»Ich hab mich erinnert«, schluchzte ich, »ich weiß, was ich getan hab.«

Sie ließ mich los, schaute erschrocken zu Josh, schaute wieder mich an und formte mit den Lippen etwas, das vielleicht »Stopp, stopp, sei still!« bedeutete.

Ich schüttelte den Kopf. »Er weiß, dass ich infiziert bin«, schniefte ich.

Josh gab Enna einen Kuss auf den Mundwinkel. »Ihr macht's euch mal gemütlich und ich bin gleich wieder da.«

Als er mit heißem Hagebuttentee zurückkehrte, saßen Enna und ich dicht nebeneinander auf seinem Bett. Enna hielt meine Hand. Josh reichte jedem von uns einen Becher. Ich nippte an meinem Tee.

»Soll ich euch lieber allein lassen?«, fragte er, plötzlich ein wenig verlegen.

Ich schüttelte den Kopf und trank noch einen Schluck. Dann erzählte ich ihnen von der eisigen Januarnacht. Von Adrians Schwester. Meiner Freundin Alissa.

Danach blieb es lange still.

»Und wie lebt man jetzt damit weiter?« Ich starrte in meinen Tee, in dem mein Gesicht mir winzig klein und verzerrt entgegenblickte. Wie Luftblasen stiegen in mir abwechselnd Trauer und Selbsthass auf und versanken wieder, auf, ab, auf, ab. »Habt ihr einen Rat für mich?«

Enna legte einen Arm um meine Schultern. »Jeden Morgen aufstehen. Egal, wie schlimm es ist und wie schrecklich du dich fühlst«, sagte sie schlicht. »Das ist mein Rat. Mehr kannst du nicht tun. Aber *das* musst du tun. Das müssen wir alle. Aufstehen, auch wenn du denkst: Ich schaff es nicht. Ich kann mich nicht noch einmal aus meinem Bett hochraffen und mich einen weiteren Tag mit dem abplagen, was ich getan habe, bis ich mich wieder hinlegen und in einem Traum verschwinden darf, in dem ich mich hoffentlich an nichts mehr erinnere. Du musst aufstehen. Jeden Tag aufs Neue. Mal klappt das besser und mal nicht.« Sie beugte sich vor und blickte mich von unten herauf an. »Ich weiß, wie schwer das ist, Kara. Seit letzter Woche weiß ich das. Letzte Woche hab ich mich erinnert, genau wie du. Ich bin morgens aufgewacht und alles war da. Einfach so, ohne besonderen Grund. Ich wusste wieder, dass ich mit meinem Rudel in der Leskostraße war. Da haben mein Vater, meine Stiefmutter und meine beiden Brüder gewohnt. Als ich das Haus gesehen hab, wollte ich unbedingt rein und hoch in den dritten Stock. Ich wollte meine Brüder in unser Rudel holen. Die Eingangstür war rausgebrochen, die meisten Wohnungstüren auch. Die Tür von meinen Leuten war noch da. Von innen verrammelt, doch das war kein Problem für uns. Meine Brüder waren in der Küche. Roy und Jonathan. Sie sind Zwillinge und zehn Jahre jünger als ich. Sie sahen total winzig aus. Sie haben geweint und Gisela, meine Stiefmutter, hat auch geweint. Hat sich vor Roy und Jonny gestellt und mit einem Brotmesser rumgefuchtelt, dabei hatte sie einen Revolver am Gürtel, aber den hat sie komplett vergessen. Sie schrie nach meinem Vater und ich hörte ihn übers Dach rennen, er war wohl wegen dem Wasser hoch.«

Mechanisch nickte ich. Als die Wasserreserven zur Neige gegangen waren, hatten viele Menschen auf Dächern und in ihren Gärten Regenwasser und den ersten Schnee gesammelt. Wir hatten es auch so gemacht.

»Zum Geburtstag hat Gisela jedes Mal Maulwurfkuchen für mich gebacken.« Ennas Stimme, die bisher wie unbeteiligt geklungen hatte, begann zu zersplittern. »Sie war die totale Niete in der Küche, aber ich hab immer drei Stück gegessen und ihr geschworen, dass es der absolut fantastischste Kuchen ist, den zu verspeisen mir jemals vergönnt sein wird.« Jetzt konnte ich spüren, wie sie neben mir zitterte. »Ich hatte sie lieb, ehrlich. Aber wie sie da rumgeschrien hat, ist was in mir explodiert. *Fass sie nicht an! Fass sie nicht an!* Als wäre ich eine Pädophile, eine Kinderschänderin oder so, als würde ich meine Brüder gleich ermorden. Dabei wollte ich sie doch nur in mein Rudel holen.« Enna weinte. »Ich hatte nur noch eins im Kopf: Die

Frau muss weg. Weg, weg, weg. Und sie hat überhaupt nicht mehr aufgehört zu schreien: *Fass sie nicht an, fass sie nicht an!*, wieder und wieder und wieder, ich hab ihr das Brotmesser aus der Hand geschlagen, damit sie endlich Ruhe gibt und … und …« Josh, der neben ihr saß, streichelte ihren Rücken. »Es ging so leicht«, flüsterte sie. »Wie wenn man einen Zweig zerbricht. Mehr war nicht. Einfach einen Zweig zerbrechen. Mein Vater kam rein und hat sofort geschossen. Ich konnte noch raus und Danny auch, das war der, der mich damals infiziert hat. Die anderen aus unserem Rudel … Keine Ahnung. Ich hab sie nie wiedergesehen.«

Fass sie nicht an. Ein paar Worte. Mehr nicht. Und die Welt flog auseinander.

Im Flur lachte ein Kind. Ennas Hand lag noch immer in meiner und ich dachte, wie schön es wäre, wenn wir gegenseitig Wärme und Trost aus dieser Berührung saugen könnten, doch unsere ineinander verschlungenen Finger waren eiskalt.

Frederic Enning

Wie gern würde ich denken: Mir ist egal, was sie getan ist.
Aber so denke ich nicht. Es ist mir nicht egal. Trotzdem bleibt sie mein Kind und sie braucht meine Liebe. Mehr als jemals zuvor in ihrem Leben.
Manchmal, ungefähr eine Million Mal am Tag, wünsche ich mir, das alles wäre nicht passiert. Was natürlich völlig nutzlos ist. Ich versuche, mir das Wünschen zu verbieten, was mal besser gelingt und mal weniger gut.
Hier ist noch ein Wunsch: Ich wünsche mir, dass Kara es durchsteht. Was immer sie getan hat, ich hoffe, dass es sie nicht innerlich zerstört.
Jede Begegnung mit ihr ist ein neuer Versuch. Ich will nicht vor ihr zurückschrecken, vor dem Fremden in ihr, und tue es trotzdem. Wenn ich mit ihr spreche, höre ich selbst, wie unbeholfen meine Stimme klingt. Wenn wir einander ansehen, kann ich ihrem Blick nur mit großer Anstrengung standhalten. Ich merke selbst, wie meine Augen dauernd wegrutschen.
Ist meine Hilflosigkeit unverständlich?
Ich bin erschöpft und verwirrt.
Ich wünschte, ich könnte ein Vater sein, der weiß, wie das geht: Vater sein.

23

GEWITTER

(26. Juni 2037)

Keine Ahnung, warum ich auf dem Heimweg unbedingt an dem kleinen Eigelbhaus vorbeiradeln musste. Es sollte wohl eine Art Abschied sein, während ich gleichzeitig auf verdrehte Weise hoffte, dass Adrian vor die Tür treten, »Kara!« rufen und zu mir kommen würde, um mir zu erklären, dass er aus der Initiative ausgetreten sei und ohnehin die ganze Zeit gewusst habe, dass seine Haltung gegenüber den Infizierten grundverkehrt sei – und dass ich das Virus im Blut und seine Schwester in den Rollstuhl befördert habe, kein Problem, das sei ihm ohnehin klar gewesen.

Ach ja.

Er stand wirklich vor der Tür. Er hatte mir den Rücken zugekehrt und – die Erkenntnis klatschte mir wie kaltes Wasser ins Gesicht – er war nicht allein. Rausgeboxt aus allen Träumen blieb ich im Schatten der Bäume stehen.

Sara hatte ihr Haar zu einem gekonnt verstrubbelten Knoten hochgeknüddelt, ein paar Löckchen ringelten sich verspielt um ihr Gesicht. Die Arme locker um Adrians Nacken drapiert, blickte sie ihn von unten herauf aus Augen an, die fast bis zu mir herüberstrahlten. Jetzt löste sie einen Arm und strich mit einer Fingerspitze über seine Wange. Ganz vorsichtig. Ganz zart. Es sah ungeheuer schön aus.

Es sah ungeheuer schrecklich aus.

Das war's dann. Und jetzt verzieh dich, Kara.

Meine Lippen begannen erst zu zittern, als ich in unsere Auffahrt einbog. Komischerweise wollte ich gar nicht heulen. Ich pfefferte mein Fahrrad in die Auffahrt, stürzte zu dem Holzstapel und dem Hackblock neben dem Hühnerstall, packte die Axt, die in dem Block steckte, riss sie heraus und knallte das erste Scheit auf den Block. Schlag zu, schlag zu, wieder und wieder. Holzsplitter spritzten in alle Richtungen. Empört gackernd stoben unsere Hühner davon und flohen hinter den Stall.

Der Adrian, den ich wollte, existierte nur in meinen Träumen, ein Fantasie-Adrian, der akzeptieren konnte, dass ich getötet und seiner Schwester die Knochen zerschlagen hatte, und der viel mehr für mich empfand als der reale Adrian. Höchste Zeit, dass ich ihn aus mir heraushackte! Ich donnerte das nächste Scheit auf den Block, *bamm!,* hieb die Axt hinein, *donk!,* hob die Arme, *swiit!,* und knallte Axt und Scheit zurück auf den Block, *kawumm!*. Wie blöde bist du eigentlich, Kara? Hast du gedacht, er wartet in Knisterfolie eingehüllt und mit einer goldenen Schleife garniert darauf, dass du die Verpackung öffnest? Nicht dein Ernst, oder? Eine Kollegin aus seiner beschissenen Initiative liegt ja wohl tausendmal näher als ein infiziertes Lügenmädchen. Eine Sara mit Löckchen, die das Gleiche denkt und fühlt wie er, eine, die *normal* ist und nicht verseucht von einem verkackten Virus.

Das nächste Scheit. Und das nächste. Zorn und Enttäuschung, alles brodelte in mir in einer ätzenden Mischung. Schlag zu! Schlag zu! Ich hackte, bis ich die Arme nicht mehr heben konnte, die Axt fallen ließ und erschöpft ins Gras sank. Um mich war ein Trümmerfeld. Nur Holz, aber wie lange würde es beim Holz bleiben? Adrians Schwester im Rollstuhl. Meine Freundin Alissa tot. Ich verbarg das Gesicht in den Händen. Wo gerade noch Zorn und Wut in mir gekocht hatten, sickerten Scham und Schuld in mich ein. Sonnenlicht lag auf meinen Schultern und wärmte sie, doch mir war kalt, entsetzlich kalt. Alissa hatte den frühen Sommer geliebt, er war ihre Zeit gewesen, hatte sie mit seinen zwitschernden Vögeln, den aufbrechenden Blüten und seinen leuchtenden Tagen umgeben, als besäßen sie einander; sie lief und ritt und schwamm durch diese Zeit wie durch ein unendliches Utopia.

Wie sollte ich es schaffen, wie war es möglich, nicht vor Kummer und Verzweiflung verrückt zu werden?

Wenn es stimmte, dass unser Serum knapp wurde, wäre bald niemand mehr vor mir sicher. Adrian nicht. Meine Eltern nicht. Mein Bruder nicht.

Und dann? Was tust du dann, Kara?

Als Bertil viel früher als sonst gegen Mittag aus der Schule kam, saß ich noch immer im Gras, die Beine von mir gestreckt wie ein kleines Kind. Ich fühlte mich gefangen, absolut hilflos, wie eingesperrt in einem Zimmer, aus dem ich nicht rauskam. Oder wenn doch, dann höchstens, weil der Fußboden unter mir wegkrachte und ich einen Schacht hinabsauste, der schätzungsweise tausend Meter tief war.

Bertil verzog sich wortlos ins Haus. Gut, dachte ich erleichtert, ich konnte nicht reden, wahrscheinlich die nächsten achtzig Jahre nicht. Als es aus dem Küchenfenster nach Brot zu duften begann, fiel mir ein, dass heute Abend an seiner Schule ein Fest stattfinden sollte, zu dem alle Bewohner des Ports *herzlich* eingeladen waren. *Wir freuen uns auf euch!* Die Community war zu einer Gemeinschaft zusammengewachsen. Und mittendrin in dem Gemeinschaftsgewächs steckte eine Virenbombe, die jederzeit explodieren konnte.

Draußen auf der Straße näherten sich Schritte und das Geräusch quietschender Reifen. Ich hob den Kopf und blickte zu unserer Einfahrt. Unter den Bäumen war ein schummriges Schattenlicht, trotzdem erkannte ich Lisa in ihrem Rollstuhl, mit Brösel auf dem Schoß und Sara als neuer Begleiterin. Na wunderbar.

Ruckartig wie eine Marionette, die an ihren Fäden hochgezogen wird, kam ich auf die Beine und schlurfte ihnen entgegen, so langsam, dass nicht viel gefehlt hätte und ich wäre rückwärtsgegangen.

»Was kann ich für euch tun?« Ich erkannte meine Stimme kaum; ich redete auch wie eine Marionette, als wären mein Mund, meine Zunge, meine Kehle aus Holz.

Adrians Schwester schaute mich an, guckte weg, schaute mich wieder an. Schnell und schattenhaft zog unsere gemeinsame Januarnacht an mir vorbei. *Ich war das, Lisa. Ich.*

Ich schuldete ihr nichts.

Ich schuldete ihr alles.

Sie knetete Brösel, drehte fast einen Knoten in ihn hinein. »Ist Bertil da?«

»Oh«, sagte ich. »Ja. Willst du ihn sprechen?«

»Ja. Bitte«, murmelte sie, während sie Brösel langsam erdrosselte.

»Ich hole ihn.«

»Danke.« Sie wandte sich an Sara. »Wartest du zu Hause auf mich?«

Löckchen-Sara zögerte. »Adrian meint, du sollst nicht allein …«

»Ich kann sie nach Hause bringen«, sagte ich schnell.

Sara schaute skeptisch von Lisa zu mir. »In einer Stunde beginnt mein Dienst. Wenn das hier länger dauert, musst du sie zur Nachbarin bringen. Das weiße Haus gegenüber.«

»Das Eiweißhaus«, murmelte Lisa und quetschte Brösels Bauch.

»Eiweißhaus, na klar«, sagte ich.

Sara marschierte davon. Ich holte Bertil.

In sicherer Entfernung von Lisa blieb mein Bruder stehen und zog die Schultern hoch. Sie sank kurz in sich zusammen, raffte sich aber gleich wieder auf. Ich umfasste die Griffe ihres Rollstuhls und schob ihn ein Stück näher an Bertil heran. Er verschränkte die Arme vor der Brust. Sein Gesicht war eine starre Maske.

»Was willst du?«, fragte er steif.

»Ich …« Lisa räusperte sich. »Ich will, also, ähm, mir tut das leid. Ehrlich. Alles. Was ich im Fuchswald gemacht hab. Und, äh, ich weiß jetzt, wie das ist. Wie sich das anfühlt. Nämlich richtig schlimm. Und das wollte ich dir sagen.«

Bertil blinzelte. »Wie was ist?«

»Wenn man nichts machen kann. Wenn man denkt, dass man stirbt.«

»Das hab ich gar nicht gedacht.« Unsicher scharrte er mit einem Fuß im Gras.

Lisa quetschte Brösel zu einer Plüschkugel zusammen. »Ja, aber trotzdem. Es tut mir leid. Echt. Das war … das war gemein von mir.«

Es folgte eine lange Pause. Hinter dem Stall gackerten die

Hühner. Auf der Straße hatte ein Auto eine Fehlzündung. Bertil räusperte sich.

»Deine Beine.« Er schaute kurz auf ihre Jeans, die um ihre Oberschenkel herum lose Falten warf, und wandte verlegen das Gesicht ab. »Waren das ...«

»Ja. Ich bin nachts in den Garten. Ich wollte zu meiner Mutter. Zu ihrem Grab.« Beim Erzählen schwankte sie leicht von einer Seite zur anderen wie eine Matrosin auf hoher See. »Ich wollte nur kurz. Aber dann ist mir eingefallen, wie Adrian mich mal im Sommer mit dem Gartenschlauch nass gespritzt hat und wie ich immer wieder durch den Wasserstrahl gelaufen bin. Über die Stelle, wo jetzt meine Mutter lag.« Ihre Augen sahen ganz leer aus. »Und da bin ich geblieben und dann waren sie plötzlich da. Ein ganzes Rudel. Eine hat mich von hinten gepackt.«

Mein Magen zog sich zusammen. Meine Kehle wurde trocken wie Sandpapier.

»Eigentlich habe ich nur ihre Hände gesehen«, fuhr Adrians Schwester fort. »Das waren keine Männerhände. Die waren groß, aber keine Männerhände.«

Rasch verschränkte ich meine Hände auf dem Rücken. Das Blut zischte nur so durch meine Ohren.

»Ich hab mir in die Hose gemacht, das hab ich noch gemerkt«, stellte sie fest. »Und ich hab gedacht: Hoffentlich tut es nicht weh.«

»Hat es? Wehgetan, meine ich?«, fragte Bertil dumpf.

Sie nickte. »Aber nicht lange, ich war dann schnell ohnmächtig. Mein Bruder hat auf sie geschossen, sonst wäre ich jetzt tot.«

Stille.

»Was ich getan hab, im Fuchswald ...« Sie blickte Bertil offen ins Gesicht. »Das war schlimm von mir.«

Bertil stocherte mit der Fußspitze im Boden. Nach einer

Weile nickte er, ging ins Haus, kehrte mit einem Brötchen zurück und reichte es ihr. Lisa bedankte sich, biss ein Stück von dem Brötchen ab und beobachtete aus den Augenwinkeln, wie Pinky geduckt näher rückte, um ihre Fußstützen und die Reifen ihres Rollstuhls strich, einen Buckel machte, an der Radnabe schnupperte, an ihren Schuhen roch.

»Kann ich sie streicheln?«, fragte sie.

»Klar«, sagte Bertil.

Am frühen Abend machten Lisa und ich uns auf den Weg zum Eigelbhaus, alternativ Eiweißhaus, falls Adrian noch nicht aus dem Camp zurück wäre. Bertil und Lisa hatten den Tag damit zugebracht, das Holz zu stapeln, das ich zerhackt hatte, Pinky zu überreden, sich für ein paar Minuten auf Lisas Schoß zu setzen, zwei weitere Bleche Brötchen für das Schulfest zu backen und miteinander etwas warm zu werden. Nun waren Bertil und mein Vater zu dem Fest aufgebrochen. Sie hatten Lisa angeboten, sie mitzunehmen, doch sie hatte lieber nach Hause gewollt. Zu viele Leute auf einem Haufen, hatte sie verlegen gesagt. Sie musste es nicht erklären, wir ahnten alle drei, dass zu viele Leute vor Morbus Shade kein Problem für sie gewesen wären, speziell nicht vor dieser einen Nacht im Januar, an die ich immer wieder denken musste, sobald sich mein Blick auf sie richtete.

Schweigend schob ich Adrians Schwester durch die Straßen. Im Port war, pünktlich zum Fest, mal wieder der Strom ausgefallen, hinter den Fenstern brannten Kerzen. Vertrocknete Blütenblätter schwebten auf Lisas Kopf. Vorsichtig wischte ich sie beiseite. In der Ferne grummelte Donner. Dort, wo das Camp lag, hatte sich eine Wolke zusammengeballt, in der Blitze zuckten, als würde ein riesiges Gehirn böse Pläne schmieden. Wir bogen in den Machandelweg ein, jetzt kam nur noch der kleine Park, und ich dachte: Hoffentlich ist Adrian noch nicht zu Hause. Allerdings war es nur mein Kopf, der das dachte, meine brave Vernunft, die das Herz unter Kontrolle halten wollte und, sobald es sich regte, kurz an der Leine ruckte: Halt die Klappe!

Wir durchquerten den Park, der sich in den letzten Wochen in ein überdimensionales Gemüsebeet verwandelt hatte, eine Abkürzung zur Halostraße. Ich schob Lisa um das von Tauben vollgekackte Denkmal irgendeines Kriegshelden aus alten Zeiten herum – und stieß fast mit Adrian zusammen.

»Huch«, sagten wir alle drei.

Adrian sah aus, als hätte er einen harten Tag hinter sich. Trotzdem war er ordentlich gekleidet und sorgfältig gekämmt, wie es seine Art war, makellos, abgesehen von den dunklen Halbmonden unter seinen Augen. Lisa sprudelte sofort los, erzählte von Pinky und unserer Hühnerschar und Adrian lächelte und strich seiner Schwester über den Kopf.

»Vielleicht kann ich ja öfter bei den Ennings sein, wenn du im Port bist«, schlug sie enthusiastisch vor, »das würde mir besser gefallen als mit Sara. Glaube ich«, fügte sie unsicher hinzu, wie eingeschüchtert von ihrem eigenen Überschwang.

»Mal sehen«, sagte er. »Die Ennings haben ja auch zu tun.«

»Das würde schon gehen«, erwiderte ich.

Lisa warf mir einen kurzen Blick zu, schaute wieder zu Adrian und schwenkte mit ihrem Rollstuhl ein Stück von uns weg. »Ich glaube«, sagte sie, »ich will doch noch zu dem Fest.«

»He. Warte mal. Ich bin total kaputt«, begann Adrian, »außerdem will Leonarda nachher vorbeikommen, lass uns lieber …«

»Ich kann da allein hin«, sagte sie entschieden. »Das geht schon. Dann könnt ihr … Also, das geht schon.«

»Lisa, ich glaube nicht …«

»Ich kann das!«, rief sie über die Schulter zurück und rollte zwischen Erbsen- und Kartoffelbeeten davon.

Das Licht hatte sich verändert. Obwohl es noch früh am Abend war, lag der Port in dunkelgrauer Dämmerung. Das Donnergrollen war näher gerückt. In der riesigen Wolke feuerten stumme Blitze, von den Bäumen rechts und links des Wegs fielen lange Schatten auf uns. Adrians Augen flackerten von dem eigentümlichen Licht.

»Können wir ihr nach?«, fragte er. »Nur gucken, ob sie gut ankommt.«

Vor Morbus Shade hätte ich niemals zugestimmt. Anderen nachspionieren, das absolute No-Go. Aber Morbus Shade hatte uns verändert, wir hatten alle Angst umeinander. Und falls Adrians Schwester unterwegs eine Panikattacke bekam ...

Wir folgten ihr mit großem Abstand. Fasziniert beobachtete ich, wie sie stur durch die Dämmerung rollte, dem Ende des Parks entgegen und über die Straße, plötzlich voller Bewunderung für ihren Mut. Das Schulhaus in seinem wilden Garten lag dem Gemüsepark fast direkt gegenüber, Feuerkörbe und Lampions leuchteten in Orangegelb und Rot, ich hörte Gitarrenmusik und Gelächter. Am Ausgang des Parks blieben Adrian und ich zwischen zwei Steinskulpturen stehen und schauten zu, wie Lisa am Tor in Empfang genommen wurde.

»Sie haben miteinander gesprochen«, sagte ich. »Lisa und Bertil.«

»Das hab ich mir gedacht«, antwortete er nur.

Es waren viele Leute gekommen, auch von der Initiative. Unübersehbar: eine groß gewachsene Gestalt mit schwarzem Filzhut, lässig im schiefen Winkel auf den Kopf geklemmt. Ich erinnerte mich, dass Magnus diesen Hut schon vor Morbus Shade gern getragen hatte, ein modisches Statement, wofür oder wogegen, das hatte sich mir nie erschlossen. Widerwillig beobachtete ich ihn, wie er da zwischen Gartenstühlen und aufgebockten, mit Tellern und Schüsseln vollgestellten Spanplatten umherstolzierte und nach links und rechts grüßte. Ein eitles Lächeln, getarnt als Bescheidenheit, umspielte seine Lippen. Okay, ob er eitel lächelte oder nicht, das konnte ich von hier aus nicht erkennen, aber ich stellte es mir vor. Magnus – und er stand nur exemplarisch für ein Dutzend ähnlich gepolter Mitglieder der Initiative –, der Befreier einer geknechteten Welt.

Und irgendwann steht dein Denkmal in einem kleinen Park und die Tauben kacken dir auf deinen blöden Hut, dachte ich böse.

Erst jetzt merkte ich, dass die Steinfiguren, zwischen denen Adrian und ich Posten bezogen hatten, gar keine Kriegshelden waren, sondern – wohl der geschlechtlichen Ausgewogenheit wegen – zwei Frauen, die sich in einer Art nach vorn beugten, dass ihre Tuniken oder wie immer man diese Kleidungsstücke nannte, bis auf ihre Hüften hinabgerutscht waren und ihre Brüste freilagen. Die eine trug ein Knöpfchen aus Moos auf der linken Brustwarze. Ich versuchte, nicht hinzuschauen, die Frauen nackt, die Männer im Krieg, eigentlich war das alles eine Zumutung, aber mir war es vor allem peinlich. Mit Adrian zwischen zwei Nackedeis herumstehen, das war wirklich das Letzte, was ich mir wünschte. Dankenswerterweise hatte er die beiden Frauen noch gar nicht bemerkt.

Ich sollte jetzt wirklich nach Hause gehen, dachte ich, aber alle Energie war aus meinen Gliedern gewichen und ich glitt in eine ganz eigenartige Stimmung hinüber. Ich wollte hier sein, in der grauen Dämmerung, sogar zwischen zwei halb nackten Frauen, unter einer Wolke, in der Blitze zuckten.

Bei Adrian.

»Ich glaube, mir war die ganze Zeit nicht klar, wie viel uns voneinander trennt«, sagte er plötzlich.

»Äh, was?« Unwillkürlich krallten sich meine Zehen in den Boden. Mit einem Mal war es total beängstigend, neben jemandem zu stehen, für den ich so viel empfand, während sich gleichzeitig eine Mauer aus Worten zwischen uns erhob. *Wie viel uns voneinander trennt.* Was um Himmels willen meinte er?

»Ich weiß nicht, was die Infizierten dir angetan haben, Kara. Ich vermute, dass es schlimm war. Und trotzdem denkst du völlig anders über sie als ich. Irgendwie gnädiger.«

Ich senkte den Kopf. Gnädig. Was für ein Witz.

»Gestern ... dass ich dir von Lisa erzählt habe ... Ich glaube, ich wollte mich vor dir dafür rechtfertigen, dass ich bei der Initiative mitmache. Das war falsch. Ich will mich nicht für irgendwas rechtfertigen.« Es klang überhaupt nicht vorwurfsvoll, wie er das sagte, er sprach vollkommen ruhig. »Und du sollst dich auch nicht rechtfertigen. Ich finde deine Haltung den Infizierten gegenüber grundverkehrt, aber ... also, *dich* finde ich nicht verkehrt. Du musst einfach tun, was du für richtig hältst.«

Aber ich tue ja gar nicht, was ich für richtig halte, dachte ich, ich weiß überhaupt nicht mehr, was richtig ist und was falsch. Es ist falsch zu lügen, das weiß ich, nur was ich nicht weiß, ist, was ich stattdessen tun soll – und dann platzte ich mit etwas völlig Blödsinnigem und noch dazu schrecklich Theatralischem und Selbstmitleidigem heraus: »Ich wünschte, wir wären uns nie begegnet.«

Er hob die Augenbrauen. »Warum denn das?«

»Weil ... weil es nicht geht.«

»Weil was nicht geht?«

»Dass du ... ich ... ich meine, wir ...« Ich spürte, wie mein Gesicht heiß wurde. Himmel, was redete ich da für ein Zeug? »Es geht einfach nicht«, stieß ich hervor, und als hätte sich meine Zunge jetzt völlig selbstständig gemacht, ging es sofort weiter: »So jemand wie Sara passt viel besser zu dir.« Am liebsten hätte ich mir den Mund zugehalten, aber die Worte waren schon heraus.

Er runzelte die Stirn. »Was hat denn jetzt Sara damit zu tun?«

»Ich hab euch heute Morgen gesehen.« Wie schaffte ich es nur, dass alles immer schlimmer und peinlicher wurde? Inzwischen stand mein Gesicht förmlich in Flammen; wahrscheinlich war es so rot, dass es im Dunkeln leuchtete.

»Hast du mir nachspioniert?« Er klang nicht verärgert. Er klang überrascht. Vielleicht eine Spur belustigt.

»Nein. Nein! Ich war bloß, äh, unterwegs.«

Lachte er? »Unterwegs. Ja, dann. Ich hab Sara gebeten, ein Auge auf Lisa zu haben. Weil du nicht gekommen bist.« Er hob abwehrend die Hände. »Das ist kein Vorwurf. Mir ist schon klar, dass du nicht ständig zur Verfügung stehen kannst. Und unsere letzten Begegnungen waren ja auch – sagen wir mal, nicht ganz einfach.«

»Es sah aber so aus, als würdet ihr, also, na ja, hm, ich meine …« Hätte ich Nadel und Faden zur Hand gehabt, es wäre höchste Zeit gewesen, mir selbst den Mund zuzunähen.

»Ja?«, fragte Adrian freundlich.

»Sie hat dich umarmt«, sagte ich lahm.

»Kommt unter Freunden manchmal vor.« Er rieb sich über die Stirn. Sein Gesicht wirkte auf einmal düster, die Linien tiefer. »Warum ist es so kompliziert mit uns geworden, Kara? Gibt es dafür einen Grund?«

Ja, dachte ich, den gibt es. Der Grund ist, dass du nicht weißt, wer ich bin. *Was* ich bin. Ehe ich mich zurückhalten konnte, hatte ich seine Hand in meine genommen. Er war so dicht vor mir, dass ich spüren konnte, wie sein Atem meine Wange traf.

»Weinst du?«, fragte er.

»Noch nicht«, sagte ich. »Aber das kommt gleich.«

Er sah mir geradewegs ins Gesicht und ich suchte nach einem Halt in seinen Augen. Meine Stirn sank gegen seine Schulter. Er legte eine Hand an mein Haar. Mein Hinterkopf passte genau hinein. Es fühlte sich unglaublich gut an, von dieser Hand gehalten zu werden. Ich hörte den Wind in den Blättern, dann wie ein Aufrascheln das Knistern von Stoff, als ich ungeschickt meine Arme um ihn schlang. Er legte seine rechte Hand an meine Hüfte, die linke ruhte noch immer an meinem Hinterkopf. Er ließ mich nicht los, sagte nichts, schob nur seine Rechte etwas höher, über die Taille und wieder zurück. Ich spürte die Wärme seines Körpers durch meine Kleider, wie sie meine Hüfte umschloss, war das sein Atem an meinem Hals? Sagte er etwas? Jetzt war sein Atem an meinem Gesicht.

Ich drückte meinen Hinterkopf fester in seine Hand und küsste ihn.

Anfangs spürte ich den Kuss gar nicht, es war, als hätten sich meine Lippen vom Rest meines Körpers abgelöst. Dann öffnete ich den Mund und er erwiderte den Kuss, sanft, vorsichtig, ich schmeckte seine Zunge, da war ein bisschen Karamell, hat er Karamellbonbons gegessen?, dachte ich flüchtig, dann flog der Gedanke weiter, er küsste mich behutsam, aber auch hungrig, seine Lippen gaben meinen Mund frei und suchten ihn wieder, öffneten sich, schlossen sich, ich roch seine Haut, fühlte in mir einen drängenden Schmerz, ich dachte: Wenn es bloß nicht aufhört. Wenn ich diesen Augenblick festhalten, wenn es für immer so bleiben könnte.

Aber das tut es ja nie. Obwohl mein Körper so wundervoll

schmerzte und meine Gedanken sich so herrlich umnebelten, war plötzlich Alissa in meinem Kopf; in meinem Kopf war, was ich mit meinem Mund getan hatte, der jetzt Adrian küsste, mit meinen Händen die jetzt durch sein Haar strichen.

Ich löste mich von ihm. Mein Gesicht brannte. »Adrian ...« Ich räusperte mich. »Ich ... du musst wissen ...«

Er trat näher zu mir. »Ja?«

Ich wollte ihm sagen, dass es Dinge gab, die er nicht einmal ahnte, und dass er mich nie wieder küssen oder auch nur berühren würde, wenn er sie erführe, doch bei diesem Gedanken durchfuhr es mich so sehr, dass ich zitterte.

»Frierst du?«, fragte er.

»Ja«, log ich. Und: »Ich ...«

Drei Worte nur. *Ich liebe dich.* Oder: *Ich bin in dich verliebt.* Oder auch nur: *Ich hab dich sehr gern.* Nichts davon brachte ich über die Lippen.

»Kara«, sagte er leise und legte eine Hand an meine Wange, fuhr mit einem Finger über meine Kehle und ließ den Finger dort liegen, wo mein Puls sehr schnell schlug. »Kara.«

Ich lehnte den Kopf an seine Brust und er legte die Arme um mich. Lange standen wir so. Ich kann es nicht sagen, dachte ich. Ich kann ihm nicht sagen, was ich für ihn empfinde. Und ich kann auch nicht sagen, was ich getan habe. Mit meiner besten Freundin. Mit seiner Schwester. Es geht nicht. Ich werde weiter lügen.

Wir verließen den Park und gingen die Straße hinunter, in einem zunehmenden Wind, der durch die Bäume fauchte und unser Haar durcheinanderwirbelte. Adrians Hand lag fest in meiner. Erst an der Auffahrt zu unserem Haus blieben wir stehen. Er strich mir eine Haarsträhne hinters Ohr, nahm meinen Kopf in beide Hände und küsste mich lange.

»Willst du noch mit reinkommen?«, fragte ich unsicher.

Er schüttelte den Kopf. »Leonarda schaut heute noch bei mir vorbei. Wir müssen unsere Strategie für die nächsten Tage besprechen.«

»Strategie?«

»Ach, was Internes«, sagte er vage.

Es machte mir nichts aus, dass er ging, wirklich nicht. Das hier musste ich sowieso erst einmal verdauen. Und wenn er mich jetzt allein ließ, konnte ich mich den Rest der Nacht auf unser Wiedersehen freuen. Wir umarmten uns ein letztes Mal. Eine Windbö rüttelte an dem Birnbaum neben unserem Haus. Die Gehirnwolke flammte auf, sodass ich Adrians Gesicht scharf umrissen vor mir sah, als würde es sich in diesem Augenblick in meine Netzhaut einbrennen.

»Rein mit dir, bevor das Gewitter losgeht.« Er hob eine Hand und strich wieder über meine Wange, den Hals hinunter, die Schulter, die Stelle an meinem Arm, wo man mir seit Wochen das Serum injizierte.

Natürlich hatte er die Stelle nur zufällig berührt; natürlich hatte er von dem Gewitter am Himmel gesprochen. Doch als ich die Auffahrt hinauflief und meine Mutter auf unserer Veranda stehen sah, den Blick auf mich gerichtet, ihr Mund eine dünne Linie, da wusste ich, dass ein Gewitter ganz anderer Art auf mich herunterkrachen würde.

24

KEIN KONTAKT

(26. Juni 2037)

Der Donner grollte, als ich die Veranda erreichte, verlor sich aber schon wieder in der Ferne. Meine Mutter drückte Zeige- und Mittelfinger gegen die Schläfe, als hätte sie Kopfschmerzen. Seit sie mich vor fast vier Wochen aus der Klinik abgeholt hatte, war sie noch dünner geworden.

»Lass uns reingehen«, sagte sie in neutralem Ton.

Ich folgte ihr ins Haus. Wie alle Mitglieder von Team Rainbow trug sie seit einiger Zeit ein Funkgerät am Gürtel, damit sie jederzeit erreichbar war. Von hinten sah es aus, als hätte sie sich einen Revolver umgeschnallt.

Im Haus war es still. Wir gingen ins Wohnzimmer, wo ich mich auf die Kante unseres Sofas setzte. Meine Mutter nahm in dem Sessel gegenüber Platz. Die Art, wie sie ihren Röntgenblick auf mich richtete, ohne zu blinzeln oder auch nur ein Lächeln anzudeuten, machte mich mehr als nur ein wenig nervös. Jetzt blickte sie aus dem Fenster in die Dunkelheit, zu unserer Auffahrt und zur Straße. »Ich will, dass du jeden Kontakt zur Initiative abbrichst.« Sie machte eine Pause, in der ich den Atem anhielt. Dann sagte sie es. »Auch zu Adrian Kachelya.«

»Was?«, flüsterte ich.

»Es ist zu gefährlich für dich. Für uns alle.«

Ich spürte, wie alle Farbe aus meinem Gesicht wich. »Aber ich bin vorsichtig, ich ...« Ich brach ab. War ich vorsichtig gewesen? Nicht wirklich, oder?

»Uns war von Anfang an klar, dass du Kontakte brauchst, Kara. Aber das Komitee überträgt der Initiative immer mehr Befugnisse. Diese grünen Sheriffs agieren mit jedem Tag willkürlicher. Drangsalieren Leute, die infizierte Angehörige bei sich aufnehmen. Oder sich für die Infizierten und deren Rechte einsetzen.«

Ich fuhr mir mit der Hand übers Gesicht, um den grauen Schleier zu vertreiben, der sich plötzlich über meine Augen gelegt hatte.

»Die Chefin vom Camp – Leonarda heißt sie – hat mir heute einen Besuch abgestattet. Magnus hat ihr offenbar berichtet, dass du dich sehr vehement für die Infizierten ausgesprochen hast.«

Meine Wangen brannten. »Mama, ich ...«

»Zombiefreundin, so hat er dich wohl genannt. Übrigens hat diese Leonarda das Wort auch selbst benutzt. *Zombiefreundin.«* Meine Mutter spuckte es fast hervor. »Sie hat mich wissen lassen, dass viele Leute im Port etwas gegen *Zombiefreunde* in der Nachbarschaft haben. Ganz massiv sogar.«

Stille. Das Gewitter war weitergezogen, um sich anderswo zu entladen. Ich senkte den Kopf und schaute auf meine ineinander verklammerten Finger. Meine Mutter beobachtete mich, das konnte ich spüren. Unter ihrem forschenden Blick fühlte ich mich noch schrecklicher. Als könnten mir jeden Moment die Haare ausfallen oder mir die Haut vom Körper bröseln.

»Ich möchte, dass du dich von der Initiative fernhältst«, wiederholte sie. »Diese Leute sind gefährlich. Das gilt auch für Adrian Kachelya.«

»Aber Mama, er …«

»Nein. Du hältst dich von ihm fern. Punkt.«

Ich weiß nicht, was über mich kam. Oder doch: Ich hatte es so satt. Ich schämte mich, ich fühlte mich schuldig und jetzt hatte ich auch noch meine Familie gefährdet. Nur war ich schon völlig erschöpft vom Schämen und all den miesen Sachen, die ich fühlte, ganz löchrig davon war ich, löchrig wie ein Käse, wie von innen ausgehöhlt und mit einem Glibber aus dem Abfluss gefüllt, der aus den Löchern quoll, ich war von mir selbst angewidert, ich war es leid. Ich wollte nicht mehr.

Ich konnte nicht mehr.

»Nein«, schrie ich, »nein, nein, nein!«, ein zorniger Hornissenschwarm schoss aus meinem Mund, ich schnellte vom Sofa hoch, packte das Buch, das auf dem Couchtisch lag *(Überleben, wenn die Welt den Bach runtergeht,* sollte das ein Witz sein?), und schmiss es auf den Boden. »Ich werde das nicht tun!«, schrie ich und stampfte mit dem Fuß auf wie ein Kleinkind und dann schrie ich nur noch, ich schrie und schrie. Meine Mutter sprang auf, und wenn sie mich jetzt anfasste, würde ich … würde ich … Sie fasste mich an. Sie umschlang mich mit beiden Armen. Ich war so überrascht, dass ich schlagartig erstarrte, und dann hörte ich auf zu schreien, weil sowieso kein Ton mehr aus mir herauskam, ich hatte mich wund geschrien, leer geschrien hatte ich mich. Von einer Sekunde zur anderen erschlaffte ich. Meine Mutter ließ mich vorsichtig zurück auf das Sofa gleiten und setzte sich neben mich.

»Ich werde wieder krank«, flüsterte ich tonlos. »Diese ganze Wut, ständig bin ich wütend, alles macht mich wütend …«

»Stopp.« Sie nahm meine Hand. »Stopp, Kara. Hör zu. Hörst du mir zu? Du bist wütend, aber du bist nicht aktiv. Das ist ein Unterschied. Hörst du mich? Deine Wut ist nicht deine Krankheit.«

»Woher willst du das wissen?« Ich weinte beinahe.

»Weil ich es weiß. An deiner Stelle wäre ich auch wütend. Wenn ich du wäre, würde ich meiner Mutter am liebsten eine reinhauen. Aber das ist eine Wut, die du kontrollieren kannst. Verstehst du?«

»Und wenn nicht?«, krächzte ich.

»Du kannst. Du musst. Du bist nicht aktiv!«

»Du hast leicht reden«, flüsterte ich. »Du bist nicht infiziert, du hast keine Ahnung, wie das ist, ständig die Angst, dass es wieder losgeht und …«

Das Funkgerät knisterte, eine Stimme quäkte: »Iris? Iris, bist du da? Iris?«

Meine Mutter stand auf und fummelte das Funkgerät von ihrem Gürtel. »Mariana?«

Es knisterte und rauschte und irgendwo in dem Rauschen sprach eine Stimme. Meine Mutter hörte eine Weile zu, nickte und sagte: »Ich bin unterwegs.«

Sie rührte sich nicht, stand einfach da und schaute auf das Funkgerät, das noch kurz vor sich hin knisterte, ehe es still wurde.

»Mama?«

Sie zuckte zusammen. Fuhr sich mit der Hand über die Stirn, hob langsam das Buch auf, das ich auf den Boden geschmissen hatte, packte es auf den Couchtisch und legte zerstreut ihr Funkgerät darauf.

»Mama? Habt ihr Probleme in der Klinik?«

»Wie?« Sie strich sich durchs Haar. »Nein. Ja. Kleine Probleme. Nichts Ernstes. Aber ich sollte mich besser auf den Weg machen.« Sie verließ das Zimmer. Ohne ein weiteres Wort. Ich hörte, wie sie in der Diele ihre Schuhe anzog und ihre Jacke vom Haken nahm. Die Haustür klappte auf und wieder zu.

Ich war allein.

Du hast keine Ahnung, wie das ist, ständig die Angst, dass es wieder losgeht ...

Puh. Hatte ich das wirklich gesagt? Als wäre Angst ein Vorrecht von uns Infizierten. Oder Wut. Alle hatten Angst. Alle waren wütend. Ich trat ans Fenster, schob den Vorhang beiseite und sah meine Mutter zu unserem Kombi gehen. Sie legte eine Hand auf das Wagendach und hielt sich kurz daran fest, als fürchtete sie, gleich umzukippen, dann öffnete sie die Wagentür, stieg ein und fuhr davon.

Lange stand ich so da. Starrte auf die Stelle, wo die Rücklichter in der Dunkelheit verschwunden waren. Schließlich wandte ich mich ab und kehrte zum Sofa zurück. Mein Blick fiel auf den Couchtisch. Auf das Buch. *Überleben, wenn ... Bach runtergeht.* Die drei Worte in der Mitte wurden von dem Funkgerät verdeckt, das meine Mutter vergessen hatte. Ich nahm es in die Hand, betrachtete den Antennenstummel, drehte es hin und her.

Hinten war ein Code draufgeklebt.

K

5232754

Unwillkürlich musste ich lächeln. Kennwörter, PINs, Geheimnummern, alles notierte meine Mutter auf Zettelchen und Post-its, gern noch mit dem Zusatz *Visa-Karte* oder *Online-Banking,* damit auch der letzte Vollidiot kapierte, was das für eine

Nummer war. Meinen Vater hatte das wahnsinnig gemacht. Auf einmal hätte ich losheulen können. Meine Mutter kroch praktisch auf dem Zahnfleisch – und mir fiel nichts Besseres ein, als herumzuschreien und wie ein Rumpelstilzchen durch unser Wohnzimmer zu springen. Mich aufzuführen wie eine Katze, der man auf den Schwanz getreten war. Als wäre nur ich selbst ängstlich, verzweifelt und wütend. Als hätte nur ich unter Morbus Shade zu leiden.

Meine Lippen zitterten. Ich legte eine Hand über meinen Mund. Keine Ahnung, wann meine Mutter wieder bei uns aufschlagen würde. In letzter Zeit hatte sie häufig in der Klinik übernachten müssen, war manchmal erst nach zwei oder drei Tagen heimgekehrt. Plötzlich war ich wie besessen von dem Gedanken, ihr das Funkgerät noch heute Abend in die Klinik zu bringen und – sofern ihre Zeit das erlaubte – mich mit ihr auszusprechen. Mich zu entschuldigen.

Ihr zu sagen, wie lieb ich sie hatte.

Iris Enning

Und damit ist unsere nächste Versuchsreihe gescheitert. Keine Veränderung bei den Scans, dafür epileptische Anfälle.
Zum Glück haben wir genug Prozapam vorrätig.
Noch.
Und hier gleich die nächste Hiobsbotschaft: Der Flieger aus Ankara ist eingetroffen. Schlimme Nachrichten von Team Butterfly. Sie hatten so große Hoffnungen in das Experiment mit dem Polymerase-Hemmer gesetzt, aber die Versuche sind komplett fehlgeschlagen.
Ich weiß nicht, wie lange ich das noch durchhalte. Warum ich mich überhaupt auf die Sache mit Station K eingelassen habe.
Kara.
Es war ihretwegen.
Habe ich ihr damit wirklich einen Gefallen getan?

25

STATION K

(26. Juni 2037)

Schon unheimlich, wie finster und verlassen sich das *Major-Klinikum* vor mir erhob. Früher hatte das Gelände in der Dämmerung etwas Sci-Fi-mäßiges an sich gehabt – taghell illuminierte Raumstation, so in der Art –, jetzt brannten nur hier und da noch vereinzelte Lichter. Ganze Gebäudekomplexe lagen im Dunkeln, entweder, um Strom zu sparen, oder, weil es niemanden mehr gab, der dort arbeitete. Ich radelte über einen Asphalt-und-Unkraut-Parkplatz von den Ausmaßen eines Fußballfeldes, auf dem verloren fünf Autos herumstanden, und hielt auf den Backsteinkoloss zu, der auch die Isolierstation beherbergte. Fünf Seitenflügel führten vom Mittelbau weg wie die Zacken eines Sterns. In einem der Flügel lag die Drogenzentrale, allerdings hatte ich keine Ahnung, in welchem.

Ich stellte mein Fahrrad neben einer Buchsbaumhecke ab, die während der Ersten Welle völlig aus den Fugen geraten war und jetzt einem Furienkopf mit gesträubten Haaren glich, nahm die Schultern zurück, setzte das selbstsicherste Lächeln auf, das ich zustande brachte und marschierte auf die Securitys am Eingang zu.

»Ich muss zu meiner Mutter. Iris Enning vom Team Rainbow.« Ich hielt das Funkgerät hoch. »Sie hat das hier zu Hause liegen lassen.«

»Ausweis«, verlangte der geschniegeltste der Securitys, der in einem früheren Leben vielleicht Aktienkurse berechnet und das Land der Schlagstöcke und Sicherheitshelme wohl erst kürzlich betreten hatte. Ich reichte ihm die Karte, die mich als Bewohnerin des Ports auswies. Er starrte darauf, als wollte er herausfinden, ob er mit seinem Blick ein Loch hineinbohren konnte, gab mir die Karte zurück und sagte zu seiner Kollegin: »Gib mal in der Virologie Bescheid. Jemand soll runterkommen und das Ding abholen.«

»Ich kann es doch schnell hochbringen«, wandte ich ein.

Der Aktienmann schüttelte den Kopf. Seine Kollegin versuchte bereits, mit ihrem eigenen Funkgerät einen Kontakt herzustellen. Nach ein paar Minuten teilte sie uns mit, dass der »verfickte Kanal schon wieder dichtgeschissen« sei.

»Ich kann es schnell hochbringen, wirklich«, wiederholte ich.

Der Aktienmann zögerte, seine Kollegin deutete bereits in die Eingangshalle. »Vierte Rolltreppe links. Die Scheißteile funktionieren nicht, musst du alles zu Fuß ablatschen. Im Vierten den Schildern nach, Flügel C, Bereich P5 FS, Virologie.«

Ich nickte, wiederholte im Stillen P5 FS, P5 FS, *Pinky mag fünf Fischstäbchen,* sagte »Danke« und machte mich eilig auf den Weg, ehe mich der Aktienmann vom Kurs abbringen würde.

Die Halle lag praktisch im Dunkeln, nur hier und da kämpfte eine funzelige Leuchtstoffröhre gegen die Finsternis an. Als meine Mutter mich aus der Isolierstation abgeholt hatte, waren wir von Dr. Levin durch einen Hinterausgang ins Freie geschleust worden, die Eingangshalle hatte ich gar nicht zu Gesicht bekommen. Mich schockierte, mit welcher Kraft die Erste Welle hier durchgerauscht war: Rohre und Fahrstuhlschächte lagen offen, Kabelbündel hingen aus aufgerissenen Wänden. Um Abfallberge, umgestürzte Tische und zertrümmerte Snackautomaten herum bahnte ich mir einen Weg zur vierten Rolltreppe links und klomm die Stufen hinauf, das Funkgerät fest in der Hand.

Die Treppe endete in einem Atrium, von dem mehrere schwach beleuchtete Gänge wegführten. Auch hier: überall Schutt und Abfall. Gegenüber der Rolltreppe, etwa zwanzig Meter voraus, eine Flügeltür aus Glas. Das Foyer dahinter war unbeleuchtet, fürs Wiedererkennen reichte es trotzdem.

Die Isolierstation.

Manchmal werden einem die wichtigen Dinge nur auf unerträglich zähe Weise klar.

Kein Licht. Die Tür stand sperrangelweit offen.

Die Isolierstation war keine Isolierstation mehr.

Und wo war dann Morna untergebracht? Was war hier los?

Eigenartig, wie sich die Zeit verlangsamt, wenn man fürchtet, dass etwas schiefgehen könnte, man zum Beispiel bei einer Sache erwischt wird, von der man weiß, dass man die Finger davon lassen sollte, und die man doch unbedingt erledigen muss. Schritt für Schritt bewegte ich mich auf die Türöffnung zu, wie klebrig vor Angst. Meine Schuhsohlen hatten sich in Leim verwandelt und hafteten am Linoleum, original einer dieser Albträume, in denen man rennen will und nicht von der Stelle kommt.

Dann erreichte ich die Türöffnung doch und alles Langsame fiel von mir ab. Als hätte mich ein unsichtbarer Pfleger zu fassen gekriegt, zogen mich unsichtbare Hände hindurch und ich flutschte nur so auf die Station, glitt an der Wand samt Porträt von Dr. Emily Shade entlang, vorbei an der senffarbenen Tür, hinter der ich meine Stunden bei Mike abgesessen hatte, vorbei an den Zimmern der Infizierten, deren Sicherheitstüren geöffnet waren und in denen hier und da noch ein Bettgestell stand.

Endlich das Zimmer, in dem ich mit Enna und Morna gewohnt hatte. Auf der Schwelle blieb ich ruckartig stehen.

Geh da nicht rein. Das wäre noch der Witz des Jahrtausends, wenn die Tür, während du das Zimmer durchsuchst, hinter dir zufällt. Kara, zurück in ihrem alten Gefängnis.

Das Rollo vor dem Fenster war heruntergelassen, sodass ich kaum etwas erkennen konnte. Zu sehen gab es ohnehin nicht viel: Das Zimmer war leer. Ich wandte mich wieder dem Gang zu und schaute prüfend in alle Richtungen, als hielte sich Morna irgendwo in den Schatten versteckt. Am Ende des Ganges glaubte ich, einen Lichtschein zu erkennen. Zögernd ging ich darauf zu. Der Gang bog nach rechts ab und traf mit drei weiteren Gängen zusammen. Einer davon lag hinter einer Glastür. Auf der Scheibe prangte riesengroß ein schwarzer Buchstabe.

K

Eine Erinnerung meldete sich.

K. K. Station K.

Frau Thiele sagt, sie verlegen mich auf Station K.

Neben der Tür leuchtete ein rotes Tastenfeld. Hinter der Glasscheibe erkannte ich einen weiteren Gang, der von einem blauvioletten Notlicht beleuchtet wurde. Ich drückte gegen die Tür, was natürlich überhaupt nichts brachte.

Das Funkgerät lag schwer in meiner Hand. Ich drehte es um.

K

5232754

Tu's nicht. Tu's nicht … Unablässig pochte mein Herz dieselben Worte. Mit zitternden Fingern tippte ich die Zahlen ein. Es gab ein langes Summen, gefolgt von einem *Klack!*. Die Tür schwang so prompt zurück, als hätte sie den ganzen Tag darauf gewartet, mich endlich einzulassen. Ich rührte mich nicht. So einfach? Da musste irgendein Trick dabei sein, das dicke Ende kam erst noch. Doch nichts geschah. Die Tür stand offen, ich musste nur über die Schwelle treten. Erst als sie sich schon wieder zu schließen begann, erwachte ich aus meiner Starre und schlüpfte durch den Spalt.

Ich lief den Gang hinunter, um eine Ecke, viele Ecken, bis mir eine zweite Tür den Weg versperrte, so ein stählernes Ungetüm, mindestens einen halben Meter dick und nur mit einem Atomsprengkopf zu öffnen. Auch hier gab es ein Tastenfeld, auch hier tippte ich den Code ein. Als die Tür mit einem Zischen zurückglitt, rechnete ich damit, dass mir wie in einem Science-Fiction-Film Dampfschwaden entgegenwabern würden, untermalt von einer Unheil verkündenden Musik.

Kein Dampf. Keine Musik. Nur eine Tür, die aufgeht.

Völlig banal.

Das dachte ich. Bis ich den Raum dahinter betrat.

Der erste Eindruck war der eines grünlichen Lichts, das den fensterlosen Saal eher verdunkelte als erhellte. Der zweite Eindruck: ein gedämpftes Surren, das über mich hinwegschwirrte und sich mit einem mechanischen Brummen mischte. Dazwischen stachen mir einzelne Pieptöne in die Ohren.

Alles, was an Hightech auf der Welt noch vorhanden sein mochte, schien in diesem Saal versammelt. Ungläubig ging ich an silbrig glänzenden, kühlschrankgroßen Apparaten entlang, anfangs starr vor Staunen, dann zunehmend entsetzt.

Zwischen den Apparaten lagen Menschen. Reihe um Reihe,

die Augen geschlossen, in den seltsamsten Betten, die ich je gesehen hatte: wie offene Särge aus einem glasartigen Material, mit Liegeflächen, die langsam in einem gleichmäßigen Rhythmus pulsierten. Ich trat an das zunächst stehende Bett. Der Apparat daneben zeigte auf mehreren Skalen Werte an, die einem Arzt vermutlich eine Menge verraten hätten, mich jedoch nur ängstigten. Vor mir lag, mit einem transparenten Kittel bekleidet, ein etwa fünfundzwanzigjähriger Mann. Unter der durchsichtigen Hülle war er nackt. Sein Körper schmiegte sich in die weiße Polsterung des Bettes wie eine Muschel in ihre Schale. Von dem Apparat führten mehrere Kabel zu seiner Brust, seinen Armen und zur Schädeldecke, die unter einer Art Badekappe verborgen war. Eine Sonde ragte aus seiner Nase, eine Infusionskanüle steckte unter einem Streifen Latexmembran in seinem Unterarm. Ein Katheter leitete den Urin ab, ein Schlauch vermutlich die festen Ausscheidungen.

Während ich ihn fassungslos anstarrte, bewegte der Mann plötzlich die Finger, schloss eine Hand zur Faust und drehte sich leicht nach links. Seine Lider zuckten. Er murmelte etwas, das ich nicht verstehen konnte. Ich war keine Ärztin, trotzdem vermutete ich, dass dies wohl keine Narkose war und auch kein künstliches Koma. Der Mann schlief einfach tief und fest.

»Hallo?«, flüsterte ich. Dann, minimal lauter: »Hörst du mich?«

Er drehte den Kopf weg und schmatzte mit den Lippen.

»Kannst du mich hören?« Jetzt schon ziemlich laut.

»Mit dem Gürtel ... siehst du nicht so fade aus«, murmelte er, atmete tief ein und begann zu schnarchen. Ich rüttelte ihn vorsichtig an der Schulter, doch er war nicht zu wecken.

Ich ging weiter. Ich betrachtete Männer und Frauen, manche gerade mal erwachsen, andere alt, eingeschrumpelt wie Winteräpfel, alle verkabelt, alle in einem sanft gewiegten Schlaf. Den einen oder die andere sprach ich an, doch niemand erwachte. Was war los mit diesen Menschen? Hatte das hier etwas mit dem Serum zu tun? Bei dem Gedanken durchzuckte mich ein kalter Schreck. Eine Nebenwirkung von *Komvir 5?* Eine Spätfolge von Morbus Shade? Bei der Corona-Pandemie in den Zwanzigerjahren, daran erinnerte ich mich vage aus dem Schulunterricht, hatte es so etwas gegeben, Langzeitfolgen, Long Irgendwas, war das hier etwas Ähnliches? Was, verdammt noch mal, war mit all den schlafenden Gestalten passiert?

Am Fußende jeden Bettes steckte in einer durchsichtigen Hülle eine Akte. Wahllos zog ich eine heraus. *Dustin Markanoff, k.A.* Ich öffnete die Akte, blickte auf Diagramme in knalligen Farben, auf Zahlenreihen und Kurven, gezackt wie Gebirgsketten. Das alles sagte mir überhaupt nichts. Ich steckte die Akte zurück, ging weiter, betrachtete Gesichter, las Namen um Namen.

Christelle Dubois, k.A.

Hamid Zavrour, k.A.

Yanik Leonis, k.A.

Menschen, die morgens kalt geduscht oder abends Serien geguckt und dazu Barbecue-Chips gegessen hatten oder die mit ihren Kindern – ein Pferd oder einen Dinosaurier imitierend – schnaubend über den Wohnzimmerteppich gekrabbelt oder an ihrem Mathematikstudium verzweifelt waren und die jetzt alle hier lagen wie Puppen.

Morna Hassler, k.A.

Ihre Augen waren geschlossen. Unter ihren Wimpern zeichneten sich violette Halbmonde ab. Der Rest ihres Gesichts war weiß; ein Gesicht, das mir vertraut gewesen war und das jetzt fremd und abgewandt wirkte. Ihre Segelohren bogen sich unter dem badekappenähnlichen Gummiding hervor. Beim Anblick dieser verknickten Öhrchen stieg eine Woge aus Zärtlichkeit, Angst und Bestürzung in mir auf, alle Gefühle drangen gleichzeitig auf mich ein, und dazu das an- und abschwellende Surren von Mornas Bett. Luft strömte in die Kammern der Matratze und entwich wieder, sodass sie ständig umgelagert wurde, damit sie sich nicht wund lag. Das Bett wirkte fünfmal lebendiger als sie.

Ich hatte sie gefunden und hatte sie auch nicht gefunden. Sie schlief, aber was für ein Schlaf war das, wie tief war sie in sich selbst hineingesunken und dort verschwunden? Ich legte eine Hand an ihre Schulter, strich vorsichtig bis zu ihrem Hals. Ihre Lider flatterten. »Morna«, sagte ich leise. »Morna, hörst du mich?«

Ihre Augen klappten auf. Erschrocken zog ich meine Hand zurück.

»Habt ihr die Kühe reingeholt?«, flüsterte sie.

»Was?«

»Sag Glenda, dass es heute spät wird.« Ihr Blick war nach innen gewandt, sie war nicht wirklich wach. Das Lächeln, das kurz über ihre Lippen huschte, war das Lächeln einer Träumenden. Ihre Lider schlossen sich wieder.

»Morna!« Ich rüttelte an ihrer Schulter, doch sie reagierte nicht mehr.

Ich kümmere mich darum, Morna. Versprochen. Was immer hier geschieht, ich finde heraus, was es ist. Und dann sorge ich dafür, dass es aufhört.

Aber sicher. Nichts leichter als das. Kara Enning, Retterin der Patienten von Station K. Genauso wäre es in den Filmen und Romanen abgelaufen, die ich in meinem früheren Leben so gemocht hatte: Flugs hätte ich mich mit einer Handvoll anderer junger Leute zusammengetan (fünf schien irgendwie eine magische Zahl zu sein) und dann hätten wir die Dinge geregelt. Ohne die Hilfe von irgendwelchen Erwachsenen, die sowieso entweder fies oder geduckte Mitläufer waren. Wir hätten gewusst, was zu tun war, weil wir nämlich praktischerweise über körperliche und geistige Fähigkeiten verfügten, die sonst niemand besaß, und unsere Gehirne nonstop die erstaunlichsten Einfälle produzierten.

Leider war mein Gehirn absoluter Durchschnitt, wie überhaupt meine ganze Person, und gerade in diesem Augenblick hätte ich wahnsinnig gern einen Erwachsenen an meiner Seite gehabt oder wenigstens jemanden, der wusste, was zu tun war. Es klingt schrecklich, aber ich wollte nicht verantwortlich sein. Ich hatte Angst und fühlte mich überfordert. Andere sollten sich kümmern.

Nur waren keine anderen da.

Ich zog Mornas Akte aus der Schutzhülle und schlug sie auf, starrte erneut auf Diagramme und Kurven und unverständliche Zahlenkolonnen. Körperfunktionshieroglyphen, ein Wirrwarr biologischer und chemischer Prozesse …

Und dann fiel mir ein, wer mir dieses Kauderwelsch vielleicht übersetzen konnte.

Ich öffnete meine Jacke, schob die Akte in meinen Hosenbund, zog den Reißverschluss zu, strich ein letztes Mal über Mornas Schulter und verließ Station K. Funkgerät, Drogenzentrale, *Pinky mag fünf Fischstäbchen,* huschte es kurz durch meinen Kopf, doch meiner Mutter wollte ich jetzt nicht unter die Augen treten, ich war zu aufgewühlt. Ich musste hier raus. Mit dem Funkgerät in der Tasche und Mornas Akte an meinem Bauch stieg ich hinab ins Erdgeschoss, durchquerte die Halle, holte von irgendwoher ein argloses Lächeln auf mein Gesicht und ging zügig an den Securitys vorbei. Sie nickten mir zu, das war's.

Ich war draußen.

Inzwischen war es fast völlig dunkel geworden. Den Blick starr geradeaus, steuerte ich auf mein Fahrrad zu. Ich zwang mich, weder zurückzuschauen noch mich zu beeilen, als würde ich sonst einen Zauber brechen, der verhinderte, dass mir die Akte aus dem Hosenbund rutschte und, noch unter den Augen der Securitys, auf den Asphalt klatschte.

Meine Mutter hatte gesagt, Morna ginge es gut.

Das hatte sie doch gesagt? Ich erinnerte mich nicht. Was wusste sie über die Schlafenden auf Station K? Vermutlich eine Menge. Ich ballte die Fäuste, wollte etwas umstoßen, jemanden anschreien, den Autos auf dem Parkplatz die Scheinwerfer eintreten. Ich atmete tief durch. Sagte mir, dass ich ruhig bleiben musste. Vernünftig sein, das war jetzt gefragt; mit ausgeschaltetem Gehirn konnte ich Morna nicht helfen. Ich schnappte mir mein Fahrrad und fuhr los, trat schneller und schneller in die Pedale und bremste erst wieder, als mir der Sicherheitszaun des Wohnheims den Weg versperrte.

26

VERSUCHE
(26. Juni 2037)

»Besuchszeit endet in dreiundzwanzig Minuten«, schnarrte die Securityfrau am Eingang.

»Ist gut, schaff ich«, keuchte ich.

Wenige Sekunden später rannte ich schon durch den Geruch von Dosenerbsen die Treppe in den ersten Stock hinauf und weiter, bis zum Ende des Flurs. Und wenn er gar nicht da ist?, dachte ich. Was, wenn er Schicht hat?

Ich hämmerte gegen Joshs Tür, die sich fast sofort öffnete. »Huch.« Ennas Augen weiteten sich. »Kara. So spät? Du ...«

Ich drängte mich an ihr vorbei und zog die Tür hinter mir zu. Josh saß im Schneidersitz auf seinem Bett und strickte an einer blau-grün geringelten Wollmütze. Ich zog Mornas Akte unter meiner Jacke hervor, wischte das Strickzeug beiseite, legte ihm die Akte in den Schoß und setzte mich neben ihn. »Was ist das?«

In diesem Augenblick knisterte das Funkgerät in meiner Jackentasche los. Ich zog es heraus, beäugte es wie ein dubioses Insekt und zischte: »Wie macht man so was aus?«

»Du musst nicht leise sprechen«, sagte Josh. »Solange du den Ruf nicht entgegennimmst, hört dich niemand.« Er griff nach dem Gerät.

»Nicht annehmen!«, rief ich entsetzt.

»Das ist mir klar.« Er drückte ein paar Sekunden auf die Taste, auf der ein winziger roter Telefonhörer abgebildet war. »So.« Er begutachtete das brikettartige Ding. »Woher hast du das?«

»Es gehört meiner Mutter. Sie hat's zu Hause liegen lassen, ich wollte es ihr in die Klinik bringen und ...«

Und schon war ich mittendrin in meinem Abstecher auf die Isolierstation und auf Station K. Ich erzählte von dem Code, den meine Mutter auf die Rückseite des Funkgeräts geklebt hatte; ich erzählte von dem Saal mit den weißen Betten. Alles sprudelte in einem hektischen Durcheinander aus mir heraus. Als ich von Morna und den anderen Schläfern berichtete, legte Enna entsetzt eine Hand über ihren Mund. Josh drehte das Funkgerät um, strich mit einem Finger über den Code, las die Zahlen, murmelte sie vor sich hin, runzelte die Stirn, legte das Gerät beiseite und tippte auf den Aktendeckel. »K. A., was soll das heißen?«

»Keine Ahnung«, sagte ich.

»Morna Hassler, keine Ahnung? Das ergibt keinen Sinn.«

»Sie meint, *sie* hat keine Ahnung, du Hirni.« Ennas Stimme bebte. »Jetzt streng dich mal an.«

Josh schlug die Akte auf und begann zu lesen.

»Und?«, fragte ich ungeduldig.

Er blätterte ein paar Seiten vor, blätterte wieder zurück. »Das sind Versuchsprotokolle.«

Enna, die sich neben ihn gequetscht hatte, deutete auf die Seite, die er aufgeschlagen hatte. »Guck mal.«

Ich beugte mich vor. Unten auf der Seite erkannte ich auf einer gepunkteten Linie einen mir vertrauten Schriftzug. Ich hatte es geahnt, glauben wollte ich es trotzdem nicht. Ich schloss die Augen. Die Schrift flimmerte weiter hinter meinen Lidern. *Iris Enning.*

Meine Mutter wusste nicht nur Bescheid. Sie machte bei dieser Sache mit.

»Ich bin kein Mediziner«, sagte Josh, »aber für mich liest sich das, als hätten sie an dieser Morna eine *Komvir*-Variante getestet.« Er runzelte die Stirn, blätterte um. »Sie haben den Versuch abgebrochen.« Sein Finger fuhr an einem Diagramm entlang, zeichnete die Zacken und Kurven nach. »Sieht aus, als hätte das Serum in ihrem Gehirn irgendwas ins Schleudern gebracht.«

»Wie, *irgendwas ins Schleudern gebracht?«,* fragte Enna.

Er schüttelte den Kopf. »Ich bin kein Neurologe. Etwas ist schiefgegangen, mehr kann ich nicht sagen.«

Sie straffte sich. »Wir holen Morna da raus. Und die anderen auch.«

»Gute Idee«, erwiderte er trocken. »Reingehen, Glöckchen läuten, alle wachen auf, rausgehen, ist das der Plan?«

»Ich verstehe ja, dass wir ein neues Medikament brauchen.« Meine Stimme klang rau. Ich rieb mir die Schläfen, hinter denen sich ein bohrender Kopfschmerz meldete. »Aber so was … das können sie doch nicht machen.«

Enna stemmte ihre Fäuste in die Hüften. »Klar können sie. So eine Scheiße. Dann lieber kein Medikament. Da werde ich lieber rückfällig.«

Ich auch, wollte ich sagen, doch die Worte blieben mir in der

Kehle stecken. Rückfällig werden. Aktiv werden. Womöglich wieder in den Modus geraten. Noch einmal töten. Konnte ich das ernsthaft wollen? Ich hatte keine Ahnung von Medizin oder von den Dingen, die auf Station K vor sich gingen, aber eines wusste ich genau: Ich wollte nie wieder aktiv werden. Und erst recht wollte ich nie wieder im Modus landen.

»Wir müssen das öffentlich machen«, sagte Enna.

»Ja klar«, gab Josh zurück. »Du lieber Gott. Warum bin ich da nicht längst drauf gekommen? Welche Zeitung schlägst du vor? Sollte aber was Überregionales sein. Oder nein, halt! Mir kommt gerade ein Influencer in den Sinn, guter Mann, der sorgt dafür, dass unser Content viral geht. Sonst noch Ideen?«

»Okay, okay. Kapiert«, grummelte Enna.

»Und sowieso, glaubst du, das interessiert irgendwen?«, fragte ich. »Für die meisten Leute dürfte es nicht gerade die Horrormeldung des Tages sein, dass ein Medikament an ein paar Infizierten getestet wird. Die sind doch froh, wenn sie uns los sind.«

»Es gibt aber Menschen, die das anders sehen«, meinte Enna.

»Da wüsste ich gern, wo die wohnen«, murmelte Josh. »Auf dem Jupiter?«

»In Vrede.« Enna sah wütend aus. »Nicht alle Leute sind so drauf wie … wie …«

»Wie fast alle Leute«, sagte ich.

In der Halle unter uns ertönte ein Gong, schlug einmal, zweimal, dreimal wie ein riesiges Herz.

»Ende der Besuchszeit.« Josh reichte mir die Akte und das Funkgerät. »Ab mit dir.«

»Meine Mutter hängt da mit drin.« Meine Lippen fingen schon wieder an zu zittern. Ich legte eine Hand über meinen Mund, doch das Zittern hörte nicht auf.

»Ist klar.« Enna drückte mich zum Abschied. »Folgendes. Du redest mit ihr. Erzähl ihr alles. Sag ihr, dass du Station K gesehen hast. Frag sie, was da los ist, was das soll. Josh und mich erwähnst du nicht, sonst verbietet sie dir am Ende noch, uns zu besuchen. Und besuchen musst du uns. Morgen Abend, neunzehn Uhr, da ist unsere Schicht zu Ende. Wenn wir mehr wissen, entscheiden wir, was wir als Nächstes tun.«

Ich nickte.

Ich dachte wirklich, wir hätten noch Zeit.

27

KEINE ANGEHÖRIGEN
(27. Juni 2037)

Nach einer unruhigen Nacht war ich später aufgestanden als sonst. Bertil hatte das Haus schon verlassen, um nach dem Schulfest beim Aufräumen zu helfen.

Mein Vater saß auf der Veranda, trank seinen Morgenkaffee, aß ein Brot und stopfte nebenbei seine Jacke. Ich war nicht sicher, was mich dazu brachte, zu ihm hinauszugehen. Seit ich Station K gesehen hatte, kam meine Mutter mir unendlich weit weg vor; wenn ich mich jetzt zu ihm setzte und ihm einfach dabei zusah, wie er seine Jacke flickte und, wie jeden Morgen, eine dick mit grober Erdnussbutter bestrichene Scheibe Brot aß, würde ich mich vielleicht nicht mehr ganz so verloren fühlen.

»Schöne Feier gestern?«, fragte ich.

»Fast der ganze Port war da«, sagte er, was irgendwie keine Antwort war. »In der Küche ist noch Kaffee. Falls du willst.«

Also ging ich wieder hinein, um mir einen Becher zu holen. Die Tür ließ ich offen stehen, sodass ich das Auto hörte, das unsere Auffahrt herauffuhr und neben unserem Haus hielt. Der Motor tuckerte im Leerlauf, Schritte kamen die Veranda hoch, eine Frauenstimme rief: »Nein, Frederic – ehe du mich wegschickst, hör mir bitte kurz zu. Wir brauchen da draußen jeden Mann. Und jede Frau. Wir wissen beide, wie gut du warst. Ohne dich hätten wir die Sache im Stadtparkbad niemals durchziehen können und ...«

»Und du weißt, wie das ausgegangen ist. Nein, Gianna! Verdammt noch mal! Nein!«

»Das Komitee hat die oberste Riege der Initiative einbestellt. Kannst du dir denken, was das heißt? Die Zweite Welle ...«

»Ich will nichts von eurer angeblichen Zweiten Welle, diesen Scheißgerüchten hören!«, donnerte mein Vater. »Wenn du mich jetzt entschuldigst, unser Gemüse braucht mich sehr viel dringender als euer grüner Klub.«

Als Gianna verschwunden war, kam mein Vater in die Diele gepoltert, wo ich noch immer mit meinem Kaffeebecher stand. Seine Kiefer waren stahlhart angespannt. Er vertauschte seine Slipper mit den Arbeitsstiefeln, warf sich seine Jacke über die Schulter, aus der noch zahllose Fäden hingen, knurrte »Bis später« und stapfte davon.

Das Schöne war: Zum ersten Mal hatte ich das Gefühl, dass seine miese Stimmung nichts mit mir zu tun hatte.

Ich sammelte gerade das Frühstücksgeschirr ein, als ich unseren Wagen in der Auffahrt und kurz darauf die Haustür klappen hörte. Okay. Ich drückte den Rücken durch. Es war so weit.

Eine halbe Minute später betrat meine Mutter die Küche. »Lass stehen«, sagte sie, nahm einen Becher vom Haken, hängte einen Teebeutel hinein und goss den letzten Rest heißes Wasser darüber. »Puh.« Sie ließ sich auf einen Stuhl fallen und zog den Brotkorb zu sich heran. »Ist das alles, was wir noch haben?« Sie nahm ein Knäckebrot aus dem Korb und krauste die Stirn. »Sag mal, hast du mein Funkgerät gesehen? Ich …«

»Ich hole es.«

Mit dem Funkgerät kehrte ich in die Küche zurück, legte es zusammen mit Mornas Akte auf den Tisch und hielt dem Blick meiner Mutter stand, so gut ich konnte. Sie war kreideweiß geworden.

»Kara. Um Himmels willen.«

Ich setzte mich auf den Stuhl ihr gegenüber. Alles kam auf den Tisch. Ja, ich war in der Klinik gewesen, ja, ich hatte den Code eingegeben und die schlafenden Patienten gesehen, ja, ja, ja, all das hatte ich getan.

Sie hörte mir zu, ohne mich zu unterbrechen. Nachdem ich meinen Bericht beendet hatte, sagte sie genau vier Worte: »Ich habe dir vertraut.«

Müde blickte sie auf ihren Teller. Nein. Nicht müde. Sie war zu Tode erschöpft.

»Mama«, sagte ich, »warum …«

Sie hob eine Hand. »Hat dich jemand gesehen?«

»Nein.«

Vielleicht war es falsch, dass ich Enna und Josh nicht erwähnte. Ich wusste es nicht, ich wusste gar nichts mehr. Ich wusste nur, dass ich mich in etwas hineinmanövriert hatte, mit dem ich nicht mehr klarkam.

»Was passiert dort?« Meine Worte waren kaum mehr als ein abgehacktes Flüstern. »Testet ihr auf dieser Station ein neues Medikament?«

Sie drückte Daumen und Zeigefinger gegen ihre Nasenwurzel. Aus ihrem Mund kam ein Geräusch, das wie ein Seufzen klang. »Ja. Das tun wir.«

Auf dem Tisch war ein Brandfleck, den ich nie zuvor bemerkt hatte, ein dunkler Ring von einer Pfanne oder einem Topf, Spuren der Familie, die vor uns an diesem Tisch gegessen, miteinander gelacht, gestritten, geschwiegen hatte. Und nun woanders war. Oder tot.

»Aber vor allem haben wir die Station eingerichtet, damit das Serum länger reicht.« Die Stimme meiner Mutter war dünn wie ein Staubfaden.

»Das verstehe ich nicht«, sagte ich verwirrt.

Sie brach das Knäckebrot in zwei Hälften. »Es wurde viel diskutiert, wie wir mit den Infizierten verfahren sollen. Diese Diskussionen wurden nicht nur in Vrede geführt, sondern überall auf der Welt. Jedenfalls in den Städten, zu denen wir Kontakt haben. Und ... Kara, es gibt Gegenden, in denen man das Problem sehr radikal gelöst hat.«

Ich schloss die Augen. Sie musste mir nicht erzählen, worin die Lösung bestanden hatte, das konnte ich mir schon denken.

»Hier in Vrede – und glücklicherweise nicht nur hier – denken wir, dass der Weg nicht darin bestehen darf, sich der infizierten Menschen zu entledigen. Wir brauchen ein Medikament für euch. Das Serum ist keine Lösung, es müsste euch ein Leben lang gespritzt werden und diese Ressourcen haben wir nicht. Nur gibt es im Augenblick nichts anderes. Die Frage muss also lauten: Was können wir tun, damit das Serum möglichst lange reicht?« Sie schob die Krümel auf ihrem Teller zu einem Häufchen zusammen. »Wenn es keine wirklich gute Lösung gibt, wählt man die Lösung, die den geringsten Schaden anrichtet. Im Schlaf fährt der Organismus so weit herunter, dass nur eine minimale Dosis des Serums nötig ist, um das Virus in Schach zu halten. Daher hat das Komitee beschlossen, dass eine bestimmte Gruppe von Infizierten schlafen muss.«

»Das ist nicht dein Ernst«, flüsterte ich.

»Wir können *Komvir* nicht nachproduzieren, Kara. Unsere Vorräte sind begrenzt. Also ...«

»... habt ihr unsere Namen in einen Topf geworfen und ausgelost, wer schlafen muss?« Ich konnte selbst hören, wie schrill meine Stimme klang.

»Nein. Es wurden die Infizierten ausgewählt, die volljährig sind und keine Angehörigen mehr haben.«

K. A. Keine Angehörigen. *Da draußen wartet sowieso niemand auf mich.* Mornas Stimme hallte und hallte in meinem Kopf. Sie war in der Klinik geblieben. Nicht weil ihre Scans Abweichungen gezeigt hatten, das war eine Lüge gewesen. Morna war geblieben, weil es niemanden mehr gab, der für sie zuständig war. Der für sie eingetreten wäre. Ich musste mich an der Tischkante abstützen, ich hatte das Gefühl, gleich ohnmächtig zu werden. Meine Mutter schob mir ihren Teebecher zu. Automatisch griff ich danach und trank einen Schluck, wobei ich mir die Zunge verbrannte. Ich spürte es kaum.

»Sie schlafen, Kara. Sie sind nicht tot. Und wenn wir das neue Medikament haben, holen wir sie zurück. Sofort. Vor zehn, vielleicht sogar noch vor fünf Jahren hätten wir sie in ein Koma gelegt; heute gibt es viel sanftere Methoden. Um sie zu wecken, müssen wir nur die Geräte abschalten. Ein Knopfdruck genügt. Nach zehn Minuten, höchstens einer Viertelstunde wachen sie auf und fühlen sich nicht anders, als hätten sie einen langen, erholsamen Schlaf hinter sich. Ist das wirklich so schlimm?«, fragte sie verzweifelt.

Die Uhr im Wohnzimmer tickte und tickte in unser Schweigen hinein. Ich dachte: Ich sitze in dieser Küche. Ich trinke Tee. Ich kann mit meiner Mutter reden. Kann mit ihr streiten, Adrian küssen, Enna in ihrem leberwurstfarbenen Zimmer besuchen.

Regen auf meiner Haut und den Geschmack von frisch gebackenem Kuchen oder nicht frisch gebackenem Knäckebrot auf meiner Zunge spüren. Während ich die volle Dosis bekomme, müssen Morna und wer weiß wie viele Infizierte schlafen.

Schlafen.

»Und wo sie schon mal schlafen, warum nicht gleich das neue Medikament an ihnen testen?«, murmelte ich. »Wie praktisch.«

»Wenn wir einen anderen Weg wüssten, würden wir ihn gehen«, gab meine Mutter zurück.

»Wie wär's damit, es einfach nicht zu tun.«

Sie lächelte müde. »In unserer Lage ist *nichts tun* keine Option.«

Pinky kam in die Küche geschlendert und bat lautstark um Frühstück. Mechanisch stand ich auf und löffelte eine Portion Katzenfutter in ihr Schälchen. Sie stürzte sich darauf. Ich musste an die Nahrungssonde in Mornas Nase denken, an den Schlauch für die festen Ausscheidungen. Übelkeit stieg in mir auf.

»Es geht darum, dass ihr alle weiterleben könnt.« Eine einzelne Träne rann aus dem Augenwinkel meiner Mutter. In meinen Ohren summte es. Meine Mutter und Tränen, das wäre schon an einem normalen Tag harter Stoff gewesen. Ich wollte ihre Not nicht sehen, wollte nicht hören, dass sie von dieser schreienden Ungerechtigkeit wusste und nichts dagegen unternahm, im Gegenteil, sie mischte auf dieser Horrorstation mit. Und dass ich keine Ahnung hatte, wie man es besser oder anders machen sollte oder was ich gegen diesen Irrsinn ausrichten konnte, ließ mich nur noch verzweifelter und hilfloser und wütender werden.

»Sind auf Station K schon Patienten gestorben? Zum Beispiel bei euren Versuchen?« Ich hörte selbst, wie vorwurfsvoll ich klang, kam jedoch nicht dagegen an. Meine Mutter sagte, nein, niemand sei gestorben, aber stimmte das? Was konnte ich ihr noch glauben?

»An irgendwem müssen wir das neue Medikament testen.« Sie rührte in ihrem Tee. »Was glaubst du denn, wie es während der Ersten Welle war? Da hat man den Infizierten, die man festsetzen konnte, alles Mögliche gespritzt; da gab es auch nicht auf Anhieb einen Wirkstoff, der etwas gegen das Virus ausrichten konnte. Das ging nach dem Motto: Versuch und Irrtum, und ja, damals sind Infizierte gestorben.«

Die Zeit, die ich allein in einer Zelle in den Untergeschossen des *Major-Klinikums* verbracht hatte, war fast gänzlich aus meinem Gedächtnis verschwunden und wirkte rückblickend wie ein verschwommener Traum. Ich hatte viel geschlafen, vermutlich, weil man mich sediert hatte. Stunden-, vielleicht sogar tagelang war ich in einem schlammigen Strom aus Dunkelheit dahingetrieben, zusammengerollt unter einer Decke, die penetrant nach Hund gerochen hatte. Daran erinnerte ich mich seltsamerweise deutlich: an den ranzigen Hundegeruch. Hin und wieder hatte ich etwas gegessen, das man in meine Zelle geschoben hatte, oder war schreiend vor Entsetzen dem Wasserstrahl ausgewichen, mit dem man die Zelle ausgespritzt hatte, meine Hundedecke an mich gedrückt. Und dabei hatte ich noch Glück gehabt: Das Serum war damals schon fast einsatzbereit gewesen, ich hatte nur knapp vierzehn Tage in diesem halb wachen Dämmerzustand zubringen müssen. Die Infizierten, die man vor Wochen oder sogar Monaten eingesperrt hatte – sie waren also die Versuchskaninchen gewesen, wie jetzt die Patienten auf Station K. Wie viele von ihnen waren während der Testläufe gestorben? Das hatte ich mich nie gefragt. Weil ich es lieber nicht zu genau hatte wissen wollen? Als wäre das Serum eines schönen Tages einfach da gewesen, über Nacht vom Himmel gefallen oder als hätten ein paar geniale Köpfe flugs sieben magische Zutaten in einen Mischkolben geschüttet, einmal den Bunsenbrenner drunter- und den Küchenquirl reingehalten, fertig. Keine Experimente, schon gar nicht an Menschen, keine unerfreulichen Nebenwirkungen. Perfekt.

»Hast du damals auch mitgemacht?« Meine Stimme klang so hohl, als würde ich in einen Brunnenschacht sprechen.

»Nein. Aber wenn man mich gefragt hätte, hätte ich es getan. Und ich hätte noch viel mehr getan, damit du wieder gesund werden kannst.« Sie fuhr sich mit den Händen durchs Gesicht. »Was wir den Patienten auf Station K antun, ist unverzeihlich, das wissen wir. Sie bezahlen den Preis dafür, dass *Komvir* länger reicht. Kannst du trotzdem ein wenig verstehen, dass es so entschieden wurde und nicht anders?«

Ja. Nein. Beides zugleich. Schwere lag auf meinen Schultern wie ein Mantel aus Blei.

Das Gesicht meiner Mutter straffte sich, als würden unsichtbare Schnüre es glatt ziehen und jeden Gefühlsausdruck daraus entfernen. »Wenn man dich heute Nacht auf Station K erwischt hätte, dann hätte man dich verhaftet. Und mit Sicherheit einen Bluttest vorgenommen. Du weißt, was das bedeutet. Nicht nur für dich. Für uns alle. Du wirst das Klinikgelände nie wieder betreten. Du wirst nicht einmal mehr in die Nähe des Klinikums kommen.«

Ihr Gesicht verschwamm vor meinen Augen. »Verstanden«, murmelte ich.

»Gut«, sagte sie und begann, ihr Knäckebrot mit Butter zu bestreichen. Wir bekamen selten Butter, und wenn wir welche hatten, achteten wir darauf, dass immer genug für meine Mutter übrig blieb, während sie wiederum darauf achtete, dass genug für uns übrig blieb. Heute Morgen sah ich sie zum ersten Mal alle Butter auf ihrem Brot verteilen, bis zum letzten Klecks. Irgendwie erleichterte mich das.

Das Gespräch war beendet. Leise verließ ich die Küche und stieg die Treppe in mein Zimmer hinauf. Der Bleimantel hing tonnenschwer von meinen Schultern. Mit jedem Schritt schien ein neues Gewicht auf mich herabzufallen, bis ich meine Füße kaum noch heben konnte. Meine Familie, die ich um ein Haar in eine Katastrophe hineingeritten hätte. Morna, von der ich nicht wusste, wie ich ihr helfen sollte. Adrians Schwester, die meinetwegen im Rollstuhl saß. Alissa, meine Freundin, die ich getötet hatte.

Es hörte nicht auf.

28

SIEBEN WOCHEN

(27. Juni 2037)

Meine Mutter war wieder in die Klinik gefahren, Bertil räumte wohl noch immer die Schule auf und mein Vater rackerte sich irgendwo auf den Anbauflächen des Ports ab. Unfähig, mich zu rühren, saß ich seit Stunden in einem Korbstuhl auf unserer Veranda. Pinky hatte sich auf meinem Schoß zusammengeringelt. Bald würden Enna und Josh von ihrem Arbeitseinsatz heimkehren. Was sollte ich ihnen erzählen? Was konnten, was durften wir tun?

Eine Lehrerin an meiner Schule, Frau Li-May, hatte im Ethikunterricht mal etwas gesagt, das mir nun plötzlich in den Sinn kam, jedenfalls im Groben: »Nur weil man aktiv wird und handelt, bedeutet das nicht, dass sich eine Situation zum Besseren wendet. Ich plädiere dafür, dass sich der Mensch darin üben möge, die Augenblicke zu erkennen, in denen ein Nicht-Handeln angezeigt wäre. Oder wenigstens eine gewisse Zurückhaltung.«

War dies ein solcher Augenblick? Wieder und wieder dachte ich an meine Mutter, so wie eine Zungenspitze unablässig zu einem schmerzenden Backenzahn zurückkehrt. Mein heimliches Eindringen auf Station K hätte sie und meine Familie in Teufels Küche bringen können. Stillhalten? Abwarten? Ich wusste es nicht, ich wusste es wirklich nicht. Meine Mutter, Morna, Enna, Josh, meine Familie, alles verwirrte sich zu einem Knäuel und egal, an welchem Faden ich zog, die Knoten zurrten sich nur fester zu. Erschöpft schloss ich die Augen und spürte, wie sich Pinky auf den Rücken rollte, hörte sie schnurren, dann waren da Schritte, eine Stimme, die meinen Namen sagte.

Ich öffnete die Augen.

Adrian hockte neben meinem Stuhl.

»Hey, ihr zwei«, sagte er.

»Hey, du einer«, sagte ich.

Behutsam kraulte er Pinkys Bauch, deren Fell an dieser empfindlichen Stelle weicher und flaumiger war als an ihrem übrigen Körper. Sie reckte ihre Vorderbeine in die Luft und tretelte los, als würde sie unsichtbare Knöpfe drücken. Seine Hand strich hoch zu ihrem Kinn; jetzt streckte sie alle viere von sich, Superman im Rückenflug. Plötzlich hielt er inne.

»Was?«, fragte ich.

»Zecke«, sagte er.

Vorsichtig umfasste er mit einer Hand Pinkys Brust, ertastete mit der anderen Hand die Zecke unter ihrem Kinn und hielt sofort still, als Pinky blitzschnell zehn messerscharfe Krallendolche in seine Haut grub. Geduldig wartete er, bis sie ihn wieder freigab, und riss mit einem geschickten Ruck die Zecke aus. Pinky blieb noch einen Augenblick auf meinem Schoß liegen, sprang dann auf den Boden und hüpfte davon.

Adrian hielt die Zecke zwischen Daumen und Zeigefinger. Sie war glänzend und grau, fast so groß wie eine Rosine.

»Igitt«, machte ich.

Er schnippte die Zecke über das Geländer der Veranda in den Garten.

»He«, sagte ich entgeistert. »Die muss man killen, sonst hängen die gleich wieder an einem dran.«

Er setzte sich in den Stuhl neben meinem. »Lass doch die Zecke.«

Pinky raschelte durchs Gras, sprang einem Insekt nach, drehte plötzlich ab, schoss wie von einer Wespe gestochen ein Stück den Birnbaum hinauf, hing ein paar Sekunden lang mit gespreizten Pfoten am Stamm, sprang wieder herunter und verschwand in einem Ginster. Adrian beugte sich vor und wir küssten uns. Lange und noch etwas länger. Es schmeckte, als würde ich etwas unglaublich Süßes kosten. Ich versuchte, mich auf den Kuss zu konzentrieren, doch ich war nicht bei der Sache und er merkte es.

»Bist du okay?«, fragte er.

Nein. Immer mehr Geheimnisse türmten sich auf, immer mehr Lügen. Nichts war okay, nicht im Geringsten.

»Was ist los, Kara?«

»Ich will nicht darüber reden, wenn das in Ordnung ist.«

»Nein, das ist nicht in Ordnung. Findest du es nicht irgendwie naheliegend, mit mir darüber zu reden, wenn es dir nicht gut geht? Ich habe das mit Lisa doch auch schon alles durchgemacht. Es ist hart für sie, damit klarzukommen, dass sie sich nicht wehren konnte. Dass sie komplett ausgeliefert war. Aber jetzt ist sie auf einem guten Weg. Ich sage nur, ich bin für dich da, wenn du über das reden möchtest, was dir passiert ist.«

»Ich möchte aber nicht darüber reden. Ich habe es satt, an die

Vergangenheit zu denken.« Meine Stimme hatte lauter geklungen, als ich es wollte. Jetzt wurde es sehr still zwischen uns.

»Entschuldige«, sagte ich.

»Ist okay.« Seine Augen betrachteten mich so intensiv, dass mir mulmig wurde. Plötzlich fragte er: »Ist deine Mutter da? Oder dein Vater?«

»Nein. Warum?«

»Ich möchte Lisa gern für eine Weile in eure Obhut geben. In den nächsten Wochen werde ich nicht mehr oft zu Hause sein. Wahrscheinlich bin ich nicht einmal mehr im Port, weil ... Hör mal«, sagte er so ernst, dass ich mich unwillkürlich aufsetzte. »Die Info soll eigentlich noch nicht an die Bevölkerung raus, aber ich finde, du und deine Familie, ihr solltet es wissen.« Er räusperte sich. »Das Komitee hat mit der obersten Riege der Initiative gesprochen. Also mit Leonarda und Magnus, mit mir und mit den Chefs der anderen Gruppen, die sich in Vrede gebildet haben.« Er beugte sich vor. Jetzt erst fiel mir auf, wie blass er war. »Sie haben es wieder und wieder durchgerechnet. Das Ergebnis war jedes Mal dasselbe. Der 10. August. Das ist der Tag, an dem die letzte Charge von *Komvir 5* gespritzt wird.«

Ich hatte plötzlich Mühe, meine Atmung zu kontrollieren. 10. August, 10. August. Das Datum kreiselte in meinem Kopf wie ein Karussell mit Turbinenantrieb, 10. August, das kann nicht sein, nicht so bald, er muss sich irren, ich habe ihn falsch verstanden, er meint den 10. August im nächsten Jahr ...

»Falls sich Team Rainbow nicht schnell etwas einfallen lässt, rollt in knapp sieben Wochen die Zweite Welle los«, sagte er.

»Oh Gott«, flüsterte ich und unterdrückte ein Stöhnen.

Willkommen zurück in der Monstershow.

»Wenn die Infizierten ihr Serum nicht mehr bekommen, werden sie wieder aktiv.« Zwischen Adrians Augenbrauen hatte sich eine tiefe Falte eingekerbt. »Das müssen wir unbedingt verhindern. Das Komitee hat schon sein Okay für die Internierung gegeben. Die Gruppen und Untergruppen der Initiative und alle Kräfte der Security werden morgen darüber informiert, damit sie sich auf die Operation vorbereiten können. Von jetzt an müssen wir wahnsinnig vorsichtig sein. Die Bewohner von Vrede und auch von allen anderen Städten dürfen auf keinen Fall in Panik geraten. Das wäre das Letzte, was wir jetzt brauchen können.«

Sieben Wochen. Mein Leben würde erneut aus den Fugen geraten, zum zweiten Mal würde ich mich in einen Menschen verwandeln, der andere Menschen tötete. Ich musste mich auf die Reihe kriegen. Die Angst abschütteln. Mein Gehirn einschalten. Sofort.

»Nathan hat mir erzählt, dass ihr sie ins Stadion und in den alten Schlachthof bringt.«

Er nickte. »Die Anlagen wurden in den letzten Wochen vorbereitet. Dort ist genug Platz und wir können sie mit minimalem Aufwand kontrollieren.« Er sprach so ruhig und beherrscht wie immer und das setzte mir mehr zu, als wenn er auf unserer Veranda das große Drama abgezogen hätte.

»Und wer versorgt sie?«, fragte ich und hörte selbst, wie falsch das klang. Als sprächen wir von Tieren im Zoo. »Wollt ihr ihnen, keine Ahnung, einmal wöchentlich ein paar Kilo Fleischabfälle reinwerfen und das war's, ist das der Plan?«

Er nahm meine Hand. Ich entzog sie ihm nicht, erwiderte ihren Druck aber auch nicht. »Das ist alles geregelt.«

Ungenauer ging es wohl kaum.

»Und sie bleiben sowieso nicht ewig in den Lagern«, fuhr er fort. »Wir müssen positiv bleiben, das ist jetzt das Wichtigste. Team Rainbow wird es schon schaffen. Oder eines der beiden anderen Teams.« Er ließ meine Hand los und warf einen Blick auf seine Uhr. »Glaubst du, deine Eltern sind damit einverstanden, dass Lisa eine Weile bei euch bleibt? Das wäre eine Riesenerleichterung für mich.«

»Ja. Klar.«

»Du und ich ...« Seine Stimme wurde leiser, weicher. »Die Operation wird mich stark in Anspruch nehmen. Ich will versuchen, alle zwei, drei Tage bei euch reinzuschauen, aber versprechen kann ich nichts.«

»Wann beginnt denn eure ...«, ich zögerte bei dem Wort, »... Operation?«

»In einer Woche. Zehn Tage maximal.«

Er stand auf. Auch ich rappelte mich hoch. Mein Körper fühlte sich so unbeweglich an, als würde er überall von schwarzen Carbid-Reifen eingeschnürt.

»Wenn wir mit der Internierung loslegen, solltest du den Port nicht mehr verlassen.« Er zupfte ein Katzenhaar von meiner Bluse. »Es wird Unruhen geben. Hier seid ihr sicher, dafür wurde der Port schließlich gebaut.«

Ich strich über seinen Unterarm, die wulstige Narbe, genauso blutrot wie die Rosenblüten am Spalier unseres Hauses, bis zur Innenfläche seines Handgelenks. Dort fühlte sich die Haut weich an, unfassbar verletzlich. Kein schwarzer Reif hatte sie je berührt. Auch an meinem Handgelenk gab es keinen Reif mehr, doch in diesem Augenblick spürte ich ihn so deutlich wie einen Ring aus Eisen. In mir ging alles durcheinander, ich wollte weinen und schreien, Adrian mit den Fäusten traktieren und ihn in die Wüste schicken, wollte flüchten und für immer wegbleiben, ich wollte von ihm berührt und umarmt und getröstet werden, mich ihm nah fühlen, gehalten und beschützt werden in einer Welt, in der mich niemand vor mir selbst beschützen konnte. Ich schlang die Arme um seinen Nacken und küsste ihn, bis ich kaum noch Luft bekam, während ich gleichzeitig dachte: Was tue ich bloß? Bin ich verrückt? Er hat mir gerade erzählt, dass er loszieht, um Infizierte zu jagen und sie im Schlachthof einzusperren, und wenn er wüsste, dass ich infiziert bin bis unter die Haarwurzeln, würde er mich höchstpersönlich dort abliefern.

Seine Wärme schlug mir von allen Seiten entgegen und hüllte mich ein. Sieben Wochen. Ohne das Serum würde ich aktiv werden. Ich würde töten. Ich musste weg von ihm. Von meiner Familie. Weg von allen.

Nur – wohin?

Mit einem Ruck machte ich mich von ihm los. Er zog mich gleich wieder an sich. »Pass auf dich auf«, flüsterte er in mein Haar. Ich schloss die Augen, als könnte ich so den Moment anhalten, doch meine Füße zuckten, als müsse ich weglaufen.

Er gab mich frei.

Am Ende unserer Auffahrt blieb er noch einmal stehen und winkte. Ich hob einen Arm und winkte zurück. »Mach's gut, Adrian«, sagte ich, obwohl er mich bestimmt nicht mehr hören konnte.

Der nächste Schritt.

Enna und Josh warnen. Ich sah auf meine Uhr. In einer Stunde würden sie von ihrer Schicht zurückkehren. Ich würde zum Wohnheim fahren, und dann? Sie mit nach Hause nehmen und in meiner Nachttischschublade verstecken?

Mein Denken blockierte. Ich fror so sehr, dass ich mir eine Jacke holen musste. Als ich wieder auf die Veranda trat, sah ich, dass eines der Hühner aus dem Gehege entkommen war und mit eiligem Scharren ein frisch eingesätes Salatbeet auseinandernahm. Normalerweise hätte ich das Huhn eingefangen und es zurück zu den anderen ins Gehege gesetzt.

Normalerweise war vorbei.

Magnus Grey

Nathan und Sara: Sofort auf einer Linie mit meinem Plan. Jasemin? Die ist gerade etwas schräg drauf. Überlegt sogar, aus der Initiative auszusteigen. Meint, es wären zu viele Leute dabei, die bloß hassen und Gewalt und Rache wollen. Hast du damit ein Problem?, hab ich sie gefragt. Allerdings, hat sie gesagt. Besser, sie erfährt nichts von der Aktion, die wir planen. Und Adrian? Der sowieso nicht. Mr Gehirnamputiert, der sich in einen Zombiefan verknallt. Ich hab ihn total falsch eingeschätzt. Folgendes: Leonarda und Adrian und überhaupt sämtliche Gruppen der Initiative, die es in Vrede sonst noch gibt, wollen die gemäßigte Schiene fahren und alles in Ruhe vorbereiten. Kontrollierte Sicherung nennen sie das. Kontrollierte Scheiße. Eine Woche, vielleicht sogar zehn Tage bis zur Internierung? Ich meine: Sind die bescheuert? Hier muss sofort was passieren! Wenn das Komitee und die Oberfuzzis von der Initiative nicht die Eier haben, die Fakten auf den Tisch zu legen und öffentlich bekannt zu geben, wann Ende mit dem Serum ist – wir schon. Die Menschen müssen wissen, was auf sie zukommt. Überall. Nicht nur in Vrede. In ganz Deutschland. So viele sind gestorben. Das Land ist praktisch leer. Aber die Leute, die noch da sind, werden von Nathan, Sara und mir alles erfahren. Berlin, Nürnberg, wir wollen sämtliche Städte informieren, die wir erreichen können und in denen sich die Menschen zusammengetan haben, um zu überleben. Über Funk, auf allen Kanälen, die Nathan abgreifen kann.

29

COMING-OUT

(27. Juni)

Als ich klopfte, riss Enna fast im selben Augenblick die Tür auf und zog mich ins Zimmer. Sie trug noch immer ihren grauen, mit einem fettigen Zeug beschmierten Arbeitsoverall. »Und?« Sie drückte mich auf den einzigen Stuhl. »Was hat deine Mutter ...«

»Adrian war bei mir«, brabbelte ich los, »wo ist Josh, er muss das auch wissen, wir ...«

»Josh kann nicht. Er kommt später.«

»Aber ...«

»Er ist im Keller, in seinem ... Er kommt später.«

»Hol ihn.«

Sie schüttelte den Kopf. »Ich weiß nicht, wo er genau ist, das ist total unübersichtlich da unten. Also, was hat deine Mutter erzählt?«

Meine Hände verkrampften sich im Schoß.

»Kara!« Sie schüttelte mich. »Was hat sie gesagt?«

»Was? Sie schlafen«, plapperte ich, »zu wenig Serum, aber

solange sie schlafen, kann man die Dosis runterfahren, meine Mutter sagt, das ist kein Koma, auch keine Narkose, einfach ein tiefer Schlaf, man muss nur die Geräte abschalten, dann wachen sie auf und … und …«

»Kara! Reiß dich zusammen!«

Warum war ich hier? Was musste Enna wissen, was war das Wichtigste? Ich atmete tief aus, ruhig bleiben, wie ich es in der Klinik gelernt hatte, atmen, atmen, ein, aus. Langsam und deutlich sagte ich: »Das Serum reicht noch bis zum 10. August. Danach ist Ende.«

»Lass den Quatsch. Das ist nicht lustig.«

»Kein Quatsch. Am 10. August ist es vorbei mit *Komvir 5.* Adrian hat's mir erzählt, er ist in der obersten Riege der Initiative und die haben es vom Komitee.«

Nun war nicht mehr nur ihr Overall grau.

»Sie haben das Stadion und den alten Schlachthof in einen Knast für Infizierte verwandelt. Da kommen alle rein. In einer Woche geht's los. Spätestens in zehn Tagen.«

Schweigen.

»Wir müssen hier abhauen, du und Josh und ich auch. Wir nehmen so viele Leute mit wie möglich, Tony, das ist Mikes Neffe, wir verstecken uns irgendwo und …« Ich hielt inne. Enna lächelte. Es war das traurigste, liebevollste Lächeln, das ich auf ihrem Gesicht je gesehen hatte. Es machte mir Angst.

»Und was stellst du dir vor?«, fragte sie. »Dass wir zur Tür rausmarschieren, tschüss, und uns irgendwo verstecken? Wo denn genau? Wo kriegen wir unsere nächste Injektion her? Nirgends. So ist das nämlich. Und ohne Injektion geht die ganze Scheiße nicht am 10. August wieder los, sondern schon in ein paar Tagen.« Ihre Augen schimmerten, als hätten sich Iris und Pupille mit einem nächtlichen Frost überzogen.

Wo kriegen wir unsere nächste Injektion her?

Als hätte ich es nicht gewusst. Weglaufen war für uns Infizierte keine Option. Eine Flucht würde nicht verhindern, dass wir aktiv wurden.

Aktiv. Ich wollte es nicht einmal denken. Auf meiner Zunge war ein metallischer Geschmack. Das Sandwich, das ich vor meinem Aufbruch noch rasch hinuntergeschlungen hatte, bahnte sich entschlossen einen Weg zurück nach oben. Ich legte eine Hand über meinen Mund und drückte mit den Fingern meine Lippen zusammen.

»Scheißegal, ob wir uns verstecken, scheißegal, ob man uns wegsperrt«, hörte ich Enna aus weiter Ferne sagen. »Wir werden wieder aktiv, und wer aktiv ist, gerät früher oder später in den Modus und wird zum Killer, und weißt du, was? Ein zweites Mal pack ich das nicht. Ich *kann* das nicht. Ich steh das nicht noch einmal durch. Lieber mach ich Schluss.«

Ich zog sie vom Bett hoch. »Sag so was nicht! Denk das nicht mal. Wir finden schon einen Weg.«

»Ach ja? Und wo, bitte schön?« Sie lächelte ein Lächeln, bei dem die Augen nicht mitziehen, und plumpste zurück auf das Bett. »Wahrscheinlich so ein Weg, auf dem wir zufällig an einem *Komvir*-Geheimdepot vorbeikommen und uns für die nächsten fünf Jahre eindecken können.«

Sie hatte ja recht. Wenn das Serum zu Ende ging, ging alles zu Ende. Wir würden rückfällig werden. Wir würden wieder töten. Ich setzte mich neben sie und stützte den Kopf in die Hände. Am liebsten hätte ich mir die Finger ins Hirn gesteckt und meine Gedanken angehalten, die dort oben wild herumflogen.

Wie lange saßen wir so? Die Stille endete abrupt, als in der Ferne eine Sirene losheulte. Andere Sirenen fielen ein. Rufe von draußen, von der Straße, vereinzelte Schreie, Motorengeheul und quietschende Reifen. Enna und ich schauten uns an. Im Wohnheim klappten Türen auf und zu, Stimmen wurden laut, Schritte eilten durch die Gänge, immer mehr Schritte, immer mehr Sirenen. Wie Hunde in der Nacht. Einer fängt an, alle fallen ein.

Jetzt war es Enna, die mich vom Bett hochzog. »Da ist irgendein Scheiß am Start. Los, nach Hause mit dir.«

»Und du? Wenn das die Internierung ist?«

»Nee, so öffentlich ziehen die das nicht durch. Da läuft was anderes.« Die Sirenen jaulten und jaulten. Sie schob mich zur Tür. »Wir gehen beide runter. Du musst nach Hause und ich seh zu, dass ich Josh finde.«

In diesem Augenblick schlüpfte Mike ins Zimmer und zog die Tür hinter sich zu.

»Du schon wieder?«, entfuhr es mir.

»Und ob.« Er sah zornig aus. »Irgendwer muss ja ein Auge auf dich haben. Ich war unten im Büro. Hab gesehen, wie du hier angekommen bist.«

»Bü... Büro?«, stammelte ich töricht.

»Ich arbeite hier, schon vergessen?«, blaffte er. »Herrgott, Kara! Kannst du nicht einfach zu Hause bleiben?«

»Was ist denn eigentlich los?«, fragte Enna.

»Wir haben einen Funkspruch reinbekommen. Ein paar Arschlöcher von der Initiative behaupten, am 10. August wäre Sense mit dem Serum. Scheint so, als ginge das gerade durch die ganze Stadt.« Er packte meine Hand. »Ich fahr zum Südhafen, Tony hat da Arbeitseinsatz. Ich setz dich beim Port ab. Du«, wandte er sich an Enna, »bleibst hier. Das ist am sichersten. Wenn wir raus sind, verrammelst du die Tür.«

»Aber ...«, sagte Enna.

»Aber ...«, sagte ich.

»Keine Zeit«, sagte Mike, öffnete die Tür und zog mich ins Chaos hinaus.

Rufe und Fußgetrappel auf allen Etagen, die Heimbewohner drängten zu den Treppen, die Gesichter so bleich, dass sie im Halbdunkel leuchteten. Wir schlossen uns ihnen an. Niemand schien zu wissen, was los war, es wurde gedrückt und geschoben, die einen wollten rauf, die anderen runter, die ersten gingen zu Boden. Hände grapschten nach dem Geländer, Schreie und Schluchzer flogen durch die Luft. Der Menschenstrom erfasste uns und spülte uns die Treppe hinunter.

»Wir versuchen es durch den Keller.« Mike verschränkte seine Finger fester mit meinen und zog mich durch die Halle. Männer und Frauen, Jugendliche und Kinder, alle schubsten einander aus dem Weg und versuchten, sich irgendwohin durchzuboxen. Unerbittlich wurden wir vorwärtsgeschoben. Der Kellerabgang war blockiert von einem Menschenpfropf. Immer mehr Leute drückten und drängten von allen Seiten heran, schoben uns von der Kellertreppe weg und quer durch die Halle, quetschten uns ein, bis ich kaum noch Luft bekam. Dann waren da keine Menschen mehr, sondern nur noch eine Masse, die sich am Ausgang der Halle staute. Ich hielt Mikes Hand mit aller Kraft fest. Im nächsten Moment war diese Hand weg.

»Mike«, japste ich. Meine Finger grapschten durch die Luft. Jemand anderes war jetzt neben mir, viele andere, eine Wand aus Körpern, die nur kurz nachgab, wenn jemand zu Boden ging. Ich wurde gegen ein Mädchen gedrückt, spürte ihren keuchenden Atem im Gesicht, kam nicht an ihr vorbei und schon gar nicht konnte ich über die Köpfe der Menge hinwegschauen, keine Ahnung, ob ich dicht am Ausgang war oder ganz woanders. Draußen brüllten Menschen, drinnen brüllten Menschen. Die Halle vibrierte. Dann gab es einen Ruck, ich wurde vorwärtsgesaugt und stolperte ins Freie und in den Hof.

Rauch wölkte in der Luft. Mehrere Leute waren auf das Gelände des Wohnheims vorgedrungen und hatten einen vollbesetzten Bus auf dem Weg zum Tor gestoppt. Infizierte in grauen und hellbraunen Arbeitsoveralls wurden herausgezerrt, überall schlugen Menschen aufeinander ein. Securitys stürmten über den Hof, versuchten, Männer und Frauen voneinander zu trennen, angefeuert von dem aufgeputschten Publikum hinter dem Zaun. Während ich wie gelähmt auf das Chaos blickte, sprangen mir merkwürdige Einzelheiten ins Auge. Der Bus war mit Kolibris und Schmetterlingen in den Farben des Regenbogens bemalt, dazwischen leuchteten verschiedene Namenszüge: *Philemon, Anastasia, Djamal. Tony. Enna.* Enna hatte in das »a« ihres Namens ein Smiley gepinselt. Eine Frau, die es in den Bus hineingeschafft hatte und auf einen Infizierten einschlug, wurde von zwei anderen Infizierten gepackt und gegen das Seitenfenster gedrückt. Ihre Wange, die Nase und ein Stück ihres Mundes waren völlig platt gequetscht. Draußen lag eine Infizierte auf dem Boden, aus einer Wunde an ihrem halb abgerissenen Ohr rann Blut.

Reifen quietschten. Neben dem Bus bremste ein Van. Weitere Securitys sprangen heraus. Von der Straße näherte sich ein berittener Trupp der Initiative. Eine Frau in grüner Lederkluft bretterte auf einem Motorrad voraus und mitten zwischen die Infizierten, die schreiend in alle Richtungen auseinanderspritzten. Ein Megafon plärrte: »Zurück ins Wohnheim! Kehren Sie sofort in Ihre Zimmer zurück!«

Ein Junge lief mit gezücktem Messer umher. »Das sind alles Mörder!«, schrie er. Sein Messer fuhr von einer Richtung in die andere, sein Mund war verzerrt, er wirkte halb wahnsinnig vor Hass. »Stecht sie ab! Stecht die Schweine ab!«

Ich war mir sicher, dass er gleich jemanden aufschlitzen würde. Jetzt hat es wirklich angefangen, dachte ich. Jetzt schlachten sie die Infizierten.

Ich wollte weg, doch wohin? Ich lief in Richtung Tor, wo fünf oder sechs Reiter den Bus umkreisten. Weitere Mitglieder der Initiative kamen zu Fuß herangetrabt, federnd und kampfbereit. Allen voran lief Magnus.

»Raus mit euch, raus-raus-raus!«, brüllte er in den Bus hinein. Dort waren drei Securitys damit beschäftigt, die Infizierten von der Frau wegzuziehen, deren Gesicht noch immer an der Fensterscheibe klebte. Ein anderer Security schubste einen Infizierten – der Mann war mindestens siebzig – in Richtung Ausgang und stieß ihn die Stufen hinunter. Graue Strähnen standen in alle Richtungen vom Kopf des Mannes ab wie bei einer Comicfigur, die in eine Steckdose gefasst hat. In dem Augenblick, als er unten ankam, schoss Magnus' Faust vor und traf ihn mit voller Wucht in den Magen. Der Alte ging zu Boden. Magnus trat zu. Noch einmal. Und noch einmal. Das durchbrach meine Starre.

»Aufhören!«, schrie ich und rannte auf ihn zu. »Magnus! Hör auf!«

Er drehte sich um. Kälte strahlte von ihm ab, ein Eisblock war nichts gegen ihn. Wortlos wandte er sich wieder dem alten Mann zu und trat weiter auf ihn ein. Ich stürzte mich auf ihn und rammte ihn mit aller Kraft gegen den Bus. Er knallte mit der Schläfe gegen das Seitenblech und rutschte auf den Asphalt. Von meinem eigenen Schwung mitgerissen, ging ich neben ihm zu Boden.

Zwei schwarze Balken schoben sich von rechts und links in mein Gesichtsfeld. Ich merkte, wie sich mein Bewusstsein ausklinken wollte, und zwinkerte die Balken mühsam weg. Ein

Infizierter beugte sich zu dem alten Mann hinunter, half ihm auf die Beine und führte ihn weg. Auch ich rappelte mich auf Hände und Knie hoch, kam auf die Füße und wankte ein paar Schritte vorwärts. Als ich zurückblickte, hatte sich Magnus halb aufgerichtet. Er blinzelte benommen. Die linke Seite seines Gesichts war mit Blut beschmiert. Er öffnete den Mund und brüllte etwas in meine Richtung, doch um mich herum war es zu laut, als dass ich seine Worte hätte verstehen können.

Ich stolperte weiter, mitten in die Menge, keine Ahnung, wohin. Das Tor war jetzt von Securitys blockiert. Ich musste irgendwie zum Hinterausgang gelangen. Vor mir öffnete sich eine Lücke und ich schob mich hindurch. Ein Pferd wieherte. Ein Stein flog durch die Luft – und auf einmal war da Josh, der um das Hauptgebäude herumrannte und etwas in Richtung einer Gruppe der Initiative warf. Es knallte. Gelber Rauch quoll auf. Jemand schrie. Josh hob den Arm, um die nächste Ladung von was auch immer zu schleudern, als von rechts ein kupferfarbenes Pferd herangaloppierte. Im Sattel saß Adrian, die Zügel in einer Hand, in der anderen, halb erhoben, einen Schlagstock.

»Nein!«, brüllte ich und schlingerte auf die beiden zu. Adrian schwang den Arm zurück und ließ den Stock mit aller Kraft auf Joshs Hinterkopf niedersausen. Josh fiel auf die Knie. Sein Oberkörper schwankte, er kippte zur Seite und lag still.

Ein Schrei. Mein eigener Schrei. Adrian wandte den Kopf. Sein Gesicht verzog sich vor Überraschung. Ich sprang vor, schob mich zwischen ihn und Josh, bückte mich und berührte Joshs Schulter. Zu einem Komma zusammengekrümmt, lag er auf dem Asphalt. Er sah furchtbar klein aus, fast wie ein Kind. Sein Gesicht war kalkweiß, seine Augen standen weit offen.

»Josh«, flüsterte ich.

Seine Lippen formten ein Wort. Ich beugte mich tiefer zu ihm hinab.

»Kara«, flüsterte er. »Die bringen uns um. Die bringen uns echt um.«

Adrian drängte auf seiner Stute heran. Ich richtete mich auf und griff in die Zügel. Ich schrie. Es geschah so schnell und zugleich war es, als bliebe die Zeit stehen. Ich nahm alles bis ins kleinste Detail wahr: die Verblüffung in Adrians Gesicht, als ich Kalimeras Zügel packte und ihr mit meinem Körper den Weg zu Josh abschnitt, die Wärme des Zügelleders, den Geruch des Pferdes. Kalimera bäumte sich halb auf und ich musste sie loslassen. Als ihre Vorderhufe wieder den Boden berührten, sprang Adrian mit einer fließenden Bewegung aus dem Sattel. Seine Miene hatte sich verfinstert, seine Finger schlossen sich um mein Handgelenk. Wie ein Reif, der sich nie wieder öffnen würde.

»Was machst du hier!«, schrie er mich an. »Verschwinde!«

»Fass Josh nicht an!« Meine Stimme überschlug sich vor Zorn. »Wag das ja nicht!«

In diesem Moment ahnte ich noch nicht, was gleich passieren würde. Nicht mit meinem Verstand. Alles ging so schnell. Ich riss mich von Adrian los und wollte mich erneut schützend vor Josh stellen, da streckte er einen Arm aus und stieß mich mit aller Kraft zur Seite. Ich knallte auf das Pflaster und schlug mit dem Kopf irgendwo dagegen. In meinen Ohren schrillte ein hoher Ton los. Jeder Knochen in mir vibrierte. Etwas riss. Tief in mir drin. Bisher hatte es gehalten, jetzt flog es auseinander. Ich wollte etwas aus meinem Körper ausstoßen, wollte es loswerden. »Mach schon!«, schrie ich und sprang auf die Füße. »Bring uns alle um!«, kreischte ich, außer mir vor Wut. »Komm schon! Schlag zu! Er hat es verdient, ich hab es verdient!«, brüllte ich.

»Ich hab Alissa getötet, ich hab deine Schwester in den Rollstuhl gebracht, ich bin ein mieses Stück Scheiße, schlag zu, schlag zu ...« Meine Stimme kippte, war jetzt mehr Schluchzen als Schreien. »Schlag zu!«

Er starrte mich an. Wie von Sinnen sprang ich auf ihn los, packte ihn, schüttelte ihn. »Schlag mich zusammen, ich bin infiziert, ich bin ein Stück Dreck, ich ...«

Plötzlich wurde es ganz still. Die Männer und Frauen um uns herum beendeten ihre Kämpfe nicht, trotzdem war es, als wären alle Geräusche verschwunden. Während Adrian mich weiter anstarrte, bildeten sich auf seinen Wangen zwei schneeweiße Flecken.

»Warum sagst du das?« Seine Stimme klang gehetzt. »Was soll das, Kara, wieso ...«

Hinter uns ertönte ein schrilles Wiehern. Wir fuhren herum.

Eine Infizierte hatte eine Scherbe vom Boden aufgehoben. Jetzt steckte die Scherbe in Kalimeras Schulter. Blut spritzte aus der Wunde. Kalimera bäumte sich auf und erwischte die Frau mit einem Huf an der Brust. Adrian stürzte auf die beiden zu, packte Kalimera am Zügel und versuchte, die Stute zu beruhigen, während sich zwei Männer über die verletzte Frau beugten. Von hinten legte sich eine Hand auf meine Schulter und zog mich herum. Mike hatte mich gefunden. Ein letztes Mal schaute ich zurück. Adrian strich besänftigend über Kalimeras Hals und hinab zu der Scherbe, um sie aus ihrer Schulter zu ziehen. Die Frau wälzte sich wimmernd auf dem Boden. Und Josh – war fort.

Mike nahm meine Hand. Wir rannten. Ich wusste nicht, wohin, wusste nur, dass ich Angst hatte, Todesangst. Wir waren schon längst um das Hauptgebäude herum, bis mich mein Verstand den Hinterhof und Mikes zerbeulten Kombi wahrnehmen ließ. Wir drängten uns an den Menschen vorbei, die das hintere Tor durchbrochen hatten und auf das Gelände strömten, uns aber in Ruhe ließen, als wir, den rechten Arm erhoben und unser bloßes Handgelenk vorgestreckt wie einen Passierschein, zwischen ihnen hindurch auf den Kombi zuliefen. Wir sprangen in den Wagen und knallten die Türen zu. Mike drückte auf die Hupe, Menschen sprangen aus dem Weg. Dann lag das Tor hinter uns. Ich schloss die Augen. Mir war kalt und ich fürchtete, mich jeden Augenblick auf das Armaturenbrett zu übergeben. Ich öffnete die Augen wieder. Die Sonne ging gerade unter. Über den Dächern des Wohnheims schwebte eine zartgoldene, von blutroten Schlieren durchzogene Wolke.

30

ABSCHIED

(27. Juni)

Vom Wohnheim bis zum Port dauerte es mit dem Auto normalerweise keine fünfzehn Minuten; jetzt waren wir schon seit einer halben Stunde unterwegs und hatten noch nicht einmal das *Phönix-Center* hinter uns gelassen. Die Straßen waren verstopft von Menschen, die sich von ihrem Hass und ihrem Zorn durchströmen ließen wie von einer Flut, in die sie kopfüber hineinsprangen und von der sie sich mitreißen ließen. Sie warfen mit Steinen, schlugen auf jeden ein, der einen schwarzen Armreif trug, traten sich gegenseitig zu Boden. Vor uns rannte eine alte Frau über die Straße, fuchtelte mit einem Revolver und schrie: »Zweite Welle, Zombiealarm! Zweite Welle, Zombiealarm!«

Aber die Infizierten waren nicht aktiv oder gar im Modus. Offenbar brauchte es keine Zweite Welle, um so viel Gewalt auszulösen. Die bloße Nachricht vom Ende des Serums hatte genügt.

Auf der Straße glitzerten Glasscherben. Fahrräder waren umgeworfen worden, ein schwerer Jeep lag mit dem Bauch nach oben wie eine Riesenschildkröte, vier Reifen in der Luft. Mit zusammengebissenen Zähnen fuhr Mike um einen Lkw herum und musste gleich wieder auf die Bremse steigen. Autos über Autos verstopften die Straße, Menschen, die wer weiß wohin wollten, um sich in Sicherheit zu bringen, und die jetzt ohne Pause hupten und einander anschrien, als könnten sie damit irgendetwas bewirken. Mike wollte zurücksetzen, doch hinter uns versperrten zwei Vans der Initiative den Weg. Wir steckten fest.

»Zu Fuß?«, fragte ich.

»Lass uns noch fünf Minuten warten.« Seine Finger trommelten auf das Lenkrad. Nervös blickte ich aus dem Fenster, rechts von uns erstreckte sich vor der mächtigen Front des *Phönix-Centers* der alte Busbahnhof, wo Alissa mal einen Sommerjob in einer Cafeteria gehabt und uns wochenlang Bagels mit Frischkäse und neonblau glasierte Donuts mitgebracht hatte. Ich wollte nicht an Alissa denken, aber die Erinnerungen kamen, gingen und kamen, ohne dass ich sie steuern konnte. Ich sah die Überreste des Foodtrucks, wo ich mir mit Bertil vor vielen Jahren ein Pommes-Wettessen geliefert hatte. Wer gewonnen hatte, wusste ich nicht mehr, nur dass wir noch am selben Abend beide eine Fontäne aus Pommes-Cola-Mayonnaise in die Badewanne gekotzt hatten. Zwischen den Trümmern des Trucks und einer leer geplünderten Drogerie lag die Einfahrt zur Tiefgarage des Centers. Während ich noch hinschaute, huschte eine Gruppe von sechs, sieben, acht Leuten hinter einem Müllcontainer hervor. Sie trugen die grauen Arbeitsoveralls der Infizierten. Der Erste in der Reihe gab den anderen ein Zeichen. Geduckt schlichen sie auf die Garageneinfahrt zu.

Ich erkannte Enna an ihrem bläulich schwarzen Haar. Sie lief ziemlich weit hinten. Als sie kurz über die Schulter guckte, schienen sich unsere Blicke einen Moment lang zu treffen, dann hatte sie sich schon wieder abgewandt, fasste nach Joshs Hand und zog ihn mit sich in die Dunkelheit der Garage.

Die kleine Gruppe war kaum verschwunden, als Mike endlich den Rückwärtsgang einlegen und wenden konnte. Er bog in eine Fußgängerzone ein und bugsierte uns zwischen Pollern und versprengten Flüchtenden hindurch, von denen einer so heftig auf die Kühlerhaube des Kombis schlug, dass ich in meinem Sitz hochfuhr und mir den Kopf an der Wagendecke stieß. In den Seitenstraßen knallten Schüsse. Das Auto nahm Fahrt auf. Ein giftiger Geruch von schmelzendem Plastik und fettigem Rauch drang in den Innenraum. Wir rutschten um die nächste Kurve. Vor uns erhob sich eine brennende Barrikade aus Kanistern, Spanplatten, einem Pick-up und allem möglichen Müll, ohne dass ersichtlich wurde, wen oder was die Barrikade schützte. Ascheflocken regneten auf uns herab. Etwas Zusammengekrümmtes, Verkohltes lag im Rinnstein. Eine große Baumwurzel. Oder etwas anderes. Galle stieg mir in den Mund und ich begann zu zittern. Mike wendete und fuhr in die andere Richtung weiter. Seine Hände waren so fest um das Steuer geklammert, dass die Adern auf seinen Handrücken wie Schnüre hervortraten.

»Wie können die rausfunken, dass am 10. August das Serum ausgeht! Da ist doch klar, was passiert!« Mit der Faust hieb er aufs Armaturenbrett. »Was für eine Riesenscheiße!«

Es fiel mir schwer zu glauben, dass alles so schnell aus den Fugen geraten konnte – oder dass wir dort mitten hindurchfuhren, durch die Feuer, die Securitys, die Leute von der Initiative, die Schatten, die durch die Straßen huschten. Ich fühlte mich in die Zeit der Ersten Welle zurückversetzt, mit dem Unterschied, dass diesmal keine aktiven Infizierten unterwegs waren. Hier wütete nicht das Virus, hier wüteten Menschen, die einander hassten und nicht mehr wussten, wohin mit ihrem Hass.

Die nächste Kreuzung: unpassierbar. Mike wendete und bog in eine Seitenstraße ein. *Bitte nicht da entlang,* wollte ich sagen, als sie schon vor uns auftauchte. Das, was von ihr übrig war. Während der Ersten Welle war die *Kulturfabrik* fast vollständig niedergebrannt. Irgendwo unter diesen Trümmern lag Alissa begraben. Ich schloss die Augen. Überall Tote, in der Vergangenheit, jetzt, in der Zukunft. Es hörte nicht auf.

Als wir in die Straße nach Kumfeld einbogen und uns endlich dem Port näherten, wurde es ruhiger. Weniger Schreie und Schüsse, weniger Menschen. Vor uns erhob sich in der Dämmerung der Sicherheitszaun. Mike hielt vor dem Tor, wo uns mehrere Securitys misstrauisch beäugten.

»Und was hast du jetzt vor?«, fragte ich.

»Tony finden. Ihn mit nach Hause nehmen. Mir irgendwo was von dem Serum besorgen.«

Ich nickte. Langsam kletterte ich aus dem Wagen und beugte mich noch einmal hinein. »Danke, Mike. Alles Gute für euch.«

Es klang entsetzlich unbeholfen.

Als ich auf das Tor zuging, warf ich einen letzten Blick über die Schulter und sah gerade noch, wie der gelbe Kombi um eine Kurve bog und verschwand.

Am Tor standen mehr Securitys als sonst, mindestens zehn, und sie schauten nicht gerade freundlich drein. Eine Frau, die unablässig in ihr Funkgerät brabbelte, trat auf mich zu. Ich zeigte ihr meinen Ausweis und sie winkte mich durch. Hinter mir schloss sich das Tor.

Die Unruhen in der Stadt hatten den Port noch nicht erreicht, doch alle schienen sich auf das Schlimmste vorzubereiten. Die Bewohner gingen auf den Straßen Patrouille, der Gitarrenmann aus Bertils Schule lief ohne Gitarre, aber mit einem Gewehr über der Schulter wie ein Irrer am Zaun entlang. Auch ich begann zu laufen und dann zu rennen, ich stürmte durch die Straßen des Ports, während in meiner Kehle der scharfe Rauch von zu vielen Dingen kratzte, die in Vrede brannten. In meinen Schläfen pochte es, während ich dahinjagte und mir vollends klar wurde, was ich angerichtet hatte.

Adrian wusste jetzt, dass ich infiziert war.

Ihm das ins Gesicht zu sagen, war ein Impuls gewesen, dem ich einfach gefolgt war, als wäre endlich die Zeit gekommen, ihm ein paar harmlose Schwächen zu offenbaren, oder als wäre die Wahrheit vorher zu gefährlich gewesen und jetzt plötzlich nicht mehr und als wäre es darum grundverkehrt, die eigene Katastrophe noch länger für mich zu behalten. Als hätte es nur positive Folgen für ihn und für mich, alle Lügen über Bord zu kippen.

Ich war eine Idiotin gewesen. Ich hatte komplett versagt. Meine Eltern hatten mir vertraut und mir war nichts Besseres eingefallen, als ihr Vertrauen wegzuwerfen. Das musste ich ihnen nun beichten, damit … Ja, was? Wir von hier verschwinden und uns in Sicherheit bringen konnten? Wo denn, bitte schön? Wenn man sich in Sicherheit bringen will, ist es schon irgendwie hilfreich, ein Ziel vor Augen zu haben. Aber Sicherheit gab es in Vrede nicht mehr, jetzt weniger denn je. Mich würden sie ins Stadion oder in den Schlachthof stecken, meine Eltern in irgendeinen anderen Knast und Bertil ins Waisenhaus.

Goldene Zeiten.

Als ich in unsere Einfahrt einbog, bekam ich kaum noch Luft. Mein Herz hämmerte, als wollte es mir aus der Brust in den Mund springen. Ich hechtete die Verandastufen hinauf. »Mama!«, rief ich, wischte mir die Tränen ab, stieß die Haustür auf und stolperte in die Diele. »Papa? Seid ihr da?« Meine Stimme klang dünn und wässrig. Ich bog ins Wohnzimmer ab – und blieb wie festgenagelt auf der Türschwelle stehen. »Was ... was ... was machst du denn hier?«, stotterte ich.

»Adrian musste zu einem Einsatz.« Lisas Gesicht sah vor Anspannung ganz schief aus. »Dein Vater hat gesagt, ich kann bei euch bleiben. Ich ... ich hab Bertil was vorgelesen.«

Auf ihren Knien lag ein Buch. Bertil kauerte in einer Ecke des Sofas wie ein Tierchen im Nest. Mit einer Hand strich er unablässig über Brösels ramponierten Rücken. Der Lärm von den Krawallen war kaum mehr als ein Grollen in der Ferne, doch sein Gesicht war feucht von Tränen und in seinen Augen flackerte nackte Angst. Ich setzte mich neben ihn und legte einen Arm um seine Schultern.

»Papa ist dich suchen«, schnüffelte er. »Wir sollen nicht raus. Ich glaube, ich hab vergessen, die Tür abzuschließen.«

»Ist Mama in der Klinik?«

Er nickte.

Okay. Und jetzt? Meinen Vater suchen oder zuerst meine Mutter informieren? Ich stand auf. Sofort kreischte Bertil mit einer Stimme los, die ich noch nie an ihm gehört hatte. »Nein, nein, nein, nicht weggehen, bitte nicht weggehen!«

»Bertil, hör auf! Ich muss ...«

»Nein«, schrie er, sprang vom Sofa hoch, schnellte auf mich zu und klammerte sich an mich. »Nicht weggehen, bitte nicht!«

»Ist ja gut.« Es war sowieso egal. Ich sah alles vor mir: Adrian, der mit der Security sprach, mit seinen Leuten von der Initiative, mit Leonarda. Wahrscheinlich waren sie schon auf dem Weg zur Klinik, um sich meine Mutter vorzuknöpfen. Oder würden sie erst hierherkommen? Spielte keine Rolle. Überhaupt noch an Flucht zu denken, war lächerlich. Ich hatte es vermasselt.

»Ich mach uns mal einen Kakao«, sagte ich müde.

Bertil folgte mir in die Küche. Ich stellte einen Topf auf den Herd und goss Milch hinein.

Es klopfte.

So schnell ging das also. Nett, dass sie wenigstens anklopften und nicht gleich die Tür eintraten. Allerdings warteten sie auch nicht, bis sie hereingebeten wurden. Die Tür ging auf und wurde fast geräuschlos wieder geschlossen. Ich schaltete den Herd ab und verließ die Küche. Bertil folgte mir.

In der Diele stand Adrian.

Sein Haar war zerstrubbelt und seine grünen Sachen mit Dreck beschmiert. War das Blut an seinem linken Ärmel? Seine gar nicht spektakulären Augen leuchteten fast silbern.

»Adrian!« Aus dem Wohnzimmer kam Lisa angerollt.

Er lächelte. Es war ein kleines Lächeln. Winzig geradezu. Wortlos ging er an Bertil und mir vorbei, beugte sich zu seiner Schwester hinunter, legte die Arme um sie und gab ihr einen Kuss auf die Stirn. »Ich bring dich nach Hause, Lissy. Ich muss nur noch kurz mit Kara reden. Bertil?«, wandte er sich an meinen Bruder. »Wartest du mit Lisa im Wohnzimmer?«

Widerstrebend ließen uns die beiden allein. Wir gingen in die Küche. Leise schloss ich die Tür hinter uns. Wie damals, als er zum Blutabnehmen bei uns gewesen war, lehnte sich Adrian gegen die Spüle. Doch heute würde die Geschichte kein gutes Ende nehmen. Enden würde die Geschichte, aber ziemlich beschissen.

Die Hände in die Hüften gestemmt, starrte er mich an. Das Licht um ihn war dunkelgrau und die Luft in der Küche plötzlich so kalt, dass ich die Arme um meinen Oberkörper schlang und von ihm weg auf die Rezeptsammlung schauen musste, die mein Vater für Bertil und mich an den Kühlschrank geklebt hatte. *Veganer Erbseneintopf. Apfel-Zimt-Muffins.* Jeden Augenblick würde der Rest der Initiative unser Haus stürmen und mich mitnehmen.

»Sag mir, dass das gelogen war, Kara. Dass du irgendeinen Scheiß geredet hast, damit ich diesen Kerl in Ruhe lasse.«

Steckrübenpürree, las ich, während ich Adrian langsam zum Küchentisch gehen und sich setzen hörte.

»Kara.«

Ich wandte den Kopf und blickte in seine silbrigen Augen. Ein verzweifeltes, klaffendes Gefühl machte sich in mir breit. In meinem Kopf konnte ich leise Musik hören. Die ersten Takte der *Mondscheinsonate.*

»Das war doch alles gelogen«, beschwor er mich leise. »Du bist nicht infiziert. Du hast meine Schwester nicht angegriffen. Hörst du mich, Kara? Du bist nicht infiziert.«

Ich musste nur Ja sagen.

»Ja«, sagte ich. »Ich hab dich angelogen. Damit du Josh in Ruhe lässt. Ich bin nicht infiziert.«

Die Stille zwischen uns wirkte endlos. Als wären alle Geräusche eingefroren. Adrians Gesicht war bleich, ob vor Erschöpfung, Entsetzen, Schmerz oder Wut, konnte ich nicht ausmachen. Er blinzelte heftig.

»Gut.« Tief und zitternd holte er Luft. »Du hast meine Schwester nicht ...« Seine Stimme versagte. Er barg sein Gesicht in den Händen. Als er wieder aufblickte, sah ich an seinen Wimpern etwas glitzern. Oder vielleicht wollte ich auch nur, dass dort etwas glitzerte. Er nahm die Schultern zurück, straffte sich und stand mit einem Ruck auf. »Ich will dich nie wiedersehen, Kara. Du wirst dich von Lisa und von mir fernhalten. Du wirst nicht einmal mehr in unsere Nähe kommen.«

Ich nickte.

Er verließ die Küche, ohne sich noch einmal umzublicken. Ich hörte ihn ins Wohnzimmer gehen, hörte, wie sich Lisa von Bertil verabschiedete und ihr Rollstuhl durch unsere Diele quietschte.

»Tschüss, Kara!«, rief sie.

»Tschüss, Lisa!«, rief ich zurück.

Die Haustür klappte auf und wieder zu. Ein Rumpeln, als Adrian seine Schwester mitsamt ihrem Stuhl die Verandastufen hinunterbugsierte, Schritte, die sich entfernten. Ich hielt den Atem an, bis die Schritte und das Rollen der Reifen – *quietschquietschquietsch!* – in der Ferne verklungen waren.

Das war's.

Plötzlich wurden mir die Knie weich. Mit gesenktem Kopf stützte ich mich am Kühlschrank ab, um nicht umzufallen. Die Brotkrümel und Haferflocken auf dem Fliesenboden fingen an, sich zu bewegen, als wären sie lebendig. Ich schloss die Augen.

Meine Familie war noch einmal davongekommen. Warum fühlte es sich trotzdem an, als wäre alles vorbei? Total und absolut vorbei. Ende und aus. Dieser kalte Blick aus silbrigen Augen. Eine Liebesgeschichte, die endet, bevor sie richtig begonnen hat.

So. Jetzt hatte ich es ausgesprochen, lautlos und nur für mich, doch das Wort war gefallen. Liebe. Fast ebenso verstörend folgte der nächste Gedanke: *Ich kann nicht mehr. Ich kann einfach nicht mehr.* Schluss. Aus. Es geht nicht mehr.

Aber du musst. Musst, musst, musst. Reiß dich zusammen, Kara. Steh nicht hier herum und tu dir leid. Mach weiter.

Mach einfach weiter.

Am liebsten wäre ich am Kühlschrank entlang zu Boden gerutscht, zwischen all den Krümeln liegen geblieben und eingeschlafen. Stattdessen ging ich zum Herd, schaltete ihn ein, rührte den letzten Rest Kakaopulver in die Milch und gab drei Löffel Zucker dazu. Bertil trank seinen Kakao gern süß.

In der Ferne, irgendwo jenseits des Ports, explodierte etwas. Der Knall war so heftig, dass die Teller im Geschirrschrank klirrten und die Milch kleine Wellen warf. Bertil kam in die Küche gerannt, die Augen weit aufgerissen.

»Was war das, was war das?«

»Ich weiß es nicht, Bertil. Aber es war weit weg.«

Sirenen jaulten. Ich öffnete meine Arme und mein Bruder legte sich hinein. Ich drückte ihn an mich; ich wusste nicht, wer von uns diese Umarmung dringender brauchte.

In mir lag alles in Trümmern, draußen flog unsere Stadt in die Luft und dazu der warme Schokoladengeruch des Kakaos, der die Küche füllte. Es war komplett irreal. Ich dachte an die lange Nacht und an die Tage, die vor uns lagen, wie sie sich in Rauch und Feuer und Wut vor uns erhoben, als wäre es seit dem letzten Herbst nie anders gewesen, als gäbe es kein Entkommen, ob mit oder ohne Virus, keine Rückkehr in ein Leben, das nicht von einem tiefen Riss durchzogen war, für keinen von uns.

31

DAS ARSENAL

(28. Juni)

Wir saßen noch immer in der Küche, als mein Vater mit seinen Bärenschritten die Verandastufen heraufgestampft kam. In seinem Gang lag etwas Wütendes – wahrscheinlich hatte er mich schon durch das erleuchtete Küchenfenster gesehen. Bertil sprang auf und rannte ihm durch die Diele entgegen. Ich hörte die beiden mit gedämpften Stimmen kurz miteinander sprechen, dann trappelte Bertil weiter ins Wohnzimmer, während mein Vater mit einer tiefen Furche zwischen den Augenbrauen in die Küche polterte. Okay, dachte ich resigniert. Nächstes Gespräch unter vier Augen.

»Wo bist du gewesen?«

»Weg.«

»Tatsächlich?« Er sank auf einen Stuhl, der beängstigend knarzte. An seiner Schläfe pulsierte eine Ader. »Und wo ist *weg*, verrätst du mir das?«

»Ich war in unserem alten Viertel.« Die hundertste, tausendste, millionste Lüge, ich konnte die Lügen gar nicht mehr zählen. »Ich wollte gucken, wie es jetzt dort ist.« Meine Finger verschlangen sich so fest, dass es wehtat. Ich spürte seinen Blick wie ein Brennglas auf mir, doch als ich den Kopf hob, sah er nur müde aus. Nach ein paar Sekunden sackte er zusammen. Sein Gesicht war grau vor Erschöpfung.

»Gucken«, sagte er. »Einfach gucken, ja?«

»Es tut mir leid, Papa. Ehrlich. Ich hab nicht damit gerechnet, dass es draußen gefährlich wird.«

Er seufzte. »Du und Bertil, ihr dürft den Port nicht mehr verlassen. Keine Ausflüge mehr. Nirgendwohin. Ihr bleibt zu Hause, bis das alles vorüber ist.«

Das alles. Während der Ersten Welle war das seine Umschreibung für die Gewalt gewesen, das Töten. Es war wieder so weit, auch wenn das Virus noch gar nicht aktiv geworden war.

»Wo ist Mama?«, fragte ich bang. »In der Klinik?«

Er fasste über den Tisch hinweg nach meiner Hand. Ich glaube, er merkte gar nicht, dass er es tat. Aber ich merkte es und es tat mir unglaublich gut.

»Dort ist sie in Sicherheit. So sicher jedenfalls, wie es gerade möglich ist.« Wahrscheinlich sollte das beruhigend klingen, allerdings kriegte er das mit dem beruhigenden Tonfall nicht besonders überzeugend hin. »Sie haben die Security um den Seestern herum zusammengezogen, sie ist also gut geschützt.«

Der Seestern. Ich lächelte wehmütig. Das hatte ich völlig vergessen. Als meine Mutter vor Jahren nach ihrem ersten Tag im Klinikum nach Hause gekommen war, hatte sie uns erzählt, ihr neuer Arbeitsplatz wäre ein riesiger Seestern, worauf Bertil sie gefragt hatte, ob sie jetzt jeden Morgen mit einem U-Boot hinfahren müsste. Mit seinen fünf orangeroten Seitenflügeln, die den runden Haupttrakt wie einen Strahlenkranz umgaben, hatte das Gebäude tatsächlich etwas Seesternartiges an sich. Ich hatte den Namen längst vergessen, doch mein Vater hatte ihn sich offenbar gemerkt. Er goss den letzten Rest Kakao in Bertils Becher und trank ihn in langsamen Schlucken.

»Das geht alles auf das Konto der Initiative«, sagte er plötzlich und stellte mit einem Knall den Becher ab. »Irgendein Arschloch von denen hat das mit dem 10. August rausgefunkt. So ein Irrsinn!«

»Aber der Irrsinn stimmt. Oder?«, fragte ich leise.

Er drückte meine Hand. »Das spielt doch längst keine Rolle mehr. Überall Krawalle, nicht nur in Vrede. Die Leute haben so viel Angst vor einer Zweiten Welle, dass sie lieber selbst gewalttätig werden, bevor ...« Langsam ließ er meine Hand los, als würde ihm in diesem Augenblick bewusst, dass auch in meinem Blut das Virus darauf wartete, aus seinem Schlaf emporzutauchen. »Und als wäre das nicht schlimm genug, haben sie in den Wohnheimen auch gleich noch alle *Komvir*-Vorräte zerstört oder mitgehen lassen, ist das zu fassen?« Er lachte bitter auf. »Jetzt wird das Serum nicht einmal mehr bis zum 10. August reichen.«

Bertil kam in die Küche geschlichen. »Kann ich wieder reinkommen?«

Ich klopfte auf den Stuhl neben mir. Mein Vater straffte sich und stand auf. Über sein Gesicht huschte ein Lächeln, flüchtig wie ein Nebelfaden. Er strich Bertil über den Kopf. »Ich mach uns mal Pfannkuchen«, sagte er.

Die Nacht blieb ruhig. Keine weiteren Explosionen. Als ich am nächsten Morgen herunterkam, saß meine Mutter am Küchentisch und rührte in ihrem Kaffee. Sie sah zu Tode erschöpft aus, und als ich sie umarmte, reagierte sie kaum.

»Mama?«, fragte ich unsicher.

Sie seufzte tief. Ich setzte mich. Langsam führte sie ihren Becher an die Lippen. Als sie ihn wieder abstellte, war der Kaffeepegel nicht um einen Millimeter gesunken.

»Mama?«, fragte ich noch einmal.

Mit leiser Stimme erzählte sie, dass mehrere Leute versucht hätten, in den Arbeitsbereich von Team Rainbow – Flügel C, die Drogenzentrale, *Pinky mag fünf Fischstäbchen* – einzudringen, und dass sie alles hätten abriegeln müssen. »Und das war nicht mal das Schlimmste.« Sie rieb sich die Stirn. »Eine Gruppe von Infizierten aus einem Wohnheim im Süden hat das Gebäude angegriffen, in dem wir die *Komvir*-Bestände für Vrede und das Umland lagern. Das Arsenal. Die Security meint, sie müssen das von langer Hand geplant haben. Gestern haben sie dann die Gunst der Stunde genutzt, um das Serum zu vernichten.«

Ich beugte mich vor. »Infizierte, die das Serum *vernichten* wollen?«

»Sie waren wohl der Meinung, dass sie während der Ersten Welle nicht schlecht gelebt haben. Besser jedenfalls als jetzt. Sie wollten ihre *Freiheit* zurück, auch um den Preis, dass sie wieder aktiv werden.« Sie machte ein Gesicht wie, keine Ahnung, eine Weltraumforscherin, die eine völlig fremde Lebensform entdeckt hat. Eine grüne Niere mit fünf Augen oder so. »Sie haben sich bis zum Arsenal durchgeschlagen. Sie hatten Brandbomben dabei, selbst gebasteltes Zeug, weiß der Geier, wer ihnen die Zutaten verschafft hat. Spielt auch keine Rolle mehr. Die Security hat sie ausgeschaltet. Nur hatte sich eine von ihnen mit einem Sprengstoffgürtel ausstaffiert. Wie früher diese Terrorkommandos.« Sie räusperte sich. »Das Arsenal ist komplett ausgebrannt.«

Es war ein Schock, ich spürte, wie mir jäh das Blut ins Gesicht stieg und sich ein saurer Belag in meinem Mund und auf meiner Zunge ausbreitete. Mit unumstößlicher Gewissheit glaubte ich einen Moment lang, das Virus würde zielgenau in diesem Augenblick aus seinem Schlaf emporschießen. Als müsste die Zerstörung des Serums automatisch sein Erwachen sein. Fast gleichzeitig wusste ich natürlich, dass das nicht sein konnte. Noch war es nicht so weit. Doch das Virus wartete auf mich, wie es auf alle Infizierten wartete, es lauerte stumm in meinem Blut, verborgen, statisch, schlafend, geduldig abwartend.

Ich sah auf, um dem Blick meiner Mutter zu begegnen, der voller Verständnis auf mir ruhte. »Keine Sorge«, sagte sie sanft. »Einen Teil der Bestände konnten wir retten.«

»Wie viel?«, fragte ich tonlos.

Still wie eine Statue saß sie da, marmorblass. »Wir haben noch keine genauen Zahlen.«

»Wie viel, Mama?«

Sie pustete einen Wirbel in die glatte Oberfläche ihres Kaffees. »Vielleicht zehn Prozent. Wir haben schon andere Städte angefragt, ob sie uns beliefern können.« Sie lächelte mich an, doch ihre Finger schlangen sich immer fester um ihren Becher. »Wir müssen einfach das Beste hoffen.«

»Werden die Infizierten schon interniert?«

Sie schüttelte den Kopf. »Vorerst konzentriert sich die Initiative darauf, diejenigen aufzuspüren, die während der Krawalle geflüchtet sind. Die Security unterstützt sie dabei. Wenn diese Leute ihre Spritze nicht bekommen ...« Mit einer müden Bewegung nahm sie sich eine Scheibe Knäckebrot, brach sie entzwei und kleckste ein pinkfarbenes Marmeladenzeug drauf. »Die Menschen verbarrikadieren sich wieder. Den Port haben sie auch abgeriegelt. Ohne Anwohnerausweis kommt keiner mehr rein. Und auch nicht raus. Und wem verdanken wir die ganze

Scheiße?«, rief sie plötzlich und wirkte in diesem Moment gar nicht mehr müde.

Scheiße. Hatte meine Mutter dieses Wort je benutzt?

Doch. Hatte sie. An jenem Dezembermorgen, als sie die Schwellung an meinem Oberschenkel entdeckt hatte, dort, wo Tims Zähne in mich eingedrungen waren.

»Wenn diese Schwachköpfe von der Initiative ihren Mund gehalten hätten ... Aber so läuft das eben, wenn du Leuten Verantwortung überträgst, die keine Ahnung von nichts haben und ihre Wut an irgendwem auslassen müssen. Es reicht nun mal nicht, wenn man schießen lernt. Man muss auch lernen, sein Gehirn zu benutzen!« Sie stürzte ihren Kaffee hinunter und kippte gleich den nächsten Schwall in ihren Becher, so heftig, dass die Hälfte davon auf den Tisch platschte.

»Mama? Die Patienten auf Station K ... Morna ... Ihr müsst sie wecken. Wenn sie schlafen, sind sie völlig wehrlos. Und falls die Initiative den Seestern stürmt ...«

Sie lächelte matt, als sie den alten Namen hörte, wurde aber gleich wieder ernst. »So weit würden sie nicht gehen.« Sie biss von ihrem Brot ab, kaute und spülte mit einem Schluck Kaffee nach. »Im Übrigen können wir die Infizierten nicht einfach wecken. Wir haben das *Komvir* bei ihnen so stark abgesenkt, dass sie sofort in die aktive Phase springen würden. Wir müssen den Spiegel erst langsam wieder anheben und das ist derzeit ausgeschlossen. Das würde uns zu viel Serum kosten.«

»Mit anderen Worten: Sie müssen weiterschlafen, so oder so?«

Sie nickte.

»Oh Gott.« Ich stützte den Kopf in die Hände. Mein Gaumen fühlte sich an wie ein Stück Eierpappe, rau und trocken. »Mama? Wie viel Zeit haben wir denn überhaupt noch? Wenn fast alle *Komvir*-Bestände vernichtet sind …« Meine Stimme versagte.

Sie fasste nach meiner Hand. »Mariana – Dr. Levin – hat uns für zwölf Uhr zu einem Krisengespräch einbestellt. Ich denke, danach wissen wir mehr.«

Etwas kam auf mich zu, ein zitterndes Entsetzen, für das ich keine Worte hatte. Bald, dachte ich. Bald. Es gibt kein Entkommen. Es wird wieder passieren. Noch immer kein neues Medikament, noch immer ist der rettende Ausgang nicht in Sicht. Zum ersten Mal kam mir der Gedanke, dass es vielleicht nie ein neues Medikament geben würde.

Meine Mutter räusperte sich. »Da ist noch etwas, Kara. Falls es wieder Unruhen gibt, muss ich vielleicht in der Klinik bleiben. Ich glaube nicht, dass das passiert«, fügte sie mit einem Lächeln hinzu, ein kleines und trauriges Lächeln, das sich wie ein vergeblicher Wunsch in ihren Mundwinkeln versteckte, »aber falls doch, musst du vorbereitet sein.« Sie stand auf. »Komm mal mit«, sagte sie ruhig.

In ihrem Arbeitszimmer zog meine Mutter die unterste Schublade ihres Schreibtischs auf und holte eine kleine Tasche mit grünem Reißverschluss heraus. »Fünf Ampullen, fünf Spritzenbestecke. Schaffst du es, dich selbst zu spritzen? Du musst nur unter die Haut, ins Fettgewebe, das genügt.«

Sie zeigte mir, wie ich die Einstichstelle desinfizieren, eine Hautfalte von meinem Oberarm abziehen, die Kanüle im richtigen Winkel ansetzen und zügig einstechen musste. Doch als ich es versuchte und spürte, wie die Nadelspitze meine Haut berührte, schaffte ich es nicht, durch den Widerstand hindurchzugehen. Ich versuchte es noch einmal und wieder drückte die Nadelspitze gegen meine Haut wie gegen eine Gummiwand.

Ich hörte ein lautes Pochen und begriff, dass es mein eigener Herzschlag war, der mir in den Ohren dröhnte. Meine Mutter ermutigte mich geduldig. Ich setzte noch dreimal neu an und jedes Mal war es, als wäre meine Haut etwas Undurchdringliches, in das ich niemals würde eindringen können. Ich weiß nicht, wie lange ich auf die Kanülenspitze starrte, die gegen meinen Arm drückte. Ich dachte, dass ich es niemals schaffen konnte, aber natürlich wusste ich, dass das nicht infrage kam.

Spritze oder Virus. Spritze oder Virus.

Dann war die Kanüle drin. Meine Mutter strich mir über den Rücken. Ich atmete zitternd aus.

»Wenn du das Serum injizierst, musst du langsam machen. Langsam den Kolben durchdrücken. Du kannst Papa bitten, dir zu helfen, aber es ist wichtig, dass du es zur Not auch allein hinkriegst.«

Sie reichte mir die kleine Tasche. Fünf Ampullen. Fünf Wochen. Noch ist Zeit, hörte ich in meinem Innern ein verzweifeltes Murmeln, noch bleiben mir fünf Wochen.

Und dann?

Meine Mutter nahm mich fest in die Arme. Als wir einander losließen, strich sie mit den Fingern über meine Stirn und meine Wange hinunter. Auf ihren Augen lag ein hauchdünner Film, die ersten Spuren von Tränen.

Später standen wir zu dritt in der Auffahrt, mein Vater, Bertil und ich, und winkten ihr nach. Sogar Pinky setzte sich dazu, und als Bertil zu weinen anfing, drückte sie sich gegen seine Beine und stieß kleine, klagende Laute aus, bis er sie hochnahm und seine Wange an ihr Fell legte.

32

DER DRITTE ABSCHIED

(28. Juni)

Es war Abend, Bertil und ich spielten im Wohnzimmer *Scrabble* und ich legte gerade das Wort »Quitte«, als der Ziegelstein durchs Fenster geflogen kam und zwischen uns auf dem Spielbrett landete. Die Buchstabenplättchen spritzten auseinander. Mein Blick flog zum Fenster, dem gezackten Loch in der Scheibe, dann zu Bertil. Sein Gesicht war gräulich blass. Als der zweite Stein durch das zweite Fenster krachte, erwachte ich aus meiner Starre. Ich sprang auf, zog Bertil mit mir hinter das Sofa und drückte ihn zu Boden. Er presste sich wimmernd an mich. Ich hörte, wie mein Vater draußen um das Haus herumrannte. Was er dabei brüllte, konnte ich nicht verstehen, seine Stimme donnerte wie ein Güterzug. Ein Klirren im ersten Stock, als die dritte Scheibe zu Bruch ging.

Adrian hat also doch mit irgendwem gesprochen!, schoss es mir durch den Kopf.

»Ihr Wichser!«, röhrte mein Vater. »Ihr feigen Arschlöcher!«

Lärm drang aus dem Garten herein, es klang so, als würde jemand über eine Schubkarre stolpern. Rennende Schritte entfernten sich unsere Auffahrt hinunter. Ich kam hinter dem Sofa hervor, lief zu einem der zerbrochenen Fenster und steckte den Kopf hinaus. »Papa? Bist du okay?«

Seine bärige Gestalt kam durch den dunklen Garten herangestampft. »Natürlich bin ich okay. Was ist mit euch?«

»Alles in Ordnung. Wer war das?«

»Magnus, ziemlich sicher«, knurrte er. »Die anderen – zu dunkel. Keine Ahnung. Diese Arschlöcher.«

Ich hob den Stein auf, der unsere *Scrabble*-Partie ruiniert hatte. Ein normaler Ziegel, den jemand mit einem Stück Paketschnur umwickelt hatte. Unter der Schnur klemmte ein Zettel. Ich zog ihn heraus und faltete ihn auseinander.

Verpiss dich, Zombiefreundin. Verschwinde aus dem Port. Sonst ist das hier nur der Anfang.

Er oder sie hatte so fest aufgedrückt, dass die Schrift an manchen Stellen verschmiert und das Papier eingerissen war. Die Wut und der Hass, die durch die Hand des Schreibenden in jeden Buchstaben hineingeflossen sein mussten, waren wie ein Schlag ins Gesicht.

»Was steht da?«, fragte Bertil.

Ich reichte ihm den Zettel. Die Haare fielen ihm ins Gesicht, während er las. Mein Vater hatte sie letzte Woche zu einem schiefen Pony geschnitten. Mit aller Kraft konzentrierte ich mich auf die schräge Frisur meines Bruders, bevor mein Denken völlig außer Kontrolle geriet.

»Oh.« Er ließ den Zettel sinken. Wie glatt und blass sein Gesicht war, fast wie Porzellan. Nichts Robustes. Nur Zartheit und Verletzlichkeit. Auf einmal hatte ich wahnsinnige Angst um ihn.

Mein Vater kam herein, nahm Bertil den Zettel aus der

Hand, las ihn, zerknüllte ihn, schleuderte ihn gegen die Wand, stemmte seine Fäuste in die Hüften und starrte auf das Meer aus glitzernden Scherben auf dem Fußboden. Es waren Hunderte. Tausende. »So eine Scheiße.« Nach diesem knappen Statement holte er Besen, Handfeger und Müllbeutel.

Es dauerte ewig, bis wir alles zusammengekehrt hatten. Während wir schweigend nebeneinanderher arbeiteten, hatte ich zum ersten Mal das Gefühl, dass es zwischen meinem Vater und mir fast wieder okay war. Nachdem wir die letzten Scherben aufgefegt hatten, ging ich auf mein Zimmer und schnappte mir meinen Rucksack. Im Port hatte ich gelebt, als hinge ein Schild am Tor: *Bitte nicht stören.* Als könnte mir nichts passieren. Aber es konnte. Und nicht nur mir. Es würde weitere, schwerere Angriffe geben. Ich sah Pinky steif und tot auf unserer Veranda liegen – in Filmen mussten Haustiere immer als Erste dran glauben –, sah Flaschen durchs Fenster fliegen, aus deren Hälsen brennende Lunten loderten.

Ich stopfte den Rucksack mit Klamotten voll und packte auch das Täschchen mit dem *Komvir* ein. Ich hatte nicht damit gerechnet, dass ich so schnell würde aufbrechen müssen. Wie damals, nachdem ich mich infiziert hatte, war ich nicht darauf vorbereitet, meine Familie zu verlassen. Die Erinnerungen fluteten durch mich hindurch, ohne dass ich mich dagegen wehren konnte, die winterkalten Straßen und das Foto in meinen froststarren Händen, darauf die lachenden Gesichter meiner Familie an einem sonnigen Nordseestrand. Die Sporthalle, das Mattenlager im Geräteraum, das ich mit meinem Rudel geteilt hatte, der Geruch nach unserem Schweiß, nach rohem Schweinefleisch, nach Blut. Die langsamen Klänge der *Mondscheinsonate.* Adrians Schwester, die zerbrochen und kaputt auf dem Grab ihrer Mutter lag. Alissas zu mir emporgewandtes, von

Dreck und Tränen verschmiertes Gesicht. Wie sie meinen Namen gerufen hatte, flehend und verzweifelt, wieder und wieder, bis ich … Ich presste die Hände gegen meine Schläfen, bevor es mir den Kopf auseinanderriss.

Es klopfte. Ich ließ die Hände sinken. »Ja?«

Mein Vater trat ein. Stumm schaute er von mir zu meinem Rucksack und wieder zu mir.

»Ich gehe zu Mike«, sagte ich. »Mein Sozialarbeiter aus der Klinik.«

»Das ist doch Unsinn.«

»Kein Unsinn. Er hat es mir angeboten und jetzt nehme ich sein Angebot an.«

»Da draußen ist es viel zu gefährlich.«

»Und hier nicht? Die hören nicht auf, Papa. Die werden uns richtig in die Mangel nehmen.«

Mein Vater öffnete den Mund – und klappte ihn wieder zu.

»Ich hab's nicht weit zu Mike, nur bis zur Shannon-Allee«, sagte ich eindringlich. »Ich muss weg von euch. Mama hat mir was von dem Serum dagelassen. Das reicht für eine Weile.«

»Und danach?«, fragte er rau.

»Geh ich in die Klinik«, behauptete ich, obwohl ich keine Ahnung hatte, was ich dann tun würde. Aber irgendetwas musste ich ihm sagen, sonst würde er mich nicht von hier fortlassen. Ich nahm meinen Rucksack auf, drängte mich an ihm vorbei und stolperte die Treppe hinunter.

Er folgte mir. »Kara …«

Auf dem Weg in die Küche und zur Hintertür tauchte Bertil in der Diele auf. Er starrte auf meinen Rucksack. »Wo gehst du hin?«, fragte er mit hoher Stimme.

»Zu einem Freund. Nicht für lange. Nur bis alles wieder in Ordnung kommt.«

Sein Mund zuckte. Er ballte die Fäuste, wandte sich ab und lief vor uns her in die Küche, öffnete den Brotkasten, den Kühlschrank, die Besteckschublade, suchte fahrig Brot und Butter und einen ausgetrockneten Käsekanten zusammen.

»Was machst du da?«, fragte mein Vater.

»Brote für Kara. Für unterwegs.« Seine Stimme klang zittrig. Hektisch säbelte er eine Scheibe ab.

»Bertil ...«, begann ich.

Er kratzte etwas Butter vom Papier, ließ plötzlich das Messer sinken und plumpste auf einen Stuhl. Vornübergebeugt hockte er da und regte sich nicht mehr.

»Bertil.« Ich legte eine Hand auf seinen Rücken. »Es ist ja nicht für lange.«

»Das weißt du doch gar nicht«, flüsterte er.

Mein Vater trat zu uns. Hilfe suchend blickte ich ihn an. Er musterte mich so eingehend, als suche er in meinem Gesicht nach ... keine Ahnung, was. Mit den Fingern strich er die Haut auf seiner Stirn glatt. Dann schien er einen Entschluss zu fassen. »Warte hier.« Er verließ die Küche.

Als er zurückkehrte, hatte er einen Revolver bei sich. Er hielt ihn mir hin. Einen Revolver, um Himmels willen! Ich verschränkte die Hände auf dem Rücken. Unwillkürlich musste ich daran denken, wie im letzten Herbst, als es mit Morbus Shade so richtig losgegangen war, unsere Nachbarin eines Tages vor der Tür gestanden hatte. Ich hatte Frau Hudson immer ein wenig bewundert, seit ich einmal mitbekommen hatte, wie sie bei ihrem Uralt-Ford das Öl wechselte. Sie war eine alleinstehende Frau Anfang vierzig, und wenn irgendwer einen Grund gehabt hätte, schlapp auf dem Sofa abzuhängen, hirnlose Serien anzuschauen und darauf zu warten, dass der Traumprinz doch noch an die Tür klopft, dann sie. Stattdessen reparierte sie ihr Auto selbst, zog regelmäßig durch die Nachbarschaft, um alle mit ihren unvergleichlichen Mandelkeksen zu beschenken, rückte verstopften Abflüssen eigenhändig zu Leibe und holte sich bei meinem Vater Rat in Sachen Rüdiger und Elfriede; so hießen ihre beiden Kirschbäume.

An jenem Herbsttag war sie nicht wegen Rüdiger und Elfriede zu uns gekommen und auch nicht wegen irgendwelcher Kekse. »Hier ein Rat für Sie: Besorgen Sie sich eine Waffe«, hatte sie meinen Eltern sachlich erklärt. »Lernen Sie, damit umzugehen. Eine Schusswaffe, wohlgemerkt. Finger weg von Flammenwerfern, Kettensägen, Äxten. Das ist Zeug für Zombiefilme. In der Realität viel zu unhandlich.«

»Nein danke«, sagte ich jetzt zu meinem Vater, genau wie meine Eltern damals zu Frau Hudson »Nein danke« gesagt hatten. Das war, bevor sie ihre Meinung geändert hatten.

»Nimm ihn«, forderte mein Vater mich auf.

Mit zusammengepressten Lippen griff ich nach dem Revolver. Ich wusste nicht einmal, an welcher Stelle man so ein Ding anfassen musste, geschweige denn, wie man es benutzte. Rasch versenkte ich das Teil in den Tiefen meines Rucksacks.

»Da kommst du doch gar nicht dran, wenn du ihn brauchst«, sagte Bertil leise.

»Geht schon«, entgegnete ich abwehrend, ratschte den Reißverschluss zu, schulterte den Rucksack, ging von der Küche in die Vorratskammer und drückte die Hintertür auf.

Ich habe keine Angst. Ich habe keine Angst. Wieder und wieder sagte ich mir diesen Satz vor.

Die Wahrheit? Ich fürchtete mich entsetzlich.

Erst war draußen nur der Wind, der in den Bäumen raschelte. Dann kam Pinky aus der Dunkelheit angesprungen, rieb ihren Kopf an meinen Knöcheln und stieß kleine *Prrr!*-Laute aus. Ich nahm sie hoch und drückte sie an mich. Sie schnurrte so laut, dass meine Brust davon vibrierte. Als ich sie an mein Gesicht hob und ihr einen Kuss zwischen die Ohren gab, blinzelte sie mit sanftem Erstaunen. Ich reichte sie an Bertil weiter. »Du kümmerst dich um sie. Und lass sie nicht raus.«

»Wegen denen, die unsere Fenster eingeschmissen haben?«

»Ganz genau.«

Er richtete sich zu seiner vollen Größe auf. »Ich pass auf sie auf«, sagte er mit ernster Miene. Pinky fing an zu zappeln und er setzte sie hinter sich auf den Boden. Sie hüpfte in Richtung Futternapf davon. Das war also in Ordnung. Ich umarmte Bertil und, nach kurzem Zögern, auch meinen Vater. Dann war ich aus der Tür und weg, tauchte in die Nacht, ins Ungewisse. Die Sonne war längst untergegangen, trotzdem war es nicht richtig dunkel. Über den fast schwarzen Himmel wälzten sich rostfarbene und scharlachrote Wolken, eine apokalyptische Vision, wunderliche Gebilde über dem Port, ockerfarben und wie mit getrocknetem Blut bespritzt, die der Wind auseinanderriss und die sich erneut in rötlich dampfigem Gewalle zusammenschlossen; der Widerschein der Feuer, die nach den gestrigen Krawallen noch immer brannten. In der Luft roch es wie während der Ersten Welle, als überall auf der Welt Industrieanlagen und überhitzte Atomreaktoren, Wälder und Städte in Flammen aufgegangen waren und der Rauch noch Wochen später in der Atmosphäre gehangen hatte.

Mein Atem strömte bis in die untersten Spitzen meiner Lungen. Ich war jetzt ruhig, innerlich an einem Ort, wo meine Furcht nicht hinreichte und von dem aus ich erledigen konnte, was erledigt werden musste. Ich holte mein Fahrrad aus der Garage, stieg in den Sattel und machte mich auf den Weg.

Enna Weiß

Da sitzen wir, Josh und ich, in dem winzigen Zimmer, in dem ich mit Kara und Morna gewohnt habe, präzise: Wir hocken im Bonsai-Bad. In der Duschkabine. Wenigstens haben wir Wasser. Positiv denken, das ist jetzt gefragt.

Infizierte, Security, die Arschlöcher von der Initiative, rund um das Wohnheim war Chaos. Ein Wunder, dass ich Josh gefunden habe. Ein Wunder, dass wir rausgekommen sind. Erst die Tiefgarage vom Center, dann weiter. Wir sind gerannt, ewig gerannt. Major-Klinikum, *Station K, das ging mir nicht aus dem Kopf, ich dachte: Wir müssen Morna retten, wir müssen alle retten, keiner kann sich wehren, wenn er schläft.*

Das sagt sich so leicht. Jemanden retten. Eigentlich hab ich keine Ahnung, wie das geht.

Anfangs waren noch andere aus dem Wohnheim dabei, die wollten auch zum Klinikum, was von dem Komvir *besorgen und dann weiter. Als wir auf dem Gelände ankamen, hielt sich die Security schon nicht mehr zurück. Feuerte auf alles, was sich bewegte. Neben mir ging ein Junge zu Boden, Stephen oder Steve, wir hatten mal zusammen einen Einsatz im Klärwerk. Er stand nicht mehr auf. Josh und ich und noch drei andere sind durch einen Nebeneingang in das Gebäude, wo die Isolierstation liegt. Eine von uns hatte ein Messer. Hat es einfach in den Hals der Securityfrau gesteckt, die uns stoppen wollte. Das ging da rein wie in Butter. Die Geräusche von der Frau, die vergesse ich nicht. Die anderen wollten dann weiter zum Arsenal, wo sie das Serum lagern. Josh und ich sind geblieben und hoch in den Vierten, aber bis auf Station K haben wir es nicht geschafft, da war die ganze Zeit Patrouille. Jetzt hocken wir hier. Irgendwas ist draußen in die Luft geflogen. Langsam denke ich, dass alles ein*

Fehler war. Aber zurück geht nicht mehr. Alle paar Minuten frage ich Josh, ob er den Code noch weiß. Als Kara mit der Akte und dem Funkgerät bei uns war, hat er nur einen Blick darauf geworfen, ich hoffe, er hat sich die Zahlen richtig gemerkt. Nerv mich nicht, sagt er, den Scheißcode singe ich dir noch auf meinem Sterbebett vor, 5232754, alles klar?
Lange dürfen wir nicht mehr warten mit unserer Rettungsaktion. Denn irgendwo müssen wir unsere nächste Spritze herkriegen.

33

MAGNUS
(28. Juni)

Ich umklammerte die Lenkstange. Meine Hände klebten von Schweiß. Keine Autos, keine Fußgänger, die meisten Fenster waren dunkel. Ich entschied mich für die längere Strecke zum Haupttor, um nicht am Camp vorbeizumüssen, doch als ich die drei Schatten auf die Straße treten sah, wusste ich, dass das keine Rolle mehr spielte. Ich steckte in Schwierigkeiten. In üblen Schwierigkeiten.

Ich bremste so scharf, dass mein Fahrrad seitlich wegschmierte und ich hinknallte, doch ich rappelte mich gleich wieder auf. Magnus, Sara und Nathan standen eng zusammen. Keiner von ihnen bewegte sich; keiner von ihnen sagte ein Wort. Zwischen uns war etwas wie eine unsichtbare Wand. Ich stand auf der einen Seite, sie auf der anderen, träge und gleichzeitig angespannt, wie Löwen, die ihre Beute beäugen. Dann machte Magnus einen Schritt auf mich zu und durchbrach die Wand. Ein Lächeln spielte um seine Lippen. Nathan folgte ihm, lehnte sich leicht nach vorn und rümpfte die Nase, als würde er einen unangenehmen Geruch riechen.

»Wohin willst du denn, Kara?«, fragte Magnus.

Sara trat heldinnenhaft zwischen die Jungs. »Ja, wohin willst du?«, echote sie.

Ihre Worte, ihre Haltung, sie gaben sich übertrieben bedrohlich und trotzdem hatte es seine Wirkung. Niemand sonst war auf der Straße. Niemand würde sehen, wenn sie was auch immer taten.

»Ich will ja gehen«, sagte ich. »Aber ihr müsst mich durchlassen.«

Ich begriff zu spät, dass wir das Land der Vernunft längst verlassen hatten und uns bereits in der Zone befanden, in der pure Gefühle alles Weitere bestimmen würden.

»Du Stück Dreck«, sagte Magnus. Seine Augen loderten. »Du widerliches Stück Dreck. Weißt du, was ich mich frage? Ich frage mich, ob du vielleicht selbst eine von denen bist.«

Die Worte hingen in der Luft wie fette schwarze Käfer, die an einem Fliegenstreifen surrten, während alle anderen Geräusche zurückwichen. Sara und Nathan spielten Publikum und sahen sich die Show an.

Ich zwang mich, ruhig stehen zu bleiben, aber ich hatte Schiss. Richtig Schiss. »Magnus.« Ich hörte selbst, wie sich ein flehender Unterton in meine Stimme schlich, ich wusste, dass das falsch war, doch ich kam nicht dagegen an. »Lasst mich einfach durch. Bitte, ja?«

Einen Augenblick später lag ich wie benebelt und blutend rücklings auf der Straße. Mein Rucksack presste sich zwischen meine Schulterblätter, über mir drehte sich der von Baumwipfeln umrahmte, rauchig glühende Nachthimmel. Als sich Magnus zu mir herunterbeugte, bemerkte ich ein Pärchen, das uns von einem Fenster aus beobachtete, aber keine Anstalten machte, in das Geschehen einzugreifen. Magnus' Pupillen waren nadelspitzkleine Punkte. Ich machte ein paar rudernde Bewegungen wie eine Schildkröte auf dem Rücken und spürte einen scharfen Schmerz über meinem rechten Ohr. Ich berührte die Stelle, fasste in etwas Klebriges, zog meine Hand erschrocken zurück und wollte mich auf die Seite wälzen. Im nächsten Moment saß Magnus schon rittlings auf meiner Brust. Er schien hundert Kilo zu wiegen und quetschte mir den letzten Rest Luft aus den Lungen. Etwas in meinem Rucksack bohrte sich in meinen Rücken, vielleicht der Revolver meines Vaters.

»Magnus«, japste ich, »bitte.«

Er schlug mir mit voller Wucht ins Gesicht.

»Magnus«, hörte ich Sara im Dunkeln sagen, ihre Stimme klang plötzlich ängstlich. »Magnus, lass.«

»Du gehst mir auf die Eier, Kara«, flüsterte er. Sein Gesicht war so nah an meinem, dass warme Spucketröpfchen meine Wangen trafen. »Es kotzt mich an, wie lieb du die Infizierten hast. Und ich frage mich ...«

»Runter von ihr!«, donnerte eine Stimme. Zwei Hände packten Magnus an den Schultern und zerrten ihn hoch. Nach Atem ringend rollte ich mich auf die Seite. Vor meinen Augen pulsierten winzige Lichter. Keuchend richtete ich mich auf Hände und Knie auf.

Adrian stieß Magnus so heftig gegen die Brust, dass er rückwärts zwischen Nathan und Sara taumelte.

»Drei gegen eine.« Adrians Stimme bebte. »Ihr solltet euch schämen.«

»Halt dich bloß raus.« Magnus, der sein Gleichgewicht schnell wiedergefunden hatte, trat einen Schritt auf ihn zu und packte ihn vorn an der Jacke. Adrian schaute auf seine Hand, schaute wieder Magnus an. Er blinzelte nicht einmal. Sein Gesicht glühte vor Wut, das sah ich sogar im Dunkeln. Magnus sah es offenbar auch. Er biss sich auf die Lippen, ließ aber nicht los. Adrian umfasste sein Handgelenk und drückte zu. Magnus sog zischend die Luft ein. Adrian drückte fester. Magnus' Finger öffneten sich. Adrian stieß ihn von sich weg, bückte sich, nahm meine Hand und half mir auf die Füße. Fest und beschützend legte er einen Arm um mich, zog mich noch ein Stück näher zu sich heran, während er die anderen nicht aus den Augen ließ.

»Verschwindet.« Das war alles, was er sagte.

Magnus machte den Mund auf, zu und wieder auf. Als er sprach, kippelte seine Stimme wie ein Stuhl mit angesägten Beinen. »Gehen wir«, sagte er zu Sara und Nathan. »Hier stinkt's.«

Sie zogen ab, schienen selbst nicht recht zu begreifen, warum sie das taten oder wie alles vor sich gegangen war. Als sie sich entfernten, war es, als würden sie eine schmutzige Spur hinter sich herziehen. Das Schlimme war, dass ich mich noch hundertmal schmutziger fühlte. Als hätten sie mich angespuckt oder auf mich runtergepisst.

Ihre Schritte verloren sich in der Dunkelheit. Ich hörte Adrians schweren Atem. Sein Arm, der mich noch immer umschloss, zitterte. Sein Oberkörper, der sich gegen meinen drückte, auch. Lange standen wir so, sprachen nicht, bewegten uns nicht, bis sich Adrian an das zu erinnern schien, was er heute zu mir gesagt hatte. Langsam ließ er mich los; langsam bückte ich mich und hob mein Fahrrad auf.

»Und wohin gehst du?«, fragte er.

»Zu einem Freund.«

Wie sehr hoffte ich sogar noch jetzt, er würde sagen: »Bitte bleib.«

Er sagte es nicht.

Er sagte: »Ich begleite dich zum Tor.«

Wir machten uns auf den Weg. Das einzige Geräusch kam von meinem Fahrrad, dessen Tretlager wohl etwas abbekommen hatte und das leise neben uns herquietschte. Adrian hielt jetzt wieder sorgfältig Abstand von mir.

Als wir das Tor erreichten, trat die Securityfrau, die auf dieser Seite Wache hielt, aus ihrem Containerkabuff. Sofort blieb ich stehen. Adrians Arm zuckte kurz hoch, als wollte er ihn noch einmal um mich legen, und sank wieder herab.

Ich wurstelte mir den Rucksack von den Schultern und holte meinen Ausweis aus der Seitentasche. Die Frau schüttelte den Kopf. »Hier kommt keiner mehr raus. Nur noch mit Sondergenehmigung.«

»Aber ich muss.« Ich wies auf meinen Rucksack. »Ich muss meiner Mutter ein paar Sachen bringen. Iris Enning vom Team Rainbow.«

Wieder schüttelte sie den Kopf.

»Lassen Sie sie durch«, sagte Adrian mit derselben Stimme, die er bei Magnus benutzt hatte. Nicht ganz so laut, aber wirkungsvoll.

Die Frau zögerte.

»Anweisung von Leonarda Shriver. Ich soll Kara Enning bis zum Tor begleiten. Sie muss zu ihrer Mutter.« Er deutete auf das Funkgerät an ihrem Gürtel. »Fragen Sie im Camp nach, meinetwegen auch in der Klinik, falls Sie die Sache weiter verzögern möchten.«

Ich hatte so etwas bisher nur im Film gesehen. Es funktionierte wirklich. Jedenfalls bei Adrian. Beschwichtigend hob die Frau ihre Hände. »Das ist … äh, ach so. Schon gut«, sagte sie und öffnete das Tor.

Ich wollte Adrian berühren, meine Finger auf seine bloße Haut legen, mir den Schwung seiner Lippen merken, seiner Augenbrauen, ich wollte ihn mir mit allen Sinnen einprägen, doch einen solchen Abschied würde es nicht geben. Ich konnte ihn nur ansehen und nicht einmal das durfte ich in die Länge ziehen. Ich versuchte, mich vom Anblick seiner gar nicht spektakulären Augen zu lösen, aber ich schaffte es nicht. Keine Saphire. Keine Smaragde. Und auch nicht schokoladenbraun. Seine Augen waren wie Nebel über einem Moor.

»Was denn jetzt«, sagte die Frau. »Ich dachte, das ist dringend. Ich hab hier echt noch was anderes zu tun.«

Und was?, hätte ich beinahe gefragt. Rumstehen und dich an deinem Gewehr festhalten?

»Kara.« Adrian trat näher und senkte die Stimme, sodass uns die Frau nicht mehr hören konnte. »Wenn es losgeht – tu es freiwillig. Bitte. Der Schlachthof. Der ist nicht so … beengt wie das Stadion. Weißt du, wie man hinkommt?«

Wer weiß denn schon, wie man zu einem Schlachthof kommt? Ich schüttelte den Kopf.

»Über die Tunsdaal-Brücke, dann auf der B 457 aus Vrede raus. Abfahrt Furthwait. Das kleine Industriegebiet. Bitte. Tu es freiwillig«, flüsterte er.

Alles, was ich sagen wollte, fiel in ein Loch ohne Boden. Schweigen senkte sich über uns wie eine schwere, alles erstickende Decke.

»Jetzt mal zack, zack«, ordnete die Frau an.

Ich dachte: Ich schaffe es nicht. Ich kann mich nicht noch einmal von ihm trennen. Ich kann da nicht rausgehen. Allein. Das schaffe ich einfach nicht.

Aber natürlich schaffte ich es.

Ich schob mein Fahrrad durch das Tor und auf die leere Straße hinaus, drehte mich ein letztes Mal um. Adrian stand auf seiner Seite, ich auf meiner. Das Tor schloss sich zwischen uns. Ich ging weiter, das Herz in tausend Stücke zerbrochen.

34

SERUM

(28.–29. Juni)

Seit gestern hatte sich die Stadt verändert. In den Straßen herrschte ein Schweigen, ein angehaltener Atem. Ein Hund mit einem Fetzen von irgendwas im Maul folgte mir in federndem Trab und huschte in einen offenen Hauseingang. Ein Auto mit ausgeschalteten oder defekten Scheinwerfern fuhr an mir vorbei. Einmal hörte ich, wie in einer Seitenstraße Glas splitterte. In der Luft hing der Gestank der Feuer und über mir glitzerten die Sterne in einem silbrigen Getupfe, obwohl sie nicht alle silbern waren. Manche leuchteten rötlich, andere schwefelgelb oder sogar grün von den Bränden, die ihren vielfarbigen Rauch in die Atmosphäre spuckten. Ich musste an Magnus denken, an die Namen, die er den Sternbildern gegeben hatte, als wir Kinder gewesen waren. *Tyrannosaurus Rex. Die spektakuläre Riesengiftspinne. Karas Schaukelpferd.*

Mein Rücken schmerzte von dem Sturz. Meine Brust tat weh, wo er auf mir gesessen hatte. Mein Sandkistenfreund. Mein

Peiniger in der Nacht. Unwillkürlich nahm ich eine Hand vom Lenker und berührte meine Wange dort, wo seine Hand mich getroffen hatte. Das würde einen grandiosen blauen Fleck geben. Sein Abschiedsgeschenk an mich.

Bei dem Matratzengeschäft an der Ecke, in dem seit Morbus Shade niemand mehr Matratzen verkaufte, bog ich links ab. Wenn Mike bloß zu Hause war. Ich brauchte einen Platz zum Schlafen, einen geschützten Ort, wenigstens für einen Tag, bis ich entschieden hatte, wie es weitergehen sollte.

Das Haus in der Shannon-Allee war ein ramponierter, fünfstöckiger Altbau, der im Dunkeln fahl leuchtete wie ein abgebrochener Zahn, ein Gebäude, in dessen naher Zukunft es vor Morbus Shade nur noch die Abrissbirne gegeben hätte und das jetzt zu den Überlebenden zählte. Die Eingangstür schloss nicht richtig. Ich schob mein Fahrrad in den Flur und machte mich an den Aufstieg.

Welche Wohnung war die richtige?

Zwei Tauben flogen vor mir auf, so unerwartet, dass ich mich am Geländer festhalten musste. Die Stufen ächzten. Durch das löchrige Dach blinkten Sterne. Mikes Wohnung lag im dritten Stock; ich erkannte sie an den blauen Sandalen vor der Tür. Die Klingel funktionierte nicht. Als ich klopfte, blieb es still. Ich klopfte noch einmal.

Ein Dielenbrett knarrte.

»Wer ist da?«, hörte ich Mike von drinnen halblaut fragen.

»Mike? Ich bin's. Kara.«

Die Tür ging auf. Da stand er, in Hausschuhen und Pyjama, mit blasser Stirn und wirrem Haar. Er trat beiseite, als ob es nichts Besonderes wäre, mich mitten in der Nacht in seine Wohnung zu lassen.

Der Flur war winzig und das Zimmer kaum größer. Es hatte eine Küchenzeile und ein Fenster, das mit einer Holzplatte vernagelt war. Mike wies auf das Podest, auf dem eine Matratze, eine zerknüllte Bettdecke und eine angebrochene Packung Schokoladenkekse lagen. »Setz dich.«

Ich wurstelte mir den Rucksack von den Schultern und ließ mich auf das Podest sinken. Erst jetzt nahm ich den schwach alkoholischen Geruch war, der durch das moosfarbene Nylon drang. Mit einem bangen Gefühl klickte ich die Schnallen auf, löste die Schnur, zog das Täschchen mit dem grünen Reißverschluss heraus und inspizierte den Inhalt. Kälte breitete sich in meiner Brust und in meinem Magen aus. Die Spritzenbestecke waren in Ordnung, doch die Ampullen hatten Magnus' Angriff nicht überlebt.

Alles in mir schien fünf Meter abzustürzen. Kein Serum mehr. Keine Spritze. Warum hatte ich das Täschchen nicht in ein Handtuch eingewickelt, warum hatte ich nicht besser aufgepasst? Nun hatte meine Mutter alles ganz umsonst aus der Klinik herausgeschmuggelt; nun würde mich nichts mehr vor dem Virus schützen. Wie viele Tage blieben mir überhaupt noch? Schnell rechnete ich nach. Mein Herz stieg mir in den Hals. Ich rechnete noch einmal. Rechnete ein drittes, viertes, fünftes Mal.

Mike setzte sich neben mich und spähte in das Täschchen.

»Wie lange hast du noch?«, fragte er.

»Einen Tag. Morgen Abend brauch ich meine Spritze.«

»Das lässt sich bestimmt regeln. Ich fahre morgen zum Klinikum und sehe zu, was ich tun kann.« Er klang nicht besonders zuversichtlich, trotzdem nickte ich dankbar.

»Hat dich jemand geschlagen?«, fragte er.

Sofort wischte ich eine Haarsträhne über die schmerzende

Stelle an meiner Wange, wo Magnus' Hand mich getroffen hatte. »Ist nicht schlimm«, antwortete ich.

Mike brachte mir einen kalten Waschlappen, legte ihn behutsam auf die schmerzende Stelle und reichte mir die Packung mit den Keksen. Ich nahm mir einen; ich konnte mich gar nicht erinnern, wann ich zuletzt etwas gegessen hatte. Ich erzählte ihm von dem Angriff auf unser Haus, von meiner Begegnung mit Magnus und von Adrian, der jetzt mein Geheimnis kannte. Der mir geholfen hatte und mich nie wiedersehen wollte.

»Wenigstens hat er dich nicht verraten. Ich weiß, das ist ein schwacher Trost«, sagte Mike mitfühlend. »Und es ist schlimm, dass du von deiner Familie wegmusstest. Aber du hast das Richtige getan. Du kannst hierbleiben.« Er deutete auf eine schmale Lamellentür, eher der Zugang zu einem Schrank als zu einem weiteren Raum. »Das war Tonys Zimmer.«

Mir schwante plötzlich Böses. »Hast du ihn gefunden?«

»Ich war zu spät. Sie haben ihn und seinen Arbeitstrupp ... Wie war das? *Geschützt.* So nennen sie das.« Er schloss kurz die Augen. »Sie haben ihn ins Stadion gebracht.« Seine Stimme wankte. Scheu berührte ich seine Hand.

»Das tut mir leid«, sagte ich unbeholfen.

»Er war nie besonders ... kräftig.« Er lächelte traurig. »Abgesehen von der Zeit, in der er aktiv war. Ich weiß, dass sie die Infizierten internieren müssen, wenn sie die Lage unter Kontrolle halten wollen. Was ich nicht weiß, ist, ob Tony das durchsteht. Das Stadion ist nicht gerade ein Luxushotel.« Er rieb sich die Schläfen, als hätte er Kopfschmerzen. »Bei den Krawallen sind mehrere Infizierte aus dem Wohnheim geflüchtet. Man hat sie noch nicht wieder aufgespürt. Angeblich wurden sie zuletzt auf dem Gelände des Klinikums gesehen.« Er lachte auf, es klang erschöpft. »Das erstens riesig ist und zweitens eine Million Möglichkeiten bietet, sich zu verstecken. Die Security wird Tage brauchen, wenn nicht Wochen, um alles durchzukämmen. Ist ja nicht so, dass sie nicht auch anderswo zu tun hätten.«

Infizierte im Stadion, Infizierte auf der Flucht und was war mit ihrem Spritzentag? Sie brauchten das *Komvir*, genau wie ich. Plötzlich sah ich Enna und Josh vor mir, wie sie in der Tiefgarage verschwanden. Waren sie noch immer dort? Doch es kam mir mehr als unwahrscheinlich vor, dass sie in der Nähe des Wohnheims geblieben waren.

Ich legte mich dann eine Weile auf Tonys Bett, in meinen Klamotten, ich war zu müde, mich auszuziehen. Mein Schlaf war unruhig und dauerte nicht lang, doch in diesen zwei, drei Stunden sortierte sich etwas in meinem Kopf, und als ich hochschreckte, war mir alles klar. Mein Magen zog sich zusammen. Ich wusste, wo Enna und Josh waren, ich war mir ganz sicher. Sie hatten einen Entschluss gefasst und die Sache mit Station K selbst in die Hand genommen. Ich stellte mir ihr Nachtprogramm in der Klinik vor: durch verlassene Gänge schleichen, Zahlencodes knacken, Infizierte aus dem Tiefschlaf wecken. Und das – es durchrieselte mich eisig kalt – würde in einer Katastrophe enden. Mir war schwindelig. Wenn man die Patienten auf Station K weckte, ohne ihnen vorher die volle Dosis des Serums zu injizieren und ihren Spiegel anzuheben, sprangen sie übergangslos in die aktive Phase. So hatte meine Mutter es mir erklärt.

Enna und Josh wussten das nicht.

Der kleine Raum um mich herum schwankte. Ich taumelte in Mikes Zimmer hinüber. Er schlief noch. Ich packte seinen Arm und rüttelte ihn wach. »Hast du ein Funkgerät?«

Er rieb sich die Augen. »Nein, warum?«

»Wir müssen in die Klinik. Sofort. Ich erklär's dir unterwegs.«

Er fragte nicht, sagte nur: »Ich zieh mich schnell an«, kehrte eine Minute später in Pulli und Hose zurück, nahm seine Jacke vom Haken und ratschte den Reißverschluss zu. Ich griff nach meinem Rucksack.

Mikes Kombi parkte im Hinterhof. Wieder und wieder sagte ich mir, dass wir es schaffen konnten. Irgendwie würde es uns gelingen, Enna und Josh zu stoppen. Wir sprangen in den Wagen. Während ich meinen Rucksack in den Fußraum stopfte und Mike den Rückwärtsgang einlegte und aus der Parklücke stieß, begann ich, von Station K zu erzählen, von den schlafenden Infizierten, von Enna und Josh und dass uns die Zeit davonlief.

Die Morgendämmerung brach bereits an und über den Häusern breiteten sich Lichtpfützen aus, als wir in die Allee einbogen, die zum Klinikum führte. Alles würde gut werden.

Aber nichts wurde gut.

35

MORNA
(29. Juni)

Kein Toben und Heulen in den Straßen, keine Securitys mit heruntergeklapptem Visier, keine Gewehre mit abgesägtem Lauf. Ruhe vor dem Sturm, dachte ich. Es war so schrecklich still.

Die Allee mündete in einer großen Kehre auf dem Klinikgelände. Der Schutthaufen und Geröllberge wegen, die überall die Straßen versperrten, waren die Wege zwischen den Klinikgebäuden noch labyrinthischer als in der Zeit vor Morbus Shade. Ruhe vor dem Sturm, Ruhe vor dem Sturm, die Worte schlugen in meinem Kopf einen Takt wie das Pendel einer Uhr. Kein Mensch war zu sehen – und dann tauchte doch ein Mensch in dieser allerfrühesten Dämmerung auf. Er näherte sich aus Richtung des Seesterns, erst nur eine Silhouette, die verschwommen zitterte, als würde sie in diesem Moment zwischen die Bäume gemalt, dann ein junger Mann, der mit schlingernden Schritten auf uns zusteuerte. Sein weißer Kittel flatterte, seine Rastazöpfe hüpften. Es war der namenlose Pfleger, der sich auf der Isolierstation um mich gekümmert hatte. Er schwenkte die Arme über dem Kopf und schrie etwas. Mike hielt auf ihn zu und bremste am Straßenrand. Ich sprang aus dem Wagen und packte den Pfleger bei den Schultern. »Was«, rief ich, »was?«

»Ins Auto, schnell!«, schrie er.

Ich riss die hintere Tür in ihrer Schiene zurück. Er hechtete auf die Sitzbank. Mit einem Knall schob ich die Tür wieder zu und sprang zurück auf den Beifahrersitz. Mike verriegelte die Türen von innen, *klack-klack-klack!*. Ich drehte mich um und griff nach dem Arm des Pflegers. Er zitterte. »Was?«, rief ich noch einmal. »Die Infizierten? Sind sie wach?«

Der Pfleger riss die Augen auf. »Ich ... ich ...«

»Jetzt rede schon!«, brüllte Mike.

Er öffnete und schloss den Mund. Seine Augen waren riesig.

»Wie heißt du?«, fragte ich.

»Samba.« Seine zitternde Unterlippe kündigte die ersten Tränen an.

»Okay, Samba. Erzähl uns, was passiert ist, ja?«

»Es gab keinen Alarm«, stammelte er. »Der sollte eigentlich losgehen, wenn ... jemand aufwacht.«

Zufall. Pech. Oder Enna. Die Elektronikerin. Die irgendwas gedreht hatte. Letztlich spielte es keine Rolle mehr.

»Ich war auf dem Weg in den Vierten«, stieß er mit abgehackter Stimme hervor. »Da hab ich die Schreie gehört.«

Ich versuchte, mir vorzustellen, was passiert war. Enna und Josh, die auf Station K eingedrungen waren und die Patienten geweckt hatten. Wie viele von ihnen hatten sie aus dem Schlaf geholt, wie viele waren jetzt aktiv? Ich schloss die Augen. Ich dachte: Scheiße, Scheiße, so eine Scheiße.

Samba erzählte, er habe die hohen, schrillen Schreie sofort erkannt. »Ich hab Team Rainbow angefunkt, damit sie die Schotten zu Flügel C dichtmachen. Die Security hab ich nicht erreicht. Dann bin ich nur noch gerannt.« An dieser Stelle seines Berichts begann er zu weinen. »Es geht wieder los«, schluchzte er. »Es geht wieder los.«

»Wo sind die Patienten jetzt?«, fragte Mike.

»Keine Ahnung«, schniefte er.

Mike wandte sich mir zu. In seinem weißen Gesicht wirkten seine blauen Augen beinahe schwarz. »Was schlägst du vor?«

Die Hände umeinandergeklammert, blickte ich in die Richtung, wo der Seestern lag und wo bestimmt schon die ersten Sonnenstrahlen auf den kupferfarbenen Dächern spielten. Wo war meine Mutter, wo steckten Enna und Josh, was war mit Morna?

Was konnten wir tun? Welche Chancen hatten wir, überhaupt *irgendetwas* zu tun, was war jetzt am wichtigsten?

Darauf gab es eigentlich nur eine Antwort: Die Infizierten, die jetzt aktiv waren, mussten gestoppt werden, bevor sie irgendwo in Vrede verschwanden, andere Menschen bissen und infizierten oder sogar durch einen Trigger in den Modus sprangen und dann stundenlang töteten. Töteten. Einmal war meine Familie davongekommen. Wie wahrscheinlich war es, dass sie ein zweites Mal überleben würde?

Einfache Antwort: Überhaupt nicht wahrscheinlich.

Okay. Ruhig bleiben. Ruhig, ruhig, ruhig. Denk nach, Kara. Du hast keine Zeit, aber diese Zeit musst du nutzen. Schalte dein Gehirn ein, um Himmels willen, schalt es ein! Jetzt! Was kannst du tun?

Ich dachte an das infizierte Mädchen im Camp. Tayna. Sie war aktiv und sogar schon im Modus gewesen. Und obwohl ich selbst nur ein schlafendes Virus in mir trug, war ich durch ihren Tötungsrausch zu ihr durchgedrungen. Sie hatte gespürt, dass ich infiziert war und zu ihrer Familie gehörte. Ich hatte sie von Adrian weglocken und zu mir rufen können.

Die Chance, dass mir das auch jetzt gelingen würde, war verschwindend gering, aber welche anderen Möglichkeiten hatten wir?

Wieder einfache Antwort: keine.

Ich atmete tief ein. Zählte innerlich bis drei.

Dann sagte ich es: »Bringt mich hin.«

»Nein. Nein!« Samba schrie beinahe.

»Kara …«, begann Mike.

»Vielleicht kann ich etwas tun«, erklärte ich so ruhig, wie ich es gerade noch fertigbrachte. »Ich bin auch infiziert, ich bin eine von ihnen, vielleicht kann ich zu ihnen durchdringen. Setz mich nur dort ab, Mike. Und dann fahr wie der Teufel. Fahr zum Port, bitte. Gib dort Bescheid, dass die Leute wegmüssen, bevor hier die Hölle losbricht.«

»Wohin denn weg?«

»Raus aus der Stadt.«

»Aber außerhalb von Vrede ist nichts! Da ist alles verwüstet und leer. Bis Barlow sind es mindestens fünfzig Kilometer und …«

»Eben. Wenn da draußen niemand ist, sind dort auch keine Infizierten. Bitte, Mike. Meine Familie … mein Vater und mein Bruder … Adrians Schwester … Die müssen alle raus.«

Samba weinte. Ich wollte ihn anfahren: *Hör auf zu heulen, damit hilfst du niemandem!,* während ich gleichzeitig am liebsten mit ihm geweint hätte.

»Das ist doch verrückt«, murmelte Mike.

»Wenn du eine bessere Idee hast, dann her damit. Wenn es irgendwas gibt, was wir sonst tun können, sag es. Schnell.«

Schweigen.

»Okay«, sagte ich.

Mike gab Gas.

Wenige Augenblicke später überquerten wir bereits den fußballfeldgroßen Unkrautparkplatz, der in der Nähe des Seesterns lag, bogen nach rechts ab und steuerten auf den Haupteingang zu. Von der Security keine Spur.

»Wo sind die denn alle?«, knurrte Mike.

»Irgendwo drinnen.« Sambas Stimme war kaum ein Hauch.

Ich drehte mich zu ihm um und deutete auf das Funkgerät, dessen stummelige Antenne aus seiner Kitteltasche ragte. »Versuch, Team Rainbow anzufunken, kannst du das? Ich muss mit meiner Mutter sprechen, ich muss wissen, ob sie okay ist. Dann steige ich aus und ihr könnt hier weg.«

»Kara ...«, begann Mike noch einmal.

»Das ist schon in Ordnung. Ihr könnt sowieso nichts tun.«

»Aber ...«

»Verdammt noch mal, Mike, die sind aktiv!«

Samba fummelte mit zitternden Händen das Funkgerät aus seiner Tasche und drückte eine Taste. Es knisterte und knackte, »Team Rainbow?«. Seine Stimme schlotterte mindestens so stark wie seine Finger. »Hört mich jemand? Mariana? Matt? Farida? Samba hier. Hallo?«

Es rauschte so stark, als hätte jemand einen Ozean in dem Gerät eingesperrt.

»Ja?«, rief plötzlich eine Männerstimme durch das Rauschen hindurch. »... Zarif ...« Das Knistern zerhackte die Worte so stark, dass sie kaum zu verstehen waren. »... wo ...«

»Ich bin draußen, vor dem Gebäude. Wo seid ihr, Zarif?«

»... Flügel C ... dicht ...«

»Frag ihn nach meiner Mutter. Frag nach Iris Enning«, drängte ich.

»Ist Iris bei euch?«, rief Samba in das Funkgerät.

Rauschen. Rauschen.

Dann: »Samba?« Da war sie. Die Stimme meiner Mutter. Ich beugte mich über den Vordersitz, Samba hielt mir das Funkgerät vors Gesicht.

»Mama? Ich bin's, Kara. Geht's dir gut?«

Ihre Stimme wurde von dem Rauschen eingesogen, verschwand, kehrte zurück und war auf einmal ganz deutlich zu verstehen. »Du musst nach Hause, Kara, sofort. Hier sind Patienten raus. Sie sind aktiv.«

»Aber du ...«

»Ich bin in Sicherheit«, unterbrach sie mich. »Der Flügel ist dicht, wir haben Wasser und Vorräte. Sieh zu, dass du in den Port kommst.«

Mir wäre es lieber gewesen, sie hätte mich angeschrien. Dass sie so ruhig mit mir sprach, ließ alles noch viel bedrohlicher wirken. Ich schüttelte den Kopf, auch wenn sie das nicht sehen konnte. »Ich muss ...« Es knackte. Die Verbindung war weg.

Samba versuchte, den Kontakt wiederherzustellen, doch das Gerät blieb stumm. Und dann kamen sie. Vier Leute in der weißen Kluft der Pfleger rannten aus dem Eingang, die Gesichter verzerrt vor Entsetzen. Eine junge Frau in roten Turnschuhen strauchelte, zwei andere bückten sich und zogen sie hoch. Mike löste die Verriegelung des Kombis. Der Mann an der Spitze, ein schlaksiger Typ mit Ziegenbart, zerrte am Griff der hinteren Tür und wollte sie in ihrer Schiene zurückschieben, doch die Tür hatte sich verklemmt und ihnen blieben vielleicht nur noch Sekunden, ich sprang aus dem Wagen und schubste den Mann beiseite, packte den Türgriff, geh auf, bitte geh auf, doch die Tür klemmte und klemmte, nein, nein, sie bewegte sich, ja, nein, ja, nein, ziehen, zerren, reißen, mein Schrei klang, wie wenn man in ein Kissen schreit, und ich fiel beinahe hin, die Tür sauste in ihrer Schiene nach hinten und in der nächsten Sekunde waren die vier im Wagen, doch die Tür hatte sich zum zweiten Mal verhakt, ich konnte sie nicht wieder zuschieben, und hinter uns das schrille Kreischen, das sich aus dem Innern des Seesterns näherte.

»Fahr«, brüllte ich Mike zu, »fahr los! Zum Port!«

»Steig ein!«, brüllte er zurück.

»Mir tun sie nichts! Ich gehöre zu ihnen! Fahr endlich los!«

Er zögerte.

»Mach schon!«, schrie ich mit sich überschlagender Stimme.

Die Infizierten spritzten aus dem Gebäude wie eine Flut. Obwohl ich vor Schreck wie erstarrt war, staunte ich über ihre Beweglichkeit, die blitzartigen Richtungswechsel, ich konnte kaum glauben, dass ich selbst einmal so schnell und agil gewesen war.

»Ich komm zurück! Ich hol dich!« Mike trat das Gaspedal durch. Der Motor des Kombis heulte auf, die Reifen schmierten weg. Die sekundenlange Verzögerung durch sein verunglücktes Startmanöver genügte, die Infizierten würden den Kombi erreichen, sie würden hineinspringen, die Insassen töten …

Du bist auch infiziert, Kara. Du bist eine von ihnen.

Du bist eine von ihnen!

Mit ausgebreiteten Armen trat ich ihnen in den Weg.

Ihre Umrisse verwischten, verwandelten sich in formlose, grollende Dunkelheit mit glühenden Augen, ihre Kittel flatterten, durchsichtige Flügel, da waren Zähne, die beißen wollten, alles verlangsamte sich, in lähmender Zeitlupe sprangen sie auf mich zu, groß wie Raubkatzen, ich wartete auf die Zähne, wollte rufen und konnte nicht, Panik schnürte mir die Brust ein und verschloss mir den Hals, während ich gleichzeitig etwas spürte, tief unten in meinem Innern oder verborgen in meinem Blut, schlafend, träumend, es ist ein Rudel, es ist Winter, es ist Haut ist Wärme ist Hunger ist Fleisch Knochen Knorpel Blut …

Der Kombi brauste davon. In der nächsten Sekunde war ich von ihnen umzingelt, sie atmeten keuchend und schnell, ihre Nasenflügel blähten sich, ihre Köpfe ruckten in meine Richtung. Ich fürchtete mich vor ihren beweglichen Mündern, den entblößten Zähnen mit der Beißkraft eines Löwen, doch da war auch etwas anderes, da war ein Gefühl von …

Zuhause.

Eine junge Frau schob sich nach vorn. Ich sah einen rostroten Lockenwust, aus dem auf einer Seite ein winziges Segelohr ragte.

»Morna«, sagte ich.

Schweigen. Keine Bewegung. Eine zweite Frau drängte sich neben sie, das Weiße in ihren Augen war von einem rötlichen Film überzogen, was bedeutete, dass sie nicht nur wieder aktiv, sondern bereits getriggert und im Modus war. Töten wollte. Ihre Pupillen waren so stark geweitet, dass sie fast die gesamte Iris ausfüllten. Verschmiertes Blut in ihrem Gesicht. Sie sah riesig aus und auch Morna wirkte größer, als wäre sie gewachsen, und in den Minuten, in denen sie nun wach war, kräftiger und massiver geworden. Auf einmal hatte ich Angst, dass sie mich nicht erkennen, nicht spüren würde, dass ich eine Infizierte war. Dazugehörte.

»Morna«, sagte ich noch einmal. »Ich bin es. Kara. Kannst du dich erinnern?«

Ihre winzigen Ohren, wie Blumenkohlröschen. Die violetten Adern an ihrem Hals pulsierten. Und dann – lächelte sie. Gurrte weit hinten in der Kehle. Sie streckte die Hände nach mir aus. »Kara.« Ihre Stimme klang tiefer, schöner als die Stimme der

Morna, die ich auf der Isolierstation kennengelernt hatte. »Da bist du ja.«

Die plötzliche Sanftheit in ihren Augen legte mich komplett lahm.

»Komm«, sagte sie weich. »Wir gehen nach Hause.«

»Nach … Hause?«, stammelte ich.

»Der Passage-Hof. Dort ist es sicher.«

In diesen Sekunden schien es so leicht. Mornas Hand auf meinem Arm fühlte sich warm und fest an, sie fühlte sich gut an. Die Infizierte mit den roten Augen – *sie ist im Modus, sie will töten* – gurrte nun ebenfalls. Ich dachte: Ich könnte mit ihnen gehen. Einfach so.

Auch die anderen, es waren ungefähr zehn, rückten näher und auch das fühlte sich gut an, meine Angst war verschwunden und das Rudel ein Kokon, der mich umschloss, seine Gegenwart ein weicher, warmer Raum, in dem ich ausruhen konnte. Mornas Hand strich höher und legte sich sanft um meinen Nacken. Geh mit ihnen, flüsterte es in mir, und: »Geh mit uns«, flüsterte Morna.

Ich will ich will will … will … diese Stimme in mir … will … in meinem Kopf verdichtete sich die Dunkelheit …

Eine Sirene, irgendwo in der Ferne. Eine Sirene, mitten in meinem Kopf. Es geht wieder los. Das Virus. Sie sind frei. Ich darf nicht mit ihnen gehen, ich muss … was muss ich …

»Morna«, presste ich hervor, »bitte. Bleib da. Ich bringe dich zurück. Euch alle. Bitte.«

Sie lachte ein weiches, trauriges Lachen, wandte den Kopf und blickte zurück zum Seestern. »Nein.«

»Ich sorge dafür, dass euch nichts passiert«, sagte ich flehend und ohne die geringste Ahnung, wie ich das anstellen sollte, doch darüber konnte ich mir Gedanken machen, wenn es so weit war. Jetzt musste ich um jeden Preis verhindern, dass ein Rudel aktiver Infizierter das Gelände verließ. »Bitte, Morna. Lass nicht zu, dass alles wieder von vorne losgeht. Ihr könnt es stoppen. Bitte. Kehrt um. Vielleicht haben sie in der Drogenzentrale irgendwo einen Rest von dem Serum, dann können wir das Virus wieder einschläfern, nur das Virus, nicht euch, wir können …«

Ihre Augen mit den riesigen Pupillen waren unverwandt auf mich gerichtet. »Und wenn wir gar nicht wollen, dass das Virus schläft?«, flüsterte sie.

»Wa-was?« Ein Schauder lief mir über den Rücken.

Hätte ich sie umstimmen können, wenn ich mehr Zeit gehabt hätte? Doch die hatte ich nicht. Mornas Hand glitt von mir ab. Sie hob den Kopf. Der durchsichtige Kittel raschelte. Ihre Nasenflügel weiteten sich. Auch die anderen spannten sich an. Knurrende Laute drangen aus ihren Kehlen. Der Ring, den sie um mich geschlossen hatten, öffnete sich, als sie sich dem Seestern zuwandten. Ich dachte noch: Was ist denn los?, als der erste Schuss knallte. Ein Infizierter mit Sommersprossen und weißblonden Locken stürzte mit dem Gesicht nach vorn auf den Asphalt. Die anderen Infizierten heulten auf. Morna stieß mich zu Boden – um mich loszuwerden oder um mich vor den pfeifenden Projektilen zu schützen, ich weiß es nicht. Ich verschränkte die Hände über meinem Hinterkopf und kniff die Augen zu, hörte, wie das Rudel losrannte, wie bloße Füße über den Asphalt klatschten. Weitere Schüsse, der Boden zitterte, Stiefel stampften an mir vorbei. Ich glaubte, Schweiß zu riechen und sogar ein Aftershave. Wind zerrte an meiner Jacke.

Vorsichtig hob ich den Kopf.

Bevor ich selbst an Morbus Shade erkrankt war, hatte ich ein paarmal gesehen, wie ein Rudel von Infizierten einem

Gewehrfeuer auswich; ich hatte vergessen, wie unfasslich der Anblick war. Sie änderten ihren Kurs mit rasender Geschwindigkeit, als würden sie vollkommen mit ihrem Gehirn verschmelzen und sich so schnell bewegen wie dessen Gedankenstrom. Die abgefeuerten Projektile konnten sie unmöglich treffen. Die Security schoss wie wild, doch das Rudel war schon außerhalb ihrer Reichweite. Dann verschwand es hinter einer Mauer aus Schutt und Geröll. Für einen Sekundenbruchteil glaubte ich, Morna noch zu erkennen, ein Nebelstreif von weichem Haar und heller Haut. Als ihre Hand auf meinem Arm und in meinem Nacken gelegen hatte, waren wir miteinander verbunden gewesen, nun hatte sie sich wieder in ein Geschöpf aus einem Albtraum verwandelt, einen Splitter der finstersten Dunkelheit. Mit ihrem Rudel jagte sie davon, ohne sich noch einmal umzuschauen, ein Nachtvogel auf seinem schattenhaften Flug.

Fort.

Die Securitys stürmten über den Unkraut-Parkplatz zu einem Van, während sie unablässig in ihre Funkgeräte schrien, sprangen in den Wagen und brausten davon.

Langsam rappelte ich mich auf die Knie hoch, legte eine Hand in meinen Nacken und schloss die Augen, spürte die Wärme von Mornas Fingern wie ein Nachbild auf meiner Haut. Als ich die Augen wieder öffnete, fiel mein Blick auf den Infizierten, den die Security erschossen hatte. Höchstens zwanzig Jahre alt. Er lag bäuchlings und hatte den Kopf seitwärtsgedreht, sodass sein Mund leicht zusammengedrückt wurde wie bei einem schlafenden Baby. Blut war zwischen seinen Lippen hervorgesickert und hatte sich mit der größeren Lache auf dem Boden vermischt. Mühsam rappelte ich mich auf und wankte zu ihm hinüber, kniete mich neben ihn und strich ihm langsam eine Haarlocke aus der Stirn. Seine Haut begann schon abzukühlen.

Wie schnell das ging. Wie schnell nichts anderes zurückblieb als ein zerstörter Körper.

»Kara?«

Aus dem Eingang des Seesterns schoben sich Enna und Josh in das Halblicht des frühen Morgens. Tränen hatten helle Spuren in Ennas schmutzigem Gesicht hinterlassen. »Wir wussten nicht ...« Sie schaute auf den Toten und legte eine Hand über ihren Mund. »Oh Gott«, flüsterte sie zwischen ihren Fingern hindurch. Ihr Gesicht war so blass, dass ihre Augenbrauen wie Balken hervortraten.

»Wir wollten sie stoppen.« Josh blinzelte krampfhaft. »Aber wir konnten nicht.«

Am liebsten hätte ich sie angeschrien: *Was habt ihr euch denn vorgestellt, wie hat er denn ausgesehen, euer hirnrissiger Plan?* Doch meine Wut war ja sinnlos und ungerecht. Alles war schiefgelaufen, von Anfang an, keiner von uns hatte irgendeinen Plan gehabt, keinen brauchbaren jedenfalls, und einander nachträglich mit Vorwürfen zu überhäufen, half jetzt niemandem mehr.

Was Josh dann stockend erzählte, bekam ich nur undeutlich mit. Es war, als hätte mir jemand die Ohren mit Watte zugestopft, ich war zu verwirrt von dem, was in den letzten Stunden passiert war, und meine Sicherungen waren kurz vor dem Durchknallen. Immerhin, so viel drang zu mir durch: Sie hatten nicht alle Patienten auf Station K aus dem Schlaf geholt, das immerhin. Hatten mit Morna angefangen und noch zehn, vielleicht fünfzehn weitere geweckt, bevor sie gemerkt hatten, dass mit Morna und den anderen, die nun langsam aus dem Schlaf hochtauchten, etwas geschah.

»Dann hat sich die Sicherheitsschleuse geöffnet und zwei Leute sind reingekommen, Ärzte, glaube ich, so ein dicker Typ und eine Frau mit blondem Zopf«, sagte Josh.

Dr. Levin, dachte ich.

Eine Infizierte sei von deren Anblick sofort getriggert worden und in den Modus gesprungen, berichtete Josh. Sie hätte sich auf die beiden gestürzt und erst den Mann und dann die Frau getötet, während die übrigen Infizierten durch die offene Schleuse entkommen seien.

In der Stadt heulten weitere Sirenen los.

36

DER HOF

(29. Juni)

In der Ferne hörte ich die ersten Schreie, das schrille Wiehern eines Pferdes, Menschenschreie, ich hörte Schüsse durch den Morgen hallen, wollte rennen, wollte nach Hause, meinen Vater und Bertil finden, wollte mit ihnen fliehen. Ich dachte: Noch nicht. Ich dachte: Und jetzt?

»Die werden jeden beißen, der ihnen begegnet«, sagte Enna. »Ihr wisst, wie das am Anfang läuft.«

Ja. Wussten wir. Am Anfang der Ersten Welle hatten die Infizierten fast jeden gebissen, der ihnen begegnete, wahrscheinlich ein instinktives Verhalten, um das Virus massiv weiterzugeben und die Zahl der Infizierten in die Höhe zu treiben. Erst nach ein paar Wochen, als es in den Straßen bereits von Infizierten wimmelte, hatte sich der Beißdrang abgeschwächt. Diesmal würde es sicher ähnlich laufen; anfangs würden sich Morna und ihr Rudel darauf konzentrieren, das Virus schnell zu verbreiten. Bis auf die eine Infizierte, die schon in den Modus gesprungen war; der Anblick von Dr. Levin und dem anderen Arzt hatte bei ihr offenbar als Trigger gewirkt. Sie würde sich nicht mit Beißen begnügen. Sie würde töten.

Josh ließ die Schultern hängen. »Irgendwelche Vorschläge?«

Keine Vorschläge. Die Sache war gelaufen. Aus und vorbei. Der Lärm, der sich in der Ferne erhob, die heulenden Sirenen, alles war längst zu spät, nichts würde Mornas Rudel jetzt noch stoppen, sie würden jeden beißen, die Infizierte im Modus würde jeden töten; jeder Mensch, der ihnen auf dem Weg zum Passage-Hof …

Der Passage-Hof.

»Kara?« Enna rüttelte mich an der Schulter. »Was ist?«

»Der Passage-Hof. Da wollen sie hin.«

Sie hob die Augenbrauen. »Ja, und?«

»Morna … Vorhin konnte ich mit ihr reden. Sie hat mich verstanden. Sie hat mir zugehört. Wir sind wie sie, das spüren sie. Vielleicht schaffen wir das noch mal. Dass sie uns zuhören, meine ich. Wir müssen es wenigstens versuchen. Wenn wir uns sofort auf den Weg zum Passage-Hof machen und Morna finden und …«

Josh lachte, obwohl es eher wie ein Schluchzen klang. »Soll das ein Witz sein? Was sollen wir denn tun? Sie bitten, wieder in die Klinik zurückzukehren? Du redest, als könnten wir mit ihnen eine Diskussion führen. Als könnten wir uns gemütlich bei einem Glas Bier und einer Salzbrezel zusammensetzen und ihnen erklären, was sie tun oder lassen sollen. Als könnten wir sie von irgendwas abhalten. Ich sag dir mal was, Kara: Auf Enna und mich haben sie kein Stück gehört.«

»Weil wir es nicht versucht haben«, sagte Enna.

»Irgendwas müssen wir doch tun!« Meine Stimme klang schrill. »Oder fällt dir was Besseres ein? Dann raus damit!«

»Wir gehen da jetzt hin.« Enna berührte mich am Arm. »Der Passage-Hof liegt am Luunsee, den hat Morna mehrmals erwähnt. Der See ist klein, den Hof finden wir bestimmt.«

»Sind mindestens zehn Kilometer bis dahin«, murmelte Josh. »Ihr spinnt doch.«

Ich wusste nur eins: Es war etwas, was wir schaffen mussten. Ohne mich weiter um Josh zu kümmern, lief ich los. »Vielleicht finden wir unterwegs ein paar Fahrräder!«, rief ich über die Schulter. »Oder ein Auto.«

»Ich kann nicht fahren.« Auch Josh hatte sich in Bewegung gesetzt. »Oder Autos knacken.«

»Und du?«, wandte ich mich an Enna, die immerhin Elektronikerin war.

»Hab's noch nie versucht.« Verbissen trabte sie weiter neben mir her.

Also Fahrräder. Das Problem war, dass nirgends welche herumstanden. Stattdessen Schüsse. Weitere Sirenen. Wir bogen in die Allee ein, die vom Klinikgelände wegführte, rannten in der kalten Luft der frühen Morgendämmerung. Lange würden wir dieses Tempo nicht durchhalten. Josh rang schon jetzt nach Atem. Ein schwarzer Jeep raste an uns vorbei, vollgestopft mit Leuten in Grün. Hinter einem Parkhaus bretterten weitere Autos hervor, Security, Initiative, alle unterwegs, alle auf der Jagd. Die Leute in dem Van hatten die Spur von Mornas Rudel wahrscheinlich längst verloren, hatten aber zweifellos Hilfe angefordert.

Der Schweiß lief mir in Bächen herunter. Josh blieb stehen und stützte die Hände auf die Knie. »Kann …«, japste er, »… nimmer …«

»Was ist denn jetzt mit Fahrrädern, verdammt!«, fluchte Enna. Aus einer Seitenstraße schoss ein weiterer Van, raste die

Allee hinauf und bog Richtung Norden ab. Fahrräder würden nicht mehr genügen. Ohne einen Wagen hatten wir nicht die geringste Chance. Trotzdem trieb ich Enna und Josh weiter an. Inzwischen hatte ich heftiges Seitenstechen, dabei hatten wir noch nicht einmal die Bundesstraße erreicht, die zum nördlichen Stadtrand von Vrede führte. Wir kamen überhaupt nicht voran, schienen auf einem Fließband dahinzustolpern, das in die entgegengesetzte Richtung lief.

Hinter einem von Geißblatt und Knöterich überwachsenen Discounter, aus dessen zerbrochenen Fenstern sich erste Schösslinge schoben, bog ein Auto in die Allee ein und hielt auf uns zu. Ein kanariengelber Kombi.

»Mike!« Ich winkte mit beiden Armen.

Er bremste, sprang aus dem Wagen und stürzte auf mich zu. »Kara, Himmel, ich dachte, ich finde dich nicht mehr. Los, rein, rein mit euch. Ist nicht gut, noch draußen zu sein.« Sein Blick streifte Ennas und Joshs Handgelenk. »Rein mit euch«, sagte er noch einmal.

Wir kletterten in den Wagen. Während Mike zurücksetzte und wendete, erzählte ich hastig von unserem Plan. Er sagte ohne Umschweife, dass er mitkäme, was ich sofort ablehnte. Eine Begegnung mit dem Rudel war zu gefährlich für jemanden, der nicht infiziert war.

»Setz uns nur ab«, forderte ich ihn auf. »Wissen die Leute im Port Bescheid?«

»Die Security hat mich nicht reingelassen. Ich hab ihnen gesagt, dass alle die Stadt verlassen müssen. Dass außerhalb von Vrede wahrscheinlich noch keine aktiven Infizierten herumspringen. Dass da leeres Land ist. Sie haben gesagt, dass sie das wissen, herzlichen Dank, und dass ich ihnen nicht in ihren Job reinquatschen soll. Scheiße, die waren echt kooperativ.«

»Du musst meinen Vater und meinen Bruder rausbringen.«

»Ich gehöre nicht zum Port, Kara. Die lassen mich nicht rein.«

»Versuch es am Nordtor. Das ist weniger bewacht. Bitte, Mike. Ihr müsst weg. Seht zu, dass ihr euch irgendwo da draußen versteckt. Lesko ist nicht weit. Und Millstedt auch nicht.«

»Und was sollen sie da? In Lesko und Millstedt wohnt niemand. Alle näheren Orte sind komplett verlassen«, warf Enna ein.

»Eben. Wo keine Leute sind, sind auch keine infizierten Leute. Alles ist jetzt besser als Vrede. Keine Ahnung, wie viele Menschen Mornas Rudel schon angesteckt hat, aber es werden eine Menge sein. Die werden in drei Tagen aktiv. Und dann bricht in Vrede das Chaos aus.«

Eine gute halbe Stunde später und nach mehreren Umwegen, die zwei unpassierbaren Brücken und mehreren Barrikaden aus Einkaufswagen und Autowracks geschuldet waren, bogen wir auf die Straße ein, die um den Luunsee herumführte. Es war Josh, der mit seinen scharfen Augen das halb heruntergerissene Hinweisschild entdeckte: *Passage-Hof.* Jeder Buchstabe war in einer anderen Farbe gemalt. Das Schild endete in einem geschnitzten Schweinekopf, dessen Rüssel in einen Hohlweg deutete.

»Dann mal los«, murmelte Mike und schaltete die Scheinwerfer ein.

Im Zwielicht der Baumkronen, die den Weg überschatteten, rumpelten wir durch notdürftig mit Schotter aufgefüllte Schlaglöcher. Die schmale Straße wand sich immer weiter und schien einfach kein Ende zu nehmen. Aufmerksam schaute ich nach rechts und links. Nichts regte sich, alles wirkte ruhig, nirgends entdeckten wir die Spur eines aktiven Rudels, eines Hauses oder eines Hofs.

»Wir sind in die falsche Richtung abgebogen«, sagte Josh.

»Da gab's aber keine andere Richtung«, antwortete Enna.

»Noch bis zu der Kurve, dann kehren wir um«, bestimmte Mike.

Zwei Schatten lösten sich aus dem Halbdunkel des Hohlwegs und traten in den Lichtkegel der Scheinwerfer. Sie trugen noch immer die durchsichtigen Kittel, die hinter ihnen herflatterten wie mit Blut bespritzte Engelsflügel. In einem federnden Trab liefen sie uns entgegen, erst wie in Zeitlupe, dann legten sie an Tempo zu. Ihre Lippen zogen sich von den Zähnen zurück.

»Anhalten. Raus aus dem Wagen«, befahl ich Enna und Josh, sprang selbst hinaus und rief Mike zu: »Hau ab, schnell!«

Er verplemperte keine Zeit mit »Viel Glück« oder »Ihr schafft das!«. Klappe halten, Rückwärtsgang rein, weg. Kluger Mann. Das jaulende Geräusch des Motors wurde leiser, während mir gleichzeitig das Keuchen der sich nähernden Infizierten lauter und lauter in den Ohren klang.

»Scheiße, Kara, die machen mir Angst«, flüsterte Enna. Josh wich einen Schritt zurück, sodass er jetzt hinter uns stand.

Wollte ich mich diesen Geschöpfen wirklich in den Weg stellen? Obwohl ich wusste, dass wir keine andere Möglichkeit hatten, wollte ich es keineswegs. Sie waren nicht Morna. Was, wenn sie sich im Modus befanden? Das Blut auf ihren Kitteln schien mir ein deutliches Zeichen zu sein, dagegen konnte ich ihre Augen noch nicht erkennen. Du musst ruhig bleiben, dachte ich verzweifelt. Doch meine Gedanken schossen kreuz und quer in meinem Kopf herum. Infizierte im Modus nahmen nicht mehr viel anderes wahr als ihren Drang zu töten. Konnten sie noch spüren, dass wir von gleicher Art waren wie sie? Das Virus in unserem Blut schlief – waren die Signale trotzdem stark genug? Tayna Dwinger hatte in mir eine Infizierte erkannt, ebenso die Frau vor dem Seestern. Aber was war mit diesen beiden, die sich da näherten? Was, wenn wir nicht mehr zu ihnen durchdringen konnten, sie sich ohne Umstände auf uns stürzen und uns zerfleischen würden?

Und das war der Augenblick, in dem ich an meinen Rucksack im Fußraum von Mikes Kombi dachte. An den Revolver, der darin steckte.

Die Infizierten – ein Mann mit Stirnglatze und eine Frau mit einem kleinen Puppengesicht – blieben keine fünf Schritte von uns entfernt stehen. Aus ihren Kehlen stieg ein grollendes Knurren auf.

»Bereit?«, flüsterte ich.

»Bereit«, hauchte Enna.

»Bleibt dicht hinter mir.«

Ich setzte einen Fuß vor. Dann noch einen. Als ich nur noch einen Schritt von dem Mann und der Frau entfernt war, blieb ich stehen, zwang mich aber, sie weiter anzublicken. Das Weiße in ihren Augen war rot. Sie waren im Modus. Steckten mittendrin. An ihren Zähnen schimmerte Blut, schaumiger Speichel rann aus ihren Mundwinkeln. Meine Fäuste waren so fest geballt, dass es schmerzte, während ich gegen einen panischen Fluchtimpuls ankämpfte. Schweiß rann mir in Bächen die Schläfen hinunter. Hinter mir hörte ich Joshs abgehackten Atem, es klang, als würde er ersticken. Ich holte tief Luft, brachte jedoch keinen Ton heraus. Der süßsaure Geruch von Blut stieg mir in die Nase und ich musste leicht würgen.

Die Frau mit dem Puppengesicht legte ihren Kopf schief und musterte uns, dann stieß sie weit hinten in der Kehle das hohe Gurren aus, mit dem die Infizierten einander begrüßten. Der Bann war gebrochen. Die Angst war noch da, aber etwas hatte sich gelöst. Sie würden uns nicht töten. Wie Tayna und die Frau vor dem Seestern spürten sie, dass wir zu ihnen gehörten.

»Bitte«, sagte ich leise und so ruhig ich konnte, »könnt ihr uns zu Morna bringen?«

»Morna«, flüsterte die Frau.

Langsam schüttelte der Mann den Kopf.

Meine Kehle schnürte sich zu. »Ist sie ...?«

Der Mann zog die Schultern hoch wie ein Tier auf dem Sprung. »Der Hof war nicht sicher«, zischte er.

Die Frau packte seine Hand und verschränkte ihre Finger fest mit den seinen. »Dort ist der Tod.« Ihre Stimme klang dunkel und verzweifelt.

Das Entsetzen stieg in mir hoch wie eine Flut. »Ist Morna am Leben?«

Die Frau zuckte die Schultern. Der Mann warf den Kopf in den Nacken und stieß eine Art Schluchzen aus, einen Laut tiefer Trauer, den ich während der Ersten Welle oft gehört hatte, wenn jemand aus einem Rudel verschwunden war.

»Ihr müsst weg!« Die Worte der Frau kamen in schrillen Tönen heraus. Im nächsten Augenblick wandten sich die beiden ab, sprangen Hand in Hand die Böschung hinauf und liefen zwischen die Bäume, verschwanden in den Schatten.

Josh hielt seinen Oberkörper mit den Armen umschlungen, als wäre ihm bitterkalt oder als wollte er sein Herz daran hindern, ihm aus der Brust zu springen. »Lasst uns abhauen. Bitte«, flüsterte er.

Doch ich stand jetzt so unter Strom, dass ich machtlos gegen meine Beine war und loslief, weiter den Hohlweg hinauf, es war wie eine elektrische Entladung.

»Kara!«, rief Enna,

»Bleibt da!«, rief ich zurück, aber ihre Schritte waren schon hinter mir.

»Du bist doch total bescheuert«, keuchte Enna.

»Wir gehen alle drauf«, japste Josh.

Doch sie hielten mich weder ab, noch ließen sie mich allein.

Hinter der nächsten Biegung stießen wir auf die Zufahrt zu einem Hof. Zwei Granitpfeiler mit einem herausgebrochenen und von Ackerwinde umwucherten Eisentor bildeten den Eingang. Statt hindurchzutreten, duckten wir uns hinter den linken Pfeiler. Sofort ins offene Gelände hinaus – das wollte keiner von uns riskieren.

Es war sehr still, nur hin und wieder raschelte es hinter uns im Wald. Vor uns lichteten sich die Bäume und gaben den Blick auf einen sonnenbeschienenen, von drei Gebäuden flankierten Hof frei. Alles wirkte leicht verwahrlost, überall wuchsen Unkraut und Dornensträucher, auch die gewaltige Scheune – sie musste wenigstens zwanzig Meter hoch sein – hatte schon bessere Tage gesehen. Der Anblick war trotzdem wunderschön. Die Rosen standen in voller Blüte, die Johannis- und Himbeersträucher bogen sich unter der Last ihrer Früchte, dazu das von Wein und Geißblatt überwachsene Wohnhaus – alles wirkte wie eine Illustration aus einem schwedischen Kinderbuch.

Wären da nicht die acht schwarzen Jeeps und der Pick-up gewesen, die vor der Remise standen. Und wären da nicht die blau gekleideten Gestalten auf dem Boden gewesen, zwischen den Autos verstreut wie weggeworfene Spielzeugsoldaten, manche auf dem Bauch, andere auf dem Rücken oder auf der Seite zusammengekrümmt. Uns zunächst lag eine Frau, die offensichtlich zur Initiative gehörte. Ihr hellgrünes Oberteil bildete einen scharfen Kontrast zu der dunkelroten Lache, die sich um ihren Bauch auf dem Boden ausgebreitet hatte. Ihr Haar hatte sich um ihren Kopf aufgefächert. Wieder stieg Übelkeit in mir hoch, und ein Gefühl von Unwirklichkeit. Noch vor Kurzem hatte diese Frau in einem der Autos gesessen, ihr Herz hatte geschlagen, ihre Lungen hatten sich mit Luft gefüllt und die Luft wieder ausgestoßen und jetzt lag sie zusammen mit den anderen Toten in ihrem Blut. Wie konnte es so schnell gehen, dass jemand für immer aus der Welt verschwand, wie war das möglich?

Eine schwere Stille lastete über allem. War hier noch irgendjemand am Leben? Ich blickte zum Wohnhaus, das unserem Versteck am nächsten lag, zu dem Anbau mit der weiten Terrasse. Für einen Sekundenbruchteil glaubte ich in einem der Fenster einen Schatten zu erkennen. Als ich noch einmal hinschaute, war der Schatten verschwunden. Nur Sonnenreflexe tanzten auf der Scheibe. Während ich auf die Lichtfunken blickte, stieg eine Erinnerung in mir auf. In dieses Gebäude waren Alissa, Ronja und ich im letzten Sommer auf einen schnellen Kaffee eingekehrt. Wir hatten den Tag am Luunsee verbracht und waren mit unseren Fahrrädern auf dem Heimweg gewesen; die junge Frau hinter der Theke des kleinen Hofcafés hatte uns die letzten Stücke Salted Caramel Cake zum halben Preis überlassen. An ihr Gesicht konnte ich mich nicht erinnern, wohl aber an die bunten Armreife, die ihre Handgelenke schmückten und bei jeder Bewegung klingelten wie ein Weihnachtsschlitten.

Glenda, dachte ich. Mornas Frau. Ob sie es wirklich gewesen war, würde ich niemals wissen.

»Da drüben«, flüsterte Enna neben mir.

Hinter der Remise, an der Stirnseite des Hofes, tauchten ein halbes Dutzend Securitys und ungefähr ebenso viele Leute von der Initiative auf und sammelten sich bei den Autos, darunter ein breitschultriger junger Mann mit verstrubbeltem Haar. Magnus.

Auch Leonarda erkannte ich. Ihre silberfarbene Mähne leuchtete. Ich wünschte, sie wäre nicht dabei gewesen. Ihr Anblick erschien mir wie ein böses Omen. Sie hatte eine Wunde am Kopf, hielt sich aber trotzdem kerzengerade. Ihr folgte mit schleppenden Schritten und auf den Boden gerichtetem Blick Jasemin. Man merkte, dass sie mit ihren Gedanken nicht bei der Sache war. Ihr Gesichtsausdruck, die Art, wie sie ihren Körper hielt, verriet etwas Schlimmeres als Verzweiflung, verriet wachsende Hoffnungslosigkeit, aus dieser Geschichte lebend herauszukommen. Sie stellte sich neben einen der Jeeps und blickte zu der Scheune hinüber. Während alle anderen ihre Waffen bereithielten, hatte sie ihre Hände schützend in ihre Achselhöhlen geklemmt.

Von Adrian, Nathan und Sara keine Spur. Wenigstens das war eine Erleichterung.

Magnus sprang auf die Ladefläche des Pick-ups, warf den Leuten von Initiative und Security mehrere Fangnetze zu und schulterte auch selbst ein Netz. Auf Leonardas Kommando wandten sich alle dem mit Abstand größten Gebäude des Passage-Hofs zu, der mehrstöckigen Scheune, und fixierten eine Türöffnung in der Seitenwand, einen Nebeneingang, aus dem das Türblatt herausgebrochen war. Leonarda, die offensichtlich auch das Kommando über die Security übernommen hatte, deutete mit knappen Gesten nach rechts und links. Blitzschnell bildeten sich zwei Gruppen, die geduckt auf die Türöffnung zuliefen und sich zu beiden Seiten an der Scheunenwand entlang postierten. Nur Jasemin nicht. Es wirkte ganz so, als verweigerte sie den Befehl, vielleicht, weil es schon genug Tote gegeben hatte und weil sie ahnte, dass all dies nur zu noch mehr Blut, noch mehr Toten führen würde. Steif trat sie zu Leonarda und sagte etwas, worauf an Leonardas Hals eine rote Wolke aufstieg, das konnte ich sogar von hier aus erkennen. Ihre Hände schlossen sich zu Fäusten. Hätte die Situation es zugelassen, sie hätte Jasemin wahrscheinlich niedergebrüllt. Mit einer Handbewegung schnitt sie ihr das Wort in der Luft ab und wies mit dem Kinn zu der Gruppe links neben der Tür hinüber. Jasemin hielt dem Blick ihrer Vorgesetzten zwei, drei Sekunden lang stand, dann fielen ihre Schultern herab. Mit bleichem Gesicht wandte sie sich ab und bezog den ihr zugewiesenen Posten an Magnus' Seite. Er wich so hastig vor ihr zurück, dass er einem seiner Mitstreiter fast auf die Füße trat.

Leonarda ging zu der rechts stehenden Gruppe und stellte sich direkt neben die Türöffnung, während auf der anderen Seite ein vierschrötiger Glatzkopf mit melonengroßen Armmuskeln seine Position einnahm. Er hatte seinen Revolver bereits gezogen; als Leonarda nach ihrer Waffe griff, löste sich Jasemin von der Scheunenwand, trat ein zweites Mal zu ihr, legte eine Hand auf Leonardas Arm und schüttelte den Kopf. Mit einer wütenden Geste schlug Leonarda die Hand beiseite. Ihr Kinn ruckte in die Richtung, aus der Jasemin gekommen war. Einen Augenblick lang glaubte ich, Jasemin würde sich dem Befehl widersetzen, doch dann senkte sie den Kopf und kehrte an ihren Platz zurück.

Alles ging jetzt sehr schnell. Leonarda und der Glatzkopf schoben sich seitwärts in die Dunkelheit der Scheune, die anderen folgten in einer einzigen, fließenden Bewegung. Das alles vollzog sich so rasch und koordiniert wie eine monatelang einstudierte Choreografie.

Jasemin blieb, wo sie war. Schaute zu den Toten, die im Hof herumlagen. Schaute zu der Öffnung, durch die alle anderen verschwunden waren. Und rührte sich noch immer nicht vom Fleck.

Stille. Wie gelähmt kauerte ich hinter dem Pfeiler. Jasemin wandte sich von der Scheune ab, rannte zu einem der Jeeps, griff ins Führerhaus und zog ein Funkgerät heraus, sprach hinein, lauschte, sprach erneut, lauter diesmal, noch lauter, bis ich die Worte sogar über die Entfernung hinweg verstehen konnte, wieder und wieder derselbe Satz: »Hört mich jemand?«

Josh stupste mich zwischen die Rippen und deutete zu dem ehemaligen Café.

In der Tür stand Morna. Sie war uns so nahe, dass ich sehen konnte, wie ihre Gesichtsmuskeln heftig zuckten. Ich dachte: Wie Schlangen unter ihrer Haut. Unverwandt blickte sie zu Jasemin hinüber.

»Wartet«, flüsterte ich Enna und Josh zu und schob mich hinter dem Granitpfeiler hervor. Sofort drehte sich Mornas Kopf in meine Richtung.

»Kara«, hörte ich Enna hinter mir, »nicht.«

Mornas Augen loderten. Grüne Augen. Rote Augen. Sie war im Modus angekommen.

Langsam, sagte ich mir. Ruhig. Ich atmete ein. Atmete aus. Als ich kaum noch drei Schritte von ihr entfernt war, blieb ich stehen. Sie bleckte die Zähne und knurrte. Mein Herz, mein Magen, alles in meinem Körper erstarrte. Erkannte sie mich nicht mehr? Ich sah in ihre rot-grünen Augen.

»Morna.« Meine Stimme zitterte. »Ich bin es. Kara.«

Sie blickte zu Jasemin. Blickte wieder mich an. »Kara«, flüsterte sie. Die Adern an ihrem Hals pulsierten. Schweiß bedeckte ihre Stirn. »Sie haben fast alle getötet.« Ihre Worte klangen wie ein Zischen. »Jetzt töte ich sie.«

»Bitte, Morna.« Ich machte zwei weitere Schritte auf sie zu und berührte ihren Arm. »Bleib hier.«

Ihre Muskeln spannten sich unter meinen Fingern. Ihre Kraft würde locker genügen, um mich mit einem Ruck drei Meter weit durch die Luft zu schleudern.

Ich dachte nicht nach. Ich handelte nur. Ganz fest legte ich meine Arme um sie und zog sie auf dieselbe Art an mich, an die ich mich jetzt wieder erinnerte. So hatten wir einander in meinem Rudel umarmt, Tim und Elmo und Leonnie und ich, ohne Vorbehalte oder das geringste Zögern. Meine Haut, meine Muskeln, Herz und Lungen, alles in meinem Körper wurde weich und durchlässig und empfing dieses andere Wesen, während ich gleichzeitig in es hineinschmolz und mich in ihm auflöste. Ich hatte es vergessen, nun war alles wieder da, das Gefühl des Einsseins und der Geborgenheit, und ich verstand, warum Morna gesagt hatte: *Und wenn wir gar nicht wollen, dass das Virus schläft?*

Als ich aktiv gewesen war, hatte ich fast immer so empfunden. So intensiv du hasst und wütest, so intensiv bist du gleichzeitig mit deinem innersten Kreis, deinem Rudel verbunden und erlebst eine Nähe, wie ich es mir vorher niemals hätte vorstellen können. Es hatte mir unglaublich gutgetan. Und das tat es auch jetzt. Ich war noch nicht aktiv, und doch empfand ich dieselbe Wärme wie damals, fühlte mich aufgehoben und angenommen. Zu Hause.

Keine Ahnung, wie lange wir einander hielten. Irgendwann hörte ich leise Schritte, spürte ein weiteres Paar Arme, das sich um uns legte. Als ich blinzelnd aufschaute, erkannte ich Enna. So standen wir zu dritt, vollkommen still, Josh ein Stück hinter uns, und erst, als ich über Mornas Schulter eine Bewegung wahrnahm, kehrte ich auf den Passage-Hof zurück.

Geduckt lief Jasemin zu einem weiteren Jeep mit einem weiteren Funkgerät, zog es heraus und sprach hinein, vergeblich offenbar, denn sie ließ das Gerät gleich wieder fallen und lief weiter, während in der Scheune weiterhin eine gespenstische Ruhe herrschte.

Langsam löste ich mich aus unserer Umarmung und tauschte einen Blick mit Enna. Es war, als ginge ein wortloses Einverständnis zwischen uns hin und her. Ich musste zu Jasemin, musste ihr sagen, dass sie sich in dem Van vor Morna in Sicherheit bringen sollte. Dann weiter, in die Scheune. Was genau ich dort tun, wie ich zu Leonarda, der Initiative, den Infizierten durchdringen sollte, das wusste ich noch nicht. Etwas würde sich ergeben. Oder auch nicht. Wichtig war, dass Enna bei Morna blieb und sie von dem abhielt, was immer sie hatte tun wollen.

»Ihr wartet hier«, sagte ich zu Morna und Enna, mit der behutsamsten und zugleich entschiedensten Stimme, die ich zustande brachte. »Gebt mir fünf Minuten.«

Morna blickte mich wortlos an. Auf ihrer Stirn glänzten noch immer Schweißperlen. Ihr Atem ging sehr schnell. Ihre Haut glühte. Ich legte meine Hand an ihr Gesicht und sie schmiegte kurz ihre Wange in meinen Handteller. Enna nickte. Jetzt, sagte ihr Nicken. Mach dich auf den Weg.

Behutsam löste ich meine Hand von Mornas Wange und ging zu den Fahrzeugen und dem Mädchen mit den braunroten Augen hinüber, das mich bei der Grillparty mit Adrians Clique so sehr an eine Heldin aus einem Abenteuerfilm erinnert hatte und das noch immer seinen verzweifelten Satz – »Hört mich jemand?« – in ein Funkgerät rief.

»Jasemin?«, fragte ich.

Sie fuhr herum. »Was …« Sie legte eine Hand über ihren Mund und blinzelte heftig, als wüsste sie nicht, ob sie wach war oder träumte. Kurz blickte sie an mir vorbei, zu Morna und Enna und Josh hinüber. Ich roch den Schweiß, der unvermittelt aus ihren Poren drang. »Jasemin«, wiederholte ich, so ruhig ich konnte. »Ich muss zu Leonarda. Zu den Infizierten. Sie sind in der Scheune, ja?«

Ihr Gesicht war weiß wie Schnee. Kurz schaute sie zu dem Gebäude, schaute wieder zu mir. »Das Ding ist riesig und ohne Strom und Leonarda hat trotzdem alle reingeschickt«, sagte sie. »Das ist ein Wahnsinn. Was hast du denn vor?«

»Weiß ich noch nicht«, antwortete ich.

»Wir haben fast alle unsere Leute eingebüßt. Dadrin sind noch drei oder vier Infizierte. Die werden alle umbringen. Bitte, wenn du das irgendwie stoppen kannst, bevor das große Schlachten …«

In diesem Augenblick begannen die Schreie. Die Härchen auf meinen Unterarmen stellten sich auf. In der Scheune krachten Schüsse. Zwei Gestalten schossen aus dem Seiteneingang, ihre durchsichtigen Kittel flatterten hinter ihnen her. In einem wahnwitzigen Tempo rannten sie über den Hof, flogen beinahe wie riesige Vögel und verschwanden zwischen den Bäumen. Ein weiterer Schrei drang aus der Scheune und steigerte sich zu einem Kreischen. Es klang grauenvoll, als würde dort drinnen ein Mensch bei lebendigem Leib zerstückelt. Jetzt passiert es, dachte ich, jetztjetztjetzt. Die Zeit schien sich zu verlangsamen, ich konnte alles sehen, während die Dinge nahezu gleichzeitig geschahen. Morna riss sich von Enna los. Ihre Augen leuchteten glühend rot. Leonarda und einer der Securitys schleiften ein Fangnetz ins Freie, in dem sich schreiend und blutend eine Infizierte wand. Fast konnte ich spüren, wie die Wut Morna durchströmte wie ein kaltes Feuer und jede andere Empfindung niederbrannte. Ihre Augen trieb es fast aus den Höhlen, Hass riss ihr den Mund auf. Ihre Halsmuskeln traten hervor wie Taue, ihre Kehle ruckte krampfartig auf und ab, während sie einen langen, heulenden Ton ausstieß.

»Morna«, schrie ich, »nicht!«

Sie schnellte mitten hinein in die Geschosse, die plötzlich

überall durch die Luft sirrten, und riss Leonarda zu Boden. Dann waren Enna und Josh bei mir und ich glaube, Enna und ich wollten dasselbe, wir mussten Morna von Leonarda wegbekommen, doch Josh stieß uns in die Remise, weg aus dem Gewehrfeuer. Mit voller Wucht krachten wir zwischen eine Kutsche und einen Stapel Gartenstühle und rissen Josh mit uns zu Boden. Schüsse. Schüsse. Ich rappelte mich auf Hände und Knie hoch. Meine rechte Seite war ein einziger, brennender Schmerz. Hinter mir stöhnte Josh, doch ich hatte nur Augen für das, was auf dem Hof geschah.

Morna kauerte über Leonarda, deren Bauch mitten aufgerissen war. Leonardas Kopf war zur Seite gerollt, ihre Augen blickten ins Leere. Blut. So viel Blut. Fauchend wandte sich Morna dem Mann von der Security zu und duckte sich zum Sprung. Jasemin stürzte von hinten heran, um Morna bei den Schultern zu packen, und wurde von einem Querschläger getroffen. Ihre Schädeldecke flog weg. Sie fiel auf den Bauch und rührte sich nicht mehr. In der nächsten Sekunde war Morna über dem Mann und biss ihm die Kehle auf. Sein Schrei erstarb. Morna schleuderte ihn von sich weg wie ein altes Handtuch und zerrte heulend an dem Netz und der darin Gefangenen, als plötzlich ihr Oberschenkel platzte. Blut schoss heraus. Sie fiel auf die Knie, zerrte aber weiter wie rasend an dem Netz, besessen davon, ihr Rudelmitglied zu befreien.

Dann waren sie da – drei, vier Leute von der Initiative, die ein weiteres Netz auswarfen und es so fest zuzogen, dass Morna sich nicht mehr rühren konnte. Sie schrie nur noch, schrie und blutete. Eine einzelne Gestalt löste sich aus der Gruppe und trat dicht an sie heran. Es war Magnus. Wütend und verzweifelt fletschte sie ihre Zähne gegen ihn. Er beugte sich zu ihr hinunter und zog seine Pistole.

Nein, gellte es in meinem Kopf, nein! Er wird Morna nicht erschießen, sie ist ja schon gefangen, sie kann niemanden mehr verletzen, das wird er niemals tun!

Magnus zielte.

Ich stieß einen Schrei aus, doch der Schrei drang nicht nach außen. Eine Hand hatte sich auf meinen Mund gepresst. *»Nein«,* wollte ich brüllen, *»nein!«,* aber die Hand ließ nicht locker. Arme schlangen sich um meinen Brustkorb, zogen mich unter die Kutsche, drückten mich zu Boden, bis ich auf dem Bauch lag, und nagelten mich fest.

»Still«, zischte es an meinem Ohr, »sei still!«

Ich versuchte mich von Enna loszumachen, doch ich hatte keine Chance.

Der Schuss krachte. Die Kugel durchschlug Mornas Brust.

Adrian Kachelya

Leonarda und die Leute, die sie für den Einsatz ausgesucht hat, sind seit mehreren Stunden weg. Was haben Magnus und Nathan ihr erzählt? Jedenfalls hat sie angeordnet, dass ich die Initiative bei der Jagd nach dem entflohenen Rudel nicht begleiten darf.

Adrian Kachelya, nicht mehr vertrauenswürdig.

Sei's drum. So kann ich bei der Evakuierung helfen und dafür sorgen, dass nicht die Stärksten und Schnellsten auch die Ersten sind, die Vrede verlassen. Der Befehl kam vor einer halben Stunde.

Gemeinsam mit Frederic kümmere ich mich darum, dass die Jüngsten in einem Sammelbus zu dem Checkpoint im Osten der Stadt gefahren werden. Lisa und Bertil sind dabei und alle anderen Kinder aus dem Port. Eines nach dem anderen steigen sie ein. Manche weinen, aber ohne jedes Geräusch. Am liebsten würde ich mit ihnen weinen. Frederic ist vollkommen ruhig, begleitet die Kinder zu ihren Plätzen, nimmt die kleinen an die Hand und sorgt dafür, dass sie sich anschnallen. Lisa trägt er als Letzte hinein und setzt sie auf den Platz neben Bertil. Der hat die kleine Transportkiste mit Pinky auf seinem Schoß. Sie ist die Einzige, die sich lauthals beklagt. Es klingt, als würde ein Baby weinen.

Nachdem Frederic ein letztes Mal die Reihen abgegangen ist, verlässt er den Bus. Er ist blass, sicher fühlt er sich schrecklich. Seine Frau, gefangen in der Klinik. Kara, irgendwo da draußen. Er nickt mir zu, ich steige ein, setze mich ans Steuer – und muss blitzartig an den anderen Bus denken, in dem wir während der Ersten Welle aus dem Phönix-Center *geflüchtet sind.*

Den Todesbus.

Einen Augenblick lang kann ich mich nicht bewegen, so groß ist meine Angst. Es ist eine Angst, die alles andere auslöscht. Dann ist da irgendwo ein Geräusch. Ein Weinen. Pinky. Ein Bild taucht vor mir auf. Pinky und Kara und ich auf der Veranda. Als ich noch nichts wusste. Was hat sich seither verändert? Plötzlich weiß ich es nicht mehr. Kara ist Kara und war es die ganze Zeit. Sie hat mich belogen, aber welche Wahl hatte sie? Welche Ängste hat sie ausgestanden und steht sie noch immer aus? Ich kann mir nicht einmal vorstellen, wie es sein muss, wenn du weißt, dass du wieder töten wirst.
Die Infizierten brauchen keine Liebe.
Habe ich das auf der Gartenparty wirklich gesagt? Was habe ich mir dabei gedacht?
Mit zitternden Fingern drücke ich den Anlasser.

37

TOD
(29. Juni)

Wir waren hierhergefahren, weil wir geglaubt hatten, helfen zu können, doch alles war viel zu schnell gegangen.

Durch die Speichen des Kutschenrads blickte ich auf den Hof. Zusammengerollt wie eine Katze lag Morna auf dem Boden. Ich dachte: Warum steht sie nicht auf, sie muss doch aufstehen, steh auf, Morna, bitte, steh auf. Ich dachte: Gleich wird sie sich aufsetzen und nach Luft schnappen und dann kommt jemand, um sie aus dem Netz zu befreien und ihre Wunden zu versorgen, dann bringt man sie weg, egal wohin, es ist egal, wenn sie nur lebt. Ich wollte unter der Kutsche hervorkriechen, zu ihr laufen, sie an der Schulter rütteln. Sie konnte nicht mitten auf dem Hof gestorben sein, das war vollkommen undenkbar. Meine Finger gruben sich in den Ziegelboden der Remise. Ich legte meine Stirn auf die kühlen Backsteine und schloss die Augen.

Morna, dachte ich. Morna. Morna.

Eine Hand berührte mich zwischen den Schulterblättern. Mit einem tauben Gefühl in der Brust öffnete ich die Augen und rutschte auf dem Bauch so dicht an Enna heran, wie es mir möglich war. Sie legte einen Arm um meinen Rücken und zog mich noch näher zu sich. Ich barg mein Gesicht in ihrer Halsbeuge und drückte mich an sie, wollte weinen, empfand aber nur eine tränenlose Dumpfheit. Ennas Atem strich durch mein Haar, er kam in kurzen, abgehackten Stößen wie von lautlosem Schluchzen.

»Oh Gott«, hauchte Josh irgendwo neben uns. »Oh Gott.«

Die wenigen Leute, die von Security und Initiative noch übrig waren, sammelten sich bei den Jeeps. Angespannt standen sie herum und blickten auf all die Toten. Aus der Ferne drang das Heulen einer Sirene in den Hof. Das schien sie zu wecken. Plötzlich redeten alle durcheinander. Ich hörte sie und dachte: *Verschwindet, verschwindet doch endlich, ihr Mörder.*

»Ruhe!«, rief der Glatzkopf. Sofort wurde es still. Er strich sich mit der flachen Hand über den Schädel. »Wie viele sind entkommen?«, wandte er sich an Magnus.

»Fünf.«

»Und wie viele Menschen hat dieses Scheißrudel auf seinem Weg hierher gebissen und infiziert? Zwanzig, fünfzig, hundert, was schätzt du?«

»Ich ...« Ratlos schüttelte Magnus den Kopf.

»Genau. Die Lage ist außer Kontrolle. Wir müssen Vrede abriegeln, bevor dieses verseuchte Pack aus der Stadt entkommt. Der Befehl ist schon raus. Wir haben drei Tage, um alle Nicht-Infizierten aus der Stadt rauszuholen.«

»Unmöglich«, sagte eine Frau, deren grüne Jacke über und über mit Blut bespritzt war. »Wir können keine ganze Stadt ...« Ein Blick des Glatzkopfs ließ sie verstummen.

»Alle Nicht-Infizierten werden evakuiert. Auch aus den Gated Communitys.«

»Kriegen wir Hilfe aus Barlow? Aus anderen Städten?«, fragte Magnus.

Der Glatzkopf lachte. »Die haben ihre eigenen Probleme, seit die Nachricht mit dem 10. August raus ist.«

Magnus errötete und blickte auf seine Stiefelspitzen.

»Bluttests an den Checkpoints«, sagte der Glatzkopf. »Wer gesund ist: raus aus der Stadt und weiter zum Flughafen von Vrede.«

»Werden die Leute ausgeflogen?«, fragte die Frau mit der blutigen Jacke.

»Aber ja doch. Unser Spezialbataillon ist gerade dabei, die Papierflieger-Flotte zusammenzufalten«, erwiderte der Glatzkopf liebenswürdig. »Haben Sie Ihr Hirn an der Theke abgegeben?«, brüllte er. »Womit denn ausfliegen? Die letzten neun Monate bei den Glitzerelfen im Rosa-Wolke-Land zugebracht?«

»Ich ...«

»Wissen Sie, wo die Zombies während der Ersten Welle besonders gern gezündelt haben?«

Jetzt starrte auch die Frau auf ihre Stiefelspitzen.

»Genau. Auf den Flughäfen! All das Kerosin, das fliegt so schön in die Luft. *Ausfliegen,* Herrgott. Wir müssen die Leute *unterbringen* – in einem Gebäude, das wir gegen die Infizierten verteidigen können, die aus Vrede entwischen. Oder aus anderen Städten. Die Security hat am Flughafen schon das Kommando übernommen.«

»Aber der Flughafen ist komplett ausgeplündert«, sagte Magnus vorsichtig. »Und ...«, er räusperte sich, »... größtenteils ausgebrannt.«

»Wer in ein Fünf-Sterne-Hotel will, kann sich ja ein Taxi

rufen.« Der Glatzkopf atmete tief ein und wischte sich den Schweiß vom Schädel. »Abflughalle C ist weitgehend intakt. So weit alles klar? Dann an die Arbeit. Wer infiziert ist, wird im Schlachthof oder im Stadion gesichert. Wer sich entzieht oder angreift, wird erschossen.« Er stieß Magnus einen Zeigefinger vor die Brust, sodass dieser einen Schritt zurücktrat. »Sektoren durchkämmen. Erst Rot, dann Gelb, dann Grün. Wer den schwarzen Armreif trägt: Internieren.«

»Und die Klinik? Was ist mit Team Rainbow?«, fragte Magnus.

»Da gibt's vom Komitee bisher nur eine Anweisung: Das Team arbeitet weiter. So lange wie möglich.«

Magnus und der Glatzkopf teilten die wenigen Leute, die überlebt hatten, auf die Fahrzeuge auf. Keine Minute später rollten die Jeeps und der Pick-up vom Hof. Kaum war der letzte Wagen verschwunden, kroch ich unter der Kutsche hervor. Als ich mich aufrichtete, hatte ich das Gefühl, einen Meter über dem Boden zu schweben. Mornas zusammengekrümmte Gestalt wirkte weit entfernt, als würde ich sie durch das falsche Ende eines Fernglases betrachten. Mit dem nächsten Atemzug rückte sich alles zurecht. Ich lief los, lief an Jasemin vorbei, die wie etwas Fortgeworfenes im Hof lag, an Leonarda, all den Toten. Initiative und Security hatten sich nicht einmal die Zeit genommen, die Leichen zu bergen. Ich trat in eine Blutlache, rutschte auf dem glitschigen Boden aus und kam wieder auf die Beine, meine Arme hingen kraftlos neben meinem Körper, ich keuchte, zitterte, lief weiter. Dann war ich bei Morna und kniete neben ihr nieder.

Sie lag auf der Seite, nah bei der Infizierten, der sie hatte helfen wollen und die ebenfalls tot war. Mitten in ihrer Brust klaffte eine blutige Wunde. Ich schob einen Arm unter ihre Schultern und zog sie auf meinen Schoß. Ihr Körper machte ein entsetzlich schmatzendes Geräusch, als er durch das Blut schleifte, das um sie herum vergossen war. Ihr Kopf rollte zurück. Ihre Augen waren geschlossen, doch ihr Mund stand ein wenig offen. Ihre Zähne waren mit Blut befleckt. Blut war auch in ihre rostroten Locken gesickert. Das Netz presste sich in Stirn und Wangen und drückte ihr den durchsichtigen Kittel wie eine zweite Haut an den Leib. Ich strich über den Carbid-Reif, der ihr Handgelenk umschloss, roch den Geruch von Eisen, von Blut, die Luft war zäh und stickig von dem Geruch, zu stickig fast, um sie zu atmen. Ich legte eine Hand auf ihre Wunde, zog ihren Körper ein Stück höher und bettete ihren Kopf an meine Brust.

Ein schwirrender Laut drang aus ihrer Kehle, ein sanftes, kaum hörbares Seufzen. Ihre Finger zuckten wie kleine Tiere, die aus dem Schlaf zu erwachen versuchten.

»Morna?«

Behutsam streichelte ich ihre Wange. Ihre Lider flatterten. Ihre Augen öffneten sich, schienen nichts zu sehen, dann glomm es rot-grün in ihnen auf. Ihr Kopf zuckte zur Seite. Zähne gruben sich durch das Netz in mein Handgelenk. War es ein letzter Reflex? Angst? Vorsichtig bewegte ich meine Hand, versuchte, mich aus ihrem Biss zu befreien, doch ihre Zähne hielten mich fest. Blut rann an meinem linken Handgelenk herab und rieselte in meinen Ärmel. Es brannte, als ihr warmer Speichel in mich eindrang. Ich dachte: Egal, ich bin ja schon infiziert, es spielt keine Rolle.

»Morna.« Wieder und wieder sagte ich ihren Namen. Langsam lösten sich ihre Kiefer.

»Kara«, flüsterte sie mit einer schwach singenden Stimme. Ihr Gesicht war knochenweiß. Ein Fädchen meines Blutes rann von ihrem Mundwinkel zur Ohrmuschel und verlor sich darin.

Sie lag im Sterben, es war gleich so weit. Ihr Kopf rollte zur Seite und schmiegte sich in meine Hand. Für ein paar Sekunden wurde sie ganz zart und weich und ich glaubte, die Liebe zu spüren, die einmal in ihr gewesen war und die nun mit ihren letzten Atemzügen entwich. Sie wollte nach meiner Hand greifen, doch das Netz hinderte sie daran. Wir drückten unsere Fingerspitzen aneinander, ihre Haut war wie Samt an meiner. Ihr Körper zitterte leicht, doch das Zittern wurde rasch weniger, so wie Ringe auf einem See, nachdem man einen Stein hineingeworfen hat.

Dann hörte es auf.

Irgendwann merkte ich, dass Enna neben mir kniete. Mit dem Zeigefinger fuhr ich den Umriss von Mornas Wangenknochen, ihrem Kiefer, ihrer Kehle nach, legte meine Hand auf ihre Brust und drückte sie gegen die Stelle, wo ihr Herz geschlagen hatte. Nichts in ihrem Gesicht deutete noch auf die Wut hin, die in ihr gewesen war, nicht einmal mein Blut an ihren Lippen.

Von hinten legte Enna ihre Arme um mich. Ich hörte einen einzelnen Schluchzer, so tief, dass er mich bis ins Innerste meines Herzens berührte. Als der Laut verebbte, sank ihr Kopf gegen meinen Rücken.

Ich begann zu weinen.

38

DIE WEGE TRENNEN SICH
(29. Juni)

Enna hievte mich vom Boden hoch. Auf wackeligen Beinen hielt ich mich an ihr fest und zitterte und zitterte.

»Josh«, sagte Enna leise. »Er ist noch immer in der Remise.«

Wie Betrunkene wankten wir zu dem Gebäude hinüber. »Josh?« Enna ging auf die Knie und spähte zwischen den Speichenrädern unter die Kutsche.

»Hey«, krächzte er.

»Josh!« Ihre Stimme wurde schrill. Auf Händen und Knien kroch sie zu ihm. Ich folgte ihr. Er lag ziemlich weit hinten und erst erkannte ich nur sein stoppelkurzes Haar und darunter ein graues Gesicht, seine Schultern, die Hüften. Sein linkes Hosenbein. Auf Höhe der Wade klaffte ein langer Riss im Stoff, feucht und blutig.

Nein, dachte ich. Nicht auch noch das.

»Nagel«, japste er. »Als wir zwischen das ganze Zeug gefallen sind.« Er versuchte, sich ein Stück aufzurichten, stieß sich den Kopf am Kutschenboden und sackte zurück. Enna war schon dabei, das Hosenbein vorsichtig nach oben zu schieben. Ich hatte kurz das Gefühl, dass mein Magen abstürzte. In Joshs Wade klaffte ein tiefer dunkelroter Riss. Er sah aus wie ein Mund, der uns mit geöffneten Lippen angrinste.

»Nicht schlimm.« Josh lächelte matt. »Blutet nicht mal mehr.«

»Bluten ist aber gut, da geht der Dreck raus.« Ennas Stimme bekam etwas Scharfes. »Wir müssen das versorgen.«

Sie suchte im Wohnhaus nach Verbandszeug, ich im Café. Der Raum roch säuerlich nach einer Mischung aus Essig und geronnener Milch. Jemand hatte mehrere Fotos an die Wand neben der Theke gepinnt.

Für ein paar Sekunden vergaß ich Josh.

Morna sah jünger aus, viel jünger. Sie hatte den Arm um eine kleine blonde Frau gelegt, die eine Nickelbrille trug. Beide lachten.

Ich wandte mich schnell ab und setzte meine Suche fort.

Ein Verbandskasten – vor fünf Jahren abgelaufen –, zwei Handtücher – mehr oder weniger sauber –, ein kleiner Kanister mit Wasser, das war unsere Ausbeute. Der Verbandskasten enthielt sogar ein Päckchen Desinfektionspulver. Wir wuschen die Wunde aus, streuten das Pulver darüber und legten einen Verband an. Beide hatten wir das noch nie gemacht, doch wir kriegten es einigermaßen hin, auch wenn Joshs Gesichtsfarbe während unserer Behandlung von Grau zu Käseweiß wechselte. Als wir fertig waren, versuchte er, unter der Kutsche hervorzukriechen, doch die Leitungen zwischen seinem Kopf und seinem Bein schienen nicht richtig zu funktionieren. Er sank zurück, drehte seinen Kopf zur Seite und erbrach ein Pfützchen grünliche Flüssigkeit. Enna flößte ihm Wasser ein und warf mir einen ängstlichen Blick zu.

»Besser, er bleibt erst mal hier«, sagte ich unsicher.

Josh schloss die Augen. »Nee«, nuschelte er, »geht uns gut, meinem Bein und mir. Wir müssen …« Er dämmerte weg. Oder wurde ohnmächtig. In der Kutsche fanden wir eine Decke, die so sehr nach Flöhen und Wanzen aussah, dass ich sie kaum anfassen mochte. Wir breiteten sie über ihn, während er etwas murmelte und mit einer Hand eine schwach abwehrende Bewegung machte. Enna rollte ihn auf die Seite, falls er sich noch einmal erbrechen musste, und fühlte seine Stirn, vielleicht, weil man das so machte: Stirn fühlen. Doch selbst wenn sie glühend heiß gewesen wäre, hätten wir nichts tun können. Nachdem sie auch die Bisswunde an meinem Handgelenk versorgt hatte, kehrten wir zu Morna zurück.

»Wir müssen …« Ich atmete ein und setzte neu an. »Wir müssen sie irgendwo hinbringen, wo sie bleiben kann.«

Der Boden war hart und ausgetrocknet, festgebacken von der Hitze des Sommers, doch in dem Garten hinter dem Café entdeckten wir einen kleinen Spielplatz, zu dem eine Sandkiste gehörte. Spaten und Schaufel fanden wir hinter der Scheune. Während wir gruben, hörten wir in der Ferne Schüsse und Sirenengeheul, inzwischen eine permanente Geräuschkulisse.

»Klingt schlimm«, sagte Enna einmal.

Das waren die einzigen Worte, die fielen.

Nachdem wir die Grube ausgehoben hatten, ging ich zum zweiten Mal in das Café. Bei meiner Suche nach Verbandszeug war ich in einer Schublade auf einen Stapel Tischtücher gestoßen. Ich entschied mich für ein sonnengelbes mit aufgedruckten Schweinchen, bei deren Anblick ich einfach lächeln musste.

Ich war mir sicher, dass Morna das Tuch für das Café ausgesucht hatte.

Wir befreiten ihre Leiche vorsichtig aus dem Netz und wickelten sie in das Tuch, hüllten sie ganz darin ein. Behutsam schob ich meine Hände unter ihre Schultern. Enna nahm ihre Beine. Morna war so leicht; ich konnte kaum glauben, wie wenig sie wog. Wir trugen sie zu dem kleinen Spielplatz. »Vorsicht. Vorsicht«, sagte Enna mit gepresster Stimme, als wir Morna in ihr Grab legten. Dann ging ich noch einmal in das Café und nahm das Foto von der Wand. Ich wusste nicht, ob die Blonde Mornas Frau Glenda gewesen war, doch ich wollte es mir gern vorstellen. Wir legten das Foto zu Morna und bedeckten sie so behutsam mit Sand und Erde, als würden wir ein kleines Kind zu Bett bringen. Als wir mit unserer Arbeit fertig waren, nahm Enna meine Hand. Ihre Finger zitterten und ihr Carbid-Reif drückte sich dort in die Innenfläche meines Handgelenks, wo Morna mich gebissen hatte. Es tat weh, doch ich sagte nichts. Auf eine merkwürdige Weise empfand ich den Schmerz als angenehm.

Zeit verging. Wir standen da, eingehüllt in unser Schweigen. Einmal sirrte eine kleine blaue Libelle eine Weile zwischen dem Grab und einem Johannisbeerstrauch hin und her und Enna sagte etwas von Mornas Seele, aber ich hörte es nicht richtig. Was ich hörte, war Ennas Weinen. Meine eigenen Tränen waren warm und meine Augen nach dem Weinen ganz heiß.

Wir können sie doch nicht hier in der kalten Erde liegen lassen, dachte ich. Das können wir doch nicht tun.

Doch wir konnten. Mussten. Wir ließen Morna allein.

Jasemin und Leonarda und die anderen Toten bedeckten wir mit den übrigen Tischtüchern, mit Planen und Säcken, die wir in der Remise fanden. Von der Scheune hielten wir uns fern; beide wollten wir nicht wissen, was sich dort zugetragen hatte. Nachdem wir mit unserer Arbeit fertig waren, fühlte ich mich ausgehöhlt und leer. Wir gingen zu den Himbeersträuchern und aßen von den Früchten, die wunderbar süß schmeckten; danach ging es etwas besser. Inzwischen nahm der Lärm aus Richtung Innenstadt weiter zu. Schüsse, ferne Explosionen – nicht fern genug vielleicht. Ich erinnerte mich an den Stadtplan, der in der Kantine des Camps gehangen hatte. Der Passage-Hof lag in einer grünen Zone, doch wie lange würde es dauern, bis die Initiative auch diese grünen Bereiche durchkämmte?

Wir wählten den Speicher des Wohnhauses als Versteck: eine Rumpelkammer von der Größe einer Sporthalle, mit Verschlägen voller rostiger Fahrradrahmen, fleckiger Daunendecken und aufgeplatzter Kartons, aus denen Bücher und uralte Schulsachen quollen. Hatte in den letzten Jahren wirklich noch irgendwer Spiralblöcke und Kugelschreiber benutzt? Sogar ein Schaukelpferd mit goldfarbenen Glasaugen und grau-braun gelocktem Fell gab es, aus dessen Bauch die Füllung quoll.

Wir weckten Josh und bugsierten ihn mit vielen Pausen die Treppe in den ersten Stock und dann die enge Stiege hinauf. In dem zunächst liegenden Verschlag knickte er zusammen und wir ließen ihn auf den blanken Boden gleiten. Etwas Blut war in den Verband gesickert und hatte einen Fleck hinterlassen. Wir gaben ihm einen Schluck Wasser und wechselten den Verband. Enna musterte die Wunde mit unbewegtem Gesicht, doch ich sah die Angst, die ihre Lippen aufeinanderpresste. Was, wenn der Riss sich entzündete, wie schnell konnte es zu einer Blutvergiftung kommen? Von diesen Dingen hatten wir keine Ahnung.

Josh dämmerte wieder weg und wir statteten der einzigen Dachluke einen Besuch ab.

Geahnt hatten wir es schon vorher; jetzt sahen wir es.

Etwa fünfhundert Meter von dem Hof entfernt führte hinter Bäumen und Häusern eine tiefer gelegene und von Autos verstopfte Schnellstraße aus der Stadt heraus. Mehrere Wagen hatten sich ineinander verkeilt und blockierten die Fahrbahn. Manche Fahrer hatten versucht, über den Seitenstreifen auszuweichen. Neben einem toten Baum, der sich mitten aus einem Feld erhob, einem Skelett mit hölzernen Knochen, war ein Lkw mit Hänger umgekippt, aus dem Führerhaus quoll schwarzer Rauch. Die Schreie und das Gehupe drangen bis auf den Dachboden. Während wir noch schauten, näherten sich quer über das Feld mehrere Truppen der Security. Blau Uniformierte sprangen aus ihren Geländewagen. Ohne zu zögern, ohne Umstände, trieben sie die Menschen, die ausgestiegen waren und zu Fuß weiterwollten, zurück in ihre Wagen. Erste Schüsse fielen. Auf die Entfernung konnte ich es nicht deutlich erkennen, doch ich war mir ziemlich sicher, dass ich jemanden umkippen sah. Eine Gruppe von Leuten rannte los, wieder wurde geschossen, wieder ging jemand zu Boden.

»Und das ist erst der Anfang«, murmelte Enna.

Ich dachte an meine Familie. Wo war sie? Wo war Adrian? Ihre Gesichter standen mir klar vor Augen, doch dann wurden die Gesichter durchsichtig und verschwanden wie Nebel, der sich in einer Mittagsglut auflöst.

Wir wandten uns vom Fenster ab, kehrten aber in den nächsten Stunden immer wieder dorthin zurück. Ein Ungetüm von einem Bulldozer, dem mehrere Busse folgten, rollte heran und räumte die ineinander verkeilten Fahrzeuge aus dem Weg. Menschen wurden in die Busse eingeladen und fortgebracht, zu einem der Checkpoints oder sonst wohin. Die Toten am Straßenrand blieben zurück. Es waren Dutzende und nicht alle waren den Kugeln der Security zum Opfer gefallen, viele hatte man einfach niedergetrampelt oder überfahren.

Wir schliefen ein paar Stunden. Als wir erwachten, dämmerte schon der Abend herauf. Josh ging es schlechter, die Wunde hatte sich wohl tatsächlich infiziert. Er lag auf der Seite, eingesponnen in seinen Körper, in dem wahrscheinlich schon Millionen von Keimen am Werk waren.

Erneut durchstöberten Enna und ich das Haus und den Anbau, diesmal auf der Suche nach etwas Essbarem, nach Medikamenten. Immerhin, im Keller entdeckten wir einen weiteren Kanister, gefüllt mit etwas, das aussah wie Wasser und auch so schmeckte, außerdem eine Tüte Crunchy Chips, Eastern Style. Von Medikamenten keine Spur. Im Garten füllte ich einen Kochtopf mit Himbeeren. Enna riss die Chipstüte auf und bot Josh davon an, doch mehr als einen Chip brachte er nicht herunter. Sie selbst aß zwei Hände voll, während ich mich an die Beeren hielt. Wir tranken etwas Wasser, lauschten, gingen immer wieder zu der Luke, waren zappelig und unruhig. Die Sonne färbte den Himmel blutig rot. Enna bat um ein paar Himbeeren, steckte sie sich in den Mund und spuckte aus.

»Herrgott, das ist ja widerlich. Wie ausgekotzt.«

Bei ihren Worten stieg Angst in mir auf und ich weiß nicht, warum ich erst jetzt daran dachte: Wenn das Virus in dir aktiv wird, wenn es sich zu regen beginnt, bringst du Süßes nicht mehr herunter.

»Welcher Tag ist heute?«, fragte ich.

»Montag.« Enna räusperte sich. »Ich wollte es dir eigentlich nicht sagen, ändert ja nichts, aber Josh und ich – wir sind seit mehr als vierundzwanzig Stunden drüber.«

Ich rieb mir die Stirn. Ich selbst war vermutlich erst seit ein oder zwei Stunden überfällig, doch die aktive Phase unserer Krankheit näherte sich mit hoher Geschwindigkeit und würde uns bald einholen, und dann würde unsere größte Furcht wahr werden. Der Drang zu zerstören würde aus unserem Blut aufsteigen, sich einen Weg in unser Gehirn bahnen und uns in das rote Herz unserer Wut führen, und wenn uns dann noch ein Trigger erwischte, würden wir töten.

Töten.

»Wenn ich wieder aktiv werde«, meldete sich Josh mit schwacher Stimme von seinem Krankenlager, »tut mein Bein wenigstens nicht mehr so scheiße weh.«

Womit er allerdings recht hatte. Aktive Infizierte waren nicht nur unglaublich belastbar, ihre Verletzungen heilten auch schneller als bei gewöhnlichen Menschen.

Wir halfen ihm, seine Hose auszuziehen, denn inzwischen war seine Wade stark angeschwollen und scheuerte gegen den Stoff. Sie war bretthart, die Haut glänzend und gespannt, mit einem schwach bläulichen Perlmuttschimmer.

»Noch mal aktiv, das schaff ich nicht«, sagte Enna sachlich, doch ihre Stimme flatterte wie ein Fähnchen im Wind. Ich legte einen Arm um sie und versuchte, mir etwas Kluges und Geschicktes zu überlegen, das wir tun konnten, doch mein Kopf war vollkommen leer.

»Wir müssen zur Klinik. Wenn überhaupt, dann gibt es dort einen letzten Rest Serum«, sagte ich, einfach, um irgendetwas zu sagen, dabei wusste ich, noch bevor ich es aussprach, dass das totaler Quatsch war.

»Red keinen Mist.« Ennas kleines Guthaben an Gefasstheit war in rapider Auflösung begriffen. Sie begann zu weinen.

»Wir haben kein Fahrzeug«, meldete sich Joshs matte Stimme

aus dem Halbdunkel des Verschlags. »Und Enna und ich sollten uns sowieso nirgends blicken lassen. Schon gar nicht in der Nähe der Klinik.«

Ein Punkt für ihn. Vermutlich war die Klinik jetzt der am besten bewachte Ort in Vrede. Wir konnten da nicht einfach rumspazieren, schon gar nicht, wo Enna und Josh den schwarzen Armreif trugen und man sie sofort als Infizierte erkannt hätte.

Enna wischte sich mit einem Finger unter der Nase. »Sollen wir hierbleiben? Einfach so wieder aktiv werden?«

»Nee.« Josh versuchte, sich aufzurichten, schaffte es nicht und sackte zurück auf den Boden. »Wohnheim. Keller. Die alten Labs. Da hab ich mir nämlich was eingerichtet.«

»Josh.« Ennas Stimme klang so geduldig und liebevoll, dass ich sie nur dafür bewundern konnte. »Das ist nicht direkt eine Neuigkeit.«

»Ich dachte, warum versuch ich das nicht, das mit einem neuen Medikament?«, fuhr er fort, als hätte er sie nicht gehört. »Denn die von Team Rainbow, die kriegen das sowieso nicht hin.«

»Mal eben was erfinden, was das Virus killt, ja? Wo sich alle seit Monaten den Kopf drüber zerbrechen.« Sie strich ihm über die Stirn, die von Schweiß glänzte. »Du Eierkopf.«

»Kann ich ’n Schluck Wasser?«

Wir richteten ihn auf. Er trank und lehnte sich müde gegen die Bretterverschalung des Verschlags. »Ich hab was von dem Serum geklaut. War nicht korrekt. Musste ich aber. Für die Versuche. Ich glaub …« Er verstummte. Die Konzentration machte sein Gesicht ganz fein. Plötzlich sah er aus wie jemand, der Dinge in Bewegung setzen konnte.

»Ja?«, fragte ich angespannt.

»Da unten ist noch was. Letzte Versuchsreihe. Ist aber nicht mehr rein. Das Serum, meine ich. Könnte die Wirkung krass abschwächen.«

»Lieber schwach als gar nicht.« Ich stand auf. »Ich hole es.«

»Ich mal dir das auf. Ist 'n Labyrinth da unten.«

Auch Enna hatte sich erhoben und war schon auf dem Weg zu den aufgequollenen Kartons. Die Kugelschreiber waren längst eingetrocknet, aber wir stöberten einen Filzstift auf, der penetrant nach Alkohol roch und noch etwas Farbe hergab. Inzwischen war es auf dem Dachboden fast dunkel geworden und Joshs Nasenspitze berührte beim Zeichnen fast das Papier – ein schiefes Gekritzel, das mich an die Schatzkarten erinnerte, die Magnus früher für mich gemalt hatte und die zu einem Döschen mit rosa Zuckerherzen oder einer Glitzerhaarspange geführt hatten. In einem anderen Leben.

Josh reichte mir das Papier. Ich steckte es in meine Jackentasche und zog den Reißverschluss zu.

»So braune Fläschchen«, murmelte er. »Oberstes Regal. Spritzenbesteck ist im Büro. Erdgeschoss, hinter der Halle.« Er schloss die Augen.

»Ich mach, so schnell ich kann«, versprach ich.

Enna begleitete mich zur Toreinfahrt. Der Mond war hervorgekommen und warf ein gespenstisches Licht in den Hohlweg. Ihr Gesicht schimmerte bleich, ihr Hals war von Venen marmoriert. Hatte ihr Hals schon immer so ausgesehen oder war das ein weiteres Symptom?

»Komm bloß zurück«, flüsterte sie.

Ich drückte sie ganz fest. »Mach ich.«

Ich drehte mich nicht um, als ich die Toreinfahrt durchschritt und über das herausgebrochene Tor hinwegstieg, plötzlich besessen von dem Gedanken, dass der Blick nach hinten uns nur Unglück bringen würde.

Zehn Kilometer. Normalerweise konnte man das wohl in zwei oder drei Stunden schaffen. Aber normal war vorbei. Trotzdem. Ich würde schon irgendwie hinkommen. Und wieder zurück.

Ich hatte das Ende des Hohlwegs noch nicht erreicht, als es zu regnen begann. Die Tropfen prasselten auf die Blätter der Bäume und trafen mein Gesicht. Die Luft war drückend, elektrisch, als drohe ein Gewitter, und genauso fühlte ich mich, wie innerlich aufgeladen. Es tat gut, in Bewegung zu sein. Die Angst von vorhin war nicht verschwunden, aber sie hatte sich in einen fernen Winkel in meinem Innern verzogen.

Ich war unterwegs.

39

PHÖNIX-CENTER

(30. Juni)

Je näher ich dem *Phönix-Center* und dem Wohnheim rückte, desto häufiger musste ich mich verstecken. Überall waren Securitys und die Leute von der Initiative unterwegs, in Geländewagen und auf Motorrädern, zu Fuß oder zu Pferd, überall suchten Menschen das Weite und wurden mit Gewalt daran gehindert. Einmal sah ich, wie ein Security einen Gewehrkolben mit voller Wucht auf den Kopf einer Frau niederkrachen ließ. Sie fiel zu Boden wie ein Stein. Ein Mann schrie auf und beugte sich zu ihr herunter, doch der Security packte ihn am Rücken seines Hemdes, riss ihn so heftig hoch, dass die Nähte an den Schultern platzten, und verfrachtete den Mann in den Laderaum eines Lkw. Die Frau am Boden stand nicht wieder auf.

Die Straßen strahlten eine Gefährlichkeit aus, als könnte hinter jeder Ecke plötzlich jemand hervorschnellen und sich auf mich stürzen wie ein Wolf, doch in mir war kein Raum mehr für Angst. Stattdessen spürte ich Entsetzen, vermischt mit Zorn und dem Gefühl, dass sich die Zeit umgewandt und uns mit einem Fußtritt in den letzten Winter zurückkatapultiert hatte.

»Achtung! Die Stadt wird evakuiert. Begeben Sie sich blablabla …«

Megafonstimmen forderten die Bewohner von Vrede in einer Endlosschleife auf, sich beim *Phönix-Center*, Hauptbahnhof, Kongresszentrum einzufinden. Das permanente Jaulen der Sirenen schmerzte in den Ohren. Ich verbarg mich in Hauseingängen und hinter Abfallcontainern. Es war nicht richtig dunkel, überall strichen Scheinwerfer durch die Straßen, brannten große und kleine Feuer. Der Regen hatte wieder aufgehört, warm und schwer lag die Nacht über Vrede. Nebel hüllte die Gebäude in seinen milchigen Dunst. Der Geruch von Schwefel und Blut hing in der Luft, der Qualm zahlloser Brände beschmutzte den Nachthimmel mit einem giftigen Schleier. Der Mond sah aus wie eine Wunde.

Der Weg dauerte lang. Nicht zwei Stunden, nicht drei. Ich war die ganze Nacht unterwegs. Mehr als einmal hätte ich mich am liebsten in den Rinnstein gesetzt, erst losgeheult und dann aufgegeben. Und hätte ich nicht immer wieder die Gesichter von Enna und Josh vor mir gesehen, hätte ich es wohl auch getan.

Der Morgen dämmerte bereits, als das *Phönix-Center* endlich in Sicht kam. Je näher es rückte, desto mulmiger wurde mir. Vor der aufwendig gestalteten Backsteinfassade, die an ein Schloss aus alten Disney-Filmen erinnerte, parkten Dutzende von Bussen und Lastwagen, um die sich die Menschen drängten. Schwarze und dunkelgrüne Jeeps fuhren auf und ab. Sogar ein paar Pferde sah ich, im Sattel die grün gekleideten Mitglieder der Initiative. Adrian war nicht darunter; nicht, soweit ich das in dem Durcheinander erkennen konnte.

Zu viele Menschen. Sie ballten sich vor den Einstiegen der Busse und schoben und schubsten einander vorwärts, während sich die Security vergeblich bemühte, Ordnung herzustellen.

»Zurück«, brüllte jemand in ein Megafon, »zurück, der Bus ist voll, warten Sie auf den nächsten!«

Protestgeheul. Immer mehr Menschen drängten zu dem Bus. Ein Warnschuss knallte. Oder vielleicht auch kein Warnschuss; vielleicht war die Zeit vorbei, in der in die Luft geschossen wurde.

Die Leute schrien, rannten auseinander. Der Busfahrer gab Gas und fuhr durch die entstandene Schneise, bog auf die Straße ab und rumpelte davon.

Irgendwie musste ich es auf die andere Seite des Centers schaffen. Von dort waren es kaum noch fünfhundert Meter bis zum Wohnheim.

Bleib nicht stehen, dachte ich, versteck dich nicht, geh ganz normal weiter.

Meine Beine kribbelten, als wollten sie jeden Augenblick losrennen. Gehen ... gehen ... Ich dachte: Wenn ich es auf die Rückseite des *Phönix-Centers* schaffe, ohne dass mich jemand aufhält, dann kriegen wir es hin, dann wird keinem was passieren, Enna und Josh nicht, nicht meiner Familie oder Adrian, ich muss es nur auf die andere Seite schaffen, wenn mir das gelingt, geht alles gut ...

Ich drängte mich zwischen den Bussen hindurch, roch den Schweiß der Menschen, manche trugen Koffer in ihren Händen, ein Mädchen presste einen Transportkorb an sich, in dem sich wohl eine Katze zusammenkauerte, ein kleiner, zitternder Hund oder ein Kaninchen. Weitergehen. Geradeaus schauen. Kein Rechts, kein Links, nur vorwärts, am nächsten Bus vorbei.

Eine Frau in Grün trat auf mich zu. »Hier ist noch frei. Schnell, steig ein.«

Ich wich zurück, schüttelte den Kopf. Die Frau hob die Augenbrauen.

»Ich kann nicht«, stammelte ich, »meine Familie, ich muss ...«

Sie legte eine Hand an ihren Revolver. »Für solchen Scheiß haben wir keine Zeit. Einsteigen, pronto.«

»Nein, ich ...«

Sie griff nach meinem Arm. Ich protestierte nicht. Ich warf mich nach hinten und riss meinen Arm zurück, doch sie hielt mich fest. Der Ärmel meiner Jacke zog sich lang und länger. Eine halbe Drehung und ein Ruck, meine Jacke blieb in ihrer Hand zurück.

»He«, brüllte sie, da rannte ich schon zwischen Bussen und Lastwagen hindurch, auf das Center zu und daran entlang, hörte Stiefel hinter mir über den Asphalt hämmern. Rechts eine herausgebrochene Tür, ich stürmte hindurch und in das Center. Sofort stieg mir der Geruch von verrotteten Blättern und Dreck in die Nase, als wäre ich in einen Wald hineingelaufen. Die Luft war warm und stickig, fast breiig, als würde ich mit jedem Atemzug einen Löffel Pudding einsaugen. Leuchtstoffröhren flackerten matt, irgendwer hatte vergessen, die Lichter zu löschen. Einkaufswagen lagen auf dem Boden wie verendete Tiere. Ich rannte durch die Dämmerung, zwang mich, nicht zurückzublicken, meine Schritte hallten, hinter mir brüllte eine Stimme. Als ich die zentrale Promenade erreichte, stieg das Dach drei Etagen in die Höhe. Rolltreppen, Balkone und Arkadengänge überkreuzten sich in der Dämmerung. Ich schoss um einen ausgetrockneten Springbrunnen herum und stolperte eine Treppe hinunter, ins Kellergeschoss. Neben einem heruntergelassenen Sicherheitsgitter flackerte ein grünes

Kästchen: Notausgang. Ich warf mich gegen die Tür, die nicht nachgab, rannte weiter, trat in ein Loch und fiel der Länge nach hin, rollte mich auf die Seite, schaute hoch, schaute zurück.

Niemand zu sehen. Niemand zu hören.

Ich war allein.

Nicht ganz. Im Eingang zu einem Wickelraum kauerte eine Ratte und knabberte an etwas Klumpigem. Als sie mich sah, packte sie den Klumpen mit den Zähnen und huschte davon.

Mühsam rappelte ich mich auf, wollte automatisch meine Jacke fester um mich ziehen, doch die war natürlich nicht mehr da.

Und auch nicht Joshs Plan, der in der Jackentasche steckte. Scheiße.

Ich setzte mich auf den Boden. Wünschte mir jemanden herbei, der mir auf die Schulter klopfte: »Kein Problem, Kara. Wir brauchen keine Pläne. Wir kriegen das auch ohne Plan hin.«

»Ich krieg das auch ohne hin«, sagte ich leise. Aus meinem eigenen Mund klang es bescheuert.

Wo war ich überhaupt? Das *Phönix-Center* kannte ich nicht besonders gut, ich war nie gern hingegangen, zu voll, zu viel Luft aus der Klimaanlage, zu viel Zeug in den Schaufenstern, das nach meiner Aufmerksamkeit verlangte. Ich erinnerte mich dunkel, dass ich eine Treppe hinuntergelaufen war. Ich musste wieder nach oben, musste raus und weiter, mit oder ohne Plan. Ich machte mich auf den Weg.

Es roch muffig. Landschaften aus schwarzem Schimmel mäanderten über die Wände. Ich lief um Stahlträger herum, schob vorsichtig ein Bündel ausgefranster Kabel beiseite und arbeitete mich zu einer Rolltreppe vor, die jedoch von oben bis unten von ineinander verkeilten Einkaufswagen blockiert war. Daneben ein offener Fahrstuhlschacht. Dort hinaufzuklettern, traute ich mich nicht. Also weiter, vorbei an Metallplatten und Blechverkleidungen, kreuz und quer an die Wände gedübelt. Was sollte das sein? Moderne Kunst? Dann dämmerte mir, dass es die Spuren der Menschen waren, die sich während der Ersten Welle im *Phönix-Center* versteckt und die Zugänge verbarrikadiert hatten.

Endlich die Treppe, endlich der Weg zurück ins Erdgeschoss. Der Lärm, der von draußen durch die Mauern des Centers drang, sagte es mir deutlich: Die Evakuierung war noch in vollem Gange. Raus musste ich trotzdem. Ennas, Joshs und meine Zeit lief.

Ich versuchte es in dem Bio-Discounter, in dem Ronjas Bruder einen Sommer lang an der Fleischtheke gejobbt hatte und dessen Regale seit Monaten ausgeräumt waren. Den Notausgang entdeckte ich zwischen der *Müslibar* und dem *Frutarier-Paradies.* Vorsichtig drückte ich die Klinke herunter. Die Tür öffnete sich tatsächlich. Ich spähte hinaus.

Menschen drängten sich um die Busse. Vier berittene Grüne galoppierten über den Asphalt. Ein Trupp der Security stoppte einen Lkw.

Hastig zog ich die Tür wieder zu.

Zeit verging. Wie viel Zeit, das wusste ich nicht. Die Lage vor dem Center wollte sich nicht beruhigen. Es war wie ein böser Traum: Das Wohnheim lag kaum fünfhundert Meter entfernt, doch ich kam ihm keinen Zentimeter näher.

Im Laufe der vergangenen Tage war mir meine Armbanduhr abhandengekommen, sie mochte in meinem Zimmer oder in der Küche liegen. Wie spät war es, wie viel Zeit blieb uns noch? Ich hatte Hunger und Durst und musste auf die Toilette. Das Problem mit der Toilette konnte ich lösen, das mit der Verpflegung nicht. Überall suchte ich nach etwas Essbarem und einem Schluck Wasser, ich durchkämmte leer geräumte Restaurants, den Pizza-Imbiss, den Coffee-and-Bagel-Shop, durchstöberte geplünderte Boutiquen und sogar einen Shop voller rosa Plastikspielzeug. Nirgends ein Tropfen Wasser, im ganzen Scheißcenter nicht. Das brackige Zeug aus der Toilettenschüssel zu trinken, dazu konnte ich mich noch nicht durchringen. Im zweiten Stock landete ich schließlich in einem Fitnessstudio, rechnete aber nicht damit, dass jemand im letzten Herbst seinen Protein-Shake hatte stehen lassen.

Verdorrte Yuccapalmen, Tapeten mit dem Motiv *Karibische Träume*. Ich stieg über umgeworfene Crosstrainer und verbogene Beinpressen hinweg. Langhanteln lagen herum, als hätte während der Ersten Welle ein Rudel Infizierter ein Wurfspiel veranstaltet. Dazwischen entdeckte ich die Spuren der Menschen, die damals im Center Zuflucht gesucht hatten: ein buntes Lager aus Kissen und Decken, ein Sammelsurium von Flaschen und Kanistern (alle leer), etwas, das aussah wie der Schlafplatz eines Hundes. Die Krönung des Ganzen war ein prall gefüllter Rucksack, der auf einem Turm aus ineinander verkeilten Spinning Bikes ruhte.

Ich machte mich an den Aufstieg. Der Rucksack hatte sich zwischen einem Reifen und einer Pedale verhakt. Mit aller Kraft zog ich an seinen Gurten, besessen von dem Gedanken, dass mindestens eine Flasche Mineralwasser in ihm steckte, doch als er endlich freikam, geriet alles ins Wanken, das Fahrrad rutschte ein Stück auf mich zu, kippte zur Seite und stürzte mir entgegen. Eine Hand um die Rucksackgurte geklammert, riss ich schützend einen Arm hoch. Das Fahrrad krachte gegen mich. Ich fiel nach hinten und knallte mit dem Kopf gegen etwas Hartes. Die Welt wurde schwarz.

40

HILFE
(1. Juli)

Als ich zu mir kam, lag ich verkrümmt und schief zwischen den Fahrrädern, den Rucksack an meine Brust gedrückt wie einen Schatz, den ich nie wieder loslassen durfte. Ich fühlte mich benommen, doch augenscheinlich war nichts gebrochen, ich hatte nicht einmal Schmerzen. Mir war nur etwas flau und mein Kopf tat weh. Als ich nach meiner Schläfe tastete, berührten meine Finger eine Beule, groß wie eine Mandarine. Erst als ich auf die Beine zu kommen versuchte, merkte ich, dass sich mein rechter Fuß im Gestänge der Spinning Bikes verklemmt hatte. Sosehr ich auch an den Dingern ruckelte und zog – ich hing fest.

Wie lange schon? Wie viel Zeit blieb mir noch? Ich lauschte in mich hinein. Steckte das Virus in meinem Blut weiter in tiefem Schlaf oder tauchte es bereits aus verschwommenen Träumen empor, bereit, die Oberfläche zu meinem Bewusstsein zu durchdringen?

Plötzlich, während ich meine Innenwelt noch ergründete, sah ich etwas.

Ich sah es nicht mit meinen physischen Augen, sondern mit dem geistigen Auge, da war ....

... der Speicher, der Verschlag, die fleckige Decke, auf der Josh kauert, den Rücken an einen Balken gelehnt, seine Augen sind weit geöffnet und funkeln mich an. Die Adern an seinem Hals treten hervor wie Stricke. Die Kette, die ich um ihn geschlungen und deren Enden ich um den Balken geknotet habe, ist brüchig von Rost. Er ruckt und zerrt an seinen Fesseln, während ich auf ihn einrede, doch er lässt sich nicht beruhigen. »Enna«, seine Stimme klingt rau, »mach das weg«, und ich sage ihm, dass ich das nicht tun werde, dass ich mich selbst fesseln würde, wenn ich könnte. Nur, was sollte das nützen, was nützt überhaupt noch irgendetwas? Wenn Josh so weit ist, wird er die Kette zerreißen wie einen Bindfaden und wir werden ...

Enna. Bist du das?

Keine Antwort. Ich schloss die Augen, rief in Gedanken noch einmal ihren Namen: *Enna! Kannst du mich hören?*

Dann war da plötzlich ein Gefühl, als würde sie hinter mir schweben und mir über die Schulter spähen, als meine unsichtbare Begleiterin. Sie war bei mir und mit dem nächsten Atemzug auch in mir, sie sah durch meine Augen, horchte in meinen Kopf, so wie ich in ihren Kopf hineinlauschen konnte.

Kara? Wo steckst du?

Phönix-Center. Enna, sag, wie viel Zeit ist vergangen?

Ich weiß nicht. Zu viel. Ein Tag, seit du weg bist, vielleicht mehr, es war auch Nacht und jetzt ist wieder Tag, und es ist schlimm, Kara, mit Josh ist es schlimm, und auch mit mir, aber bei ihm ist es stärker, er ist jetzt fast so weit.

Das waren schlechte Nachrichten – und doch war das Gefühl, das mich während des Kontakts durchströmte, wunderschön. So wie wir jetzt unser Bewusstsein teilten, hatte ich es mit Morna nicht teilen können, damals war meine Spritze nur ein oder zwei Stunden überfällig gewesen, hatte ich nur kurz durch ihre Augen geschaut. Jetzt, mit Enna, war es ein Ineinanderfließen, ich konnte spüren, wie eine atemberaubende Kraft in ihr arbeitete, wie Ennas Muskeln vibrierten und das Blut durch ihre Adern zischte oder mein eigenes Blut oder meine Adern und Muskeln …

Enna? Hörst du mich? Ich kann nicht weg, ich stecke, bitte lach nicht, in einem Fitnesscenter fest.

Sie lachte nicht. Ich fragte, ob sie kommen und mir helfen könnte, und schon während ich es aussprach oder es nur dachte, wusste ich, dass es unmöglich war.

Es geht nicht, Kara, ich kann nicht, sie sind überall, sind dem Hof schon ganz nah, Security, Initiative, sie suchen jetzt auch in den grünen Zonen, sie werden uns finden und ich weiß nicht, was ich tun soll, bitte, ich will nicht wieder töten, ich will nicht, dass Josh tötet, du musst … musst …

Die Verbindung brach ab. Mehrere Male versuchte ich, wieder in Kontakt zu treten, ohne Ergebnis. Die Beule an meinem Kopf puckerte und pochte. Mein Gaumen war völlig ausgedörrt. Ich knotete den Rucksack auf, wagte kaum zu hoffen, doch zwischen einem Bündel muffig riechender Kinderkleidung und einem zusammengequetschten Stoffpferd fand ich tatsächlich eine Plastikflasche, gefüllt mit einer hellgrünen Flüssigkeit. Als ich die Flasche aufschraubte, stieg mir der schwache Geruch von Kräutern entgegen, Minze oder etwas in der Art. Vorsichtig probierte ich, schmeckte eine Art Tee, herb und ohne Zucker, am liebsten hätte ich alles runtergekippt, aber das wäre nicht so schlau gewesen. Nach ein paar Schlucken schraubte ich die Flasche wieder zu.

Und das war also die Situation. Ich hing in einem Fitnessstudio fest. Ausharren, bis meine Kräfte groß genug wären, um diesen Berg aus Fahrrädern auseinanderzunehmen? Das würde bald sein, doch auf dieses *Bald* zu warten, so viel war mir klar, war keine Option. Bald wäre für uns zu spät. Was ich brauchte, war ein *Sofort;* ich musste sofort weiter zum Wohnheim.

Mehrmals durchwühlte ich den Rucksack, fand aber nirgends, große Überraschung, einen Schweißbrenner, mit dem ich dem Gestänge hätte zu Leibe rücken konnte. Immerhin entdeckte ich eine Packung Vanillekekse. Hungrig riss ich sie mit den Zähnen auf, stopfte mir einen Keks in den Mund, kaute, würgte und spuckte aus.

Die Zeit für Vanillekekse war vorbei. Was ich wollte, war Fleisch.

Ich zitterte, aber nicht vor Kälte. In meinen Muskeln arbeitete es. Wieder zerrte ich an den Fahrrädern und konnte eines um zwei oder drei Zentimeter verschieben. Für mehr reichten meine Kräfte nicht.

Noch nicht.

Von draußen hörte ich Schreie, Schüsse, gedämpft durch die Mauern des Centers, einmal ein schrilles Wiehern, einmal einen Knall wie von einer Explosion.

Zeit verstrich.

Zu viel Zeit.

An den Wänden verschwammen die karibischen Impressionen zu Streifen von Blau, Gelb und Grün. Der Lärm vor dem Center wich zurück. Benommen lehnte ich meinen Kopf gegen einen Fahrradsattel und schloss die Augen. Ich darf nicht schlafen, dachte ich.

Ich darf nicht schlafen.

Als ich erwachte, wusste ich sofort, wo ich war. Ich fühlte mich ausgeruht, kräftiger als zuvor. Dann fiel mir die Stille auf. Keine Schreie mehr, keine Schüsse. Auch kein Motorenlärm. Von Neuem versuchte ich, meinen Fuß zu befreien, schloss meine Hände um die Stahlrahmen der beiden Bikes, zwischen denen ich klemmte, und zog mit aller Kraft. Eines der Bikes löste sich, ich zog noch einmal, von oben rutschte ein weiteres Bike nach.

Ich riss die Arme empor.

Wie viel wiegt so ein Ding? Einhundert Kilo? Einhundertfünfzig? Mit leichter Hand fing ich es auf und schleuderte es von mir weg. Scheppernd krachte es gegen die Wand, wo es eine tiefe Delle hinterließ.

Die beiden Bikes, zwischen denen mein Fuß steckte, hatten sich jetzt so verschoben, dass ich noch fester eingeklemmt war als zuvor. Eine unbändige Wut drückte von innen gegen meine Schläfen und meine Stirn – Wut auf die Frau von der Initiative und ihre »Steig in den Bus«-Scheiße, die mir meine Jacke und meinen Plan weggenommen hatte, Wut auf jedes einzelne Arschloch da draußen, Security, Initiative, sie alle wollten uns töten, als wären wir Ratten oder Zecken oder sonst irgendein Ungeziefer, und ich wollte sie auch töten, ich wollte ... wollte ... Ich ballte die Fäuste und verlangsamte meinen Atem, bis zwischen den einzelnen Atemzügen lange Zwischenräume lagen. In diesen Zwischenräumen versuchte ich, meine Wut unter Kontrolle zu bringen. Es klappte nicht besonders gut.

Es klappte überhaupt nicht.

Ich schrie. Ich brüllte meinen Zorn hinaus, bis meine Stimme brach, ich erschöpft die Augen schloss und wieder wegdämmerte. Wie lange? Ich wusste es nicht.

Ein Knistern in meinem Innern ließ mich hochfahren. Ich drehte meinen Kopf von rechts nach links, ich konnte sie spüren wie kleine Stromstöße, zack und zack und zack, sie waren hier, im *Phönix-Center*. Ein Rudel. Würden sie mir helfen? Ich war noch nicht auf ihrer Seite angekommen, nicht ganz, war noch keine von ihnen, steckte irgendwo dazwischen fest.

Würden sie?

»Hallo?«, rief ich. Dann, lauter: »Hallo?«

Es dauerte keine Minute. Ich hörte ihr Keuchen, das sich rasch näherte, spürte ihre Gegenwart, ehe ich sie sah, es waren drei, ich war mir ganz sicher, zwei Große und eine Kleine. Schritte, Schritte, ein Ruf wie von einem Kätzchen, ein Schrei wie von einer Eule, sie kamen, drei schnelle Schatten, dort, zwischen der Yuccapalme und dem Butterfly.

Der jüngere Mann trug einen Arbeitsoverall. Seine halblangen Locken waren dunkel wie Kaffee, bevor man Milch hineingießt. Der ältere: ein Schrank in Cordhosen. Das Mädchen hatte einen gelben Jogginganzug an. Über ihre Stirn zog sich ein Streifen Blut. Sie wirkte zart und ein bisschen schüchtern. Als sie mich bemerkte, zog sie ihre Oberlippe hoch, als würde sie etwas wittern. Ihre Augen waren gerötet, Speichel glänzte auf ihren Lippen. Die Männer sorgten sich um sie, das konnte ich sehen, wie zwei Säulen standen sie neben ihr, und der ältere legte schützend einen Arm um sie. Das Mädchen blickte zu ihnen auf und lächelte, machte sich los und trat auf mich zu, kletterte über zwei, drei Fahrräder hinweg, stieß ein leises Gurren aus, streckte einen Arm aus und berührte meine Brust dort, wo man die Hand hinlegt, wenn man sagt: »Ich.« Mehr war nicht nötig. In dieser Sekunde schienen wir zu einem Wesen zu verschmelzen, das mehr war als zwei Wesen, wir wurden zu etwas Neuem, Größerem, Schönerem. Mein Ich löste sich auf, die Vorstellung von mir selbst als eigenständiger Person, die von anderen getrennt und für sich existierte und eigene Ziele und Wünsche verfolgte.

In fünf Sekunden hatten mich die drei befreit. Der Mann mit den Locken befühlte meinen Knöchel. Das Mädchen schob seine Hand in meine. Plötzlich schien es mir ganz unmöglich, die drei zu verlassen, da war nur noch eine vage Erinnerung daran, dass ich aus einem bestimmten Grund hierhergekommen war und noch etwas zu tun blieb. Etwas …

Was?

Es fiel mir schwer, mich zu konzentrieren, da waren diese drei und mein Wunsch, die Vierte zu werden und mit ihnen zu gehen und …

… der Mond scheint durch die Dachluke und malt einen Silberpfad auf die Dielen, er reicht bis zu Joshs linker Hand, die sich in den splittrigen Boden krallt, seine Fingerspitzen bluten, die Kette klirrt, als er daran reißt, ich rieche seinen Schweiß, höre seine Schreie, will mit ihm schreien und darf es nicht, er muss leise sein, sie werden uns hören, »Josh«, zische ich, »halt die Klappe!«, ich lege meine Arme um ihn, spüre sein Herz an meiner Brust, so schnell, dass ich die einzelnen Schläge nicht mehr voneinander unterscheiden kann, oder ist es mein eigenes Herz, eisige Hitze überall in mir in meinem Kopf ist rotes Feuer ist kalt rote Schreie rot ...

Enna. Enna und Josh, ich war auch ihretwegen hier, musste ihnen helfen, das Serum finden, so wenig Zeit, wie viele Tage Stunden Minuten, ich musste weg, und zwar sofort. Ich trat von den dreien zurück. »Ich kann nicht«, sagte ich, oder dachte ich es nur, einerlei, sie wussten Bescheid, hatten es vielleicht schon vor mir geahnt und es gefühlt, das Mädchen nahm meine Hand, drückte sie, schlang ihre dünnen Arme um mich. Ich spürte ihre Wärme, diesen kleinen Körper, ihren Kopf an meinem Bauch. Sie seufzte leise, dann ließ sie mich los und trat beiseite. Die beiden Erwachsenen waren sehr ruhig. Der ältere streckte einen Arm aus und berührte meine Wange. »Viel Glück«, sagte der mit den kaffeefarbenen Locken.

Ich schloss die Augen, spürte ihre Wärme, die mich umgab. Öffnete die Augen, wandte mich ab und lief los.

Bertil Enning

Papa und ich helfen den ganzen Tag, noch mehr Zeug in den Flughafen von Vrede reinzutragen. Na ja – Flughafen. Seit Morbus Shade ist hier alles kaputt.
Wir brauchen Sachen zum Benzin-Pumpen und um das Wasser sauber zu kriegen, Verbandszeug, Zelte, Luftmatratzen, Campingstühle, Klapptische, die Dinger zum Strom-Machen, Klopapier, Zwieback und so viel Zahnpasta, dass ich denke: Ob wir die auch essen sollen?
Wir mussten alle raus aus der Stadt. Weil hier draußen keine Leute sind. Keine Infizierten. Jedenfalls haben wir noch keine gesehen. Jetzt wohnen wir in Abflughalle C, Papa und Lisa und ich.
Als wir mit Sachen-Reintragen fertig sind, sitze ich neben dem Feldbett herum, in dem Lisa schläft, dabei wollte sie wach bleiben und auf Adrian warten. Papa ist mit Pinky raus, wir haben für sie eine Leine, obwohl sie gar nicht aus ihrer Kiste will, sie hat schon zweimal reingemacht, seitdem trägt Papa sie alle paar Stunden nach draußen. So gut funktioniert das aber nicht.
Es kommen noch immer Busse mit Leuten. Die Lastwagen fahren meistens am Flughafen vorbei. Ich glaube, in denen sind die, die infiziert sind. Lisa sagt, sie bringen sie ins Stadion und in den Schlachthof.
Ich wünschte, sie hätte das mit dem Schlachthof nicht gesagt.
Als Adrian dann kommt, ist es mitten in der Nacht. Er hat Eistee für uns, Äpfel und für Pinky zwei Dosen Huhn mit Soße, weil ich ihm gesagt hab, Futter mit Soße frisst sie besser. Mir gießt er zuerst ein, weil ich der Jüngste bin, auf so was achtet er. Der Tee schmeckt lauwarm und süß. Lisa mag ihn nicht, das sehe ich an ihrem Gesicht, aber sie trinkt trotzdem.

»Was ist mit meiner Mutter?«, frage ich.

Adrian dreht sich zu mir hin. Ich warte darauf, dass er sagt: »Deiner Mutter geht's gut.« Das hat er bisher jedes Mal gesagt, wenn er vorbeigekommen ist. Und immer hat er dabei gelächelt. Heute sagt er nichts. Ich sehe, wie seine Hand zittert. Dann sehe ich seine Augen, sie sind ganz traurig, und ich fange an zu weinen vor Schreck.

»Du musst keine Angst haben«, sagt er. »Die Leute von der Initiative holen deine Mutter heute raus.«

Aber ich kann nicht aufhören zu weinen.

»Bertil, hör zu«, sagt Adrian und umarmt mich. »Heute Abend kommt sie. Mach dir keine Sorgen.«

»Und Kara?«, frage ich. Und da hab ich das Gefühl, dass Adrian auch gleich zu weinen anfängt.

»Kara kommt auch«, sagt er. Ich sehe, wie Papa und er sich lange angucken. Dann steht Adrian auf. »Ich muss los«, sagt er. Lisa will nicht, dass er geht, und er muss fünfmal versprechen, dass ihm nichts passiert.

Als ob er das versprechen könnte.

Lisa zittert und er hebt die Kiste mit Pinky auf ihren Schoß, da wird das Zittern weniger. Sie hat auch ihren Stoffhund, der sie ruhiger macht, aber mit Pinky ist es besser.

»Du gehst noch mal rein?«, höre ich Papa leise fragen.

Adrian nickt.

»Mit deiner Truppe?«, fragt Papa noch leiser.

Adrian schüttelt den Kopf und Papa drückt seine Schulter. »Danke, dass du es versuchst«, flüstert er.

Was versuchen?, *will ich fragen, dabei weiß ich es ja.*

Adrian will Kara finden.

Mama ist bald wieder bei mir. Und Kara auch. Adrian hat es versprochen. Ich weiß bloß nicht, wie das gehen soll.

41

DAS WOHNHEIM
(2. Juli)

Es war kühl, der Himmel dunkel und der Asphalt taunass. Am Horizont schimmerte ein Streifen frühesten Morgenlichts. Der Platz vor dem Center war leer, die einzigen Menschen, die ich sah, waren ein Junge in einem hellgrauen Overall und eine alte Frau. Der Junge trug einen schwarzen Armreif, die Frau nicht. Beide lagen auf dem Asphalt, sie hatte eine Schusswunde am Kopf, er in der Brust.

Es war so still. Nur ganz in der Ferne grummelte es wie Donner, doch es war kein Donner. Ein Heulen, viel näher, irgendwo zwischen den Häusern. Schreie wie Eulenschreie. Ein Rudel tauchte zwischen der Tankstelle und dem *Makro-Markt* auf. Sieben, acht Infizierte, jung, etwa in meinem Alter. Sie liefen mitten über den Platz und versuchten nicht einmal, sich zu verstecken. Dies war jetzt ihre Stadt. Als sie in meine Richtung blickten, blieben sie stehen. Ein Beben durchlief meinen Körper, mein Atem ging schneller, ich wollte mich ihnen anschließen, doch ich widerstand dem Impuls, wandte mich ab und lief davon. Sie folgten mir nicht.

Das Virus war kein Schatten mehr, es ergriff mehr und mehr von mir Besitz. Meine Widerstandskraft war begrenzt und würde immer weiter nachlassen, und was würde geschehen, wenn sie ganz aufgebraucht war?

Denk nicht darüber nach. Beeil dich. Sieh zu, dass du zum Wohnheim kommst.

Ich rannte los, blieb auf meinem Weg um das Center nur einmal stehen, um einen feuchten Brotkanten aufzuheben. Als ich ihn mir hungrig in den Mund schob, ließ mich der Geschmack würgen. Es schmeckte nicht so schlimm wie der Vanillekeks, aber beinahe. Doch ich weigerte mich, meinem Magen Zugeständnisse zu machen, ich musste ihn mit irgendetwas füllen, ich brauchte meine Kraft. Und so schluckte ich das Brot, während ich weiterlief, Bissen für Bissen hinunter.

Als ich halb um das Center herum war, bog ich in eine Nebenstraße ein, wo mir zwei ineinander verkeilte Lastwagen den Weg versperrten. Umkehren und den längeren Weg um das West-Ende des Centers in Kauf nehmen?

Keine Zeit. Keine Zeit. Ich konnte spüren, wie das Virus in meinem Blut brodelte, inzwischen kam es auf jede Minute an. Ich zog mich an der Fahrerkabine des kleineren Lasters hoch und staunte, wie leicht es ging. Das Gefühl meiner wachsenden Kräfte stimmte mich euphorisch und ich stemmte mich schwungvoll auf das Dach. Dort oben sah ich sie dann, in einem Hochhaus auf der anderen Straßenseite. Siebter Stock, vielleicht auch der achte. Auf einem Balkon standen ein Mann und eine Frau. Hatte man sie zurückgelassen – oder hatten sie sich absichtlich versteckt, um nicht sonst wohin verfrachtet zu werden? Waren sie infiziert oder nicht?

Freunde oder Feinde?

Sie standen einfach da, ihre Gesichter waren bleiche Monde, die auf mich hinunterglotzten. Die Frau trat näher an die Brüstung heran, hob die Hände auf Brusthöhe und zielte mit einem Revolver auf mich. Verständnislos blickte ich zu ihr empor. Der Schuss krachte. Die Kugel schlug in die Seitenwand des Lastwagens. Ich sprang, landete wie eine Katze auf den Füßen und rannte los. Die Frau schoss wieder. Ich schlug einen Haken nach rechts und hörte etwas an meinem linken Ohr vorbeizischen. Ich lachte. Niemand würde mich je erwischen, niemals. Ich bog um die nächste Ecke – und rannte in ein Rudel hinein.

Die Beute war frisch. Ein schwarz-weiß gescheckter Hund. Was davon übrig war. Sie waren zu fünft. Auf dem Schoß einer Frau saß ein kaum dreijähriges Kind, das an einem Fetzchen kaute. Augen wie schwarze Steine, der kleine Mund mit Blut beschmiert. Mein Magen verkrampfte. Hätte sich verkrampfen sollen. Er tat es nicht. Ich wollte mich zu ihnen setzen, wollte …

Das ist ein Hund. Ein Hund, Kara. Sie haben ihn getötet. Und jetzt essen sie ihn. Sie essen ihn roh. Einen Hund. Das ist widerlich.

Es war mein Verstand, der das sagte. Mein Körper sagte: Hunger. Fleisch. Essen.

Das Kind richtete seinen Blick auf mich. Seine Lippen bogen sich zu einem Lächeln empor. Es hob ein dickliches Händchen und winkte. Die Frau legte den Kopf schief und klopfte auf den Platz neben sich.

Mit pochendem Herzen und bretthart angespannten Muskeln stand ich da. Enna und Josh, ich musste mich unbedingt auf sie konzentrieren, Enna und Josh und ich, wer war ich, was war ich, ich war hungrig und entsetzlich hungrig und Fleisch und ich war allein und Wärme und Körper und Haut und …

Nein! Enna und Josh, um sie musste ich mich kümmern, ich musste meine Familie wiederfinden, ich musste ... wollte ...

Adrian. Zu ihm wollte ich, und als ich mich von dem Kind und den anderen Infizierten abwandte, begriff ich, wie sehr die Geborgenheit und das Verschmelzen mit einem Rudel dem Gefühl glich, das ich in seinen Armen empfunden hatte. Schutz. Wärme. Angenommensein. Gewolltsein.

Aber er wollte mich ja gar nicht. Nicht so, wie ich war, voller Krankheit und mit dem Virus im Blut. Der Gedanke fachte die Wut in mir neu an. Keuchend rannte ich weiter in Richtung Wohnheim, durchquerte einen Hinterhof, das Pflaster glänzte feucht vom Tau, blaue und orangefarbene Container, Plastikmüll in großen Haufen, eine tote Ratte, ein Büschel Löwenzahn, das durch den Asphalt gebrochen war, ein Stück voraus fuhr ein Auto im Schritttempo über die Straße, die Scheinwerfer waren ausgeschaltet und hinter den dunklen Scheiben nichts zu erkennen. Das Auto hielt. Ich schlüpfte hinter einen der Container. Hatte mich der Fahrer bemerkt? Doch der Wagen rollte schon weiter. Ein ekelhafter Geruch nach chinesischem Essen und vergorenen Birnen drang aus dem Container. Fliegen summten. Das Auto bog in eine Querstraße ein und wohin wollte ich warum bin ich hier wo sind Enna und Josh und ...

... bitte mach schnell, Kara, bitte-bitte-bitte, bei Josh ist es fast so weit und die Kette wird nicht halten, sie ist schon beinahe durchgescheuert und seine Schreie und meine Schreie und alles rot und Wut und bitte schnell bitte hilf hilf ...

Ich kroch hinter dem Container hervor und lief los, durch den Hinterhof und die Morgendämmerung, dem Wohnheim entgegen.

42

INJEKTION
(2. Juli)

Ich stolperte über die Türschwelle und in die Halle. Umgekippte Regale, ein abgerissener Heizkörper, eine zersplitterte Cola-Flasche. Weiter, in das Büro hinter der Halle, wo ich Schubladen aufriss und in Schränken wühlte. Ein einziges Spritzenbesteck und eine Plastiktüte waren meine magere Beute. Besteck in die Tüte, zurück in die Halle, links der Abgang in den Keller. Ich hatte die Treppe schon fast erreicht, als der erste Schub mich fast niedermähte. Eine rotkalte Flamme schlug in mir hoch und brannte jeden klaren Gedanken nieder, in mir war nur noch Rot war Feuer war kalt und rot und kalt und das war's, es hat zu lange gedauert, ich habe zu lange gebraucht, das Virus ist wach und ich lodere und brenne, ich hatte mir solche Mühe gegeben – und jetzt war alles umsonst. Ich schrie. Ich schlug mit den Fäusten gegen die Wand. Schlug und schlug, bis die Kanten meiner Hände bluteten und der Schmerz zu mir durchdrang und mich zu mir brachte. Das rote Feuer wurde kleiner und erlosch schließlich ganz. Schwer atmend stand ich in der Eingangshalle und wischte meine blutigen Hände an meiner Hose ab. Ich zitterte, fühlte mich schwach und ausgelaugt. Ich wollte zurück, wollte das Feuer, wollte mich fortreißen lassen, mich dem Virus überlassen, ich hatte es so satt, dagegen anzukämpfen, ich wollte mich stark fühlen, wollte brennen, wollte ...

Enna und Josh. Sie brauchten mich, sie brauchten das Serum. Und ich brauchte es auch. Ich musste weiter.

Als ich den Schalter neben dem Kellerabgang drückte, flackerte Licht auf; wenigstens der Strom war noch da. Allerdings brannte die Lampe so schwach, dass ich am Ende der Treppe schon wieder im Dunkeln stand. Wohin? Rechts oder links? Kein Licht, keine Jacke, kein Plan.

Josh, dachte ich, er muss mir helfen. Sofern er nicht schon mit anderen, blutigeren Dingen beschäftigt ist. Ich versuchte, mich auf ihn zu konzentrieren, auf sein rundes Gesicht, den stoppelkurz rasierten Schädel, diese Frisur, die seinem Aussehen Härte und Coolness verleihen sollte, ihn aber nur kindlich und unfertig wirken ließ und ...

... das schlappe Licht der Morgendämmerung tropft durch die Dachluke, ich habe Hunger und Durst und muss aufs Klo, aber Enna schüttelt den Kopf und weint und wimmert: »Nein, nein.«

»Mach mich los«, brülle ich, »soll ich mir die Hose vollpissen, ich bin kein Scheißköter, den du an die Kette legen kannst, du ...«

»... musst mir helfen, Josh«, murmelte ich halblaut vor mich hin, »siehst du, wo ich bin? Es ist das Wohnheim, ich bin unten im Keller und ...«

... mach die Kette weg, mach mich los ...

… hilf mir, verdammt. Wo …

… und rieche plötzlich Dosenerbsen. Das Wohnheim. Der Keller. Sogar hier unten riecht es nach beschissenen Dosenerbsen. Falls ich das alles überlebe und mich mal jemand fragt, hey, Joshi, woran erinnerst du dich eigentlich am deutlichsten, dann sag ich: Dosenerbsen. Der Lichtschalter ist rechts und die Waschküche links und …

… wieder dieses Gefühl, als schwebte jemand hinter mir, als würde mir Josh über die Schulter gucken und dann in mich hineinschlüpfen, in meinen Kopf hineindenken: Dosenerbsen. Lichtschalter … Ich tastete an der Mauer entlang, fand den Schalter und drückte ihn. Die Leuchtstoffröhren an der Decke warfen ein funzeliges Flackern auf den Boden und in die eiskalt gähnenden Gänge, an denen kleine und große Räume saßen wie Knollen am Ende einer Wurzel. »Okay«, murmelte ich. »Okay. Bleib bloß bei mir, Josh.«

Ich machte mich auf den Weg.

Josh führte mich durch einen Waschkeller, wo ich eine Packung »Ultra Color mit Lavendelduft« aus dem Regal nahm und eine Spur auszustreuen begann, mein Wegweiser und mein Rückfahrschein, falls unsere Verbindung abbrach.

Der nächste Raum war bis unter die Decke vollgestellt mit staubigen Bildschirmen, Druckern, Computern, lauter Zeug, das schätzungsweise im 15. Jahrhundert modern gewesen war. Ich und Josh bogen in den nächsten Gang ein, wo eine Ratte unseren Weg kreuzte und hinter einer Vitrine mit ausgestopften Fröschen verschwand, und wer um Himmels willen stopfte Frösche aus? Wir kletterten über einen Haufen Schutt und mussten einen Kleiderspind beiseiteschieben, um in den nächsten Raum zu gelangen. Josh konnte sich jetzt nur noch schlecht konzentrieren, sein Denken flatterte im Zickzack durch meinen Kopf, sprang vom Speicher in den Keller und wieder zurück, ich sah ihn an seinen Ketten zerren, hörte, wie er Enna anschrie, sie sei eine *dreckige Bitch* und eine *verfickte Oberfotze,* dann wieder bettelte er sie an, sie möge ihn losbinden, und Enna umkreiste ihn und strich über die rostigen Ketten, mit denen sie ihn an den Dachbalken festgezurrt hatte, und ich wusste, dass sie sich nicht mehr lange würde beherrschen können, dass sie ihn losbinden und gemeinsam mit ihm die Tür des Speichers öffnen und die Stiege hinunterjagen würde und …

»Josh«, rief ich, »bleib bei mir, ich brauche dich! Wo ist das Labor? Josh!«

Die nächste Tür. Die schwarze Plastikklinke hing schief und fiel beinahe ab, als wir sie herunterdrückten. Wir tasteten nach dem Lichtschalter. Wieder flackerte eine Leuchtstoffröhre auf und tauchte alles in kränkliches Licht und …

… ich sage: »Hier ist es, die Probenfläschchen sind …«, und dann ist mein Labor weg und Enna beugt sich zu mir runter und flüstert: »Halt still, Josh, sonst krieg ich die Kette nicht los …«

»Josh«, schrie ich, »Josh, bleib da!«

Nichts.

»Josh?«

Stille.

Ich schaute mich um. »Ach du Scheiße«, entfuhr es mir.

Der Raum war winzig, noch kleiner als unser Bonsai-Bad auf der Isolierstation. Ein Waschbecken, ein schmaler Labortisch, darüber ein Metallregal, das war alles und mehr hätte in das Kabuff auch gar nicht hineingepasst. Bis auf den Geruch, von dem es reichlich gab: Essig und, etwas schwächer, der Gestank einer Pferdebox, die seit Monaten niemand mehr ausgemistet hatte. Ammoniak. Ein weißes Pulver überzog das Waschbecken. Darin lag ein Messbecher, in dem ein brauner Bodensatz klebte. Und das hier – war das Duschgel? Ein Abfallbehälter, bis zum Anschlag vollgestopft mit zerknüllten Papiertüchern, eine Pipette, gefüllt mit einer anillingelben Flüssigkeit, eine grünlich verkrustete Kochplatte, dazu ein Paket Salz und die Iso-Drinks, die ich Josh mitgebracht hatte. Das Zentrum von allem bildete eine Apparatur, die aussah wie eine Achterbahn für Mäuse.

Ich war, gelinde gesagt, sprachlos. Andererseits, was hatte ich mir vorgestellt? Das unterirdische Superlabor eines Spitzenvirologen? Wenigstens die Probenfläschchen mit Joshs *Komvir*-Experiment wirkten einigermaßen sauber. Sechs Stück. Ich schnappte mir ein Handtuch, das zusammengeknüllt neben dem Waschbecken lag, wickelte die Fläschchen darin ein und stopfte die Handtuchrolle zu dem Spritzenbesteck in meine Plastiktüte.

Wie aus dem Nichts schlug die rote Flamme in mir empor. Ich wollte mich von ihr wegdrehen, doch sie züngelte überall. Die Hände ineinander verklammert, stand ich da und zitterte am ganzen Körper. Um mich waren die Wände des Labors, unter mir war der senffarbene Linoleumboden, auf dem dunkle Flecken klebten, aber das alles sah ich wie durch einen rötlichen Schleier, während in mir eine Kraft arbeitete, die alles niederbrennen und mich an einen Ort bringen wollte, an dem es keine Wände, keinen Boden, überhaupt keine Grenzen mehr gab und an dem ich alles tun konnte, einfach alles.

Morbus Shade, das war, als würde dieses kleine, schmierige Labor zu Asche zerfallen und aus der Asche würde sich ein glitzerndes Bauwerk mit zahllosen Treppen nach oben und nach unten erheben, ein Palast voller Türen, hinter denen alles Mögliche geschehen konnte. Ich wollte diesen Palast betreten, dort gab es kein Morgen, oder wenn es eins gab, bedeutete es nichts, dort war das immerwährende, köstliche, wilde Jetzt, ich wollte …

… hier weg, ich höre Josh schreien, er hat die Ketten zerrissen und ich schreie mit ihm, wir rennen auf die Tür des Speichers zu und reißen sie aus den Angeln, weiter, die Stiege hinunter und über den Hof und …

… bei Enna und Josh war es jetzt so weit, das Virus war aktiv, und auch bei mir würde es nicht mehr lange dauern. Die rote Flamme loderte, ich hörte sie rauschen, spürte ihre Kälte, die eisige Glut, ich musste mich darum kümmern und mir das Serum spritzen, ich durfte nicht länger warten. Schwankend setzte ich mich auf den klebrigen Boden, packte das Besteck aus, wickelte ein Fläschchen aus der Handtuchrolle und zog die Spritze auf. Meine Finger zitterten so stark, dass ich sie kaum festhalten konnte.

»Das Serum versetzt das Virus in einen inaktiven Zustand, in dem es nicht übertragen wird und keine Symptome mehr verursacht«, murmelte ich mit Automatenstimme, wieder und wieder dasselbe Mantra, mit dem ich mich selbst beruhigen wollte. »Das Virus schläft ein.«

Lass es schlafen, Kara. Jetzt.

Ich drückte den Kolben durch. Zu spät fiel mir ein, was meine Mutter mir eingeschärft hatte: Langsam. Langsam.

Nichts geschah. Gut, das rote Feuer flackerte nicht mehr so hoch, trotzdem fühlte, hörte, sah ich es noch immer lodern. Ich erinnerte mich an das, was Josh mir erzählt hatte: Er hatte bereits mit dem *Komvir* gearbeitet, hatte es verdünnt oder gestreckt oder ein bisschen Iso-Drink hineingeschüttet oder Kochsalz oder Dosenerbsen, was wusste denn ich, und außerdem hatte ich es zu schnell gespritzt. Oder, auch eine Möglichkeit, es war noch nicht genug von den Überresten des *Komvir* in meinem Blut angekommen, vielleicht brauchte ich eine weitere Dosis.

Also rein damit.

Ich hatte die Nadel noch nicht wieder aus meinem Arm herausgezogen, als mein Körper erschlaffte. Ich fühlte mich schwach und müde, insgesamt beschissen und doch mehr wie ich selbst. Nicht mehr so voller Feuer und Wut. Nichts Rotes. Stattdessen das kränkliche Licht des Labors.

Langsam stand ich auf, packte das Besteck zusammen, rollte die verbliebenen Probenfläschchen in das Handtuch, versenkte alles in der Plastiktüte und ging los, der Spur des Waschpulvers nach.

Draußen war bereits heller Tag. Ich wollte den Hof des Wohnheims gerade verlassen, als von einem Atemzug zum nächsten ein brennender Schmerz durch die Einstichstelle an meinem rechten Arm fuhr. Fast in derselben Sekunde feuerte mein linker Arm dort los, wo Morna mich gebissen hatte, als würde jemand eine Messerklinge von meinem Handgelenk bis zu meiner Schulter durchziehen. Ich stützte mich am Zaun ab und schnappte nach Luft. Stillhalten. Wenn ich mich bewegte, würde ich in tausend Stücke zerspringen. Hitze loderte in meiner Brust und grillte mein Herz. Meine Finger schlangen sich in das Drahtgeflecht des Zauns. Was um Himmels willen hatte sich Josh da zusammengepanscht? Was hatte ich in mich hineingespritzt? Ich versuchte, meine Finger von dem Zaun zu lösen, doch meine Muskeln waren wie mit Schnüren zusammengezurrt. Ich konnte weder den Kopf drehen noch richtig durchatmen. Stehen bleiben und warten, bis es vorüberging, mehr war nicht möglich.

Allmählich lockerte sich die Verkrampfung. Finger für Finger löste ich von dem Zaun, torkelte durch die Toreinfahrt, sah die Straße durch einen grauen Film, stolperte weiter, befand mich jetzt irgendwo zwischen dem Wohnheim und dem *Phönix-Center* oder ganz woanders, es war so kalt und graudunkel und vor mir trieben Wolken oder fliegende Gehirne, und wenn ich gedacht hatte, ich könne es bis zum Passage-Hof schaffen, musste ich wohl umdenken, ich schaffte es ja kaum die Straße hinauf oder eine halbe Straße hinunter oder über zwei Straßen hinüber, eine Katze sonnte sich auf den Eingangsstufen eines Hauses, auf einem Dachfirst zwitscherte sich eine Amsel die Seele aus dem Leib, ihr Gesang wurde leiser und das Rauschen in meinen Ohren lauter, ich strauchelte weiter, fiel, rappelte mich auf, stolperte im Zickzack, fiel wieder hin, kam hoch, tastete mich an einer Hauswand entlang, fiel …

… und schlug die Augen auf. Das Grau um mich herum war jetzt viel dunkler, Zeit war vergangen. Wie viel, das wusste ich nicht. Wie lange hatte ich hier gelegen?

Wo war *hier?*

Mühsam rappelte ich mich auf Hände und Knie hoch und kroch auf allen vieren ein Stück weiter, ohne die geringste Ahnung, wo ich mich befand. Etwas fehlte. Erst wusste ich nicht, was es war. Dann begriff ich: Die Plastiktüte mit den Probenfläschchen war weg. Weg, weg. Ich musste sie irgendwo auf meinem Irrweg durch die Straßen verloren haben und ich war auch verloren, Enna und Josh waren verloren, kein Durchblick mehr, kein Plan, nichts, was ich ihnen spritzen konnte. Wo steckte die verdammte Tüte? Ich kroch auf etwas Orangefarbenes zu. Das war keine Tüte. Das war … war … Ein Bild von meinem Bruder tauchte in meinem Kopf auf, er …

… muss aufs Klo, aber die Halle ist so voller Leute, dass ich nicht von unserem Platz weggehen mag. Papa hat Lisa und mir Suppe gebracht, mit Nudeln und Huhn, ich schiebe ein Stück Huhn in Pinkys Kiste, sie sitzt ganz hinten und sieht aus wie eine Kugel mit Ohren, ganz klein, und plötzlich steht Papa auf und sagt: »Magnus.«

Die anderen von Magnus' Truppe gehen an unserem Lager vorbei, aber Magnus bleibt stehen.

»Vergiss nicht, was meine Frau im Winter für dich und deine Schwester getan hat«, sagt Papa.

Magnus guckt auf seine Hände, guckt Papa an und nickt. »Wir holen sie raus. Das ganze Team. Das verspreche ich.«

Er geht weiter. Ich glaube, er will Mama holen. Und Adrian will Kara holen. Ich frage mich, wie das alles gehen soll. Ich höre die Leute, die wieder krank sind, im Stadion und im Schlachthof und in der Stadt, ihre Schreie hört man bis hierher, im ganzen Flughafen. Ich fange an zu weinen und …

… ich wischte mir die Tränen ab. Bertil. Mein kleiner Bruder. Ich war bei ihm gewesen, hatte die Massen von Frauen, Männern und Kindern in der Flughafenhalle gesehen, auf Isomatten, Campingliegen, Plastikstühlen, hatte ihren Schweiß gerochen, in das Töpfchen mit Hühnersuppe geblickt, das Bertil in seinen Händen hielt, ich war in sein Bewusstsein eingetaucht, wie ich in das Bewusstsein von Morna, Enna und Josh eingetaucht war, obwohl ich bezweifelte, dass der Switch auch umgekehrt stattgefunden hatte. Denn Bertil war nicht infiziert.

Und da erst dämmerte mir, wie seltsam das alles war. Bertil zählte nicht zu den Infizierten. Warum hatte ich trotzdem in sein Bewusstsein eintauchen können?

Was passierte mit mir?

Ich schloss die Augen. Aber Bertil war fort, ich sah nur noch eine Erinnerung an ihn, wie er damals in der Auffahrt gestanden hatte, als ich aus der Klinik heimgekehrt war, voller Angst, doch bäumchengerade, Bertil, der nicht zugelassen hatte, dass seine Angst die Kontrolle übernahm und ihm diktierte, was er zu tun hatte.

Wie er sich beherrscht hatte.

Auch ich musste mich beherrschen, und zwar jetzt. Ich musste weitermachen.

Ich öffnete die Augen und sah eine orangefarbene Leuchtreklame, die nicht mehr leuchtete, sondern zerbrochen und erloschen über einer schmalen Tür hing, sah die Zeichen darauf, Worte aus einer fremden Sprache. Auf das Türglas hatte jemand einen weißen Drachen gemalt, Thang Long, der aufsteigende Drache, da wusste ich es wieder, das hier war der schuhschachtelkleine Vietnamese, in dem wir so oft gegessen hatten; mindestens wenn es Schulzeugnisse gegeben hatte, egal, wie gut oder schlecht unsere Noten waren, Hauptsache, das Semester war überstanden. Das marinierte Schweinefleisch war Bertils Leibgericht gewesen, vorausgesetzt, der Koch ließ den Koriander weg ...

Shannon-Allee. Der Vietnamese lag in der Shannon-Allee. Mike wohnte hier. Er würde mir helfen. Nur war die Shannon-Allee eine lange Straße, in der, eine weitere Erschwernis, alle Häuser gleich aussahen. An die Hausnummer konnte ich mich auch nicht erinnern. Zehn? Siebenundzwanzig? Ich wollte Mike rufen, doch mein Mund fühlte sich an, als wäre er voller

Reisnudeln und Schweinefleisch. Auf Händen und Knien kroch ich über den Fußweg, ein zu groß geratenes Insekt, eine Zecke vielleicht, und da vorn stand das Haus, in dem Mike wohnte, oder doch eher in dem Haus daneben? Gegenüber? Rechts oder links? Alles sah gleich aus und ich war so erschöpft. Verzweiflung überkam mich, ich wusste nicht, wohin, wollte mich im Rinnstein zusammenrollen und …

… hier draußen vor dem Stadion zieht mir der Lärm fast das Trommelfell aus den Ohren, wie muss es dann erst dort drinnen sein? Morgens und abends gehen die Cessnas hoch, dann werfen sie Pakete mit Nahrungsmitteln über dem Stadion ab. Ich habe gehört, wie die jüngere der beiden Pilotinnen »Futter« dazu sagte.

Gespritzt wird nicht mehr. Es ist nichts mehr da, was man spritzen könnte. Bei den Krawallen wurden nahezu alle noch vorhandenen *Komvir*-Reserven zerstört. Wenn ich richtig gerechnet habe, ist Tony seit gestern wieder aktiv. Irgendwo hinter diesen Mauern. Im Chaos. Die Schreie, die aus dem Stadion dringen, sind grauenvoll und ich wünschte, ich wäre zu dem Bewusstseins-Switch fähig, den die Infizierten draufhaben, dann könnte ich wenigstens für Momente bei ihm sein, könnte ihn beruhigen und ihm sagen, dass …

… ich lag wieder auf dem Asphalt, vor irgendeinem Haus. Mike. Ich war in sein Bewusstsein geschlüpft, und was ging hier eigentlich für ein verrücktes Zeug ab? Mike war so wenig infiziert wie mein Bruder, trotzdem hatte ich durch seine Augen gesehen, ich hatte seine Gedanken gedacht. Was war das? Morbus Shade für Fortgeschrittene?

Was geschah mit mir?

Ich schloss die Augen, konnte aber kein zweites Mal Kontakt zu ihm finden. Doch ich erinnerte mich an ihn, wie er hinter seinem Schreibtisch gesessen, in meiner Akte geblättert, mit mir gesprochen hatte, obwohl er mich und meinesgleichen abgrundtief hasste. Er hatte sich zusammengenommen, hatte seine Gefühle bezähmt und keine Szene gemacht, während andere Leute Busse mit Steinen bewarfen und herumbrüllten. Und ich würde mich auch zusammennehmen, mich nicht in den Rinnstein kauern, ich würde aufstehen und …

Die nächste Schmerzwelle brandete heran, fuhr in mein Handgelenk und durch meinen Arm bis in mein Herz, nicht schnell, ich hatte viel Zeit, zu schreien und mich auf dem Asphalt zu krümmen, war das jetzt der Tod? Sterben, meinetwegen, von mir aus, das war okay, wenn nur der Schmerz aufhörte.

Die Welt kippte weg.

Ende der Vorstellung.

Adrian Kachelya

Shannon-Allee, hat ihr Vater gesagt. Dort wollte sie hin, jedenfalls vor drei, beinahe vier Tagen. Inzwischen könnte sie sonst wo sein, aber irgendwo muss ich meine Suche beginnen.
Es ist zu still in den Straßen. Halten, aussteigen, in die Häuser und Wohnungen gehen? Wenigstens das Fenster herunterlassen, hupen, ihren Namen rufen? Bei dem Gedanken wird mir mehr als unbehaglich. Damit würde ich diejenigen auf mich aufmerksam machen, die in Vrede zurückgeblieben sind; die ersten Rudel habe ich bereits gesichtet, wenn auch nur aus der Ferne. Sollten sie mich bemerken, werden sie mich schon bald in die Enge treiben, denn darin sind sie gut. Sie werden mich in meinem Auto umschwirren wie die Fliegen einen Fliegenfänger, angelockt von der Süße des Leims, aber im Gegensatz zu den Fliegen müssen sie für ihre Begehrlichkeit nicht büßen, sondern ich. So wie die Lage ist, bleibt mir kaum etwas anderes übrig, als im Wagen sitzen zu bleiben und weiter durch die Straßen zu kurven, ohne auszusteigen, Schritttempo, in größer werdenden Kreisen rund um das Phönix-Center.
Ich versuche, vernünftig zu sein und mir zu sagen, dass die Gelegenheit, Kara zu finden, noch nicht verpasst ist. Ich beuge mich über das Lenkrad und sehe eindringlich auf die Straße, als könnte ich Kara auf diese Weise aus der Luft hervortreten lassen. Dann wieder suche ich etwas Mutiges, Tapferes in meinem Innern, finde aber nur meine Scheißangst. Ich bin kein Held, der auszieht, um die holde Maid zu retten. Ich bin Adrian, ein ganz normaler Typ, der eine Hausstauballergie hat, nicht besonders gut schießen kann und miserabel Auto fährt. Ich sollte umkehren. Wenn ich mich beeile, schaffe ich es bis zum östlichen Checkpoint, bevor die Security Vrede dichtmacht, so wie jetzt

bestimmt überall im Land dort dichtgemacht wird, wo Infizierte entkommen sind und das Chaos ausbricht und Städte aufgegeben werden müssen, Berlin oder Barlow oder welcher Ort auch immer, wo Menschen versuchen, sich in Sicherheit zu bringen und ...

... und dann sehe ich wie durch ein Wunder das Bündel auf der Straße.

Ein Menschenbündel.

43

WIEDERSEHEN
(2. Juli)

Schritte und ein Schatten, der auf mich fiel und sich zu mir herunterbeugte, Hände, die sich mir entgegenstreckten. »Halt mich fest«, flüsterte ich dem Schatten zu, »es ist so glühend schrecklich kalt.« Meine Stimme sackte weg und ich sauste wieder hinunter, der Dunkelheit entgegen. Irgendwo dort eine Stimme, die mich rief.

»Kara! Hörst du mich?«

Eine Hand tätschelte meine Wange, erst vorsichtig und dann gar nicht mehr vorsichtig. Ich öffnete die Augen. Der Schatten kniete neben mir und schob seine Hände unter meine Schultern. »Bitte. Hilfe«, lallte ich, schlang die Arme um seinen Hals und fiel zurück ins Dunkel.

Als ich wieder emportauchte, war ich schon nicht mehr ganz so benommen. Halb saß, halb hing ich auf der Rückbank eines Autos, das schnell eine Straße hinunterfuhr. Der Wagen bretterte durch eine Kurve, und hätten mich die Gurte nicht gehalten, ich wäre wie ein Stück Butter in einer heißen Pfanne über die Polster geflutscht. Jemand hatte sich große Mühe gegeben, mich zu fesseln und festzubinden und – sicher ist sicher – mich zusätzlich mit einem Fangnetz zu fixieren, in das ich eingewickelt war wie ein Kleinkind in ein Tragetuch. Nur mein Kopf guckte oben heraus. In mir regte sich mehr als eine Spur von Ärger. Wie konnte er es wagen, mich so weihnachtspaketmäßig zu verschnüren?

Ich sah ihn nur von hinten, aber ich erkannte ihn an seiner kerzengeraden Haltung und dem akkurat ausrasierten Nacken. Als hätte mein Blick Finger bekommen, die er an seinem Hinterkopf spürte, schaute Adrian in den Rückspiegel.

»Halt an«, sagte ich, obwohl es eher wie ein Knurren klang. »Mach mich los.« Ich zerrte an meinen Fesseln. »Lass mich raus. Du musst mich rauslassen, es ist bald so weit, du darfst nicht in meiner Nähe sein.«

»Nein.« Er drückte aufs Gas.

Wie bitte?

Die Wut schwoll in mir an, sie pochte im selben Rhythmus wie mein Herz. »Lass mich raus!« Mit aller Kraft warf ich mich nach vorn, doch der Sicherheitsgurt hielt. Meine Finger schoben sich durch die Maschen des Fangnetzes, krallten sich in die Polsterung der Rückbank und zerfetzten den Bezug. Ich trat gegen den Vordersitz, so gut das in meiner Verschnürung ging.

Er bremste, stieg aus, kam zur Hintertür, öffnete sie, beugte sich herein und schloss seine Hände so fest um meine Schultern, als wollte er mir das Schlüsselbein brechen.

Kara? Was macht er mit dir?

Ich spürte Enna so nah bei mir, als säße sie direkt hinter mir. Ich schrie ihren Namen.

»Kara!«, brüllte Adrian. »Ich bring dich in die Klinik! Ich bring dich zu deiner Mutter! Kara!« Seine Hand klatschte mir mit voller Wucht ins Gesicht. »Hörst du mich?«

Du bringst keinen von uns irgendwohin! Schon gar nicht in die Klinik! Keine Angst, Kara, Josh und ich, wir kommen.

Ich wand mich in seinem Griff, doch er hielt mich weiter fest. Ich war jetzt beinahe so weit. Die rote Blase in mir war so stark angeschwollen, dass sie schon fast meinen ganzen Körper ausfüllte und gegen die Innenseiten meines Kopfes drückte, es fühlte sich genauso an wie damals, kurz bevor das Virus in mir losgelegt hatte und …

… und doch war etwas anders. In meinem Kopf. Da war etwas, ein Ort, ein Zimmer, eigentlich nur eine winzige Kammer, Menschen steckten darin, ich hatte sie gesehen, Bertil und Mike und …

Ich bringe dich zu deiner Mutter.

Meine Mutter. Ich musste zu ihr, musste …

… in Flügel C bleiben. Das neue Zuhause von Team Rainbow. Seit vier Tagen sitzen wir nun hier fest. »Hauptsache, das Äthanol geht nicht aus«, sagt Farida zum hundertsten Mal, als wären wir alle schwere Alkoholiker, aber inzwischen lacht keiner mehr über ihren Scherz. Per Funk haben sie uns mitgeteilt, dass Vrede evakuiert wird. Die Verbindung bricht immer wieder ab. Matt sagt, sie werden uns rausholen. Fragt sich nur, wann. Ich frage mich außerdem, ob alles anders gekommen wäre, wenn wir mehr Zeit gehabt hätten. Mit *Komvir 5-7.3* sah es nicht ganz so hoffnungslos aus wie mit den vorigen Varianten. Die epileptischen Anfälle hätten wir in den Griff bekommen und gerade die jüngeren Patienten schienen auf den Wirkstoff anzusprechen. Karas Freundin zum Beispiel. Morna. Sie hatte ich natürlich besonders im Blick.

Wir werden einander viel verzeihen müssen, Kara und ich. Genau wie alle Infizierten und Nicht-Infizierten. Wenn es vorüber ist. Sofern es jemals vorübergeht. Sofern Kara und ich uns je wiedersehen. Oh Gott. Ich will meine Tochter –

Schwindelig hing ich in den Gurten. Meine Wange brannte von Adrians Ohrfeige. Für ein paar Sekunden hatte ich nicht mehr in dem Auto gesessen, sondern an einem Labortisch gelehnt, einen Becher mit lauwarmem Kaffee in den Händen, so müde, dass ich mich kaum auf den Beinen halten konnte. Neben mir hatte eine Frau in einem zerknitterten Kittel und mit dunklen Halbmonden unter den Augen am Regler eines Funkgeräts herumgeschraubt. In einer Ecke hatte ein Mann auf einer Isomatte gelegen und leise vor sich hin geschnarcht.

Ich zitterte am ganzen Körper.

In letzter Zeit hatte ich mich immer wieder gefragt, wie meine Mutter all die furchtbaren Dinge auf Station K hatte tun können, während ich gleichzeitig davon überzeugt gewesen war, dass ich nichts davon jemals fertiggebracht und mich entschlossen dagegengestellt hätte. Doch vielleicht lag das nur daran, dass ich niemals die Notwendigkeit dazu gehabt hatte. Sie hatte getan, was aus ihrer Sicht notwendig gewesen war, damit alle – nicht nur ihre eigene Familie – überleben konnten. Sie hatte sich weder von ihren Gefühlen noch den Meinungen anderer leiten lassen. Sie hatte getan, was sie für richtig hielt.

Ich staunte, dass ich solche Gedanken jetzt denken konnte.

Die Wut, die ich vorhin empfunden hatte, war verebbt, der innere Druck hatte sich gelöst. Als hätte mich das Eintauchen in meine Mutter aus mir selbst herausgeholt. Meine Mutter, meine liebe Mama, eingesperrt in Flügel C, wo sie noch immer versuchte, ihr Bestes zu geben. Adrian, der noch immer meine Hände hielt, sie einfach festhielt und sich nicht abschütteln ließ und der, genau wie sie, sein Bestes tat. Ich schaute in seine blaugrauen Augen, ich wusste, dass er Angst vor mir hatte, ich las es in seinem Gesicht und er wäre ja auch verrückt gewesen, keine Angst vor mir zu haben. Trotzdem war er zurückgekommen. Er hatte mich gefunden und er blieb bei mir.

In den Märchen, die meine Eltern mir vorgelesen haben, in den Geschichten, die ich selbst gelesen und in den Filmen, die ich so gern geschaut habe, lief es meist darauf hinaus, dass es die Liebe war, die den Verfluchten erlöste. Empfand Adrian Liebe für mich? Kann man jemanden lieben, vor dem man sich gleichzeitig fürchtet? Kann man jemanden erlösen, der grauenvolle Dinge getan hat? Vielleicht war das möglich. Aber vielleicht auch eher nicht. Und vielleicht spielte es sowieso keine Rolle, vielleicht ging es gar nicht um Erlösung. Sondern darum weiterzumachen. So gut man es eben vermochte.

»Fahren wir in die Klinik?«, fragte er leise.

Ich nickte.

44

SELBSTKONTROLLE

(2. Juli)

Wir schleuderten über das Klinikgelände, bogen ein paarmal scharf ab und bretterten auf den Seestern zu. Von Security oder Initiative keine Spur. Ohne Umschweife fuhr Adrian an der herausgebrochenen Eingangstür vorbei durch die breite Öffnung im Mauerwerk und bis zu den Rolltreppen.

»Mach mich nicht los«, sagte ich. »Du musst rauf in Flügel C und …«

»Du kommst mit«, unterbrach er mich. »Ich will dich im Blick behalten. Kann ich das Netz losmachen? Ich meine: Jetzt?«

Ich überlegte. »Jetzt ja. Aber ich weiß nicht, für wie lange.«

»Sag mir, wenn es losgeht.«

»Ich weiß nicht, ob ich das dann schaffe.«

Ich meinte, eine Regung bei Adrian zu erkennen, ein furchtsames Zucken, aber dann griffen seine Finger bereits in das Netz und lösten die Knoten.

»Du musst es versuchen«, sagte er, befreite mich aus dem

Netz, rollte es straff zusammen und befestigte es an dem Hüftgurt, an dem auch sein Revolver steckte. Dann kletterten wir die erste Rolltreppe hinauf, mitten in den Seestern hinein.

Obwohl der Strom noch funktionierte, brannten nur wenige Lampen. Blinzelnd schaute ich in die Dämmerung über uns. Flügel C lag im vierten Stock, genau wie die Isolierstation und Station K. Wir bogen auf die nächste Rolltreppe ein.

Irgendwo zwischen dem dritten und vierten Stock blieb ich stehen. »Warte«, sagte ich leise.

Adrian muckste sich nicht, während ich lauschte, doch ich spürte seine Angst wie ein Zittern auf meiner Haut.

Erst war ich überzeugt davon, dass es sich um einen Irrtum handeln müsse. Aber es war kein Irrtum. In der Dämmerung unter uns, im dritten Stock oder sogar schon auf der Rolltreppe, atmete jemand. Irgendwer folgte uns.

»Weiter!«, hauchte ich. »Schnell.«

Jetzt konnte ich Adrians Angst riechen: Hitze, Schweiß, der Geruch stach mir in die Nase und, ja, er machte mich zornig. Der Angstgeruch erinnerte mich an meinen Vater, der mich aus reinem Pflichtgefühl zu Hause aufgenommen hatte, obwohl er sich vor mir zu Tode gefürchtet hatte und … und …

Nimm dich zusammen, Kara!

Ich atmete tief durch, doch Atmen genügte nicht, ich musste mich in die Kammer in meinem Innern zurückziehen, sofort, und wenn es nur für Sekunden war, dieser winzige Raum, in den die rote Blase nicht eindringen konnte und wo meine Gedanken und Gefühle nicht mehr zustachen wie Wespen, wo ich Bertil und Mike begegnen konnte und …

… wie lange es unter den Bewohnern des Flughafens noch ruhig bleiben mag? Vor Bertil und Lisa lasse ich mir natürlich nichts anmerken, aber mehr und mehr stellt sich das Gefühl ein, dass sich die Menschen um uns herum in Zeitbomben verwandeln. Die ersten sprechen schon davon, dass man uns hier hält wie Infizierte.

Wirklich? Ich stelle mir die hygienischen Verhältnisse im Stadion und im Schlachthof vor. Niemand, der dort sauber macht, nicht einmal mit einem Schlauch durchspritzt. Keine Kleidung zum Wechseln, kein sauberes Wasser.

Wir leben wie Infizierte? Das ist ein schlechter Scherz. Im Übrigen glaube ich nicht, dass Infizierte miteinander streiten, wem welche Decke, Trinkflasche, Unterhose gehört; ich glaube nicht, dass sie in ebenso zermürbenden wie lächerlichen Rangeleien herauszufinden versuchen, wer wohl der Boss ist und den anderen sagen darf, was sie zu tun und zu lassen, zu denken und zu fühlen haben.

Wenn ich nicht schlafen kann, höre ich die kleinen Atemzüge von Bertil, die etwas größeren von Lisa, Pinkys winzige Schnarcher. Die Tage und Nächte sind ein Kampf. Bertil will die Toiletten nicht mehr benutzen. Lisa leidet wieder unter Panikattacken und nässt sich jede Nacht ein. Pinky frisst kaum noch. Manchmal möchte ich mit dem Kopf gegen die Wand schlagen oder etwas kaputt machen oder mir einfach die Decke über den Kopf ziehen. Doch ich sage: »Na komm, nicht weinen, das kann man sauber machen.« Oder: »Dann gehen wir eben aufs Naturklo.« Oder: »Katzen sind zäh, die haben neun Leben.«

Ich wünsche mir, dass Iris und Kara Katzen sind.

»Kara? Bist du noch da?«

Mit einem Blinzeln kehrte ich auf die Rolltreppe zwischen dem dritten und vierten Stock zurück. Der Zorn, den ich gerade noch gegen Adrian empfunden hatte, war verflogen. Die Gedanken und Gefühle meines Vaters hallten in meinem Innern nach. Ich dachte: Von dem Tag an, als ich aus der Klinik nach Hause gekommen bin, hatte er Angst vor mir. Aber er hat sich beherrscht, so gut er es vermochte. Genau wie Adrian. Und das ist jetzt auch mein Job: mich zusammenzunehmen, so gut ich es kann.

Ein paar weitere Stufen später erreichten wir die vierte Etage und wandten uns sofort nach rechts. Die Atemgeräusche unserer Verfolger waren lauter geworden, sie mussten irgendwo hinter uns auf der Treppe sein. Ich nahm Adrians Hand und zog ihn vorwärts, in das Halbdunkel des vierten Stocks hinein. Zwischen all den Säulen, Sitzgruppen und Abzweigungen verloren wir schnell den Überblick. Wo war Flügel C?

Schnelle Schritte trommelten hinter uns über den Boden. Adrian und ich rannten los. Links von uns glitt ein Schatten hinter den Säulen hervor und stellte sich uns in den Weg. Einen gelähmten Augenblick lang kam alles zum Stillstand. Dann bewegte sich der Schatten auf uns zu, ein geducktes Gleiten, schnell und zielsicher.

»Enna«, sagte ich.

Keine zehn Schritte von uns entfernt verharrte sie. Ein Lächeln ließ ihre Augen strahlen. Sie stieß das leise Gurren aus, mit dem Infizierte einander begrüßten. Hinter ihr erwachte in der Dunkelheit ein zweiter Schatten zum Leben und schloss zu ihr auf.

An Joshs Kinn glänzte ein traubengroßer Blutfleck.

Enna blickte von mir zu Adrian, zog die Nase kraus und sog die Luft ein. Ich sah das Glühen in ihrem Gesicht, ihre Augen, in denen etwas aufloderte wie eine Stichflamme. Mir brach der Schweiß aus. Josh wischte sich das Blut ab. Gebissen hatten die beiden schon, zumindest Josh hatte es getan. Wie damals, am Anfang der Ersten Welle, wurden die Infizierten von dem Impuls angetrieben, das Virus schnell weiterzugeben. Später würde sich der Beißdrang abflachen. Immerhin, Enna und Josh waren noch nicht im Modus, wenigstens das, ihre Augen waren nicht rot, sie wollten noch nicht töten.

»Enna«, sagte ich so ruhig wie möglich, »bitte lass uns …«

Sie achtete nicht auf mich. Ihre ganze Aufmerksamkeit galt Adrian. Mit gekrümmtem Rücken und einem Knurren weit hinten in der Kehle machte sie einen langsamen Schritt auf ihn zu.

»Lass Kara los, Arschloch!«, zischte sie.

Josh schlug einen leichten Bogen und kam von der anderen Seite heran. Vorgebeugt. Sprungbereit, Raubtiere auf der Jagd.

Es ist wichtig, dass dein eigener Rücken gerade bleibt, dachte ich verzweifelt und schob mich vor Adrian, doch er schubste mich zur Seite und trat nach vorn, als müsste er sich ihnen in den Weg stellen; als müsste er mich beschützen. Hatte er den Verstand verloren? Was dachte er sich dabei? Wollte er ausgerechnet jetzt den Helden spielen und die Jungfer in Not retten? Kapierte er nicht, dass ich keine Jungfer in Not war und, Gott bewahre, *ihn* retten musste?

Dann sah ich den Revolver in seiner Hand.

Dann hörte ich die Worte aus seinem Mund.

»Fass sie nicht an«, sagte er. Und noch einmal. »Fass sie nicht an.«

Ich sah Ennas Miene erstarren. In der nächsten Sekunde begannen ihre Gesichtsmuskeln zu zucken. Ihre Augäpfel überzogen sich mit einem roten Film.

Ich dachte: Der Modus.

Ich dachte: *Fass sie nicht an.*

Ich dachte: Das war's.

Ennas Stiefmutter Gisela hatte dieselben Worte benutzt, als

Enna in die Wohnung eingedrungen war, um ihre Brüder in ihr Rudel zu holen. Sie waren ihr Trigger gewesen.

Enna warf den Kopf in den Nacken und stieß ein Geräusch aus, wie ich es noch nie bei ihr gehört hatte. Es klang, als würde ein Zug bremsen, dieses hohe, rostige Kreischen, das sich durch dein Trommelfell bis in deine Zahnwurzeln bohrt. Sie würde Adrian nicht mehr nur beiseiteschleudern. Der Plan hatte sich geändert. Die Zeit verlangsamte sich, plötzlich schien jede Sekunde Fühler zu bekommen und sich in alle Richtungen auszudehnen. Adrian hielt seinen Revolver mit beiden Händen umklammert. Die Mündung war auf Ennas Brust gerichtet. Sie war direkt vor ihm. Und sprang.

Ich wartete auf den Knall. Adrian schoss nicht.

Vielleicht hatte der Abzug blockiert.

Oder vielleicht hatte es eine Zeit gegeben, in der Adrian es gekonnt hätte, und jetzt nicht mehr.

Ich sah den Schwung von Ennas Angriff, den fließenden Schatten ihrer Bewegung. Unter der Wucht des Aufpralls stolperte Adrian rückwärts und ging zu Boden. Der Revolver flog ihm aus der Hand. Enna schnappte nach seiner Kehle, ihr Mund war weit geöffnet und sämtliche Zähne entblößt. Sie würde ihn nicht einfach beißen, sie würde seinen Hals zerfetzen.

Ich sprang auf ihren Rücken, schlang meine Arme um ihren Oberkörper, zerrte sie von ihm weg und schleuderte sie beiseite, nur kurz überrascht von meiner eigenen Kraft und dann überhaupt nicht mehr, Enna schlidderte über den Boden, knallte mit dem Kopf gegen eine Säule und blieb krampfhaft blinzelnd liegen. Ich sah noch, wie sich Adrian mühsam aufrichtete und nach dem Fangnetz an seiner Hüfte tastete, langsam, alles viel zu langsam, da bekam ich es auch schon mit Josh zu tun. Brüllend stürzte er sich auf mich und riss mich zu Boden. Ich lag auf dem Rücken, ruderte mit Armen und Beinen. Seine Hände hielten mich unten. Sein Gesicht war dicht vor meinem. Und dann – zögerte er.

Erst begriff ich nicht, warum. In der nächsten Sekunde ging mir auf, dass aktive Infizierte andere Infizierte nicht angreifen. Ich selbst hatte da keine Hemmungen, schließlich war es bei mir noch nicht so weit; nicht ganz. Die Zeit, die mir blieb, musste ich nutzen. Meine Hände suchten Halt auf dem Boden, fühlten kaltes Metall. Ich grapschte nach dem Revolver, hob meinen Arm und zog Josh das Ding über den Schädel. Er kippte zur Seite und lag still.

Hastig rappelte ich mich auf und kroch auf allen vieren zu ihm. Hatte ich ihn getötet? Doch er atmete, dem Himmel sei Dank. Ich schaute zu Adrian und Enna. Adrian stand leicht schwankend da, mit blutiger Stirn, die verpackte und verschnürte Enna zu seinen Füßen. Sie war noch nicht wieder voll da, begann aber schon, zu zappeln und sich zu winden. Adrian fasste sich an den Kopf. Blut sickerte ihm durch die Finger.

Vor der Begegnung mit Enna und Josh war er mir groß und stark erschienen, er hatte unzerstörbar gewirkt. Jetzt sah ich sein zerwühltes Haar, den wirren Blick, das Blut, ich sah ihn zum ersten Mal so, wie er war. Zerbrechlich. Verletzlich.

Während ich Enna und Josh bewachte, schaffte Adrian aus der Isolierstation ein Rollbett heran. Mit müde herabhängenden Armen und grünbleich schaute er zu, wie ich erst Enna, dann Josh vom Boden hochhob, als wögen sie kaum zwei Kilo, und sie auf das Bett legte. Josh war noch immer bewusstlos, doch Enna wand sich wie ein Fisch im Netz, ich musste sie mit aller Kraft festhalten. Adrian schob los, zurück zur Isolierstation. Nach wie vor standen dort mehrere Türen offen. Wir bugsierten die beiden in das erste unverschlossene Zimmer, an dem wir vorüberkamen. Kurz überlegte ich, Enna aus dem Netz zu befreien, doch das konnte ebenso gut Josh erledigen, wenn er aus seiner Ohnmacht auftauchte. Ich wälzte ihn auf die Seite und stabilisierte ihn, falls er sich übergeben musste, dann verließen wir den Raum und zogen die Tür hinter uns zu.

Klack! Das Sicherheitsschloss schnappte ein. Von innen war die Tür nicht mehr zu öffnen. Enna und Josh waren eingesperrt.

Adrian war schon ein gutes Stück den Gang hinunter, als er merkte, dass ich ihm nicht gefolgt war.

»Kara?«

Ich stützte mich am Türblatt ab, bemüht, das Gleichgewicht zu halten. Der Gang schwappte in Wellen auf und ab, die Wände schmolzen und der Fußboden sackte weg, stieg hoch, sackte wieder weg. Ich schloss die Augen, doch der Schwindel nahm weiter zu. Während meiner ersten Umwandlung hatte es keine solche Karussellfahrt gegeben, nur ein schnurgerades Dahinrasen auf einer mit Wut geteerten Autobahn, mitten hinein in die aktive Phase. Das Rot hinter meinen Augenlidern wirbelte. Wo war oben, wo unten? Ich fand keinen Halt mehr, stürzte in einen roten Strudel, der mich in die Tiefe saugte, ich fiel, fiel …

… und landete mit einem Ruck auf meinen Füßen.

Der Schwindel hatte sich gelegt. In meinem Kopf herrschte Ruhe. Meine Augen klappten auf.

Eigentlich hätte ich Adrian und den Flur der Isolierstation sehen müssen, doch ich erblickte etwas vollkommen anderes.

Unter einem blutroten Himmel erstreckte sich eine blutrote Ebene. Darauf verstreut lagen … Ja, was? Waren das schwarze Hunde? Wölfe? Manche schliefen, eingerollt wie in große Nussschalen, andere schlummerten auf der Seite oder hatten alle viere von sich gestreckt wie Superman im Flug.

War ich verrückt geworden und das hier ein erstes Symptom?

Ich näherte mich einem der schlafenden Geschöpfe. Als ich es fast erreicht hatte, erstarrte ich. Das waren keine Hunde und auch keine Wölfe, es war überhaupt keine mir bekannte Lebensform. Diese Wesen hatten weder Augen, Schnauze noch Nase. Ihre Köpfe waren große, glatte, eiförmige Knospen.

An was für einen seltsamen Ort war ich hier gelangt?

Bis gerade eben hatte sich auf der Ebene nichts bewegt, nun bemerkte ich ein Pferd, das sich aus der Ferne näherte und sich vorsichtig einen Weg zwischen all den schlafenden Körpern bahnte. Das Tier war eher fahlgrau als weiß und nicht besonders groß. Vollkommen ruhig schritt es dahin, die Ohren gespitzt, während es den Kopf mal nach rechts, mal nach links wandte oder ihn kurz senkte und mit den Nüstern einen der Knospenköpfe berührte, ihn beschnupperte und weitertrottete. Auf einmal packte mich eine große Furcht. Wenn eines der Geschöpfe erwachte, würde es dem Pferd das Fleisch von den Knochen reißen. Die ersten zuckten schon, schlugen mit ihren Schwänzen, scharrten und kratzten mit ihren Pfoten über den Boden. Ohne mehr als einen flüchtigen Blick auf die sich regenden Wesen zu werfen, schritt das Pferd weiter. Unvermittelt schoss einer der Knospenköpfe hoch und öffnete sich. Ich stieß einen Schrei aus und schlug die Hände vor meinen Mund.

Zähne. Zähne, der Knospenkopf war ein Schlund voller Zähne. Scharf und lang und scharlachrot, ragten sie nicht in Reihen, sondern in einem wirren Durcheinander kreuz und quer aus dem Kiefer. Mit einer blitzschnellen Seitwärtsbewegung wich das Pferd aus, erhob sich auf seine Hinterbeine und trat zu. Das folgende Geräusch war eine erschreckende Mischung aus hartem und wässrigem Aufprall. Der Knospenkopf explodierte förmlich in einer Masse aus Fleisch und Knochensplittern. Dort, wo er gerade noch gewesen war, quoll fahlgrauer Nebel auf und verdichtete sich zur Gestalt eines zweiten Pferdes.

Ringsum regten sich weitere schwarze Geschöpfe. Ein zweites erwachte, doch ehe sich sein Kopf öffnen konnte, bäumte sich das zweite Pferd schon auf, seine Vorderhufe sausten herab …

»Kara!«

Der Kopf platzte. Grauer Nebel quoll auf, zog sich zusammen, formte sich zu einem dritten Pferd …

»Kara!«

Mit einem Ruck kehrte ich in das Halbdunkel der Isolierstation zurück. Mein Atem strömte in abgehakten Stößen aus meinen Lungen. »Geh weg«, presste ich hervor, »weg von mir«, doch meine Stimme kam nur als raues Flüstern heraus.

Er näherte sich. Ich ahnte, was passieren würde. In dem völlig irrsinnigen Glauben, dies hier würde ablaufen wie in einem Märchen oder in irgendeinem Film, in dem Umarmungen und Küsse das magische Allheilmittel waren, würde mich Adrian in die Arme schließen, und das würde es mir nur leichter machen, meine Zähne in ihn hineinzuschlagen.

»Weg von mir, hau ab!«, kreischte ich.

Er blieb stehen, war aber schon viel zu nah an mir dran. Ich hörte ihn atmen, ich roch seine Angst und das fachte meine Wut nur weiter an. Ich wollte ihn beißen, oh Gott, wie sehr ich es wollte, ich wollte meine Zähne in sein Fleisch graben, wollte …

Ehe er reagieren konnte, sprang ich ihn an. Er strauchelte rückwärts. Ich riss ihn zu Boden, drückte ihn hinunter und schob mich über ihn, setzte mich rittlings auf seinen Bauch und hielt seine Arme mit den Händen unten.

»Schrei doch«, zischte ich. »Schrei. Hier hört dich keiner.«

Seine Augen wurden leer vor Angst. Er versuchte nicht einmal, sich zu wehren. Sein Kehlkopf ruckte auf und ab, seine Lippen zitterten, als wollte er etwas sagen. Ich sah die Härchen an seinen Unterarmen, die sich aufgerichtet hatten, die verblassende Narbe, das Blut auf seiner Stirn.

»Adrian«, flüsterte ich und spürte, wie er unter mir erschauerte.

Wenn ich jetzt zubiss, würde er für immer bei mir bleiben. Nichts konnte uns dann noch trennen. Und ich wollte ihn beißen, ich wollte es so sehr, ich wollte ihn besitzen, er sollte mich nie wieder verlassen, nie, nie, nie!

»Ich tu dir nicht weh. Halt einfach still«, flüsterte ich.

Irgendwo auf dem Klinikgelände oder vielleicht auch außerhalb davon wieherte ein Pferd, und hätten sich meine Sinne in den vergangenen Stunden nicht massiv geschärft, ich hätte es niemals gehört. Die Initiative, dachte ich verschwommen und: fahle Pferde in meinem Blut, und: Sie kämpfen, und: Ich muss auch kämpfen, ich darf mich dem Virus nicht überlassen. Ich sah in Adrians blaugraue Augen, schaute bis auf ihren Grund und …

… wir haben uns tapfer geschlagen, Kara und ich. Und haben trotzdem verloren. Ich dachte, gemeinsam können wir es kontrollieren, doch es gibt keine Kontrolle, das habe ich nun verstanden. Leider zu spät. Wenn es so weit ist, übernimmt das Virus und seine Übernahme ist total.

Sag Auf Wiedersehen, Adrian, und wo sind eigentlich die Bilder, dieses Best-of deines Lebens, das am Schluss angeblich vorüberrauscht? Wo ist das strahlende Licht, der gleißend helle Tunnel, das: Aha, so sieht's also auf der anderen Seite aus? Wer soll sich um Lisa kümmern? Wenn es nur schnell geht. Wenn Kara mich nur mit dem ersten Biss tötet und es nicht lange wehtut …

Ich sprang auf und wich zurück. »Lauf, Adrian. Lauf!«

Mühsam kam er auf die Beine und stand benommen da.

»Lauf!«

Er schien so verblüfft von der jähen Wendung des Geschehens, dass er keinen Versuch unternahm, mir auszuweichen. Ich stieß ihn gegen die Brust und von mir fort und bedachte nicht, wie groß meine Kräfte jetzt waren. Er flog rückwärts durch den Gang, knallte gegen die Wand und rutschte an ihr herunter, versuchte, sich aufzurichten, sank zurück und blieb liegen.

Hektisch blickte ich umher. Ich musste von ihm weg, doch wohin? Klinke um Klinke sämtlicher Zimmertüren in diesem Flur drückte ich herunter, schneller und schneller, alle verschlossen, ich bog in den nächsten Flur ab und in den nächsten, in noch einen Flur, endlich, zwei, drei, vier offene Türen, ich stolperte auf sie zu, und als würde jemand den Ton abdrehen, wurden das Geräusch meiner Schritte und das meines keuchenden Atems leiser, bis ich nur noch das Rauschen meines Blutes in den Ohren hörte oder das Heulen von Wölfen oder das Wiehern eines Pferdes oder einen Wind, der über eine rote Ebene pfiff, ich strauchelte in das erstbeste Zimmer und stieß die Tür hinter mir zu. Mit einem dumpfen Schlag krachte sie ins Schloss.

Drei Rollbetten. Vor dem Fenster die grauen Lamellen eines Rollos, dahinter vielleicht der Blick in einen Innenhof und auf eine schiefe Linde. Irgendwo in meinem Innern oder dort draußen wieherte ein fahlgraues Pferd. Der Schwindel setzte wieder ein, meine Ohren gingen zu und das Zimmer drängte von allen Seiten heran, drehte sich schneller und schneller, ich setzte mich auf den Boden und streckte mich lang aus, schloss die Augen und fiel in die Dunkelheit.

45

GRAUE PFERDE ÜBERALL

(15. Juli)

Eine eiskalte Winternacht. Dort drüben stand mein Vater auf der Terrasse unseres kleinen Reihenhauses. Die Hamamelis rechts von ihm war von Frost glasiert und leuchtete im Dunkeln, es sah aus, als hätte sich die Hand eines Riesen aus der Erde geschoben. Mein Vater hatte das Gewehr sinken lassen. Ein leicht scharfer Geruch von seinen Schüssen hing noch in der Luft. Ich stolperte über den gefrorenen Rasen auf ihn zu, spürte den pochenden Schmerz in meinem Schenkel, dort, wo mich Tim gebissen hatte. Als ich meinen Vater erreichte, nahm er mich fest in die Arme und flüsterte: »Schau. Graue Pferde überall.«

Ich wendete den Kopf. Obwohl es so dunkel war, konnte ich sehen, wie bald hier, bald dort Phantome Gestalt annahmen und vorübergaloppierten. Graue Pferde. Überall. Dem ersten Pferd – dem Leittier vielleicht – war ich auf der roten Ebene begegnet. Nun folgte seine Herde. Wie Nebelschwaden zogen sie vorbei, stille Geister, wunderschön.

Einen Augenblick lang war da noch die Winternacht, in der ich neben meinem Vater auf unserer Terrasse stand, dann löste sich der Garten auf und die Kara, die ich in meinen Träumen war, verabschiedete sich. Zurück blieb mein reales Ich, das langsam aus dem Schlaf emportauchte.

Ich hörte entferntes Stimmengewirr, rhythmisches Piepen, roch Desinfektionsmittel. Bevor ich die Augen öffnete, merkte ich, dass mich wirklich jemand im Arm hielt. Es fühlte sich warm an. Geschützt. Ich kuschelte mich fester in die Umarmung.

»Kara?«

Das war die Stimme meines Vaters. Ich musste noch träumen, im realen Leben hätte er mich niemals so gehalten. Nicht seit Morbus Shade.

Ich öffnete die Augen. Der Mann, der seine Arme um mich gelegt hatte und der nicht mein Vater war, ähnelte meinem Vater aufs Haar. Die kräftigen Kiefer, das irritierend zierliche Kinn, die leicht knollige Nase, sogar das Muttermal an seinem linken Nasenflügel, alles komplett. Und komplett verwirrend.

»Kara? Bist du wach?«

Mein Kopf ruhte an seiner Brust, seine Finger strichen über meinen Hinterkopf. Mir wurde bewusst, dass wir uns seit meiner Kindheit körperlich nicht mehr so nah gekommen waren.

»Bist du bei uns?«, fragte er leise.

»Ich … ich … irgendwie schon«, nuschelte ich.

Ich lag in einem Bett, das nicht mein Bett war, sondern eine schmale Liege. In meinem Handrücken steckte eine Kanüle, ein Infusionsschlauch führte zu einem Tropf. Mein Vater saß auf dem Rand der Liege. Und neben ihm saß noch jemand.

Ich lächelte matt. »Hallo, Bertil.«

Er griff nach meiner Hand und fing an zu weinen. Ich weinte

auch. Mein Vater hielt mich weiter mit einem Arm fest, während er seinen anderen Arm um Bertil legte. Mein ganzer Körper zitterte und schlotterte. Ich weinte und stieß zwischendurch hervor: »Geht gleich wieder.«

»Langsam«, sagte mein Vater. »Immer langsam. Wir haben Zeit.«

Als Bertil und ich mit Weinen fertig waren und eine kleine Sammlung zerknüllter Papiertaschentücher auf meiner Bettdecke lag, fragte ich: »Wo sind wir?«

»Flughafen. Abflughalle C. Ein Hilfskrankenhaus. Du bist seit dreizehn Tagen hier.«

Mühsam richtete ich mich ein Stück auf. »Dreizehn Tage?«, flüsterte ich ungläubig.

»Gestern bist du zum ersten Mal aufgewacht, aber gleich wieder eingeschlafen. Wahrscheinlich erinnerst du dich nicht. Du bist sicher noch ein bisschen durcheinander.«

Ein bisschen. Die Untertreibung des Jahres.

Eine Frau in weißem Kittel kam um eine Stellwand herum, die meine Liege wohl von anderen Liegen abtrennte.

»Kara«, sagte meine Mutter. »Liebes. Da bist du.«

Sie war es wirklich. Und sie sah gesund aus. Ausgeruht. Sie lächelte. Strahlte geradezu.

»Wir haben vereinbart, dass Mama dir alles erzählt«, erklärte mein Vater, stand auf und küsste mich. Seine Lippen fühlten sich weich an auf meiner Wange und meiner Stirn. »Abmarsch«, sagte er und schob meinen Bruder sanft aus dem kleinen Abteil, in dem ich lag. Bevor die beiden hinter der Stellwand verschwanden, drehte sich Bertil noch einmal um und machte das Victory-Zeichen.

»Alles klar«, flüsterte ich und erwiderte den Gruß.

Meine Mutter setzte sich zu mir. Ein schwacher Geruch von

medizinischem Alkohol umgab sie. Sie breitete die Arme aus und ich legte mich hinein.

»Mama?« Innerlich wappnete ich mich gegen das, was kommen würde. »Wie geht es Enna und Josh?« Ich löste mich aus ihrer Umarmung. »Und … Adrian?«

»Sie sind auf dem Weg der Besserung. Alle drei.«

»Wirklich?«

»Wirklich.«

Vor Erleichterung sank ich zurück in mein Kissen.

»Adrian hat eine schlimme Gehirnerschütterung und sein rechter Arm war nur noch eine Tüte voller Knochensplitter. Aber er kommt wieder in Ordnung. Er hatte riesiges Glück. Nachher kannst du ihn besuchen. Und Enna und Josh auch.«

Ich setzte mich wieder auf, so gut ich konnte. »Sind sie, ich meine …«

Sie lächelte. »Wie ich schon sagte: Es geht ihnen gut.«

»Aber was ist passiert? Irgendwie habe ich komplett den Faden verloren. Ich war in diesem Zimmer auf der Isolierstation … und jetzt bin ich hier und Enna und Josh und Adrian sind in Ordnung und ich kapiere nichts.«

»Lass uns da anfangen, wo Security und Initiative im Seestern eingetroffen sind.« Meine Mutter rieb sich den Nacken, als müsste sie ihrer Erinnerung helfen, in die richtige Spur zu kommen. »Sie wollten uns evakuieren, das gesamte Team Rainbow. Auf dem Weg durchs Foyer kam plötzlich Adrian aus der Isolierstation rausgetorkelt und faselte irgendwas von Enna und Josh. Und von dir.« Sie strich über mein Handgelenk, wo viele Wochen zuvor ein schwarzer Reif offenbart hatte, was ich war. Bis sie dafür gesorgt hatte, dass mir der Reif abgenommen wurde.

»Die Security hat euch unter strengen Sicherheitsmaßnahmen zum Flughafen gebracht. Enna und Josh …« Sie zögerte.

Jetzt packte mich doch die Angst. »Wir mussten sie erst mal in einen Frachtcontainer sperren.«

»Und dann? Habt ihr sie ins Stadion gebracht? Zum Schlachthof?«

»Die Initiative hatte es vor. Allen voran Magnus. Aber ich habe darauf bestanden, dass wir Enna und Josh dabehalten.« Wieder zögerte sie. Dann sagte sie es. »Als Testpersonen.«

Ich runzelte die Stirn. Etwas hing plötzlich in der Luft. Da kommt noch was, dachte ich. Und es kam.

»Mit dir war offenbar etwas im Gange. Enna und Josh, die haben getobt und gewütet, wie man das von zwei aktiven Infizierten erwarten kann. Aber du warst einfach nur ohnmächtig.« Sie griff nach meiner Hand und hielt sie so fest, dass es wehtat. »Du hast fast zwei Wochen im Koma gelegen. In dieser Zeit ist etwas passiert, was uns noch immer Rätsel aufgibt. In deinem Blut haben sich neue Zellen gebildet und diese Zellen haben eine Art Großangriff auf das Virus gestartet. Killerzellen, auch wenn das medizinisch nicht ganz korrekt ausgedrückt ist.«

»Die grauen Pferde«, murmelte ich.

»Was?«

»Ach, nichts.«

»Die Zellen haben das Virus umgebracht.« Sie räusperte sich. »Und das ist noch nicht alles. Wir konnten aus diesen Zellen ein Medikament synthetisieren, das wir an Enna und Josh getestet haben. Vorgestern haben wir sie aus ihrem Container auf die Krankenstation verlegt. Das Virus in ihrem Blut ist nicht mehr aktiv und schläft auch nicht. Es ist ... weg. Sie sind gesund, Kara. Genau wie du.«

»Aber ... aber ...«, stammelte ich.

Meine Mutter nickte. »Genau. Warum? Wieso konnte dein Blut diese Zellen bilden? Das ist es, was wir nicht verstehen.«

»Weil ich ein so besonderer Mensch bin«, versuchte ich zu scherzen. »Wie in einem Film, in dem ein siebzehnjähriges Mädchen mit einer einzigartigen Gabe die Welt von allem Bösen erlöst.«

Sie lachte leise und strubbelte mir über den Kopf, wie sie das früher manchmal getan hatte. Damals hatte ich es nicht leiden können; jetzt hätte sie von mir aus drei Stunden lang so weitermachen können.

»Wohl eher nicht«, sagte sie. »Aber in deinem Blut haben wir einen Hinweis auf ein Serum entdeckt, das wir kurz zuvor an einigen Patienten auf Station K getestet hatten.« Sie senkte den Blick. »Auch an deiner Freundin Morna. Was wir uns bisher nicht erklären können, ist, wie das Medikament in deine Blutbahn geraten konnte oder warum es in deinem Blut die Entstehung dieser hilfreichen Zellen angeregt hat. Farida meint, es müsse ein weiterer Faktor im Spiel gewesen sein, eine Art Katalysator, der die Killerzellen wachgerüttelt hat. Nur haben wir keine Ahnung, woher dieser Katalysator kam.«

Ich konnte mir da durchaus etwas zusammenreimen. Ganz unwissenschaftlich. Meine kleine private Theorie.

Ich erzählte meiner Mutter von unserer Suche nach Morna, dem Gemetzel auf dem Passage-Hof, von Mornas letzten Minuten, in denen sie mich gebissen hatte und ihr Speichel in mein Blut gelangt war, von meinem Weg ins Wohnheim und dem Besuch in Joshs Labor, wo ich mir einen Mix aus *Komvir,* Iso-Drink und sonst was gespritzt hatte.

Danach schwiegen wir. Ich stellte mir die Gedanken meiner Mutter wie kleine Bienen vor, die durch die Windungen ihres Gehirns schwirrten und Informationen zusammentrugen wie winzige Pollenkörner.

Ein Lächeln zuckte über ihr Gesicht, als wäre in ihrem Kopf

etwas gelandet. »Es wäre nicht der erste Zufallsfund in der Geschichte der Medizin. Alexander Fleming, sagt dir der Name etwas?«

»Ein Kollege von dir?«

Sie lachte. »Er hat vor rund zweihundert Jahren gelebt. Seine zufällige Entdeckung ist wohl die berühmteste in der Medizin: das Penicillin. Und wir verdanken sie purer Schlamperei. Mr Fleming hatte gerade eine Bakterienkultur angelegt, als er entschied, eine Arbeitspause einzulegen und Urlaub zu machen. Die Bakterien hat er schlicht vergessen, wie manche Leute ihre Geranien vergessen. Als er aus dem Urlaub heimkehrte, hat er etwas Interessantes entdeckt. Auf dem Nährboden, der eigentlich für die Bakterien vorgesehen war, hatte sich ein Schimmelpilz gebildet. Und dieser Pilz hat verhindert, dass sich die Bakterien in seiner Nähe vermehrten.«

»Ein Killerpilz«, murmelte ich.

»So ungefähr. Bis das Penicillin dann wirklich einsatzfähig war, hat es noch Jahre gedauert, aber ohne Flemings Entdeckung wäre es vielleicht nie auf den Markt gekommen.«

»Wird es mit unserem Medikament auch Jahre dauern?«

Sie schüttelte den Kopf. »Jetzt, wo wir den Bauplan haben, können wir es ziemlich problemlos und in großer Menge synthetisieren.«

Die Infizierten, erzählte sie weiter, wurden bereits mit dem neuen Medikament behandelt. Trotzdem leerten sich Stadion und Schlachthof nur langsam. Eine Gefahr waren auch die Infizierten, die während der Unruhen entkommen waren, nicht bloß aus Vrede oder Hamburg oder anderen Städten Deutschlands oder Europas, sondern überall auf der Welt. Die ließen sich nicht alle von heute auf morgen wieder einfangen.

»Wir müssen einfach hoffen, dass sie das Virus nicht an zu

viele Menschen weitergeben, ehe wir ihnen helfen können.« Versonnen strich sie über die Stelle an meinem Arm, wo sie mir wochenlang das Serum injiziert hatte.

»Einmal war ich in Bertil drin. Und in Papa«, sagte ich. »Das war, nachdem ich mir Joshs, äh, Experiment gespritzt hatte. Und in dir war ich auch.« Sie zuckte leicht zusammen. »Du hast Kaffee getrunken. Er hat scheußlich geschmeckt. Du warst furchtbar müde, aber auch irgendwie ... ruhig. Dass ich in euch war ... es hat mir geholfen, mich runterzuregeln. Meine Wut zu kontrollieren. Ein bisschen.«

»Der Bewusstseinsswitch.« Zwischen ihren Augenbrauen hatte sich eine nachdenkliche Falte gebildet. »Bisher war das nur zwischen Infizierten möglich.« Sie legte eine Hand auf meine Stirn, als könnte ihr das helfen zu verstehen, was in mir, meinem Gehirn, meinem Blut geschehen war. »Vielleicht war das ein erstes Symptom dafür, dass in dir etwas im Gange war«, sagte sie mehr zu sich selbst als zu mir. »Wie ist es denn jetzt?«

Ich schüttelte den Kopf.

Sie lächelte etwas verdruckst. »Ist mir eigentlich auch lieber.«

»Was in meinem Blut passiert ist – das haben wir nur gemeinsam hingekriegt, oder? Morna und Josh und ich.« Doch so schön die Vorstellung von unserem Zusammenwirken war, sie brachte uns Morna nicht zurück. In einem schlimmen Spiel war sie die Verliererin gewesen. Ich versuchte, mir Mornas Gesicht ins Gedächtnis zu rufen. Was ich am deutlichsten sah, waren ihre winzigen Segelohren. Sie hatten ihr etwas Kindliches, Unfertiges verliehen, als hätte jemand vergessen, die Ohren richtig an ihrem Kopf zu befestigen. Einmal war ich in unserer gemeinsamen Zeit auf der Isolierstation nach dem Duschen aus dem Bonsai-Bad in unser Zimmer getappt, nackt und verzweifelt, weil ich mich am liebsten eine Stunde lang unter einen heißen Wasserstrahl gestellt hätte, um den ganzen Dreck, die ganze Schuld loszuwerden, aber das lauwarme Gepiesel, das aus dem Duschkopf rann, kaum ausreichte, den Seifenschaum abzuwaschen. Sie hatte mir ein Handtuch umgelegt und mich in den Arm genommen, und als ich mich jetzt daran erinnerte, stiegen Tränen in mir hoch. Meine Mutter rutschte auf der Bettkante ein Stück vor und ich spürte, wie sich ihre Arme um mich schlossen. Mein Kopf war so fest an ihre Brust gedrückt, dass ich ihren Herzschlag hörte; ich hörte das Herz meiner Mutter. Ich presste mein Gesicht in ihren Pullover und ließ all den Kummer aufsteigen, der sich in den letzten Wochen angestaut hatte, ich weinte ihn aus mir heraus und sie ließ mich nicht los.

Als mein Weinen endlich abebbte, richtete ich mich mühsam auf. Sie fuhr mit einem Finger an meiner Wange entlang und lächelte traurig.

»Ich könnte dich damit trösten, dass alles, was passiert ist, genauso passieren musste. Weil es uns hierhergeführt hat. Auch Mornas Tod. Aber das glaube ich nicht. Viele Wege können uns an bestimmte Ort führen, das ist jedenfalls meine Meinung. Manchmal muss man etwas einfach hinnehmen, Kara. Man nimmt es hin und dann macht man weiter, so gut man es vermag.«

46

WEITERMACHEN

(15. Juli)

Mein erster Besuch galt Enna und Josh. Meine Mutter hatte mich in einen Rollstuhl gehievt und bugsierte mich nun im Slalom durch provisorische Krankenhausgänge, die mit Kanistern, Gasflaschen und anderem Gerät vollgestellt waren. Hinter Sperrholzwänden befanden sich die kleinen Abteile für die Patienten. Aus manchen drangen gedämpfte Stimmen, einmal wurde auf einer Liege eine Frau an uns vorbeigeschoben, die, während sie uns freundlich zulächelte, auf den Papierbezug blutete.

Bevor wir uns auf den Weg gemacht hatten, war meine Mutter auf Adrian zu sprechen gekommen. Danach hatte ich wohl ziemlich blass ausgesehen, denn sie hatte mir erst einmal ein abgepacktes Käsesandwich organisiert und darauf bestanden, dass ich es wenigstens zur Hälfte aß, ehe wir uns auf den Weg gemacht hatten.

Wir bogen in das nächste Abteil ein. Da waren sie, von jetzt auf gleich.

Egal, wo ich Enna begegnete, immer waren die Verhältnisse beengt. Ob auf der Isolierstation, im Wohnheim oder in einem Behelfskrankenhaus, das man auf die Schnelle in Abflughalle C eingerichtet hatte, es machte offenbar keinen Unterschied. Sie und Josh saßen mit überkreuzten Beinen auf einer Campingliege, die kaum in das winzige Kabuff hineinpasste, und spielten Karten. Enna trug einen honiggelben Jogginganzug, Marke Kleiderkammer. Als sie mich sah, leuchtete ihr Gesicht auf, als hätte jemand dahinter eine Kerze angezündet.

»Da ist sie, Josh, guck, das ist Kara, hurra!«

Als wäre er blind oder wüsste nicht mehr, wer ich war.

Josh klatschte sein Blatt auf die Liege und sprang auf. Ich öffnete den Mund und brachte keinen Ton heraus. Im nächsten Moment umarmten sie mich schon.

»Warum sitzt du im Rollstuhl?« Enna trat einen Schritt zurück und musterte besorgt meine Beine.

»Ich, äh, bin noch etwas schwach.«

»Hast dich im Kampf verausgabt, verstehe.« Josh klopfte mir auf die Schulter. »Hast alles gegeben.«

»Ich lass euch mal allein«, sagte meine Mutter.

Enna und Josh setzten sich wieder auf ihre Liege.

»Tut mir so leid.« Ich räusperte mich. »Dass ich euch ausgeknockt und eingebuchtet hab und so.«

Enna und Josh guckten sich an. Guckten wieder mich an.

»Erinnert ihr euch überhaupt, was passiert ist?«, fragte ich.

»Du weißt doch, wie das ist«, erwiderte Enna.

Ja. Wusste ich. Die meisten Stunden, in denen wir aktiv gewesen waren, verschwammen rückblickend zu einer rötlich eingefärbten Wolke, die unsere Taten gnädig vernebelte.

»Ich wollte meine Zähne in Adrian reinschlagen, glaub ich. Das reicht mir an Erinnerung«, sagte Enna. »Deine Mutter meint, er ist auch hier, also hat er unseren Angriff wohl überlebt. Was ja immerhin etwas ist. Falls du uns eins übergebraten hast, ist das völlig okay.«

»Ich meine, Himmel, Scheiße, wir hätten den Typ gekillt«, bemerkte Josh.

»Wie geht's ihm denn?«, fragte Enna vorsichtig.

»Ich war noch nicht bei ihm.« Ich räusperte mich. Meine Mutter hatte mit mir über Adrian gesprochen, aber so richtig begriffen hatte ich es nicht. »Er schläft sehr viel. Meine Mutter sagt, das muss so sein, damit sein Gehirn wieder in Ordnung kommt.« Meine Stimme schwankte, sträubte sich, als wollte sie diese Nachricht lieber nicht überbringen.

»Sein Gehirn?«, fragte Enna besorgt.

Ich atmete lange aus. »Sein Kopf hat ziemlich was abgekriegt. Nicht euretwegen«, fügte ich schnell hinzu. »Das war wegen mir. Das Sprechen macht ihm Probleme«, fügte ich beklommen hinzu. »Und ihm ist dauernd schwindelig. Mit einem Rollator könnte er gehen, aber weil sein Arm gebrochen ist ...« Meine Stimme wollte schon wieder einknicken, ich erlaubte es ihr nicht. »Meine Mutter sagt, die Symptome werden abklingen, aber das kann Monate dauern. Manchmal ... manchmal braucht es Jahre.«

Josh runzelte die Stirn. »Klingt übel.«

Ja. Übel. Ich hatte den Kachelyas übel mitgespielt. Erst Adrians Schwester, nun Adrian selbst. Hörte das irgendwann mal auf?

Meine Mutter hatte mir noch mehr erzählt, über das ich jetzt nicht sprechen mochte. »Manchmal«, hatte sie erklärt, »kann ein Schädel-Hirn-Trauma die Persönlichkeit eines Menschen verändern. Manche Patienten entwickeln eine Depression, andere können sich nicht mehr so gut beherrschen, werden aggressiv.«

Aggressiv, dachte ich. Ausgerechnet.

»Das muss aber nicht passieren.« Sie hatte meine Hand genommen und sie zwischen ihren Händen festgehalten. »Falls du in den nächsten Wochen bei Adrian eine Veränderung bemerkst, sag mir das. Dann müssen wir sehen, ob wir das behandeln können.«

Während wir auf meine Mutter warteten, wollten Enna und Josh mir ein Kartenspiel beibringen, dass sie »Kakerlaken-Skat« nannten. Mir war schon klar, dass sie mich von meiner Angst um Adrian ablenken wollten, doch ich konnte mich schlecht konzentrieren. Außerdem machte es mir Mühe, die beiden auch nur sekundenweise aus den Augen zu lassen, mich ihrer Gegenwart nicht ununterbrochen zu versichern. Wenn ich dann doch in mein Blatt schaute, das mir ohnehin nichts sagte, dachte ich sofort an Adrian und mir wurde ganz flau.

»Wäre toll gewesen, wenn du den Rucksack mit meinen Proben aus Vrede rausgebracht hättest«, meinte Josh irgendwann. »Wie soll ich jetzt beweisen, dass ich der nächste Anwärter auf den Nobelpreis bin?«

Enna knuffte ihn in den Arm, wie sie das häufig tat. »Ich wette, Kara hätte sich auch Erbsensuppe spritzen können. Wäre garantiert auf dasselbe hinausgelaufen.«

Josh grinste. Sein Haar stand von seinem Kopf ab wie Stroh, es musste unglaublich schnell gewachsen sein. Vielleicht eine Nebenwirkung des neuen Medikaments, dachte ich. Das wäre ja mal was. »Es *war* Erbsensuppe«, flachste er.

Enna knuffte ihn wieder. »Du Held.«

Meine Mutter kam in das Kabuff. »Adrian ist aufgewacht.«

»Oh«, flüsterte ich.

»Sag ihm was Nettes von uns«, bat mich Enna. »Sag ihm, dass wir ihn noch einmal neu kennenlernen möchten.« Sie seufzte. »Das erste Mal ist ja irgendwie ganz schön danebengegangen.«

Als wir bei Adrian eintrafen, war er schon wieder eingeschlafen. »Wir können auch später …«, begann meine Mutter, doch ich schüttelte den Kopf. Sie schob meinen Rollstuhl näher an sein Bett, gab mir einen Kuss auf den Scheitel und ließ uns allein.

Wenn man einen Menschen wiedersah, den man liebte, und einem dabei so durch und durch kalt wurde, war das wohl nie ein gutes Zeichen. Adrian trug einen viel zu weiten Schlafanzug, in dem er fast wie ein Kind wirkte. Die Haare hingen ihm verschwitzt in die Stirn. Was mich jedoch wirklich beunruhigte, war sein rechter Arm: Vom Handgelenk bis zur Schulter lag er in Gips und sah aus, als wäre er abgefallen und als hätte man ihn nur mit Mühe wieder an seinem Oberkörper befestigen können. Sein Kopf dagegen wirkte vollkommen heil. Von außen ließ sich absolut nicht erkennen, dass sich darin eine Gehirnkatastrophe ereignet hatte.

Neben seinem Bett stand auf einem umgedrehten Eimer eine zusammengewürfelte Mahlzeit: ein rosa Plastikteller, darauf eine halbe Scheibe staubgraues und eine halbe Scheibe fahlweißes Brot, ein Klecks Margarine und ein Porzellanküken, das ein Eierbecher war, mit einem Ei auf dem Rücken.

Ich griff nach dem Teller und stellte ihn auf meinen Schoß, bestrich das Brot mit der Margarine und schnitt es in Streifen, wie meine Mutter es früher für mich getan hatte, damit ich das Eigelb aufstippen konnte. Ich benehme mich wie meine eigene Mutter, dachte ich. Aber eigentlich fand ich das ganz in Ordnung.

Eine Hand legte sich über meine, die ganz mit dem Verstreichen des Margarine-Kleckschens beschäftigt war. Die Hand zitterte. Etwas schoss durch mein Blut. Kein Virus, aber der ungefähr fünfzigste Adrenalinstoß des Tages.

»Die Mahlzeiten sind hier … die aufregendsten Ereignisse.

Aber das … ist mir ganz recht. Am Leben sein … ist gerade aufregend genug.«

Mein Herz zog sich zusammen, als ich diese ersten Worte von ihm hörte. Seine Stimme, seine schöne, weiche, dunkle Schokoladenstimme klang rau und zerkratzt, die Worte nuschelte er langsam und mit großen Pausen hervor und ich hörte deutlich, wie mühsam sie sich dem Ende der Sätze entgegenschleppten. Bevor ich etwas erwidern oder auch nur etwas tun konnte, streckte er die Arme aus, den gesunden jedenfalls, und ich stellte den Teller ab, hievte mich aus dem Rollstuhl hoch und beugte mich über seine Krankenliege. Er drückte mich so fest an sich, wie es ihm mit einem Arm möglich war. Nicht sehr fest. Gar nicht fest. Es fühlte sich an wie die Umarmung eines kranken, sehr kranken Kindes. Wir hielten uns lange. Und noch etwas länger. Dann küssten wir uns. Ein schwacher Kuss, kaum dass seine Lippen über meine streiften, trotzdem war der Kuss so schön, dass ich mir nicht vorstellen konnte, wie wir ihn überleben sollten.

Aber wir überlebten ihn. Beide überlebten wir.

Als ich mich vorsichtig von ihm löste, tropfte eine Träne von seinem Kinn auf den Kragen seines Schlafanzugs. Mir stieg ein Kloß in den Hals, doch ich fand, es genügte, wenn einer von uns weinte. Ich half ihm, sich aufzusetzen. Sein Kopf bewegte sich merkwürdig steif, sein Oberkörper wankte und sein gesunder Arm schlackerte, als wäre sein ganzer Körper aus lauter nicht zueinanderpassenden Teilen zusammengesetzt. Sein rechtes Auge, das sah ich erst jetzt, wurde beinahe vollständig von dem herabhängenden Lid verdeckt. Ich setzte mich zu ihm auf die Bettkante und dachte: Ich hab ihn in ein Wrack verwandelt. Aber weil dieser Gedanke rein gar nichts brachte, legte ich ihn wieder beiseite.

»Die Ärzte sagen … es wird.« Er lächelte schief – nicht weil schief Lächeln sexy war, sondern weil er nicht anders konnte – und betastete seinen Gips. »Der Arm bleibt steif. Aber Reiten … geht auch mit einer Hand. Irgendwann. Und Schießen …« Er zuckte schwach mit seiner gesunden Schulter. »Da bin ich mit durch.«

Ich konnte mich nicht länger zurückhalten. »Mir tut das so leid«, platzte ich heraus, »ich wollte das nicht, mir tut das alles so leid.« Mir war heiß vor Scham. Ich sah zu Boden und spürte seinen Blick auf mir. Er legte seine gesunde Hand auf meine.

»Ich weiß das, Kara. Mir tut auch … vieles leid.«

Ich rückte so nah wie möglich an ihn heran und legte meinen Kopf an seine Brust. Sein Herz schlug langsam und gleichmäßig. Es tat unglaublich gut, seinem Herzschlag zu lauschen. Es war das beruhigendste Geräusch der Welt.

»Ich hatte dich so gern.« Seine Stimme arbeitete sich mühevoll von Wort zu Wort. »Von Anfang an. Du hast uns geholfen. Aber als ich dich näher kennenlernte … ich wollte nur deinen guten Teil. Dass du infiziert warst … das wollte ich nicht. Das … ist jetzt anders. Hoffe ich.«

Er – oder eher sein Schlafanzug – duftete genauso, wie Alissa manchmal geduftet hatte. Kein tougher Geruch nach Abenteuer und Heldentum, sondern ein feiner, femininer, flüchtiger Duft: Waschpulver mit Maiglöckchennote.

»Ich hab geglaubt … dass man sich jederzeit entscheiden kann … welchen Weg man geht«, sagte er. »Freier Wille und so.«

Ich sah den Sicherheitszaun des Ports vor mir. Auch vorgefasste Meinungen konnten wohl Zäune sein, bei klugen Menschen vielleicht sogar hohe. Kluge Menschen wussten viel, was wohl zuweilen zu dem Glauben führte, man wüsste alles.

»Aber manchmal … ist da kein Weg. Seit ich hier liege … hab ich oft an Krümel gedacht.«

Unwillkürlich musste ich lächeln. Ich hob den Kopf von seiner Brust. »Lisas Hund? Der durchgeknautschte Spaniel?«

Er lachte. Es war unsagbar schön, ihn lachen zu hören, rau und schwankend, aber: ein Lachen. »Das ist Brösel. Krümel war echt. Ein Hund … wie ihn viele Familien haben. Ein Golden Retriever mit noch was anderem drin. Wir haben Hundekekse für ihn gebacken. Mit Füllung. Er durfte … in Annas Bett schlafen. Auch wenn er vorher Pansen gefressen hatte. Er durfte … alles. Woran ich nie gedacht habe: Krümel stammte vom Wolf ab.« Er schloss erschöpft die Augen, jedenfalls das linke, das rechte war ja schon beinahe zu. Nach einer Weile klappte das Auge wieder auf. »Der Mensch … hat die Wölfe gezähmt. Hat sie zivilisiert. Wir haben die Wölfe … in Hunde verwandelt. Wenn du den Hunden … den Mantel der Zivilisation wieder abziehst … sie zurück in die Wildnis schickst … sterben sie. Werden zur Beute oder verhungern. Bis auf die, die überleben. Wieder wild werden. Wie ihre Vorfahren. Und wenn sie hungrig werden … töten sie. Sie töten sogar ihre Artgenossen. Das Virus wirkt ähnlich. Es zieht uns den Mantel der Zivilisation ab. Schickt uns zurück in die Wildnis. Jeden Einzelnen von uns. Manche überleben das nicht. Doch die, die überleben, kämpfen. Töten. Werden wieder wild. Nicht nur die Infizierten.«

Während er sprach, war seine Stimme leiser, doch seine Sprache immer flüssiger geworden. Ich hütete mich, ihn zu unterbrechen.

»Jasemin hat mal gesagt, an Leonardas Stelle würde sie neunzig Prozent der Leute, die in der Initiative mitmischen, nach Hause schicken. Sie hat gesagt, wenn wir nicht aufpassen, übernimmt das Brutale und Dumme das Ruder. Das Rücksichtslose. Gierige. Sie hat gesagt, Morbus Shade ist ein Spiegel, der uns zeigt, was passiert, wenn wir es laufen lassen. Uns nicht bezähmen. Bezähmen. Das klang für mich nach Zirkusäffchen. Nach abgerichteten Dressurpferden. Während der Krawalle habe ich kapiert, was sie meinte. Da habe ich zum ersten Mal gespürt, wozu ich fähig bin, wenn ich meine Wut von der Leine lasse. Das hat mich entsetzt. Dann Magnus ... wie er dich fertigmachen wollte ...« Plötzlich bekam seine Stimme etwas Lallendes. Hilflos öffnete und schloss er den Mund und rieb sich die Stirn, als müsste er das Gehirn dahinter auffordern, jetzt bloß nicht schlappzumachen. In seinem Mundwinkel bildete sich ein winziger Spucketropfen. Er holte tief Luft. »Was Magnus getan hat ... das war anders, als sich gegen aktive Infizierte zu wehren ... sie zu töten, bevor sie dich töten. Was er getan hat ... war widerlich. Jasemin hatte recht. Wenn wir es laufen lassen ... wenn wir uns nicht bezähmen ... gehen wir unter. Alle.«

In Zeitlupe schlug er die Decke zurück, in Zeitlupe schob er seine Beine über die Bettkante. Sie sahen ganz verwinkelt und schief aus.

»Adrian? Schaffst du das?«

Er schloss die Augen. Auf seiner Stirn hatte sich ein feiner Schweißfilm gebildet. Seine Beine zitterten. Er öffnete die Augen und flüsterte: »Wenn du mir hilfst.«

Also half ich ihm. Ich richtete ihn auf, so gut ich konnte, wobei er seinen rechten Arm von sich wegstreckte wie eine Keule. Es dauerte ewig lang, bis wir standen. Aufeinandergestützt wie zwei uralte Leute, schlurften wir zu dem kleinen Fenster seines Kabuffs, und das dauerte noch länger als ewig. Sein rechtes Bein schien in die eine Richtung stolpern zu wollen und sein linkes Bein in die andere, während sein Körper immer wieder nach unten sackte. Krumm hing er an meiner Seite und schwankte, als wäre er total betrunken. »Ist der Schwindel«, murmelte er und taumelte so schwer gegen mich, dass mir die Knie einknickten.

»Kein ... Problem«, ächzte ich, während ich fast unter seinem Gewicht zusammenbrach. Meine Beine waren Gummi; kaum vorstellbar, dass ich ihn mal durch die halbe Isolierstation gekegelt hatte.

Wir schafften es bis zu dem Fensterchen; irgendwie schafften wir es. Grau. Das war der erste Eindruck, als ich hinausschaute. Und mein zweiter und dritter. Ein Himmel wie Abwaschwasser. Darunter ein graues Flugfeld, matschig und aufgewühlt, obwohl es in letzter Zeit kaum geregnet hatte. Zelte in allen Schattierungen von Beige, Grau oder Grün. Nichts an diesen Zelten sah nach Abenteuer aus. Man musste sie nur ansehen und schon spürte man, wie die Klamotten feucht wurden und aus dem Boden eine Kälte die Beine hochkroch, bei der sogar jugendliche Knochen wehtun. Adrian zog die Schultern hoch, als würde auch er bei dem Anblick frieren.

Menschen gingen zwischen den Zelten umher. Die meisten bewegten sich langsam, wie ohne Ziel. Weit in der Ferne, hinter einer Skyline aus Nadelbäumen, erkannte ich die Silhouette des Stadions. Dort hatten einmal Rockkonzerte, Open-Air-Musicals und Fußballspiele stattgefunden. Ich selbst hatte in dem Stadion vor Jahren eine Pferdeshow besucht, eine Art märchenhaftes Theater mit Einhörnern, Bodennebel, verträumten Prinzessinnen, tapferen Stalljungen und machtbesessenen Königen.

»Der finsteren Version von uns selbst ins Gesicht zu schauen ... nicht gleich wegzugucken ... das ist, glaube ich, furchtbar schwer«, sagte Adrian leise. »Viel schwerer ... als auf unser Gutsein ... unsere Sensibilität ... unser Mitgefühl zu beharren ... und das Böse und Gemeine auf andere abzuwälzen.«

Grün gekleidete Leute von der Initiative liefen auf dem Flugfeld hin und her. Ob Magnus, Nathan oder Sara unter ihnen waren? Lebten sie noch? Die Grünen waren zu weit weg, als dass ich ihre Gesichter hätte erkennen können. Geländewagen fuhren zwischen ihnen herum, in einem Pavillon teilten mehrere Securitys Essen aus. Zwei Gestalten – ob männlich oder weiblich, ließ sich von hier oben nicht sagen – begannen, einander zu schubsen. Schubsten und schubsten, bis die eine Gestalt zuschlug. Die andere schlug zurück. Immer hin und her, wie Puppen im Kasperletheater, die sich abwechselnd ihre Knüppel über die Holzköpfe ziehen. Leute strömten aus allen Richtungen herbei, umringten sie, riefen, klatschten, bis jemand von der Security beherzt zwischen die beiden ineinander verhakten Figuren trat und sie auseinanderzerrte. Weitere Securitys kamen hinzu und führten sie weg. Die Menge zerstreute sich.

»Guck«, sagte Adrian leise und deutete mit einem schlackerigen Arm nach rechts.

Zwischen den Zelten tauchte eine weitere grüne Gestalt auf. Sie führte ein fahlgraues Pferd neben sich her. Ein Kind saß auf seinem Rücken. Es hatte seinen Oberkörper auf den Hals des Pferdes gelegt und hielt ihn mit seinen Armen umschlungen. Mehrere Kinder liefen neben ihnen her, sicher warteten sie darauf, dass auch sie an die Reihe kämen.

»Ist das Nurmi?«, fragte ich.

»Kann ich von hier aus nicht erkennen.«

Ich dachte daran, wie tröstlich so ein Pferd sein konnte, eine einzige, riesige Wärmflasche, und wie gut es war, sich von einer mit weichem Fell überzogenen Riesenwärmflasche durch die Landschaft schaukeln zu lassen. Ich dachte auch daran, wie viele Kinder in den letzten Monaten ihre Eltern verloren hatten, ihre Geschwister, überhaupt alle Menschen, die sie gekannt hatten. Wie viele gestorben waren, weil sie in der allerschlimmsten Zeit niemanden mehr gehabt hatten, der sich um sie kümmerte. Und wie viele von ihnen selbst getötet hatten und jetzt damit klarkommen mussten, in einem Alter, in dem Kinder normalerweise lesen und schreiben lernen und sich zu Weihnachten ein Kätzchen wünschen.

Wie behielt man den Kopf oben in einer Welt, in der solche Dinge geschahen? Ich hatte keine Antwort darauf.

Die grün gekleidete Gestalt hob das Kind von dem Rücken des Pferdes, das vielleicht Nurmi war, und das Kind lehnte sich an seine große, warme, kräftige Schulter. Das Pferd wendete den Kopf. Fast konnte ich spüren, wie es dem Kind seinen warmen Atem ins Gesicht blies.

»Deine Schwester weiß noch nicht, dass ich es war«, sagte ich. »Damals, im Winter. In eurem Garten.«

»Du wirst es ihr erzählen müssen«, erwiderte Adrian ruhig.

Ja. Das musste ich wohl. Ich hatte Angst davor. Eine Riesenangst. Adrian legte seinen gesunden Arm um mich und die Angst wurde kleiner. Nicht viel kleiner.

Aber ein wenig.

Danke …

- Astrid Poppenhusen, meiner Literaturagentin, für Zuspruch, Wissen und Warmherzigkeit in den richtigen Momenten

- Frank Griesheimer, meinem Lektor, der gemeinsam mit mir einen Traum geträumt hat und der ein ebenso großartiger wie feinfühliger Wegbegleiter war

- Johanna Prediger und Anna Wörner, meinen Lektorinnen bei Arena, deren Zuversicht und Können mir geholfen haben, eine Idee in eine Geschichte zu verwandeln

- dem Team von Arena, dessen Tatkraft die Geschichte zu einem Buch werden ließ und das meinem virtuellen Unverstand immer wieder mit großer Geduld begegnet

- meinen Leserinnen und Lesern – der Gedanke an Euch ermöglicht es mir, Geschichten zu schreiben, und das macht mich glücklich

- Julia Ditschke und Nadia Al Kureischi, die immer wieder an meiner Seite stehen

- der Hamburger Kulturbehörde für den Platz unterm Dach zum Schreiben

- meiner Familie. Für alles

Charlotte Richter

Gemma
Sei glücklich oder stirb

In der nahen Zukunft ist Glück lebensnotwendig. Wer glücklich ist, dem geht es gut. Wer es nicht ist, dem droht der Tod. Und das in nur 72 Stunden. Die sechzehnjährige Gemma war ihr Leben lang glücklich. Im Gegensatz zu ihrem Vater, dessen Pegel immer tiefer sinkt. Seinetwegen muss es Gemma unbedingt an die Akademie schaffen, dem Ort, wo man lernt, Glück künstlich zu erzeugen. Doch inmitten all der dauerlächelnden Menschen zieht es Gemma ausgerechnet zu Keno. Er gilt als Grenzgänger und will sich dem Glückszwang entziehen. An seiner Seite lernt Gemma, was wahre Gefühle bedeuten und was die Menschen aufgeben, wenn sie das Glück über alles stellen.

464 Seiten • Gebunden • ISBN 978-3-401-60543-2
Auch als E-Book und Hörbuch bei Rubikon Audioverlag erhältlich • www.arena-verlag.de